水手之死

[西]多明戈·维拉尔 ◎著

Domingo Villar

宓田 ◎译

人民东方出版传媒
People's Oriental Publishing & Media
東方出版社
The Oriental Press

目 录
Contents

Ahogar（遮盖住）：1. 使人或动物沉入水中或阻碍他们呼吸以致其死亡；2. 使窒息；3. 使人感到痛苦、煎熬与悲伤；4. 熄灭火焰；5. 消除，取消。

里奥·卡尔达斯探长走下了出租车，迈开两大步，避开了人行道上满地的水洼。他走进医院的大厅，穿过等在电梯门口的人群，顺着楼梯走上二楼，然后沿着走廊前行，廊道两边都是一扇扇紧闭的房门。卡尔达斯走到211病房的门口，轻轻地推开门，向房间里望去。只见一个男人戴着绿色的氧气面罩，躺在最靠窗的一张病床上。房间里的电视机开着，但开着静音，另一张病床空着，毯子叠放在床垫上。

卡尔达斯看了一下手表，重新关上了门，走向走廊深处的会客厅。那里只坐着一位年长的女性，一身黑衣，与雪白的墙壁形成了鲜明的反差。卡尔达斯走近时，女人抬起了视线，和探长的目光交错了一下之后，又失望地看回地面。

这时，卡尔达斯听到身后传来了脚步声。他的父亲穿过连廊，匆匆走来。卡尔达斯抬起手打了个招呼。

“你已经见过他了？”他们俩站在紧闭的房门口，父亲低声问道。

“在门口看了一眼，”卡尔达斯回答道，“我也到晚了，你和医生谈过了吗？”

父亲点了点头。

“医生说没有必要动手术。”

父亲走进病房，坐在了那张空着的床上，皱着眉头望向他的弟弟，神色惨淡。卡尔达斯站立在一旁。

阿尔韦托叔叔的手臂十分苍白，上面插着针管，已经挂完了好几个药瓶的液体。他的胸腔在被单下缓慢地抬起，又猛然地落下，每次呼吸都像是一阵深长的叹息。过滤氧气的蒸馏水噗噗作响，氧气面罩的缝隙中漏出了些气体，不停地嘶嘶响着，遮盖住了窗外传来的雨声。

卡尔达斯穿过房间，走到窗边，掀开窗帘的一角，透过双层玻璃望向窗外。楼下的车辆闪着红黄车灯，正大排长龙；一把把雨伞在人行道上川流不息。

面罩发出的声响拉回了他的视线。阿尔韦托取下面上的口罩，好方便说话。

“还在下雨吗？”阿尔韦托声若游丝地问道，随后又戴上了呼吸器。

卡尔达斯点了点头，抿着嘴浅笑了一下，然后把头倾斜向他父亲的方向，告诉阿尔韦托他父亲正在另一边。阿尔韦托看到他的兄弟，又想摘下面罩，父亲赶忙制止了他。

“我的天哪，戴着口罩吧，感觉怎么样？”

阿尔韦托抬起一只手晃了晃，然后把手放在胸前，胸口疼痛令他难安。

“也是，”父亲回答道，“你肯定很难受。”

一阵沉默之后，阿尔韦托指了指放在桌上的收音机，然后看向卡尔达斯。

“他说他每次都收听你的节目。”父亲解释道。

“嗯。”

阿尔韦托表示同意，合上了手掌，竖起了大拇指。

“他说他很喜欢。”父亲又翻译了一通。

“嗯。” 卡尔达斯说道，然后指了指开成静音的电视，此刻正在播放新闻节目，“我倒觉得电视节目更有意思。”

阿尔韦托摇了摇头，重新把大拇指竖向收音机。

“他说你的节目更棒。”

“你真以为我不懂叔叔的意思？”卡尔达斯问父亲道，“而且，那也不是我的节目。我不过是发过几次言而已。”

父亲望向他的兄弟，他那面罩之后的眼中闪着笑意。卡尔达斯不无好奇地观察着他们如何可以不用语言来交流，只消互相看着，动一动面部肌肉，就能用儿时的暗号来交流。

这时，阿尔韦托看到医生走进了房间，面上流露出不悦的神情。

“阿尔韦托，今天怎么样？”医生问道。阿尔韦托摆了摆手当作回答。

医生掀开被单，用手按了按病人腹部的几处地方。医生每按一次，叔叔那藏在绿色氧气面罩下的脸都会疼得变形。

“再过一个月，你就能解放了。”医生检查完之后说道，向卡尔达斯的父亲眨了眨眼，便开门离开了房间。

三个男人陷入了一阵难言的沉默，阿尔韦托比画了个手势，让探长的父亲靠近一些。他于是走近床边，他的兄弟脱下了面罩。

“你最后帮我个忙？”阿尔韦托有气无力地说道。

父亲和卡尔达斯对视了一眼。

“你的那本愚人书还留着吗？”

“什么？”

“你还存着吗？”阿尔韦托又问道，努力地把自己的声音盖过氧气的出气声。

“应该还存着。”

“把这个医生的名字写上去。”阿尔韦托说着，用毫无血色的手指，指了指医生刚出去的方向。

阿尔韦托说完之后，用面罩罩住了口鼻，不一会儿又取下了它，重新喃喃说道：

“这个医生叫做阿普拉赛斯。你记得住吗？”

卡尔达斯的父亲点了点头，轻轻地按了按阿尔韦托的胳膊。阿尔韦托微微笑了笑，面罩四周的皮肤都褶皱了起来。

片刻工夫之后，阿尔韦托便又睡了过去。伴随着他沉重的一呼一吸，蒸馏水又开始嗒嗒作响。

离开医院之后，探长点了一根烟，父亲则撑开了雨伞。

“两个人刚好。”父亲说道。

探长挨近父亲的身边，一起向停车场走去。路上的汽车堵得无法动弹，司机们心烦气躁地按着车喇叭。

“你有一本愚人书？”

“你不知道吗？”父亲目不斜视地说道，卡尔达斯留意到父亲湿润的眼眶。

他不觉有些诧异。母亲去世后，卡尔达斯曾数次听见父亲在夜晚独自啜泣，但是在他的面前，父亲从来没有掉过一滴眼泪。尽管冒着雨，卡尔达斯还是放慢了脚步，好让父亲缓和一下悲伤的情绪，不至于感到难堪。

他们走到了停车场，上车之前，父亲问道：

“我把你送到什么地方？”

“你现在去哪？”

“回家，那里清静。”

“你明天过来看叔叔吗？”

“明天下午，”父亲点头说道，“吃完饭之后。”

他可以明日一早给警局打电话，调休一个早上。运气好的话，还可以晚些到电台，让那个狂妄自大的洛萨达自求多福去吧。

“我和你一道，你明天来的时候，把我捎回城里就行。”

父亲怔怔地看着他。

“你今晚睡我那儿？”

“如果你邀请我的话……”卡尔达斯说道。

“你明天不工作？”

卡尔达斯耸了耸肩，匆忙抽了一口烟，把烟头扔在地上，钻进了车。

Rescoldo（小段柴火）：1. 灰烬中残留下来的一小部分炭火；2. 事物的残余，尤指感觉、激情或情感。

在母亲刚过世之后的头几个月，父亲一直郁郁寡欢，去了几次母亲儿时住过的老宅子。房子俨然是一座废墟，就连承重的石墙都已经变成了残垣断壁。唯有房子旁边的一个酒窖，抵过了时间的风霜。酒窖的一半都被埋在了地下，躲过了温度急剧变化带来的影响。酒窖里还放着一些木桶，一架古老的木制葡萄压榨机，手工装瓶器和几样原始的工具。父亲在庄园里走走逛逛，一片梯田就像是古时的罗马剧场一般，向下延展到米尼奥河边，他突然找到了抚恤悲伤的良药，感到了一种在城市中找不到的轻松快意。

十月份的时候，庄园里的葡萄都熟透了，他们却只能看着葡萄掉落在地上，任凭它们腐烂。父亲于是想到重启老酒窖来做红酒的主意，如此也能在庄园里多待些时光。他花了几个月的时间阅读书籍，四处打听问询，终于开始在房子的周围，种上了一小块试验田。

为了看顾葡萄园，他每个周末一早就起床，驱车前往庄园。车程近五十公里，道路蜿蜒曲折，为了照顾小卡尔达斯的胃，他们只好开着车窗，一路开开停停。

三月份的每个周末，他们耕耘土地；四五月份除去枯枝；夏日里利用长假和更长的白日，他们架起支架，把健康的葡萄藤架在金属线上，做好了在采摘后迎来的冬日中需要做的准备工作。

头几年，父亲逐渐开辟着庄园里的种植地，把葡萄制成散装酒出售或者分给朋友。待新的葡萄枝开始生长葡萄之后，父亲把所有的积蓄都用在了改良酒窖上，好把酒水装瓶，贴上标签销售。酒的知名度越来越高，父亲很快就收回了投资成本。尽管每次采摘季过后，酒的产量都逐年上升，但是父亲依旧毫不费力地就能把一年的产量都售罄。

等卡尔达斯长到可以独自留在家中的年纪，就再也不愿遭受这九曲八弯的路途，不再陪着父亲去庄园了。父亲等到儿子考上了大学，终于辞去了在维戈市的工作，定居到了亡妻家的老宅子中。在他日久年深的努力下，老宅子也被重建了起来。

这片最初为他提供安宁的土地，让他经营起了一项收入颇丰的营生。那些黯然神伤的夜晚也逐渐变成了记忆中的梦魇。

让无数人沉沦的酒，却拯救了他的父亲。

前往庄园的路上，他们一路无言。虽然现代公路让弯道变得缓和了些，但是卡尔达斯仍然打开了些车窗，一坐上车就开始闭目养神。几滴雨水从窗缝中飘了进来，打在探长的脸上，但他依旧靠在座椅上一动不动。

身边的父亲，一只手抓着方向盘，另一只手则放在嘴边，用牙轻轻咬触着指甲，脑海中的思绪则一直从童年飘到了医院的病房。

到达庄园之后，卡尔达斯下车打开铁门，冒着雨等车通过大门。待他重新坐上车，往房子开过去的时候，卡尔达斯觉得他们身后似乎有黑影闪动。透过后车窗向外望去，他隐约看见一只动物踏着雨水汇成的水洼，在汽车后穷追不舍。

“你养了一条狗？”卡尔达斯奇怪地问道。

“没有。”

“不是你的狗？”卡尔达斯又问道，向后指了指。

父亲透过后视镜，定睛看了一会儿，然后肯定地回答道：

“不是我的。”

他们下了车，向家门走去，这条狗一路上都围着卡尔达斯的父亲打转。它又吠又跳，也不管雨下得有多大，绕着圈儿四处乱跑，跑不过几米，又向父亲飞奔回来，热切地打着招呼，还不停地晃动尾巴，就好似甩着鞭子一般。它不停地想要舔父亲的手和脸，凡是能够得着的地方，都不愿放过。

“看看它都把我弄成什么样了。”父亲走进屋时抱怨道。

他抖了抖裤子和衬衫，上面被狗爪子印上了一片片湿土的深色污迹。他走上楼梯，向卧室走去，卡尔达斯则在一楼等着。

“还好不是你的狗。”卡尔达斯嘟囔道。

卡尔达斯围着餐厅里巨大的餐桌绕行了一圈，走进了客厅，坐在了沙发上。面前的壁炉里还有些灰烬和熄灭了的小段柴火。一张矮桌的旁边堆放着一叠旧报纸和一个盛满柴火的篮子。

父亲更换了衣物，走下了楼。

“我给你找件干衣服？”

“明天再说吧。我想用火烤干。可以吗？”卡尔达斯指了指柴火问道。

“如果你能点着的话……”父亲不以为然地说道，随即闪身走进了厨房。

卡尔达斯叹了口气，靠近壁炉，从篮子里抽出两根粗松枝，把它们放进里面，然后抽了几张报纸，把它们捏皱了之后塞在松枝之间，又在纸上放上了一些松果和掰成小段的干葡萄藤。他从衣服口袋中掏出了一盒烟和打火机，先用打火机点燃了烟，然后又用它点燃了报纸。柴火被点燃之后，他坐回了沙发，对着火堆抽着烟。

父亲走回客厅，手上拿着一瓶还未贴上标签的白葡萄酒，用壁挂式的螺旋开酒器打开酒，把它放在了矮桌上，然后从橱柜里寻来两个酒杯。

“这是今年的新酒。”说着，他把酒倒入酒杯，酒水还有些浑浊。“你觉得如何？”

卡尔达斯把烟架在烟灰缸上，把鼻子靠近酒杯。父亲也跟着嗅了起来。

“酒还要陈放一段时间，但是味道已经齐全了。”父亲说道。

“嗯，嗯。”

“你觉得酒怎么样？”

探长把杯子拿近嘴唇边，让酒水在口中停留了一会儿，才咽了下去。

“你觉得如何？”父亲又问道，站着等着儿子的判决。

卡尔达斯一连点了几次头，然后一口把杯子里的酒都喝了个尽。

他们又开了一瓶去年的红酒，把冰箱里的汤热了热。玛利亚用猪油、牛骨、西洋菜、扁豆和土豆为他们熬了浓汤。之后他们又吃了点奶酪，配上玛利亚从她家拿来的温柏果冻，作为餐后甜点。

他们吃完饭，收拾好餐盘。卡尔达斯把酒瓶和酒杯放到了矮桌上，然后又倒了一杯酒，坐在了沙发上。面前的壁炉里，火烧得正旺，令他觉得可以一连盯着看数个小时。父亲走近书架，翻翻找找了许久，口里不停地低声咒骂着，终于找到了靠着里墙放着的一本小本子。本子的封皮是用纸板做的，破烂得几乎看不出原本的颜色。父亲拿起自己的酒杯，坐到了厨房的桌子旁，在那里翻看着本子。

待卡尔达斯直起身倒酒的时候，问道：

“这就是那本愚人书？”

父亲点点头。

“不知道你叔叔为什么会想起它，我已经好几年没有打开它了。”父亲一边说着，一边翻看着本子，里面写满了人名和与这些人相关的记忆片段。

过了一会儿，他拿起圆珠笔，把本子翻到写着最后一则记录的那一页。

“医生叫阿普拉赛斯，对吗？”

“是的。”探长回答道，他转向父亲，父亲的双眼似乎闪着光芒，这模样他从未见过。

卡尔达斯又窝回到了沙发上，一直待在那儿，也没有把视线从火堆上移开，好让他的父亲能边喝着酒，边抚恤悲伤。

Pendente（倾斜）：1. 有待解决的或尚未结束的；2. 把注意力或兴趣放在某人、某物或者某事上的；3. 中止了的；4. 斜坡或倾斜的路面；5. 耳饰。

早晨的时候，卡尔达斯向父亲借了身换洗衣服，好好洗了个热水澡，然后走到了院子中，院子位于屋子和酒窖之间。入秋以来，接连不断地下了几周的雨，今天好不容易放了晴。尽管云层依旧遮着太阳，没有刮风的早晨令人觉得平和而明亮。

他走近花坛，用手指夹住一根柠檬马鞭草，把它靠近鼻子，深深地嗅着萦绕在他指间的芬芳。

“看样子，汤还算合你胃口。”他的背后传来一个声音。

玛利亚每天早上都来父亲家打扫卫生和做饭，现在正在清扫着夜里枫树掉落到地上的红叶。

“我非常喜欢，玛利亚。”卡尔达斯回答道。

“熬汤的秘诀就是一定要仔细地去沫。”她一边扫地，一边说道，为了感谢卡尔达斯的夸赞，她又接着说道，“我也十分喜欢您的节目。我们从来不落下一期《电台巡逻》节目。”

探长不禁觉得十分神奇，竟然连此处都能接收到这档电台节目。“维戈之声”难道不是一家地方性电台吗？

他表达了感谢，然后换了个话题问道：

“你知道我父亲在哪儿吗？”

“他带着狗，往那边走下去了。”玛利亚说道，她指了指酒窖后边的河流方向，“您不吃早饭吗？保温杯里有热咖啡。”

“随便你吧。你见过新的种植区了吗？”父亲向河流的方向伸了伸手臂问道。

卡尔达斯早就见过，但仍然回答说没有，于是两人便走了过去。正在地上埋头苦干的大狗，迅速地跑到了他们的前头，左冲右突地跑着跳着。每隔一段时间，它那棕色的脑袋就又会从路边冒出来，先探出脑袋瞧一瞧，发现他们依然往前走着，便又漫无目的地四处跑开去。

“它叫什么名字？”探长待大狗探出头来，指着它问道。

“不知道，又不是我的狗。”父亲一边走着，一边说道。

他们继续沿着小路而下，走到庄园的下方时，沿着河床向右拐了个弯。路的两边都有好几排白色的柱子，用金属丝线连接着。每根柱子下方都种着一棵新的葡萄藤。

父亲说他们用挖土机来平整土地，扩大了葡萄种植的间距，好让拖拉机更方便操作。探长静静地听着，像是第一次听见一般。

他的父亲停了停身，把散在地上的几根葡萄藤系回到柱子上，卡尔达斯则往前走了几排，探身望着脚下几米以下的河水。

流经庄园的这一段河流水流湍急。假如想要去河里游泳，就得向河的上游走半个小时的路程，直到一块河滩边，河流在那里转了道弯，水势暂缓。他们总是吃完饭就出发，将近傍晚的时候才沿着岸边走回来。童年时期，白天的时光总是显得更漫长些。

卡尔达斯看着河水，听着水流的哗哗声，想起埃斯特韦斯的来电和那个被大海带走的男子。他想起女药师淹死在湍流中的那一夜。他当时坐在车中等着父亲，他的父亲则陪着警察穿过庄园，找到河边，用木杆搅动河水来寻人。之后他们回到了维戈市休息，而那些警察们则继续沿着河，往下游找去。

女药师的尸体三天之后才被人发现。几位捕捞鳗鱼的渔夫在距离她落水点八公里以外的地方找到了尸体。

若干年之后，探长才知道她是自己跳进河里的，而且她还不会游泳。之后的几个月，药剂师都一直在他童年的睡梦中徘徊。药剂师与他一道游泳，请求他把她从水涡中拯救出来，但最后她总是被水吞没。当悲痛把他唤醒，卡尔达斯总是浑身冒着汗，就好像是真的被从河里捞上来一般。

卡尔达斯看了看手表。埃斯特韦斯此时应该已经到达庞克松的海滩了。卡尔达斯预计在他下午回到警局之前，应该不会收到相关消息了。

他的父亲也走了过来，两人一起看着河流淌过，流水迅速地夹带走树叶和枝条。

“你该换双靴子。”

“嗯。”卡尔达斯看着水面说道。

“吃过早饭了吗？”父亲片刻之后又问道。

卡尔达斯摇了摇头，父亲提议道：

“我们上去喝杯咖啡？”

他们走回屋子的路上，父亲感慨道：

“我以前怎么就没有想到要开垦这块地呢。”

“你以前觉得沙地不利于葡萄种植。”

“你会看到这里出产好酒的。虽然不是这一季的采摘季，也不是下一季的，但是五年之内，从这些葡萄藤上就能产出这个庄园最好的酒。假如我所料不差的话，以后在那块地上也要种上葡萄。”父亲说着，指了指路的另一边。

“五年？”

“五到六年……等葡萄藤长成之后。”

“时间有些长？”

“时间长短可不是我能决定的。葡萄藤需要这么长时间才能成熟。”

“我知道，”探长说道，“我想问的是你难道不想早点退休吗？”

“退休之后干什么？”

卡尔达斯耸了耸肩。

“随意干些什么。”

“这不就是随意的消遣吗？”父亲望着满满一山坡的葡萄藤，望着将山坡分成两边的小径，展开双臂说道，“到了我这把年纪，唯一能让自己沉静下来，不要胡思乱想的方式，就是让脑子总是记挂些事情。要不然就是数着日子，任由时间随意摆布，看着别人的日子来过活。”

卡尔达斯觉得他似乎破坏了这个早晨，有些懊悔自己的多言。他的父亲却笑着说道：

“而且，退休了之后就没有假期之说了。”

厨房里，父亲从保温瓶里倒了两杯咖啡。他在一杯里加了一些牛奶和糖，把另一杯递给了卡尔达斯。

“我们走吧？”父亲一边在桌子上摸索着，一边指了指院门。

他们在院子里碰到了玛利亚，手里拿着扫把走回屋子。

“玛利亚从来不错过一期《电台巡逻》节目。”父亲说道。

“嗯，嗯，她已经和我说过了。”卡尔达斯弯了弯嘴，勉强挤出了一个微笑。

他们绕过屋子，站着靠在观景台的石栏边。父亲正要开口说话，卡尔达斯的手机突然响了起来。看到手机屏幕上显示出的名字，他不由得深深叹了口气。

“工作？”父亲低声问道。

“我的助手。”卡尔达斯答道，挪开了几步，接通电话之前从裤子口袋里掏出一根烟。

“怎么样？”卡尔达斯把烟咬在嘴里说道，然后用打火机点燃了烟。

“我还在那个港口。”

“因为那个淹死之人？”

“似乎有人助了他一臂之力。”

“怎么回事？”

“他的双手是被绑住的。”

有时候，跳水自杀的人会缚住自己的手脚，好确保自己能够顺利完成目标。

“有可能是他自己绑的。”探长说道。

“不是的，探长。您别问我为什么，但是法医觉得这个人不是自杀，也不是为了钓鳟鱼而死的。”

“鳟鱼一般会出现在海里。”卡尔达斯简短地答道。

“您懂我的意思了。”

“嗯。”

卡尔达斯抽了一口烟，预感到此次没能和助手一同前往，兴许会让他觉得有些懊悔。

“知道死者身份了吗？”

“一个镇子上的居民，庞克松港的一名水手。警队会把尸体运回维戈市验明身份并做尸检。一会儿现场勘查队的人也会来，看看是否能找到些线索。”

“没人认出他？”

“没有十分确定的。您可是清楚这儿的人都是什么样的。”埃斯特韦斯说道，他搬到加利西亚好几个月了，还没有习惯新邻居们说话特有的模棱两可。

“你再试试，看看能不能确定死者身份。”卡尔达斯说道。想起埃斯特韦斯冲动的个性，卡尔达斯立即觉得有些后悔，补充说道：“但是，一定要和颜悦色。我可不想惹麻烦。”

“您不用担心，长官，交给我来处理。”埃斯特韦斯挂断电话之前说道，听着语气一点也不令人安心。

卡尔达斯走了回去，拿起放在栏杆上的咖啡杯。

“你的助手能习惯吗？”

卡尔达斯喝了一口咖啡，说道：

“我认为他一辈子都习惯不了。”

他的父亲拿出圆珠笔，在空中挥舞着，凭空比画了几道。

“你想让我把他的名字也记到本子里吗？”父亲问道，好像这就算是天底下最残酷的惩罚了。

父亲见卡尔达斯没有作声，又说道：

“以后也可以抹掉的，这也不会是第一个被划去的名字。”

“随意吧。”探长说道。父亲见他面有忧色，于是问道：

“卡尔达斯，发生什么事了吗？”

“一个客户。”他啧了啧嘴说道。

“被谋杀的？”

“可能是。”卡尔达斯说道。

“我们现在就回维戈市吗？”父亲提议道。

“不用担心。”卡尔达斯说道，他知道父亲打从心底不愿意在城里多待片刻。

“我试试能不能早上进病房去看你叔叔。”

“真的没必要。”

“卡尔达斯，这样我其实更方便。我今天下午在这里刚好有事要办。”父亲坚持道。

“那好吧。”卡尔达斯开心地回答道，没有拆穿父亲的谎言。

探长吸着烟，他们观赏着一排排白色的葡萄架子，上面挂着葡萄藤条。

“很美吧？”父亲骄傲地问道。

“美极了。”卡尔达斯喃喃道，“秋天和葡萄园不怎么相称。”

父亲拿起两个空杯走回屋子，卡尔达斯听到父亲喃喃自问道：

“秋天能和谁相称呢？”

Abordar（提起）：1. 一艘船主动或因意外靠近另一艘船；2. 将船停靠在码头；3. 向某人述说或向其求助；4. 着手处理某事。

离警局不到一条街的地方，卡尔达斯找了个可笑的理由，趁着等红灯的时间下了车。这段时间对于父亲来说并不容易，望着父亲的车淹没在维戈市的车流中，卡尔达斯不免有些后悔道别得过于仓促。

从庄园驱车出发之后，他们谈到了叔叔。叔叔的病从身体内部开始消耗，让他只能借助机器来呼吸，这令父子俩十分痛心。在余下的路途中，两人沉默无语。卡尔达斯闭着双眼，父亲则望着公路，心里念着医院。

他们进了城之后，沿着下坡往警局开去的时候，父亲问到阿尔芭。为了止住话头，卡尔达斯对父亲说他已经几个月都没有她的消息，对她的近况一无所知。尽管儿子一直避重就轻地敷衍，但是父亲依然穷追不舍。为何父亲总要在最后一刻提起令他难堪的问题呢？如果是为了使他们的见面延期，那也应该吃了些教训了。这些保留到最后一刻的尴尬问题，只会让他们俩都平添一味苦涩。

卡尔达斯走进警局，穿过两列桌子排成的过道，向大厅尽头处走去。他打开办公室的磨砂玻璃门，把雨衣挂在衣架上，坐到了他的黑色靠椅上。

他望着桌上积压成山的文件，脑海里则继续想着父亲。此时，索托局长走进了他的办公室，把他拉回到了现实中。

“庞克松港那边怎么样？”

“我没时间去，局长。埃斯特韦斯正在负责调查此案。”

“你把埃斯特韦斯一个人派去现场？”局长问道。

卡尔达斯用沉默表达了肯定。局长摇了摇头，一脸难以置信的表情，喃喃自语地离开了办公室。

卡尔达斯拿起话筒，给奥尔加打了个电话，让她一看见埃斯特韦斯出现在警局，就过来找他。

他坐在书桌前，肚子咕噜咕噜地叫着，提醒他已过了饭点，但他毫不理会身体的抗议。他翻看着堆在桌上的文件，用铅笔在空白处做上批注，然后再把它放到另一堆文件上。每次放下文件，他都会看一眼手表，抬眼看一下门口，时而担忧他的助手会闹出什么样的乱子，时而想到和父亲仓促的告别。

下午两点四十五分的时候，探长正在审阅珠宝店抢劫案的证词，珠宝店位于亲王街，也是市区里最繁华的商业街。正在此时，埃斯特韦斯巨大的身影映在了玻璃门上。

“真是罕见的早晨啊，长官。”埃斯特韦斯气喘吁吁地走进了办公室。

卡尔达斯此时已经饥肠辘辘了。他宁愿换个不会被打扰的地方，好听取埃斯特韦斯的汇报。他把抢劫案的证词放在一堆文件的顶部，站起了身。

“你吃过饭了吗？我请客。”

“谢谢，我应该一口都吃不下，”埃斯特韦斯回答道，“您绝对想象不到那具尸体的模样。”

在他的助手准备详细报告之前，探长取下雨衣，把它叠放在前臂上，拧开了门把手。

“你介意我听报告的时候，吃点东西吗？我的胃里只有早餐时喝的咖啡，我们再耽搁些时候，就没东西吃了。”

“今天没下雨。”埃斯特韦斯指了指雨衣说道。

“我知道。”探长说道，大步流星地离开了办公室。

埃斯特韦斯跟在探长身后，走出警局，来到大街上，此时的太阳正好从云层中间探出脑袋。

他们踏着地上厚厚的落叶，穿过杨树广场，走上沙街，沿途经过那些精致的石筑大楼。许多铁铸连廊从大楼的正面探出身来，几十年以前它们还是专为货港的集装箱而设的，而今似乎还在纳闷，海滩和大海都藏身何处去了。

港口餐厅依旧人山人海。每天午时，餐桌上都夹杂着西装革履的白领，穿着蓝色工装服的工人，还有穿着厚衣服的水手们。卡尔达斯瞄了几眼附近几张餐桌上空着的餐盘。

“你没胃口实在可惜。”探长说道。

“他的鼻子里还在不停地冒泡……”埃斯特韦斯回忆道，不悦地皱起眉。

“一会儿再说。”探长说道。吃完饭之后，他有的是时间听那些耸人听闻的细节。

克里斯蒂娜走近离门口几步远的吧台，去取一瓶烈酒。

“我们还能用餐吗？”探长高声问道，试图把声音盖过其他客人的高谈阔论。

“我们为电台明星总是随时预备着的。”克里斯蒂娜俏皮地说道，然后把酒递给餐厅里桌的两位码头工人，他们和卡尔达斯一样，经常在这里用午餐。他们倒了些酒到咖啡里，准备结束午餐。

克里斯蒂娜回来的时候，指了指长桌边的两个空位。

“你们想坐这儿，还是那里？”

就近的那桌，三个老水手和一位穿着深色西装的年轻人坐在一块儿，年轻人正大口喝着汤，视线不离桌上的体育报。另一张桌子处，坐着方才克里斯蒂娜送去烈酒的那两位码头工人。

“我们坐里面那桌，”卡尔达斯挑定了座位，说道，“他们走了之后，能麻烦你别让其他人再坐过来吗？”

“没问题。这个时候除了那些迷了路的，再也不会有人来了。”

他们走向餐桌的时候，路过厨房。厨房墙上的白色瓷砖上，用钩子挂着几个砂锅，就好像正列队等着放上炉灶蒸煮一般。铁锅上的缺口显示出了它们的年头，但依然锃亮如新，就好像是刚从洗涤剂里捞出来的。

他们站在近一米高的展示柜前，它将厨房和餐厅分隔开。探长躬身去看展示海鲜的水箱，但里面空无一物。

“不用找了，周一没有海鲜。”一位厨娘从展柜的另一面回答道。她正用水龙头冲洗砂锅，准备把它挂回墙上。

“你们用什么洗的锅，能让它们这么亮？”埃斯特韦斯指了指她正在擦洗的餐具问道。

“孩子，当然是用力气洗。”厨娘回答道，“你要试试的话……”说着，便把满是泡沫的砂锅递向他。

埃斯特韦斯笑着婉拒了邀请，跟着卡尔达斯走到餐厅里桌。他和同桌的码头工人们用眼神打了个招呼，就坐在了探长对面的椅子上，靠在了椅背上。

克里斯蒂娜拿过来一个汤锅，放在两人中间。掀开锅盖的时候，一阵白色的蒸汽带着海鲜的香味飘到桌子上，引得埃斯特韦斯探身向前，抽动着鼻头不停地嗅。

不一会儿，克里斯蒂娜一只手里拿着一个装着冰白葡萄酒的玻璃瓶，另一只手上稳稳地端着碗碟，杯子和叉勺，走了过来。

“埃斯特韦斯不需要盘子，他没胃口。”卡尔达斯说道。

埃斯特韦斯紧盯着汤锅，就好像小孩望着自己刚松开手，放上天空的气球一般。

“留着吧，以防万一？”克里斯蒂娜问道。

“以防万一。”埃斯特韦斯同意道。

卡尔达斯自己舀了一勺，把汤勺放回锅内，埃斯特韦斯立即接了过去。

“我以为你一口都不吃了。”探长说道。

“喝一点汤而已，喝不死人。” 埃斯特韦斯说着，把自己碗里的汤舀得都要溢出来了。

卡尔达斯把汤送进口之前，吹了吹，好让汤不烫嘴。

“你说的这一点倒是有理。”

埃斯特韦斯又舀了一碗，克制住自己舀第三碗的冲动。这时克里斯蒂娜走过来问主食的菜单。他们今天准备了加利西亚式烧鳕鱼和墨鱼饭。卡尔达斯点了墨鱼饭。

“您要来点什么吗？”克里斯蒂娜向埃斯特韦斯问道。

关于那名死者鼻吐泡沫的记忆，早被海鲜汤给赶走了，又让埃斯特韦斯恢复了好胃口，于是问道：

“您推荐哪个？”

“乌贼做得不错，”克里斯蒂娜说道，但是随即又补充道。“鳕鱼也卖得不错。”

她止住话头，而另一边的埃斯特韦斯依旧目不转睛地看着她，等待着她的旨意。他等了片刻，知道再也等不到其他回答了，于是问道：

“所以呢？”

“各有特色。”克里斯蒂娜回答道。

“这个我知道。但是总有一个好一些吧。”这位阿拉贡人又问道。

“两样都很好吃。”克里斯蒂娜坦率地笑了笑，“您更喜欢哪个？”

“算了吧。”埃斯特韦斯嘟哝道，知道自己不会得到想要的答案，“给我上个和他一样的，乌贼什么的……加一些沙拉菜。”

待克里斯蒂娜在餐厅的一片嘈杂之声中走远后，埃斯特韦斯抗议道：

“我不懂为什么要找这些人问些有的没的。”

埃斯特韦斯发现探长坐在桌子对面，静静地看着他。

“对不住，长官，我有时候会忘记你和他们是一伙儿的。”埃斯特韦斯道歉道。

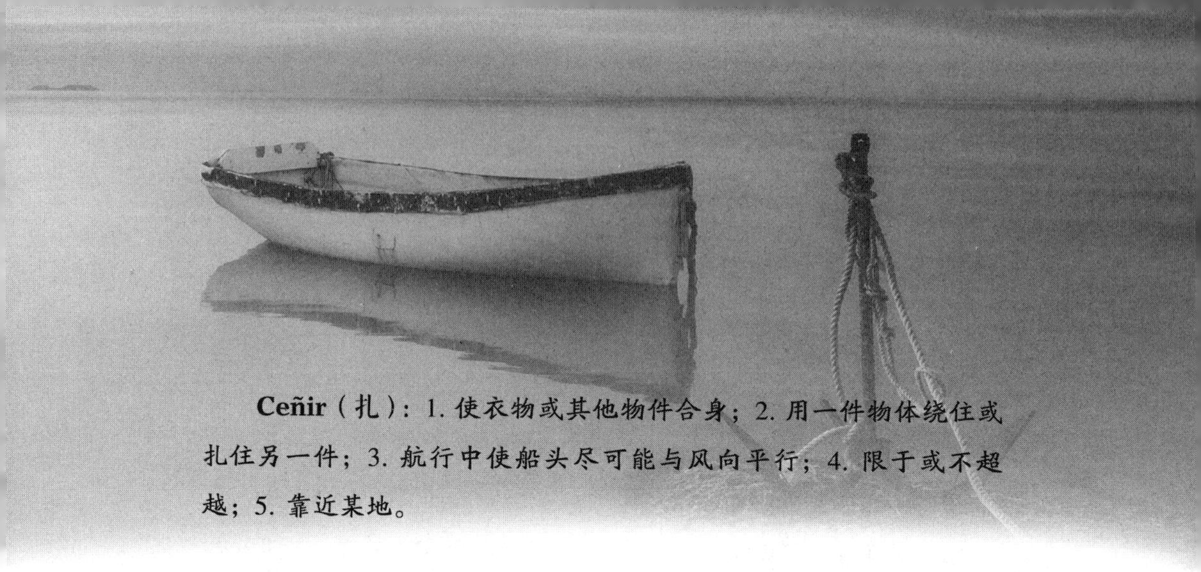

Ceñir（扎）：1. 使衣物或其他物件合身；2. 用一件物体绕住或扎住另一件；3. 航行中使船头尽可能与风向平行；4. 限于或不超越；5. 靠近某地。

下午四时，警官们早已大快朵颐，墨鱼饭变成了纸巾上深色的污渍。港口餐厅里余下的几名顾客也站起了身。卡尔达斯目送着他们离开。

“和我说说那个淹死的人。”卡尔达斯问道，拿起一根茶勺，舀了舀咖啡。

“尸体漂浮在海岸边。我到的时候，尸体已经被海水送到沙滩上了。他的口鼻处都冒着泡沫。”

“这些你已经说过了。”

“我满脑子都是这幅画面。而且，尸体是冰冻着的。”埃斯特韦斯咬着牙说道，就好像浑身打了一记冷战。

“你之前从没见过淹死的人？”卡尔达斯奇怪地问道。

“在萨拉戈萨市的时候，我们也从河里打捞过自杀者的尸体，但是我从来都躲得远远的。您知道的，我不喜欢死人。”埃斯特韦斯有些羞怯地说道。

“你也不怎么喜欢活人。”卡尔达斯喃喃说道，他的脑海中又浮现出那位在儿时的梦中，经常出现的淹死的女药师，这在今天已经是第二次了。“说吧，你调查出死者的身份了吗？”

“他的名字是胡斯托·卡斯特洛，是庞克松港的一位渔民。他昨天早晨开着自己的船出海，之后就再也没人见过他，船也消失无踪了。”

“什么样的船？”

“不清楚……一艘小船。这个人向来单枪匹马地出海。他用那种网状的箱子，把它放到海底，用来捕捞螃蟹和虾。我不记得叫什么了。”

“地笼。”卡尔达斯说道。

“对，就是地笼。他用这个捕捞海鲜，然后把它们拿到庞克松的鱼市去拍卖。”

“死者年龄大吗？”

埃斯特韦斯微微摇了摇头。

“四十来岁吧。我把记录都留在警局里了。这个人单身，没有妻儿。他的母亲和妹妹、妹夫住在一块，都住在镇子上。”

“你和他们聊过吗？”

“我见过死者的妹妹，但没有询问她，如果这是您想问的话。她得知消息之后，悲痛欲绝。我和她解释说要把她哥哥的尸体运到维戈市做尸检。她很焦虑，想要知道什么时候可以让她的哥哥入土为安。我承诺说我们会尽快归还尸体。她今天下午就会过来认尸。”

卡尔达斯不禁感到安慰，他这位野蛮的助手在必要的时候，也可以是侠骨柔情的。

“你见过他的妹夫和母亲了吗？”

“没有。他的妹夫在一艘渔船上工作，船正在非洲的某个地方作业。他的母亲已经半瘫痪了，今天不适合去拜访。”

“当然。你在电话里说，他的双手是被缚住的？”

“是的，长官。他的手腕处被塑料扎带绑住了，就像是那种用来固定绳索和管道的东西。一长条细软的塑料带子，一头有一个小孔，可以把带子的另一头穿过去，一拉就可以扎紧了。”他一边说着，一边在空中将两只手分开，就好像真的在扎带子似的。“您知道我说的是什么吗？一拉就可以系紧，但是如果不把它弄破的话，就不能松开的那种。”他又重复了一遍动作。

卡尔达斯点了点头，一直摆弄着茶杯里的茶勺。他宁愿点一根烟，但是在港口餐厅，对于烟的管控十分严格，就像他们对海鲜的蒸煮时间一样地严格，所以卡尔达斯也只能晃晃咖啡，聊以自慰了。

“他的脚呢？”

“他的脚都弯向后背，像雕塑一样僵硬。”

“脚也被绑住了？”探长问道。

“没有，只有手被绑住了。”

“面部如何？”

“惨不容睹。他的脸都肿了，双眼圆睁，就好像见了鬼一样。”埃斯特韦斯睁大眼睛说道，“尸体全身上下都是淤青。我和您说过泡沫的事了……”说完之后，他合上眼帘，想要把这段记忆一并抹去。

卡尔达斯不难想象如此景象。有一次一艘货船沉没了，数周之后，几个渔民发现了其中一名船员的尸体。尸体一连几天都不停地撞击岩石，成了鱼和贝壳类动物的盘中之餐。法医最后只能通过假牙才能确定死者的身份。

“死者穿着衣服吗？”

“当然穿着，长官，他是出海捕鱼去的。”

展柜后面，厨娘刚洗完午餐时用过的最后一个砂锅。她用抹布一丝不苟地把锅擦干净，然后把它挂在了墙上的一个钩子上。

“我不这么认为。”卡尔达斯看着厨娘说道。

“您为什么不这么认为？”埃斯特韦斯说道，“您觉得我分不清谁穿着衣服，谁是光着膀子的？”

“别胡说，我不认为他是去捕鱼的。”卡尔达斯指了指分开厨房和餐厅的玻璃柜，里面尽是些空格子，“周一没有海鲜是因为水手们在周末都不出海捕鱼。”

“有人看到他一大早就在船上。您告诉我他除了出海，还能去哪儿？”

“我不知道。你刚说谁看见他出海？”

“我没说过，今天早上有人和我说的。”

“你确认了吗？”

“没有。”

卡尔达斯不免觉得，假如埃斯特韦斯没有确认，兴许更好些。埃斯特韦斯在追踪线索时，可不像一只听话的猎犬。他们之后有足够的时间来证实这些细节。

“尸体身上有些什么记号吗？”

“有些？我已经和您说了，他的脸上全是淤青。”

“除了这些。检查尸体的时候，发现其他记号了吗？”

埃斯特韦斯想了想，说道：

“尸体上全是绿色的海藻，什么都看不清……但是我觉得应该没有。无论如何，法医都已经仔细检查过了。”

“巴里奥医生？”卡尔达斯问道。埃斯特韦斯点了点头，表示肯定。

“而且，现场勘查队的警官们把现场都录下来了。您知道的，他们现在去哪儿，都随身带着摄像机。”

“他们有什么发现吗？”

埃斯特韦斯耸了耸肩。

“他们反复查看过了。但是假如是大海把他送回来的，我觉得应该找不到什么线索了。”

“嗯。”卡尔达斯说道，从助手的话里居然也能听到合乎常理的推断，让他好生安慰。

“你说他的尸体是在庞克松的海滩上发现的？”

“是的，但不是那片大的沙滩，是它后面的那片。在港口和一座山中间，那座山的山顶上有个教堂。”

“铁山。”卡尔达斯说道。

埃斯特韦斯点了点头。

“那片沙滩不大，岸边全是海藻。他们说这也不是出现在那儿的第一具尸体了。”

“尸体是谁发现的？”

“是镇子上的一个退休工人发现的，他每天早上都出来散步。他从公路上远远看到海藻中的尸体，于是给市警局打了电话。他们通知了我们。他的名字我留在办公室了。”

“你和他谈过吗？”

“当然。我和这个人，还有其他人都谈过。但都没能提供什么重要线索。您知道这里……”

“嗯，我知道。”卡尔达斯打断道。

“长官，您能帮我个忙吗？”埃斯特韦斯突然说道。

“当然。”

“您能别这么弄勺了吗？您让我有些紧张。”

卡尔达斯立刻放下勺，不再敲击茶杯的边缘，面颊上微微透出些愧色。

“当然。”他又重复了一遍，把已经凉了的咖啡一口气喝了下去。

接着，他把两份套餐的钱放在了桌上，站起了身。他急不可耐地想要去找古斯曼·巴里奥医生，听听他的高见。电台节目结束之后就动身。

Tropezar（碰见）：1. 脚不小心踢到障碍物；2. 在正常行进途中碰到阻碍前行的困难；3. 和某人偶遇或偶然找到某物。

他们离开港口餐厅之时，秋日的柔情又消散了。雨只短短地停歇了数个小时，一片黑云结成一座穹顶，盖在了城市的上方，雨水又开始倾盆而下。

埃斯特韦斯为了不让雨淋湿，尽量贴着墙壁前行。他的雨衣正挂在警局的衣架上。他不禁问道，这些加利西亚人是如何能够预测到，一个春光明媚的早晨，几个小时之后竟会变得寒风凛冽。但凡有雨滴从屋檐上掉落，打在他的脸上，他就忍不住要咒骂一番。

探长在一边静静地走着，没有对他说，其实不需要去理解这里的气候，只要习惯与它共处，就已足矣。

走到位于杨树广场的电台大楼门口时，卡尔达斯看了看手表，点了一根烟。他望着埃斯特韦斯一边踩着水洼，一边咒骂着，跑着穿过公园，向警局跑去。他自己则站着，欣赏这滂沱的雨势。抽完烟之后，他向门卫打了招呼，从楼梯走上了二楼。他推开电台二楼的门，取出放在雨衣口袋里的笔记本，然后把它挂在了入口处的衣架上，穿过长长的走廊，走进控音室，一名技术员正在与节目制作人蕾韦卡确认热线电话的接通顺序。

“进来，进来。”蕾韦卡看到探长，招呼道，“洛萨达已经找了你两次了。”

卡尔达斯透过玻璃窗，看见盛气凌人的洛萨达已经坐在了话筒前。卡尔达斯无可奈何地叹了一口气，挪进了演播室。洛萨达一贯礼貌性地打了个招呼：

“向来迟到。”洛萨达说着，用一只手示意技术员准备开始播放节目。

“向来如此。”卡尔达斯答道，坐到了最靠近窗边的桌子旁。

他从口袋里掏出手机，开成飞行模式，放到桌上的本子旁边。随后，他便望向了楼下的杨树广场。广场上，一小群乘坐游艇的外国游客们正在冒雨前行。他们低着头，把头埋在黄色雨衣的风帽中，准备游览那些在地图上标示出来的景点，之后再回到船上，前往下一站。

卡尔达斯想起今早暗示过父亲退休的事，父亲反问要是离开了葡萄园，还有何事可为。卡尔达斯本想脱口而出，建议他去旅行，去看看这个世界。现在看到这群游客们冒着雨，在一座陌生的城市里闲逛的模样，卡尔达斯暗自庆幸没有把这个建议说出口。

“我们现在开始。”洛萨达面无表情地说道。探长打开笔记本，戴上耳机，纳闷洛萨达的耳机是否和他的一样令人难受。他一定要找个机会换一下试试。

每期节目都大同小异，都是些本该打给市局的电话：下雨之后大量的积水，人行横道线因为雨水而变成了溜冰场，司机因为剐蹭到停放着的车辆而逃逸……卡尔达斯倾听着，然后在笔记本上记下些要点。他实在不能理解，一个无法解决听众实质问题的电台咨询节目，为何会如此广受好评。

接了第七通电话之后，探长更新了笔记本上的计分：“民事案件七起，卡尔达斯零起。”

《电台巡逻》的节目音乐又响了起来，蕾韦卡在玻璃窗的另一边，举起了一张标记过的卡片，上面写着今天下午第八位听众的名字。

“何塞，下午好。”洛萨达招呼道。

“下午好。我给你们打过电话。”听众说道。

“您能帮我们回忆一下吗？”洛萨达鼓励道：“电台收到上百个来电，我们不可能一一记住。”

“你可比所有听众加起来还要爱慕虚荣。”卡尔达斯心里想道，只能咬住嘴，好忍住自己在直播中就对洛萨达破口大骂的冲动。他原本希望听众能代而为之，但是电话另一头的声音却变得有些怯懦：

“因为交通管控的问题。”他说道，“我只在周末才开车，但是交警总是不停地拦我的车。”

卡尔达斯想起了这位听众。他前段时间打来过电话，要投诉他们那片区的交警，说他们每次看见他的车经过，都要求他下车做酒精检测。

“我记得，何塞。”卡尔达斯说道，好让他不用重复解释了，“他们又让您吹气了？”

“这周六，三次。”

“三次？”

“是的，探长，三次。早上一次，下午两次。”

“天哪。”

“周日的时候，我从窗口望见了交警，便决定不开车，以防万一。您可能都不信，我就连走在人行道上的时候，他都一直盯着我看，让我害怕他再让我吹气。”

“您告诉我一下，每次都是同一位警官吗？”

“这周六是同一个。但是上周是另一名警察。”

“结果呢？”

“结果？”

“检测结果。”卡尔达斯说道，“几次检测有阳性吗？”

“阴性，探长。”

“每次都显示阴性？”

“每次都是，我这个人几乎滴酒不沾。”

听着何塞的语气，卡尔达斯觉得他似乎对这些交警们的态度并不感到恼怒，反而有些疑惑。卡尔达斯也同样感到有些不解。

“我该怎么办呢，探长？”

正当卡尔达斯琢磨着该如何回答的时候，发现洛萨达给技术员做了个指示。他的耳机里随即响起了背景音乐，乐曲听上去更像是动画片的配乐，而不适合警务咨询。音乐让卡尔达斯有些分心，他不得不重新看一下卡片，好在回答之前记起听众的名字。

“何塞，我们这样吧。下次播放节目的时候，您到电台来找我。节目播放完之后，我们一起去找市警察局的领导。看看他能不能说服那些交警们，不要总是拦您的车。您意下如何？”

跟听众道了别，卡尔达斯在他的笔记本上写道：

“民事案件八起，卡尔达斯零起。”

两通电话之后，《电台巡逻》节目结束了。卡尔达斯摆脱了耳机的束缚，洛萨达则还在一旁装腔作势地鼓舞着听众收听下期节目。

直播的指示红灯熄灭了之后，卡尔达斯问道：

“音乐是怎么回事？”

“哪段音乐？”

“我正要回答那个听众关于酒驾管控的时候，你让他们插播的那段音乐，还有我要回答后面的几通来电的时候，播出的那个音乐。”

“咳！”洛萨达笑着说道，“我前几天突然想到一个主意，在你思考的时候，帮你配个乐。”

“什么？”

“为了能让听众更安心地等待，只在你思考的时候插播。”洛萨达言之凿凿地为那段旋律辩护道。

卡尔达斯目瞪口呆。假如再不阻止洛萨达，他可就更肆无忌惮了，以后每当卡尔达斯回答一个问题，他可就要吹响军号了。

“你没有考虑过，也许会适得其反吗？这样的音乐可能会让我思想不集中？”卡尔达斯问道，“而且，什么叫在我思考的时候？你觉得我其他时候都在干什么？”

“嘿，你要是再这样的话，就没有音乐了，我言尽于此。”

卡尔达斯走出播音室，路过音控室的时候，向蕾韦卡和技术员告了别。

他把手机开了机，手机立即响了，提醒他有两通未接来电。第一通是巴里奥医生的来电。医生之前承诺过他，尸检结束后会给他打电话；另一通则是父亲打来的。

“周四见。”蕾韦卡说道，迅速地摆动着右手的四个手指。

Marear（晕倒）：1. 不断地引起某人注意或打断其工作，使其感到晕眩、不便或厌烦；2. 造成头晕或昏厥；3. 驾驶航船。

卡尔达斯走回警局的时候，天空依然大雨倾盆。他让埃斯特韦斯把他送到市政大楼。埃斯特韦斯没有熄火，等着探长去把今天下午电台收集到的投诉清单交到市警察局，然后一同去找法医。

“你去看看，他在不在办公室。”卡尔达斯说道，又看了一眼手机。

埃斯特韦斯猛地推开门，然后转身回到走廊，喊道：

“是的，长官，他在这儿呢。”

“天哪，埃斯特韦斯，”巴里奥医生正躺在椅子上休息，被吓了一跳，“他每次都这样开门？”

“不是的，绝大多数情况下，他会一脚把门踹开。”卡尔达斯站在埃斯特韦斯身后，回答道：“我收到了你的电话。”

“我想和你说一下今天早上在庞克松找到的尸体。你知道情况了吧？”医生问道。

卡尔达斯给予了肯定的回答，然后问道：

“你检查完了吗？”

法医从椅子上站了起来，微微伸了个懒腰，穿过两位警官，往门口走去。

“你们想看尸体的话……”医生说着，走出了办公室，“我刚才正在缝合尸体，准备把他归还给他的家人。”

“您可真是独具匠心。”埃斯特韦斯嘟囔道。

“至少我们的顾客从来不会抱怨。”医生说道。

和前几次一样，埃斯特韦斯走到解剖室的双开式弹簧门之前，一路抱怨个不停。他不想再见到那具淹死的尸体，尤其是法医还在尸体身上加上了几处缝线之后。探长和医生走进屋之后，埃斯特韦斯深吸了一口气，跟在他们身后走了进去。

“那个溺死的尸体在哪儿？”巴里奥向两个助手问道。助手们正在清洗一具女尸，准备做解剖检查。

“在冷冻室里，您要我拿过来吗？”一个助手问道。

“没关系，感谢，你继续忙吧。”

巴里奥医生走向一扇巨大的金属门，用力地拉开门，走进了冷冻室。不一会儿，他推着一张移床走了出来，床上躺着一具用灰色的塑料殓尸袋装陈的尸体。然后他走近一排架子，从上面的纸板盒里找出一副乳胶手套和两个一次性面罩，递给了警官们。

戴上手套之后，医生一下子拉开了殓尸袋，袋子向两边敞开，露出了水手裸露的尸体。

“这位就是胡斯托·卡斯特洛。”医生说道。

“我已经见过他了。”埃斯特韦斯站在后面说道，决意不靠近床架。

在死者惨白的身体上，解剖切口的缝合痕迹清晰可见。倾斜的切口从脖子的两边开始，在胸骨下方汇合，然后合成一线，沿着腹部而下，绕过肚脐，一直延伸到阴部。

尽管戴着口罩，卡尔达斯还是下意识地转过身，躲避尸体散发出的恶臭。他随即望向死者双手的绑痕。检查过手腕上深深的伤痕之后，卡尔达斯才转而看向死者脑袋上金色的头发，缝线在头皮上显得很突兀，就像为死者戴上了一个头箍。

胡斯托·卡斯特洛的面容上有好几处淤青，额头、脸颊和下巴处都有撞击的痕迹。他那收缩了的眼睑上贴着两条胶带，好让他合上眼睛。水压使得他鼻子和眼睛的血管都爆裂了。他的嘴唇肿得向外翻出，就好像正在轻吻着死亡，模样不免有些荒诞。

“他是被淹死的。”巴里奥庄重地说道。

“可不是一般的才智超群。”埃斯特韦斯站在后面，喃喃地说道。

卡尔达斯转回身，责备地瞥了一眼他的助手。

“见鬼，本来就不需要尸体解剖来确定这一点。”埃斯特韦斯辩解道。

“我想说的是，死者在掉下水之前，还有一息尚存。”巴里奥解释道，“有些案例则不然，大海可是抛尸的好地方。”

“嗯，嗯。”卡尔达斯插嘴道，然后问埃斯特韦斯，“你不是想在外面等我们吗？”

埃斯特韦斯的脸上立即显出欣喜的神情。

“太棒了，”他如释重负地摘掉口罩，“那两位正在清洗一位年轻女士，这里两位陪着我们的金毛朋友，我站在中间都快要晕倒了。”

巴里奥医生等埃斯特韦斯离开解剖室之后，开始陈述他的发现：

“正如我之前所说，尸体有活体反应的现象。你看见这些瘀斑了吗？”医生问道，指了指眼睑上的小块红色印记，“此外，我们到达现场的时候，死者鼻腔里还冒着蕈样泡沫。因此，他掉落下水之前还活着。”

卡尔达斯想象了一下死者双眼圆睁，口鼻处都吐着泡沫的模样，不觉变了面色。卡尔达斯十分了解他的助手看到尸体后的反应，现在对于他看到这具尸体之后的反应也就释然了。

卡尔达斯看向死者手腕周围的裂纹，法医又说了一遍他已知的信息：

“死者的双手被塑料扎带绑住了。”

“埃斯特韦斯对我说，你认为扎带不是他自己绑的。”

“是的，我认为不是他自己绑的。”法医确认道，“扎带的一头得穿过另一头的小孔里，它才能被系上。”

看样子，不用手比画一下的话，他就无法理解扎带是怎样使用的。和埃斯特韦斯在港口餐厅比画的一样，巴里奥也把两只手在空中合起来，然后迅速地分开。

“你知道是什么样的吧？”法医问道。

卡尔达斯点了点头。

“为什么他不能自己系上呢？”

“他的手掌是并在一块儿的。假如你要给自己系上扎带的话，你会怎样做？”巴里奥医生指了指死者腕上的伤痕，问道。

卡尔达斯合上了手。

“应该先要把扎带的一端穿过另一端的小孔。”

“怎么穿？”

“用手指，不是吗？”卡尔达斯怀疑地问道。

“可以，”医生肯定道，“那你怎么把它缠在腕上？”

“用牙？”

“正是：用牙。”

“所以呢？”探长问道。

“你能再把手合起来一次吗？”医生问道。

卡尔达斯又重新合上了手掌。

“假如你想用牙把扎带系在你的手腕上，你会怎么做？”

“这样。”探长说道，把手靠近他的嘴。

“如果这样做的话，扎带系紧的位置应该在这里，在你的拇指上方。”医生指了指探长手腕上最靠近嘴唇的位置，“然而，缚住这个男人的手的扎带，它的开合处却在另一面，在小拇指的下方。”

卡尔达斯转了转他合拢的双手，把医生指示的位置靠近嘴唇。

“这样也可以做到。”卡尔达斯说道。

巴里奥摇了摇头。

“你这样确实可以把手系紧，但人们通常不会这样做。”

“但这样是可行的。”卡尔达斯说道。

“也许。但是不可能做到的是，用小拇指把扎带的一头穿进另一头的小孔中。这就像用小拇指穿针引线一样，实在太难了。”

卡尔达斯看了看手，点了点头，分开了双手。

“可以系紧之后再移动扎口吗？”

巴里奥医生又摇了摇头。

“扎带系得太紧了。你看到他手臂上的痕迹了吗？我敢肯定，扎带一分一毫都没有被移动过。我只能把扎带弄断，才能解开他的双手。”医生继续解释道：“克拉拉·巴尔西亚警官已经把扎带拿去做检测了，但是在海水里浸了那么久，我认为找到有用线索的可能性几乎为零。”

“也许他请人帮忙，用扎带将他系住，然后自己跳入大海？”卡尔达斯问道。

“也许吧……”巴里奥医生回答道，但是他的眼神却透出不以为然之意。根据他以往的经验，那些决定要投海自尽的人，有各式各样的方法可以缚住自己，而不需要借助第三者的帮助。

“好吧。”卡尔达斯说道，然后指了指死者的面部，“这些伤痕呢？”

“绝大多数的骨折都是死后造成的，但有两处生前造成的挫伤。一处是这里。”医生指了指靠近死者右边太阳穴上的巨大伤痕。

“另一处呢？”

“在后面，枕骨上。”说着，医生抬起死者的脑袋，给卡尔达斯看他的后脑勺。

探长绕着床架挪了挪身，仔细地看了看死者的后脑勺。

“后颈这一处受到了剧烈的撞击，足以让他失去意识。是某种长条形的工具造成的，很可能是一条铁棍。”医生剖析道，“你看见了吗？”

卡尔达斯很难从其他伤痕中，分辨出医生所说的挫伤。

“差不多吧。”卡尔达斯说道。

巴里奥医生从大褂的口袋中掏出一支圆珠笔，取下笔盖，然后走近书架，找来一本笔记本。

“痕迹先比较细，然后在最上端变得又圆又粗。”医生解释道，把本子靠在床边上，翻出一张空白页，把被打击部位的形状画在了白纸上。“有可能是那种用来把汽车轮胎的螺丝拧紧的扳手，或者任何一端呈球形的物件。”

巴里奥医生把这页撕了下来，交给探长。

“前额处的伤呢？”卡尔达斯把纸叠了起来，放在裤子后面的口袋中，然后问道。

“前额的伤口四周形状不规则，有可能是石头造成的撞击。”法医说道，“我认为可能是有人用棍棒从后面敲击，死者前额碰到石头上，造成了伤口。之后，他被缚住手，扔到了海里。当然，太阳穴上的撞击也有可能是他还活着的时候，海浪将他撞向岩石导致的。”

卡尔达斯继续观察着死者前额的伤口，伤口的一部分被卡斯特洛的金色刘海给遮住了。

“这听起来比撞到船上的石头更符合逻辑一些。”

“是的，更说得通些。”

“但是有一点很难做解释。”探长说道，“假如他没有意识的话，也不需要缚住他。只要把他从船沿推下去，就可以淹死他了。”

“他们想要双重保障。身体碰到冰冷的海水，有可能会让他苏醒，但是没有人的双手被绑住，还能在海水里游泳的。事实上，他的支气管里有泡沫，说明他在淹死之前，试图在水里呼吸。你见过鱼脱水而亡的样子吗？”

“看见过几次。”卡尔达斯说道，“所以你认为他是被谋杀的？”

“现在你先别排除其他可能性。”医生赶忙说道，“也许他是出于什么原因待在船上，他的双手被缚住，身体失去了平衡，头撞到了甲板的什么地方，然后落了水。他也许是在试图逃跑。现在还没有找到船，是吗？”

渔船仍然没有被发现。

“你真的认为有可能是意外？”

“我不这么认为。”巴里奥回答道，然后说道，“但是我不能排除这种可能性。”

卡尔达斯靠近尸体，又仔细地看了看水手的双手，他手腕上的伤痕和手掌上被海水泡皱了的皮肤。尽管医生不能排除是一桩意外的可能性，但是卡尔达斯认为意外落水的可能性微乎其微。卡尔达斯不需要等到渔船出现的那一刻，就可以判定这是一起谋杀案。他仔细看了一下眼死者的肘部。上面有些奇怪的痕迹，于是向医生问询。

“他的肘部，肩部和膝盖处的痕迹都是我们留下的。”巴里奥医生笑了一下，解释道，“尸体被冻僵了，我们只能用锤子说服他，才能让他平躺在床架上。”

“那他身上的鸡皮疙瘩就不难解释了。”卡尔达斯说道，想起埃斯特韦斯对于尸体温度的印象。“他全身都被冰冻住了。”他的助手曾如此说过。

“你已经知道确切的死亡时间了吗？”

“淹死的人？”医生摊开手臂问道，“尸体在海中漂浮了 18 个小时以上，我可不敢打保票。一天，也许两天……”

“埃斯特韦斯说尸体十分冰凉。”

“正常。”巴里奥医生晃了晃脑袋，接着说道，“尸体被海水泡湿了，他自然觉得尸体的皮肤冰凉。”

“嗯。”

索托局长经常说，只有淹死者的尸体才能愚弄法医。卡尔达斯此刻正在亲验这个判断的真伪。

“最后一次看到他还活着是什么时候？”医生问道。

“似乎是周日早上的港口，在他自己的船上。”

“那你就有答案了：一天。”法医总结道，“我可以盖上尸体了吗？”

“如果没有其他线索了的话……”

“双眼能直接看到的线索已经没有了。”法医说道，重新用灰色的塑料罩子盖住卡斯特洛的尸体。

“看不到的呢？”

“检查的时候，我们在他的口袋里找到一小包白色粉末。”

“可卡因？”

“我原本也这么认为，但是我用舌头尝了尝，却发现是一包盐，也许是因为受到了海水的浸泡。”医生解释道，“我们已经把它送到实验室了，还有血液样本也送过去了。有结果之后，我通知你。”

“还有其他什么线索吗？”

法医摇了摇头。

“克拉拉那里有死者的衣物和所有个人用品，但是没有什么特别之处。

除了这个小袋子，他身上只带了一点现金、钥匙和一个比着手势的物件。”

“一个什么？”

“一个比着手势的物件。”巴里奥医生重复了一遍，说着便把手握成拳，然后把大拇指夹在食指和中指之间。“你从没有见过这样的握拳方式？”医生抬了抬拳头，说道，“这是一个护身符。”

“当然见过。”探长回答道，也用手比画了一下这个手势，“只是有些出其不意而已。”

Sombra（污迹）：1. 黑暗，缺少光亮；2. 实心体遮挡住直射光线后产生的深色影像；3. 死者的魂灵；4. 与某人形影不离之人；5. 隐蔽状态；6. 污点，缺点。

死者被打捞上来时穿的衬衫、毛衣和灯芯绒裤子被仔细地叠了起来，放在现场勘探队的金属桌上。一件深蓝色的雨衣摊开放在一边，和一些内裤、袜子放在一处。

卡尔达斯看到地板上放着一双塑料靴子，和一早上就被棕狗跟着的父亲穿的鞋子一模一样。他望向自己的鞋子，尽管他到办公室之后，用纸巾擦拭过，但是鞋边上还或多或少留着些痕迹，能看出他今早踩踏过河边的沙土。

克拉拉向他们一件件地展示着衣物，并且向他们保证说在沙滩上没有找到什么特别的线索，而卡尔达斯的思绪不禁飘到了他的父亲身上。想到自己匆忙地下了车，父亲欲言又止的样子，卡尔达斯就觉得过意不去。他记起在电台做节目的时候，父亲打来过电话。他看了看腕上的手表。这个时候，父亲应该去医院探望过叔叔，已经逃离了城市，回到了自己的葡萄园中。他想象着父亲像昨晚一样，一个人坐在桌边，用壁炉取着暖，读着他的小本子，喝着玛利亚准备的绿色浓汤。卡尔达斯决定一有空闲，就给父亲回电话。

克拉拉警官拿着一个托盘，走了过来。托盘里放着从死者身上的衣物口袋中找到的物件，都被装在了透明的塑料信封中。其中一个信封中，有几张欧元，已经被海水泡烂了。另外一个信封中，放着两把钥匙，只用一个金属环扣着，还有一条挂着金色钱币的项链。第三个信封里放着那个护身符物件，拇指夹在中指和食指之间的拳头模样。物件是金属制的，深色，和一颗葡萄一般大小。

“这是什么？”埃斯特韦斯问道。

“这是一个手势，”克拉拉解释道，“以前人们用它来吓跑邪恶之眼和魔法。它可以赶跑晦气。”

“这对这个水手可不管用。”埃斯特韦斯喃喃道。

“是的，一点儿防护作用都没有起到。但如今它的作用已经变了，只用作装饰品了。”克拉拉说道，她又将巴里奥医生的解释重复了一遍，“此外，从他身上还找到了一小袋白色的粉末，我们已经送去检测了。医生应该已经和您说过了。”

卡尔达斯点了点头。

“扎带呢？”

克拉拉走近架子，把另一个透明的信封拿了回来。

“医生只能把它弄断，才能把死者的手腕松开。”她说道，然后把放着两截扎带的信封放在了桌上。

两位警官弯身探查。

“是绿色的。”埃斯特韦斯说道。

卡尔达斯发现他所言不虚。塑料扎带平整的那一面确实是绿色的。也无须多问另一侧带齿纹的那一面为何有黑色的污迹，无非是因为与死者的皮肉直接接触。

“这个颜色不同寻常？”卡尔达斯问道。

“一般都是白色的，或者黑色的吧？”埃斯特韦斯说道。

“我赞同。”克拉拉说道，“坏消息是，我在扎带上找不到任何标记来识别厂家。”

“肯定是中国产的，”埃斯特韦斯说道，“所有东西都是中国制造。”

“有可能。”克拉拉回答道。她指了指留在塑料扎带表面的深色污迹，说道：“这些我们也会送去检测，以防万一。虽然我觉得可能只会找到死者的血液和皮肉。”

能有克拉拉的帮忙，让卡尔达斯感到十分庆幸。她既聪明上进，又十分细致入微。她的第六感经常能让她发现别人察觉不到的细微之处。

克拉拉向他展示了一下装着钥匙和钱币项链的信封。

“死者脖子上挂着这根项链。钱币上是卡梅尔山圣母的画像，是水手们的守护神。”

卡尔达斯点了点头。

“大的钥匙应该是房门钥匙，”克拉拉把信封递给探长之后，继续说道，“小的钥匙可能是为柜子、车库、后备箱等配备的。”

“船的钥匙呢？”

“应该还在那艘船上吧。”

“嗯。”

卡尔达斯将信封放回托盘。他正想拿起装钱的那个信封查看，恰好有人来找克拉拉。阿莉西亚·卡斯特洛刚到警局，法医想要克拉拉陪同她一起去认尸。

Aparecer（被人发现）：1. 找到某物或某隐藏之人；2. 某人去某地行了一件意外之事，被人发现；3. 失踪之人或丢失之物被找到；4. 在预设地点出现；5. 某事物首次出现或被公之于众；6. 某超自然之物现身。

胡斯托·卡斯特洛的妹妹认出了兄长的尸体。他们让她离开之前稍微歇息片刻，她于是坐在了过道的椅子上。她一个人坐着，身体倾向前方，手肘撑在大腿上，张开的手掌覆在面颊上，眼睛定定地盯着地板上两脚之间的某处。她穿着深色衣物，和她的哥哥一般，长着一头金色的头发。

埃斯特韦斯走近她。她抬起蓝色的眼睛，已经哭得红通通的，看到今天早晨见过的警官，微微展颜一笑。埃斯特韦斯前往庞克松港口执行任务，还给人留下了好印象，或者至少给她留下了好印象，这令卡尔达斯备感欣慰。

埃斯特韦斯和阿莉西亚简单说了几句之后，向探长比画了一下，让他走过去。

“探长，这是阿莉西亚·卡斯特洛，死者的妹妹，您已经知道了……我已经和她说了，就问几个问题。”

卡尔达斯向她伸出了手，说道：

“别起身。”

“探长。”阿莉西亚握住探长的手说道。

“十分抱歉这个时候打扰您，但是和您沟通对我们很重要。”卡尔达斯柔声说道，“如果您现在没有力气的话，我们可以明天再谈。”

阿莉西亚看了看他，卡尔达斯对她的面容很有好感。她的容貌姣美，尽管痛苦令她那双蓝色的眼睛蒙上了一层阴影。她看上去比她的哥哥小十来岁。

“你们也觉得他是自杀吗？”阿莉西亚问道。

“我们为什么会这样想呢？”

“他驾船出海，被人发现之时，双手被绑住，浮在海岸边。你们还能怎么想呢？”阿莉西亚喃喃说道。

卡尔达斯和埃斯特韦斯对视了一眼。

“您不这么认为？”

“我知道我哥哥不会做这样的事。”她说道，“至少他不会在母亲还在世的时候这么做。”

“我们也不确定他是否是自杀而亡的，”卡尔达斯说道，“很有可能是有人把您哥哥的手绑住了之后，把他抛入了大海……最后便如此。”

这位水手的妹妹用手捋了一下金色的长发，低下了头，又看向她的两脚之间。片刻之后，她抬起眼，问道：

“你们觉得谁会干这样的事？”

“我们正想问您同样的问题。”卡尔达斯答道。

她想了片刻，然后向两边摇了摇头。

“你哥生前不同你们住在一块儿，是吗？”

阿莉西亚咽了咽口水，卡尔达斯知道他提及生前，让她内心悲痛。

“是的。我和我的丈夫、母亲一块儿住。母亲行动不便，所以和我们一起住。我的丈夫经常出海，一连好几个月不在家，我和母亲还能相互照应。”

“您的哥哥生前一个人住？”卡尔达斯问道。

她又咽了一口唾沫。

“一个人住，住在我外公外婆的房子里。”

“您记得最后一次见他，是什么时候吗？”卡尔达斯问道。

阿莉西亚不假思索地回答道：

“他周五下午到家来过一次。他几乎每天下午都来看母亲，然后就去给地笼挂饵，出海去放笼。我母亲几乎足不出户。”

“你们发现他有什么异常吗？”

阿莉西亚静静地思索了片刻。

“没有。”

“您知道他有没有结仇，或是有什么忧虑吗？”探长又问道。

“即使他有什么忧虑，也不会说的。”

“他有女朋友吗？”

“我不知道，应该没有。胡斯托在这方面很保守。”

“他最近有没有结交新的朋友，或者奇怪的朋友？”

她又摇了摇头。卡尔达斯抛出另一条线索，想从死者放在口袋里的塑料口袋切入。

“毒品？”他问道。

阿莉西亚又看向地面。

“我不知道他们和您说了什么，但是胡斯托已经戒了很久了。”

“很久是多久？”

“很多年了。”她肯定道，“他是为了母亲戒的毒。他把那些垃圾玩意都扔了，就只是为了让母亲不要再受罪了。所以我知道，只要母亲还在世，他是绝对不会自杀的，绝不会。”

“您有没有想过是为了……”

卡尔达斯没有把整句话说完。他看到她蓝色的眼睛里又含满了泪水，决定不再提问。让她在这种状态下回答问题，未免有些不近人情。阿莉西亚需要时间休息，才能好好思考来回答问题。卡尔达斯决定到此为止。

“没关系，我把手机号码留给您，如果您想起些什么的话。”说着，把自己的名片递给她，“我们可能还会去找您。希望您谅解。”

阿莉西亚没有看名片，只是把名片收了起来。

“我们什么时候可以把他下葬？”

“很快。”探长担保道，“但这得由法医和法官说了算。”

他们道了别，埃斯特韦斯把他硕大的手掌按在阿莉西亚的肩上，她正用毛衣的袖子擦拭着眼泪。

“阿莉西亚，试着睡一会儿。”埃斯特韦斯说道，“明天会很辛苦。”

Iluminada（照亮）：1. 被光线照亮的；2. 认为获得天启而采取行动或认为自己智识过人的；3. 十六世纪西班牙光明会的信教者，认为通过心灵祷告，可以达到完美状态。

"至少这家伙儿喜欢水。"埃斯特韦斯停住了车，指了指雕像说道。

探长抬头望去，透过雨水在车窗上滑过的水痕，看见一座鱼人雕像立在石座之上，被周围的路灯照得通明。埃斯特韦斯说得有理。雨水打湿了雕像鱼尾上的鳞片，脸上似乎洋溢着一抹微笑。

卡尔达斯推开车门，下了车。他快步走到亲王街上，在第一个胡同右转，推开了面前那座平房的木门。

"下午好，卡尔达斯。"几位教授异口同声地说道，他们坐在离艾利希奥酒馆的吧台最近的一张桌子旁。

"下午好。"卡尔达斯一边打了声招呼，一边使劲地把湿雨衣从手臂处脱下来。他好不容易脱下了雨衣之后，把它挂到铁炉旁边的衣架上，走近了吧台。

卡洛斯正在向一位顾客结账。他总是用铅笔记录消费金额，就直接写在吧台的大理石台面上。结完账之后，卡洛斯拿来一瓶白葡萄酒，给探长倒了一杯。

"一切正常？"卡洛斯招呼道，卡尔达斯回复了个模棱两可的表情。

诗人奥罗萨就站在吧台边，离卡尔达斯不远之处，他很喜欢今天下午的电台节目。

"尤其是那个司机的故事，每次坐上车，交警们就得让他吹气，实在太妙了。"

以前卡尔达斯经常要解释《电台巡逻》不是他的节目，电台接到的热线也都是听众自发打来的，没有什么现成的剧本。以前他总是不厌其烦地一遍遍解释，后来见没有什么成效，也就放弃了。

“感谢夸奖。”卡尔达斯说完，发现卡洛斯胡子下方的嘴唇弯了弯。

他想赶紧吃完晚餐，好早些休息。埃斯特韦斯明早 7 点来接他，一同前往庞克松。市场 8 点开门，卡尔达斯不想错过和死者的朋友们聊聊的机会。他还想看看发现尸体的沙滩，然后到胡斯托·卡斯特洛的家里去看看。卡斯特洛的住房已经被贴上了封条，以便他们开展调查。

巴里奥医生明早就会把尸体移交给家人指定的殡葬馆。不到万不得已，卡尔达斯不想再去打扰死者的妹妹，待她办完丧事，心情平复一些再说。

“有什么吃的？”卡尔达斯问道。

“我给你拿点中午剩下的牛腿肉配鹰嘴豆？”

卡尔达斯晚上向来不爱吃豆子，但是艾利希奥酒馆的牛腿肉配鹰嘴豆，那可是不能抗拒的美味。有一次他们做这道菜的时候，卡尔达斯在旁欣赏过，现在想起那切成小块的去骨牛腿肉，他还忍不住垂涎三尺。他们在锅里放上牛肉，加上洋葱、大葱、胡萝卜和盐，再用小火炖一个早上。在火上炖足三个小时以后，再加入鹰嘴豆，最后放入煎过的大蒜、洋葱和辣椒。

“晚上吃会不会有点重了？”卡尔达斯问道，想要吃得心安理得。

卡洛斯的回复正合他心意。

“不会，都那么吃。”

卡尔达斯说要来一小份，然后拿上他的酒杯，坐到了角落里的一张桌子旁。他把后背贴靠在了石头墙壁上。数十年来，许多著名的画家经常会聚集在壁炉和酒桶旁，高谈阔论，在石壁上留下他们的作品。

等待晚餐的时候，卡尔达斯望向地面，看着两脚之间，就好像阿莉西亚今天早上颓丧的姿势一般。他想起，当她知道他们也认为卡斯特洛并不是自杀身亡的时候，如释重负的模样。

探长从裤子口袋里掏出手机，把它放在桌子上。卡洛斯端来了一个小的陶碗，里面盛着热气腾腾的鹰嘴豆。

“你的叔叔怎么样？”卡洛斯问道。

“情况不太妙。”

“小心，有点烫。”他把陶碗放在桌上的时候，说道，“你的父亲呢？”

“我正要给他打电话。”卡尔达斯答道，他看了看表，此时将近晚上9点半。

“代我问好。”卡洛斯转身走回吧台的时候说道。

卡尔达斯想问问叔叔的情况，更想问候一下父亲，但是他整个下午都没有找到时间去一趟医院。今天早上父亲送他来市区，他也就匆忙告了别，权作感谢，甚至没有约父亲一起用餐。他该向父亲道个歉。卡尔达斯点燃了一支烟，拨通了父亲的电话。

“你怎么样？”他问道。

“挺好。”父亲答道，“我已经到家了，今天吸了那么多尾气，听了那么多噪声，正在解毒。我不懂你们怎么能在那里生活。”

“今天下午我没时间去看叔叔。”卡尔达斯解释道，“他怎么样？”

“他下午兴致很高，这还得归功于你：我们听了你的电台节目。”父亲说道。

“节目总算有点用处，真令人欣慰。”卡尔达斯说道，不想再重复自己只是节目录制的参与者而已。

“而且我们特别喜欢你在思考的时候，电台里插播的音乐。”

卡尔达斯不由得想要挂断电话。

“是吗？”

“是的，特别喜欢，”父亲肯定道，“我觉得这个主意太妙了，你叔叔也这么觉得。是你的主意吗？”

卡尔达斯把烟塞进嘴里，免得作答。

“你给我打了个电话，是吗？”卡尔达斯问道。

“是的，在医院的时候打的。你没有接电话，我们才想起来你可能在做节目，打开了收音机。”

“嗯。”

“就是想问问，你的那个在市政府工作的同学叫什么名字。”

父亲为何想要知道那个蠢材的名字?

“佩德罗。佩德罗·莫雷。”卡尔达斯答道。

“对，莫雷。我后来想起来了。”

以前他碰见莫雷，最多也就挑挑眉，算是打了个招呼。最近一次遇见的时候，莫雷穿过大街，向卡尔达斯飞扑过来，抱住他想要打招呼。那天起，卡尔达斯开始对《电台巡逻》的影响力感到有些忧虑。

“假如你有什么事要找市政府，我可以找其他人帮忙。莫雷是个蠢材。”

“正因此，我才要问他的名字。你记得我每天都在整理我的愚人书吗？”

父亲给他打电话就是为了此事?

“你是提过。”卡尔达斯按下自己的疑惑，回答道，“你明天来市里吗？”

“当然，我明天整个下午都在医院。”

“我明天一早要去庞克松。回来之后，我给你打电话，看看能不能一起吃饭。”

卡尔达斯挂断电话还没来得及把电话放回桌上，手机铃声又响了起来。卡尔达斯看了看屏幕，是巴里奥医生办公室的座机号码。

“你还在办公室？”

“是的，我要连续值两个夜班。”法医抱怨道，“你方便说话吗？”

“发生什么重大事件了？”

“重大倒不至于。”巴里奥医生说道，“但是很有意思。你记得我们在死者口袋里找到的东西吗，就是尝起来像盐的那个？”

卡尔达斯没有搭腔，等着医生自己作答。

“我刚拿到分析报告：袋子里装的就是盐。”巴里奥说道。

“盐？”

“你听的没错。别问我原因，但是这个人用密封袋装了一小袋盐，放在口袋里。”

“血液分析呢？”

“不含毒品。”医生简洁地说道，证实了阿莉西亚所言。

卡尔达斯挂断了电话，三下五除二，便把陶碗里还热乎的鹰嘴豆吃完了。卡洛斯手里拿着一瓶白葡萄酒和一个空杯走了过来，然后在桌子旁坐了下来，自己斟了一杯酒，也给卡尔达斯倒了一杯。

“晚餐还不赖吧？”他点了一支烟问道，指了指空空如也的陶碗，就好像刚被洗过一样。

“太美味了。”卡尔达斯答道，然后向教授们那桌看了看，他们还在热烈地讨论着，“他们还在聊那位次次被罚款的听众？”

“没有，已经不聊了。”卡洛斯微微笑了笑，答道。

卡尔达斯自言自语道：“你说为什么有人会在衣服口袋里放一袋盐呢？”

卡洛斯握着拳头，支在下巴上，思考了片刻。卡尔达斯想起在下午的电台节目中，洛萨达在他思考时播放的趣味音乐，不由得想为卡洛斯也哼上一曲。

“我猜不出。”酒馆老板终于说道，又倒了一杯酒，“怎么？”

“我也不知道，卡洛斯。这可不是什么猜谜游戏。”

“那是什么？”

“一个客户。”探长言简意赅地答道，“他随身带着一个装满盐的密封袋。”

“弄不明白。”

他们两人在酒馆深处的桌子旁，抽着烟，品着酒，分享着此刻的静谧。

抽完烟之后，卡尔达斯付了账，走回了家。

Desvelar（无法入眠）：1. 使人失去睡意，使失眠；2. 小心谨慎地对待某事物；3. 发现，披露。

周二早晨 6 点半，闹铃响了起来。卡尔达斯醒着在床上躺了一会儿，在黑暗中倾听着雨滴从屋檐上滑落，滴在院子里的声音。艾利希奥酒馆的鹰嘴豆实属美味，但是卡尔达斯一整夜都噩梦连连，在床上辗转反侧，不停地去厨房找水喝。走去洗澡的时候，他暗自发誓，至此午后再也不吃豆类了。

有几次无法入眠的时候，卡尔达斯想起了父亲，叔叔的绿色面罩和他们的愚人书。每次醒来，他都会想起阿尔芭的项链，项链坠子是两个金属小球，小球相互撞击，会产生叮叮的声响，令他怀念。有一晚阿尔芭对他说，这个声响会让母亲肚子里的孩子感到安心，卡尔达斯听完，便转过了身。直到这个声响消失之后，他才意识到原来它们曾经也令他感到安宁。

他还想到那个淹死了的水手，他金发脑袋后的敲击，还有他那被缚起来的双手，绿色的扎带深深地嵌入肉中。

法医认为，水手的后颈部首先受到敲击。有人用顶部带球的棍棒敲打他的脑后方，撞击很猛烈，以至于让他失去了意识。待他昏迷之后，凶手绑住他的双手，把他从船沿抛下了大海。

然而，这个论断可能与事实并不吻合：有人看见胡斯托一个人出海。卡尔达斯左思右想，都想不明白其他人从另一艘船上靠近，又不惊动他的方法。也许有人躲在甲板上的地笼中间，伺机向他扑了过去。然而，卡斯特洛起航的那天清晨，天下着雨，而且那天渔民们本该休息。凶手是如何得知胡斯托周日早晨要出海的呢？

埃斯特韦斯的车停在他家门口时，天空还一片漆黑。

“早上好。”探长打开车门说道。

“嗯，非常好。”埃斯特韦斯嘟囔道，双眼看着细密的雨滴在挡风玻璃上滑落，然后片刻不到，又卷土重来。

“你知道去庞克松怎么走吗？”卡尔达斯坐在副驾驶座，打开了一点车窗，问道。

埃斯特韦斯斜眼瞥了一眼探长，打开发动机，向下坡驶去。他们途经渔港，此刻水手们已近收工，而城市的其他角落却才刚伸了伸懒腰。最后剩下的几辆卡车在码头排成一列，急不可耐地想要装上海货，准备离开。路的另一边，水手们和码头工人们靠在‘失意人的岗亭’吧台，正吃着东西暖着胃，敞怀聊着天，准备一会儿回家休息。成群结队的海鸥在空中盘旋，叽叽喳喳地索要着自己的大餐。

他们的车开过渔港，路过造船厂，焊工们正打造着船只的核心部件，电光四溢。

探长闭上眼睛，埃斯特韦斯打开了电台，此时正在播放当地新闻。简讯没有提到被淹死的水手，只播报了天气，更新了城里道路上被车碾压的行人数量。

“我可有段时间没有撞着人了。” 埃斯特韦斯突然说道，“最后一次还是在萨拉戈萨市，已经是三年以前的事了。”

卡尔达斯的眼皮就像是装设了弹簧一般，撑了开来。

“你不会是怀念吧……”探长问道。

“您可别开玩笑了。”

“如此甚好。只要你还归我管，我就不允许你撞人。”

他们沿着海岸继续行驶，开上了环城公路，一大早路上几乎没有什么车辆。随后他们驶上与海岸平行的高速，离开了维戈市。

高速公路的右边就是海湾，沿途经过一座座海岸边的小港口。这条公路是在轻轨上铺就的柏油马路，几十年前一位明智的市长在退休前完成了这一工程，将有轨电车变成了现代的柴油巴士。

他们经过托拉亚岛，岛上的大楼就像是另一座灯塔，指引着水手们。他们继续前行，铁山便出现在眼前，就仿佛漂浮在大海上一般。在铁山黑色身影的背后，就是庞克松港口了，他们此行的目的地。

Descubrir（露出）：1. 取下密闭物件的罩子来看其中或其下之物；2. 展示隐藏之物；3. 发现未知之物；4. 通过实验、观察和思考，对自然现象作出新的科学解释；5. 取下罩住头部的帽子或其他衣物。

他们到达庞克松港口的时候，探长手表上的时间还不到 7 点 15 分。鱼市关着大门，周围漆黑一片没有活动的迹象。

“需要起那么早吗？”埃斯特韦斯环顾四周，嘟囔道，“什么都没有。”

卡尔达斯没有回答。埃斯特韦斯一路上已经抱怨了三回，他总觉得不该来得这么早，这个想法已经根深蒂固，怎样都无法抹除了。而且，他也不无道理：这里连一个人影都没有。

市场在一条断头路上，路的右边是住宅，左边就是大海，路的尽头处有一个小型的航海俱乐部。再往远处就是石头堤坝，砌在了港口外围。

“一会儿就会有人的。”探长说道，“把车停在前面那里。”

埃斯特韦斯继续往前开了一小段路，面向大海，停住了车。雨依旧下着，他们坐在车里，开着雨刷，关着车灯，观察着港口停泊的几艘船只。

庞克松港没有栈道。一艘艘的船只全都系在浮标上，浮标被锁链系在沉在水底的水泥基座上。大部分都是木船和小型的渔船，尽管黑暗中隐约能见到一根桅杆。

卡尔达斯记得夏天的时候，摩托艇和帆船挤满了水面，一个年轻人架着汽艇在港口往来穿梭，好把船上的人接到陆地上。如今，滂沱大雨之下，许多浮标都空空荡荡地摇摆着，一个个垂头丧气，默默地等待着来年，待度夏的游客们拴上他们的游艇时，才会被重新认领。

一个石头斜坡从鱼市前一直延伸到海面。斜坡上方停放着一些车辆，几艘木船也停放在一边，以防海潮的侵袭。

斜坡旁，一片沙滩一直延展到洛里多山的山腰上，划出一条长弧，中间有一条小溪穿过，将沙滩一分为二。

铁山和埃斯特拉斯群岛为庞克松港穿上了一层天然的外衣。沙滩受到了护卫，临近的海面上几乎不起波涛。离镇子越远，海面就越开阔，直接就通向大西洋，那些老水手们常说，从这里一路往西航行，碰到的第一处障碍就是美洲了。因此，小溪这面的沙滩仍被称为庞克松，而一迈过小溪，沙滩就改名为“美洲沙滩”了。

此刻这里没有城市的灯火，也没有路灯照耀的人行道，沙滩和大海连成一片，黑暗中唯有海浪拍打在沙滩上激起的白色泡沫，才勾画出了海岸线的轮廓。

卡尔达斯想起以前的某个八月，他和阿尔芭经常来这片沙滩。退了潮的时候，阿尔芭会沿着海边，从沙滩的一头走到另一头，然后用手触到最两边的墙，就好像只有碰到了墙，这段路途才算圆满。卡尔达斯每次都陪在她的身边，但是每次没走到墙边就止步不前了。美洲沙滩边墙处潮湿的海滩上，覆盖着成片的海藻，而庞克松港的斜坡侧面的墙边，总有许多贝壳，容易划伤光着的脚丫。

许多在沙滩上散步的人都和阿尔芭一样，执着地要用手触碰到两面的墙，就好像他们的印记会永久地刻在石头上一般，这令卡尔达斯感到十分诧异。

“长官，您确定今天鱼市会开门吗？”几分钟之后，埃斯特韦斯轻声问道，把卡尔达斯从夏日中的漫步中，拉回到秋日里下着大雨的早晨。

卡尔达斯望了望空无一人的港口，不禁也心生疑窦。今天早上市场会不会为了悼念死者，而不开门营业？他之前没有考虑过这种可能性，然而现在却觉得像庞克松这样规模不大的港口，因为一个水手的死而闭市也不无可能。

“当然。”卡尔达斯答道，靠在了座椅上。他本想找个合适的理由，但凡想到的，都被他一一排除了。他本做好了回市区的途中，一路被数落的准备。然而正在此时，他们突然望见两盏船灯转过防波堤，向港口处迎了过来。

第一艘船靠近了一个系着小木船的浮标。远远地能模糊望见，一个水手弯身在船边上，把一根钩竿伸入水中，打捞系缆。

船板上树立着一根桅杆，杆子上挂着一个灯泡，隐约照亮了他沟壑丛生的面庞。他的头上戴着一顶深色的帽子，用来防寒挡雨，帽檐下露出几缕银发。

他想起阿尔芭数年以前送过他一本书，是一位法国女作家写的侦探小说。他很久以前就忘了书本具体的情节了，但是他还记得书本里的一个人物——若斯。他是一位远离了大海的水手，在巴黎的一个广场说书谋生。他会大声朗读人们递交给他的信息，每读完一段，他都会讲述一个海难故事。他会描述船只的样貌和大海的情状，人们屏住呼吸，想要知道船员们在海上的种种抗争。卡尔达斯想着，当若斯最后说“没有死者，也没有失踪者”的时候，听众们松一口气的样子。

系好船只之后，水手将网里捕获的鱼虾全都倒进了一个大篮子中，好把他一夜的收获运送到陆地上。另一艘停靠得较远的船只，也刚收工，船上的水手也重复着同样的活计。

几只海鸥在他们头顶盘桓不去，像是在要求他们把几条鱼放回水中。它们的鸣叫声与落潮的气息一起渗入车窗的缝隙中。

“他叫埃内斯托·埃尔米塔。”埃斯特韦斯说道。

“那个老水手？”卡尔达斯问道。

“不是他难道是那只海鸥。”埃斯特韦斯赌气地说道，“这个问题可真有水平。”

卡尔达斯微微笑了笑，看向那名老水手。他一边清洗着地笼，一边将它们整齐地叠放在一起，方便明天再把它们重新投放到海里。清理完最后一个地笼之后，他关掉了船灯，船只便隐没在黑暗中。

“然后呢？”埃斯特韦斯问道。

“然后什么？”卡尔达斯问道，不知他所指为何。

埃斯特韦斯指着老水手的船只，一副大惊小怪的模样。

“然后怎么办？”埃斯特韦斯问道。

卡尔达斯斜瞥了他一眼。

“你想让他做完这些工作之后，放几支烟花庆祝一下？”

“当然不是。”埃斯特韦斯抗议道，“如果他把船系到了浮标上，那这个埃尔米塔怎么到这儿来，游过来？”

“哦！”探长耸了耸肩。此刻没有青年载运夏季的游客，也不见他的橡皮艇。“应该不会吧。”

他们又望向埃尔米塔，他划着先前系在浮标上的木船，向斜坡处划了过来。一个和他年龄相仿的女人，站在水边的一块深色石头上等着他，石头因为落潮而露出了水面。她衣服外面围着一个白色的围裙，手里拿着一把黑伞挡雨。几只海鸥向斜坡飞来，落在石头上护卫着她。

老水手把船驶近女人，把装满海鲜的篮子递给她。女人吃力地接过篮子，把它顺势放在了地上，挨着撑开的雨伞。不一会儿，待老水手跳上岸之后，他们一人拽着一个提手，一齐把篮子提上了斜坡。

“我们过去吗？”埃斯特韦斯指了指鱼市点亮了的灯火。

海面上，另一艘渔船上的灯也熄灭了。卡尔达斯看了看手表。离拍卖开始还有近二十分钟，他决定在船上等着。

不一会儿，另一位死者的同伴也划着木船，靠岸而来。这位水手的船比老水手的船更小，看上去就像一艘玩具船。

“这个人叫阿里亚斯。”埃斯特韦斯接着补充道，“他的个头比我还高。”

阿里亚斯不需要别人帮忙搬运货品。他两只手分别拿着一个篮子，往坡上走去，看上去似乎毫不费力。

两位警官目送着他穿过街道，走进鱼市之后，从车里走了下来。

Valor（价值）：1. 人或物令人欣赏的品质；2. 某事物的意义、重要性及价值；3. 某物的价格；4. 某人完成某事的良好能力及素质；5. 面对危险或困难处境时的决心。

鱼市的大门上，有几个浮雕题字，写着“市补给广场，1942”。市场的正面是用石头建造的，一层楼高，里面有一个宽敞的大厅，水泥地上刷着绿漆。大厅的正中央摆着一张金属长桌，上方挂着一块提示牌，上面写着：“禁止进食、饮酒、抽烟和吐痰”。

阿里亚斯挨着一把台秤，膝盖跪地，蹲在一个篮子旁。警官们走近一瞧，篮子里装了数十只天鹅绒蟹。这个身材高大的水手稳稳地抓住它们的后脚，以防被钳子夹到手，然后根据它们的大小和状态，一个一个地拣到不同的塑料托盘里。体型大的蟹盛在一个托盘内，中等大小的分放在两个托盘中。另外一些没什么价值的、个头小的，或者失了腿的蟹则再另放一盘。他还挑出几只，装在了塑料袋里，将它系紧，靠墙放在地上。卡尔达斯心想，袋子里的螃蟹应该是他要带回自己家食用的。

分拣完螃蟹之后，他走近了另一个篮子，里面装了一箩筐活蹦乱跳的虾。他把它们倒在三个托盘上，然后仔细地挑拣，扔去死虾，拨出海藻，除去小螃蟹和海星。清理完毕之后，他把托盘一个一个地放到秤上，好让拍卖员标记重量，最后才把所有的托盘都放到铁桌上。

几米开外的地方，埃尔米塔和那个围着围裙的女人也在分拣着海鲜。老水手只用地笼捕捞天鹅绒蟹。他们将螃蟹分类，称重装盘，然后放到桌上，挨着阿里亚斯的托盘放着。老水手还捕了些鱼，六条鳕鱼和两条鳟鱼。他把它们放到另外一个托盘上之后，就和女人站在一边，等着拍卖开始。

卡尔达斯看见，一个蓄着灰色胡子的男人和两个女人围在桌边，弓着身，仔细地掂量着这些海产，挑选着那些值得为之出手的托盘。

另外几个男人，都和埃尔米塔一般年长，似乎对拍卖不感兴趣，站在门厅下，观察着雨势和大海。

卡尔达斯以前因为工作，去过几次维戈市的海鲜市场。人们大声喧哗着拍卖海鲜，船只、货物、卡车和人的喧闹声交织在一起，令卡尔达斯觉得很新奇。他喜欢听这些水手们的吵嚷和嬉笑，当城市的其他地方还在熟睡，那儿的一群夜行人已经熬了一宿。这个早上，在庞克松的海鲜市场里，唯有海浪拍打在沙滩上的声音，才偶尔打破这一片寂静。卡尔达斯想，也许是因为卡斯特洛还尸骨未寒，才令大家都陷入了沉默。

拍卖员走近铁桌，用手摸了摸自己唇边的黑色山羊胡，指了指阿里亚斯的那几个装着虾的托盘。

“今天的虾不错，我们从45欧元开始竞价。45，44.5，44，43.5，43……”

庞克松是个小港，水手不多，购买者也不多，因此也没有必要像加利西亚的大部分其他港口那样，装上电子设备，好让拍卖变得更现代化。这里的拍卖员依然高声唱着价。

“价格走低了。”埃斯特韦斯说道。

“当然。”卡尔达斯说道。

“这法子可真妙，非要等到海枯石烂不可……”

像是在证实埃斯特韦斯的推论一般，那两个女人和长胡子男人站在一旁一言不发，等着拍卖员一直唱着越来越低的价格。

“32.5，32……”

一个女人举起了手，说道：

“我。”

竞价暂停了下来。女人又仔细看了看那些装满鲜虾的托盘，想要决定用这个价格拿走哪一个。最后她把三盘都买下了。

“全部都要了。”她低声说道，旁边的灰胡子男人面露不悦。

“看到了吧？”探长低声说道，“假如等太久的话，很有可能什么都等不到。”

拍卖员指了指螃蟹，又开始重新唱价。最后拍卖鱼类。竞价结束之后，灰胡子男人和两个女人一起走进了旁边的办公室，拍卖员在那里收款，开具发票。

卡尔达斯站在办公室的门口，听到里面的人简单交流了几句，对卡斯特洛的死表示惋惜。拍卖员关闭市场之后，明天才会再营业，因此卡尔达斯想趁此之前，问问他是否留意到卡斯特洛最近有什么反常行为。在此之后，他有充足的时间和那两名水手好好聊聊。

卡尔达斯往身后瞧了瞧，想要确认水手们还在市场里。他看见埃尔米塔站在一角，正在脱着出海用的工作服，但是却没有发现阿里亚斯。

“那个高个子在哪？”卡尔达斯问助手。

“他刚才在还在那，手里拿着一个塑料袋。应该是走了吧。”

卡尔达斯担心他准备回家休息，好补上在船上的不眠之夜。

“你让另一个水手和拍卖员在我回来之前，不要离开这里。我要和他们谈谈。”卡尔达斯吩咐道。

他快步走到鱼市门口，那两位年长的水手静静地望着大海的方向。

卡尔达斯走到街道上，四处寻找着阿里亚斯的身影。晨曦微露，海福教堂的钟楼脚下，镇子逐渐苏醒了过来。卡尔达斯远远地望见几个人在路上走着，但是这么短的时间，阿里亚斯不可能走到如此之远。

他转身看了看站在门口的两位老水手。也无须开口询问，其中的一个水手摆了摆头，指示了一下向下延展到海面的斜坡，卡尔达斯看到阿里亚斯正蹲在水边。

Cadena（铁链）：1. 环环相扣的铁环组成的节状物；2. 一系列相互联系的事件或现象；3. 相互间隔开的若干人共同完成一项活动；4. 无形的束缚；5. 道德束缚，限制某事物发展的条件。

细密的雨珠落在卡尔达斯的身上，他蜷缩在自己的雨衣里。几步开外，阿里亚斯只戴着一顶防水帽。他把塑料袋倒了过来，袋子里的螃蟹一涌而出。螃蟹落到石头上，发现自己重获自由，便匆匆忙忙地跃入水中，一晃便消失不见了。

一只螃蟹翻了个底朝天，卡尔达斯发现它是一只母蟹，腹部满是蟹卵。阿里亚斯放回海中的所有螃蟹的腹部几乎都透着橙色，都是些即将产卵的母蟹，身体里带着上百个小小的蟹卵，颜色和水手身上穿的工作服颜色一样。

“这么做的人可不多见。”卡尔达斯说道，以前他的餐盘里也不少见这样饱满的母蟹。

阿里亚斯耸了耸肩，用他那巨大的手轻轻摇了摇袋子，好让还待在袋子里的螃蟹都爬出来。

“别人怎么做和我无关。”他的嗓音浑厚，就像是从山洞里飘出来一般。

最后一只螃蟹从袋子里掉落了出来，一下子就消失在海水中。大海颜色深沉，但阿里亚斯却一直蹲在海边，望着水面，仿佛能看到它们向海水的深处四散逃离开一般。

当他立起身的时候，卡尔达斯发现埃斯特韦斯所言不虚：这个水手确实比他的助手还要高。虽然没有埃斯特韦斯那么壮实，但也算得上是强壮。他有着深色的皮肤和眼睛，没有刮胡子的下巴上，长着许多白色的胡子。

“您是何塞·阿里亚斯，是吗？”

男人点了点头。

“您现在有时间吗？”

“我正要去把小船搬上岸。”他说道，指了指把他从浮标处渡到岸上的小小木船。他的船和埃尔米塔的船停在一处，在离斜坡几米远的地方。两艘船都被拴在一个金属环上，金属环嵌在石头上。

“您介意我和您一道去，顺便谈一谈吗？我是警局派来的卡尔达斯探长。想问您几个问题。”

水手耸了耸肩。

“可以。假如您不介意雨水的话……”他指了指斜坡上的平台，上面已经摆着几艘类似的小船了，“我去把车拉过来。”

现在反悔未免为时已晚了。探长拉开雨衣领子后方的拉链，取出雨帽，戴在了头上。

阿里亚斯拉着一个两轮的金属推车走了回来，把它放在了海边的陆地上。

“是关于您的朋友，卡斯特洛。您应该已经……”卡尔达斯说道，发现阿里亚斯皱了皱眉。

“当然。”他回答道，一边解开了系绳。“您想知道什么？”

“你们俩很熟吗？”

“你也看见了，在近海捕鱼的就没多少人，但我们不是朋友，如果这是您想知道的话。”

卡尔达斯在警局也没有什么深交的朋友。

“我到现在都无法想象他已经死了。”阿里亚斯说道，“他的双手真的被绑住了？”

“是的。”

阿里亚斯抽回系绳，把水上的小船拉向自己，让它和推车平行。

“您最后一次见卡斯特洛是什么时候？”

“周六，在那上面见过。”

“在拍卖会？”

“那是早上，后来我在‘渔夫之家’见过他。”

“哪里？”探长问道。

水手伸出他巨大的手指，指了指人行道。在鱼市旁边，最靠近航海俱乐部的地方，有个屋子，上面写着“渔夫之家”。

“什么时候？”

“下午。”

“时间？”

“7 点左右吧……或者 8 点，确切的时间我也不清楚。”

“他一个人？”

阿里亚斯点了点头。

“他在吧台那里，和服务员聊天。然后就离开了。”

“您之后再也没见过他？”

“再也没见过。”

“你们那时交谈过吗？”

阿里亚斯摇了摇头，弯身抓住小船的船首部位。他拿起船桨，放在一旁覆满海藻的石头上。

“早上的拍卖会上呢？”

“也没有。”

“他看上去有什么忧虑吗？”

阿里亚斯抬头望向探长。

“我们俩不说话。”他用低沉的嗓音说道。

“即使你们不说话，但是您觉得他有什么忧虑吗？”

“您不了解他吧？”

卡尔达斯摇了摇头。

“金毛向来没什么忧虑。”水手说道，话还没说完，就一下子把船从水里提了起来，船在空中转了个圈，然后船身朝下，重重地落在了拖车上。卡尔达斯退到一旁，以防船里的水溅到自己身上。

“您需要我帮忙吗？”

阿里亚斯抓住一边的船沿，挪了挪位置，把它放到了拖车的中间。

“不需要。”

卡尔达斯想起在解剖室里看见的卡斯特洛的头骨。法医认为他在被扔到海里之前，曾被金属棍棒重击过。卡尔达斯想象着眼前的这个男人挥舞着金属棒的模样，不需要花费多大的力气，他就能在死者头上留下如此印记。

“您说他从来不会感到忧虑？”

“从来不。”

“为什么呢？”

“他这个人就是这样。”阿里亚斯回答道，拉着拖车往上坡走去。

卡尔达斯陪在一边走着。

“您确定不需要我帮忙？”

水手往后瞧去。

“麻烦您帮我拿一下船桨吧……”

卡尔达斯走近阿里亚斯放着船桨的地方，弯身从地上拾起它们的时候，他的一只脚轻轻地在斜坡最底部的海藻上滑了一下。

“小心。”水手用自己塑料靴子的鞋底在石头上蹭了蹭。“您的鞋子不适合在这儿溜达。”

卡尔达斯想道，这双鞋子也不适合在葡萄园里走动。他想起昨天早晨，他走到河岸边观水的时候，鞋子上沾满了淤泥。

他跟在阿里亚斯身后，小步走到平台上，水手们在满潮时把船只堆放在此处。卡尔达斯数了数，一共有六艘小船。所有的船只上都写着“副船”的字样，一旁则写着这些渡船的名字。阿里亚斯的船上写着“副船艾琳”。

“这是什么意思？”卡尔达斯指了指船尾手工描绘的字样。

“艾琳？是个名字。”

“这儿很少用这样的名字。”

“是苏格兰名。”阿里亚斯解释道。说着，把小船放在了地上，然后接过探长拿着的船桨，把它们靠在了船肚子上。

卡尔达斯又谈及死者：

“卡斯特洛最近有没有和人结仇，您知道吗？”

“我不知道。我已经说了，我和他不怎么说话。”阿里亚斯用深沉的嗓音回答道。

阿里亚斯已经两次提到他虽然和卡斯特洛从事着相同的行当，但是并没有任何私交。

“你们关系不好？”

阿里亚斯回答说不好，然后用一根铁链把拖车、小船和船桨都圈了起来。

“原因呢？”卡尔达斯继续问道。

阿里亚斯耸了耸肩。

“命中注定。”他一边回答一边缠着铁链，然后用一把小锁锁了起来。

卡尔达斯向四周观察了一番，几乎所有等待入海的小船，都被安置在推车上，和桨一道被铁链锁着。他不仅觉得奇怪，谁会想要把这些旧木船占为己有呢？

“你们怕船会被偷？”

“当然不是。有时候船桨会漂到水面上或被冲到沙滩上。”阿里亚斯指了指锁说道，“这个踢一脚就破了，但是至少可以防止铁链散开。”

“卡斯特洛的船是哪艘？”

“这辆是他的拖车。”阿里亚斯指向一辆空着的拖车，然后又指了指摇曳在水中的船只的中间某处：“他的渡船系在那个浮标那里。”

探长走近空着的拖车。铁链绕着车身，小锁是锁上的。他想起把卡斯特洛从海里打捞起来时，在他身上找到的那两把钥匙，没有一把的大小和能打开这把锁的钥匙一般袖珍。

他本想给现场勘查队打电话，让他们彻底检查一下拖车和漂在海上的渡船，他看了一眼手表，决定过会儿再打电话。就连兢兢业业的克拉拉，也不可能这么早就开始工作。

“另一辆车是谁的？”卡尔达斯指了指另一辆放在卡斯特洛的车边上，但没有载货的拖车，接着问道。

Hundir（消沉）：1. 大楼坍塌或是某物沉没；2. 使（船）沉没；3. 使陷入深处；4. 压制，打败；5. 某物消失或隐藏。

卡尔达斯拍了拍雨衣上的水珠，重新走进了市场。拍卖员正用水管冲洗着地面，把水柱冲向紧贴在水泥地上的海藻。埃斯特韦斯躲得远远的，不想让自己锃亮的皮鞋被水流沾湿。

“埃尔米塔在哪儿？”卡尔达斯向助手问道。

“他要回家一趟，”埃斯特韦斯说道，“他说 10 分钟之后就回来。”

“他就住在附近。”拍卖员说道，关上了水管。

“早上好，我是卡尔达斯探长。”

“电台上的那位？”拍卖员问道，他的黑色山羊胡下显出了一抹微笑。

莫非《电台巡逻》节目都传到了庞克松了，还是他的助手又多言了？

埃斯特韦斯摊开两手，向上抬了抬，表示无须多问，他是无辜的。

“这儿很多人都听您的节目。”拍卖员说道。

卡尔达斯勉强一笑，假装听到此话十分开心的模样。

“您和阿里亚斯谈过了？”埃斯特韦斯问道。

卡尔达斯点了点头。

拍卖员卷好了水管，把它放在地上，靠在水龙头的边上。

“来市场的人一向那么少吗？”卡尔达斯问道。

“冬天一般人都那么少，没有多少水手，也没有多少买家。这里只有三个水手每天会去近海捕鱼。现在只剩下两个了。”他沉默了片刻，继续说道，“我们这儿好久都没有人在海里出过事了。”

卡尔达斯点了点头。

“你们很熟吗？”

“我们几乎每天都见面。”拍卖员说道，“金毛人不错。”

“您最后一次见到卡斯特洛是什么时候？”

“周六的拍卖会。”

“您觉得他那天有什么反常之举吗？”

“没有。他总是自顾自的，那天也是老样子。而且那周六天气不错。他捕了许多虾，赚了不少钱。看上去一点也不消沉，不像是会做那种事的样子。我是巴约纳市的，你们知道吗？”他用手指了指他的市镇方向，就在海湾尽头处，“那里几年以前，也有个水手跳了海。和金毛一样，他的双手也被绑住，不能游泳。”

“卡斯特洛有可能不是自杀的。”卡尔达斯说道。

拍卖员先看了看探长，然后又瞅了瞅埃斯特韦斯，像是要确认他刚才听到的话一般。

“他的手是被绑住的，不是吗？”他看到埃斯特韦斯斜了一下脑袋，表示确认之后，又问道。

“是的。”卡尔达斯答道。

“那么？”

“我们正在调查。”

“你们认为有人绑住金毛的双手，然后把他扔下水？”拍卖员禁不住好奇起来。探长的回答显然没能满足他的好奇心，于是又问道：“为什么呢？”

“我们也不清楚，只是有可能。”卡尔达斯又强调道，留了些余地，“周日市场不开门，对吗？”

拍卖员吹了吹他的上唇，然后突然吐了一口气，发出了一阵刺耳的声音。

“周日和周一都不开门。因为水手们周六日晚上都不捕鱼。”

“但是卡斯特洛周日出了海。我听人说，天没亮的时候，他就上船了。”

“理论上来说，渔船是不可以在休息日出海的，这是被明令禁止的。”拍卖员解释道。

“即使不是去捕鱼的？”

“渔船就是用来捕鱼的。休息日是禁止出海的，除非……”拍卖员没有把话说完。

“除非什么？”卡尔达斯鼓励他说道。

“有些事情规定不可以做，但却有人那么做。这些您比我更清楚。”

“嗯。您认为卡斯特洛以前也这样做过吗？我指的是周日出海。”

“在休息日工作？我觉得不太可能。金毛不会，其他人也不会。但是我不住在这儿，探长。”

“但是您每天都过来……”

“鱼市开张的日子，我会过来。像今天一样，我 7 点 55 到这里，拍卖他们从海里捕获的海鲜，然后就马上回巴约纳。10 点我在那里还有一场拍卖。”他一边说着，一边看了看手表，“那边的鱼市和这儿可不一样。那里渔船更多，有一大帮渔民，我需要好好准备。没有鱼市的话，我是不会来庞克松的，所以这几天的事我也一无所知。”

“从来没有人和您说过，有人周六和周日晚上也出海吗？”

拍卖员又吸了口气，储在上唇内，摇了摇头，然后吐气说道：

“探长，这是个小渔港。只有三个水手在近海捕鱼。但凡有人看到，都有可能举报他们。如此就要冒着被罚款、被没收执照的风险……对于一个以捕鱼为生的人来说，这个成本未免太高昂了。而且，你们相信我：他们需要休息日。这个工作实在太辛苦了，不会有人要加班加点的。”他微笑着答道。

“不难想象。”卡尔达斯又问道：“他们总是划着小舟登船是吗？”

“冬天是的，他们会划木船。夏天的时候，会有值班的船员接送游客登上游艇，顺带也会捎一下水手们。”

“斜坡上放着不止三艘小船。”

“因为还有第七条名单上的船。”

“什么名单？”

"那些非专业人员的船只名单。绝大多数都是退休人员，比如这两位。"拍卖员指了指那两位倚在门口的水手，"他们只能白天出海，也不能用地笼和渔网捕鱼。他们只能用鱼线，您知道的，进行深海船钓或者拖钓。"他握紧手，就好像手上握着一根渔线一般。"他们每天的捕获量不能超过5公斤。当然，除非一条就超过5公斤。他们钓上来的鱼各种重量的都有。如果是一条鳗鱼，那么15公斤的，甚至25公斤大小的都有，虽然已经很少见了。"

"您知道周日有谁出海了吗？"

"我不确定，但应该不会有人出海吧。"拍卖员稍作停顿后说道，"那天天气不好，和今天差不多。"

卡尔达斯点了点头，然后又问及死者生前最后的那段时间：

"您说周六的拍卖会一切如常？"

他不假思索地回答道：

"是的。"

"前几天呢？有什么引起您注意的事吗？"

"也没有，很寻常的一周。"

"嗯。"卡尔达斯说道，"卡斯特洛和他的同伴们关系如何？"

"我不知道怎么向您描述……"

"他们会争抢海域吗？"

"大海是无主的。"

"他们之间从来没有什么矛盾吗？同伴之间有摩擦，也在所难免。"

"埃尔米塔有时候脾气会怪些，那是因为他骨头疼，而且他马上就得退休了，不想听到别人提起此事。"

卡尔达斯不禁想到了自己的父亲，想起了父亲的理想。他刚开垦了一片新的葡萄园，完全不在意还需要近六年的时间才能采摘葡萄。

"和阿里亚斯呢？"

"金毛和他没什么交情。"

"他们俩关系不好？"埃斯特韦斯问道。

“也不是关系不好，只是各忙各的。”

这与阿里亚斯在斜坡上和探长说的吻合。

“他们俩都是好人，一流的水手。他们以前很要好，直到在一条渔船上共事了一段时间之后，两人才不怎么说话了。在一艘更大的渔船上，专门捕章鱼的那种船。”

“为什么他们不留在那艘船上继续工作？”

拍卖员又鼓了一口气在上唇后方，然后突然吐了出来，发出一阵刺耳的声音。

“那艘船沉了。大概是十多年前的事了。我那时候还不在这儿工作呢。”拍卖员指了指门口的两位老人，“但是他们随便哪个都能和您讲讲那件事。”

“有受害者吗？”探长问道，不由得想起了若斯，那部小说中改了行的水手。

拍卖员把手指关节支在铁桌上，向水泥地吐了一口唾沫。两位警官的眼睛不由得瞥向上方写着禁令的指示牌。

“死了一个。”拍卖员用鞋底把口水抹开。

关于此事，阿里亚斯只字未提。

“那些买家呢，您怎么看？”

“您想知道什么？”

“他们和卡斯特洛交好吗？”

“都还行。金毛和所有人都处得不错。”

“他们从来不会因为价格有矛盾？”

“矛盾倒不至于。有时候他们给价太低，水手们会抱怨一下。整宿待在海上，只赚了那么点小钱，确实让人难以接受。”

“但是竞拍的价格是往下走的。如果没有人喊停的话，怎么办？”埃斯特韦斯问道。

“假如价格降得太离谱，我自己就会喊停，或者水手们给我做个喊停的手势。这些捕捞品会留到明天，或者让我带到巴约纳去竞拍。”

“最近有这样的情况吗？”

“没有，今年的捕捞产量很少。我们没有碰到过这种难题。”

“您能给我一份经常来此处买海产的买家名单吗？”

“没问题。”

拍卖员走进办公室，片刻之后便拿着一张纸，把它交给了探长。

“到这里来买海产的总是这几个人是吗？”探长看了看名单上总共不过十来个人。

“冬天是的，总是这么几个人。就是您今天见过的这几个，还有另外几个人。夏天度假的人来了之后，就不一样了，会有很多新面孔。鱼市拍卖也能吸引许多游客。”

埃斯特韦斯向探长做了个手势。埃尔米塔正在鱼市门口和其他水手聊着天。

卡尔达斯挺了挺身子。

“我记得只有那些专业人士才能竞价。”他想起了维戈市的规矩。

“这里的规矩是，个人可以购买4公斤以下的海产。这个鱼市规模小，不像维戈市或者巴约纳市那么严格。您下次就会知道了。”

卡尔达斯点了点头。

“最后一个问题。您知道是谁周日早上见到卡斯特洛在船上的吗？”

“我不确定，探长。”拍卖员回答道，“但是大家都知道有人看见了。”

Visión（眼见）：1. 通过视觉接受的，对物质实相的感知；2. 视力；3. 能够准确理解事物的能力；4. 理解事物的独特方式；5. 被认定是真实存在的幻象，不存在的物件和外界刺激。

埃内斯托·埃尔米塔的个子不高。时间、阳光和海风使他的脸上沟壑纵横，与干裂了的土地一般模样。他上身穿着一件白色衬衫，一直扣到脖颈处，外面套着一件极为宽敞的毛衣。他还穿着那双出海用的靴子，塑料皮上沾满了污泥，与埃斯特韦斯脚上穿着的漆皮皮鞋形成了鲜明的反差。

“这么说，您就是那位电台巡逻员？”卡尔达斯自我介绍完之后，埃尔米塔问道。

“是的。”卡尔达斯大方地回答道。

“长官，又有一位您的粉丝。”埃斯特韦斯笑着说道，卡尔达斯假装充耳不闻。

“埃尔米塔先生，我们想和您谈谈卡斯特洛的事。”

“您想在节目上聊聊金毛？”埃尔米塔问道。

“不是的。这和电台没有任何关系。我是以警察的身份过来的。”卡尔达斯解释道，需要如此申明，让他啼笑皆非，“我们正在调查卡斯特洛的死亡情况，有几个问题想问您一下。”

他们坐在“渔夫之家”的一张桌子旁。这是庞克松港口最靠海的一家餐厅，也是死者的高个子同伴——阿里亚斯确认最后一次见到死者的地方。餐厅只有一个厅室，里面摆着八张方桌。最靠近落地窗这一面的桌子是大理石台面，剩下的都是些木桌木椅。墙上挂着一个关着的电视机，旁边还挂着一幅水手结的图片。墙的另一面，也挂着一幅图画，展示着加利西亚海湾地区各式各样的鱼类。

“您说吧。”埃尔米塔同意道。他把一个挂着两把钥匙的浮标放在了桌上。一把钥匙较大，顶部用黑色塑料包裹着，另有一把小钥匙，比较不起眼。

“这是船的钥匙吗？”探长探出了手，问道，“可以吗？”

老水手点了点头，卡尔达斯拿起了桌上的钥匙圈。

“黑色的那把是用来启动渔船的。”水手说道。

卡尔达斯把那把较小的钥匙拿在手上。

“这把钥匙是用来开小船上的锁的，是吗？”

埃尔米塔点了点头表示确认。

“所有的水手都把两把钥匙串在一起吗？”

“应该是吧。”老水手望向浮标和钥匙，说道，“这样比较方便。”

服务员把他们点的饮品放在了桌上：埃斯特韦斯点了一杯水，探长和埃尔米塔要了咖啡，以及一个烟灰缸。卡尔达斯抽出今天的第一根烟，他点着了烟，连续吸了几口，然后指着放在桌子上的烟盒。

“您要来一根吗？……”

埃尔米塔指了指胸膛，婉拒了邀请。他喝了一口咖啡，才刚润了润嘴唇，就显出一脸的不悦，面上又平添了些皱纹。

“这人是没睡醒，还是怎么回事？”他抱怨着，手里举着咖啡杯向服务员吆喝道，“这是怎么搞的？”

“纯咖啡。”服务员从吧台回复道。

“把纯咖啡撤回去，给我加上几滴。”老水手吼道。

服务员手上拿着一瓶烈酒，走了回来，然后在水手的咖啡里倒上了许多。

“您也要吗？”服务员问探长，他摇了摇头。

服务员离开之后，卡尔达斯指了指水手刚调制完的咖啡。

“喝了这个之后，您能睡得着觉吗？”

“在海上待了一夜之后，我就算喝下一锅，照样一躺下就睡得着。”

“昨晚过得如何？”卡尔达斯问道。

“过得去。”老水手答道。一旁的埃斯特韦斯呛了一口水。

卡尔达斯微微笑了笑。

“他们说昨晚收获不大。”

“不是很多。”水手说道，“当然，这儿剩下的水手也不多了，而且越来越少。”

“确实，”卡尔达斯说道，“对于您同伴的事，我很遗憾。”

水手点了点头。

“太可惜了。金毛是个好孩子。”

“您和他是什么关系？”

“我们一起工作。”水手回答道。

“这点我已经知道了，你们关系如何？”卡尔达斯又问道。

“还行，和别人差不多。”

卡尔达斯觉得要从这个满面皱纹，大口喝着咖啡的水手口中找到答案，就只能试着撬开他的嘴了。

“您最后一次见到卡斯特洛是什么时候？”

“金毛？”埃尔米塔扬了扬眉，回想了一下，“应该是周六，在拍卖会上。”

“之后您就再也没见过他？”

“没有。”他回答道，“但是我妻子周日早上看到他在船上。”

“是您的妻子看到卡斯特洛周日早上出海打鱼的？”卡尔达斯问道。

“谁说他是去打鱼的？”

“您不是说您的妻子看到他在船上吗？”

“这有什么关联？”埃尔米塔反驳道，他抬起饱经风霜的手，指了指保护着港口的防波堤，“你们看见那些地笼了吗？”

卡尔达斯和埃斯特韦斯望向水手所指的方向。玻璃窗的另一面，清晰可见数十个地笼靠在防波堤的墙边，堆放在一块。

“那些是金毛的地笼。”埃尔米塔回答道。

“所以卡斯特洛不是去捕鱼的？”探长吃惊地问道。

“假若您去钓鱼的话，会把工具留在岸上吗？”

卡尔达斯抽了一口烟，然后又看了一眼白色的墙面上成堆的地笼形成的阴影。

“那他去干什么呢？”

老水手没有答话，只是摊开了双臂。

此前，卡尔达斯一直以为死者正在船上工作时，被人逮了个正着，但眼见地笼就在不远之处，明显排除了这层可能性，让这个推测失去了根据。他不禁自问，这个被邻里称为金毛的男子，为何要在那天清晨出海？

“卡斯特洛最近有什么反常之处吗？”卡尔达斯问道，这位老渔夫也许又会搪塞一番，惹怒一边的埃斯特韦斯。

然而，出乎意料的是，埃尔米塔竟然决定从迷宫中出来探一探。

“我认为他有些害怕。”

“害怕？”

“是的，害怕。”他又重复了一遍。

“他告诉您说，他感到害怕？”

“金毛不怎么爱说话。”

“所以呢？”

“发生了一些奇怪的事。”

“您指的是什么？”

“事情。”老水手又缩回到了洞中，说着转向服务员，又要了一杯咖啡。

卡尔达斯等服务员送来咖啡之后，又问道：

“您说的是什么事？”

“你们不是和拍卖员谈过了吗？”

“是的，但是他没有提起发生过什么奇怪的事。”

“他没有和你们说海难的事？”

“您说的是阿里亚斯和卡斯特洛他们俩一块儿共事过的那条船？”

水手轻轻地点了点头。

“他对我们说，船沉了，有一名死者，阿里亚斯和卡斯特洛从此分道扬镳。但是此事已经发生了许久了，不是吗？”

“十多年了。”埃尔米塔证实道。

“这件事和卡斯特洛感到害怕有什么关联？”卡尔达斯问道。

“我刚和你们说过了，发生了一些奇怪的事。”

“什么事？”卡尔达斯又问了一遍。

“一些事。”

“您能说得再具体一些吗？”卡尔达斯问道。

埃尔米塔向四周看了看，“渔夫之家”此时空无一人。他倾身向前，低声说道：

“有好多人又看到他了。”

一直保持着沉默的埃斯特韦斯，终于忍不住说道：

“您觉得这么说更具体了？”

“您别理他，埃尔米塔。”卡尔达斯说道，“您说，他们又看到谁了？”

“还能有谁？”他又向四周看了看，说道，“索萨船长。”

两位警官都没有听过这个名字。

“这位索萨船长是什么人？”卡尔达斯问道。

“声音轻些。”埃尔米塔请求道，然后低声说道，“就是那艘沉船的船主。”

“您说有人看到他了？”卡尔达斯问道。

埃尔米塔沉重地点点头。

“在哪里见到的？”

“好几个地方。”

卡尔达斯不理解，重新看到这个索萨船长有什么奇怪之处。

“他离开过镇子？”卡尔达斯问道。

“您什么都不了解。”水手喃喃自语道，“索萨船长在那场海难中淹死了。”

“淹死了？”卡尔达斯疑惑地重复道。

“是的。他一定有事没有了结，要回来索债。”老水手说道，“所以金毛害怕极了，害怕到要了结自己的性命。”

两位警官都沉默不语，望着水手满是皱纹的面容。他不停地微微点着头，好让他的话语显得更庄严。

“您说的是一个鬼魂，一个幽灵？”探长问道。

像是在完成一场仪式，埃尔米塔用手指关节叩了叩金属制的桌腿，然后冲着地上吐了一口痰。

“敲敲铁。”老水手嘟囔道。

“您在搞什么鬼呀？” 埃斯特韦斯问道，砰的一下跳起了身。

“别激动，埃斯特韦斯。”探长安抚道，“别像有人给你施了恶魔之眼似的。”

“管他什么恶魔之眼，还是什么狗屁东西！”埃斯特韦斯一边怒吼着，一边从邻桌找来一张纸巾，“他吐在我的鞋上了。”

Barra（吧台）：1. 长而细的物件，通常都有方形或圆柱形的分节；2. 酒吧、餐厅或类似场所的柜台；3. 河流入海口或港口、海湾入口处的泥沙沉积；4. 鸟群。

天微微亮了起来，船只隐没在黑暗中的身影显现了出来，像是正在接受检阅一般，一动不动，船首排成一列，整齐地朝向庞克松的沙滩。

船只的数量不过二十来艘，绝大多数都是些划桨的小舟，也有些是加了船外机的小艇，马力也不大。阿里亚斯和埃尔米塔的船显得十分突出，它们的船身更大，船板上堆着许多地笼。另有一艘深蓝色的帆船，船上的桅杆左右摇摆着指向天空，与其他的渔船显得格格不入，就好像是放在公路酒吧吧台上的一杯香槟。

死者的小船依然拴在浮标上。卡尔达斯已经给现场勘查队打过电话，他们很快就会派人过来把小船从水里搬到岸上，和死者的拖车一道，一并查验线索。

听完埃尔米塔把水手的死归罪于数年以前死去的船长的陈述之后，警官们又和“渔夫之家”的服务员谈了谈。 阿里亚斯说的那位和死者在死前聊过的服务员，他下午 4 点之后才会到酒吧。

两个男人坐在防波堤的边缘，手里握着钓鱼竿，平行置于水面之上，警官们向他们走了过去。卡尔达斯望了望寂静无声的小镇，宛若被放在天地之间的纸板装饰物。

航海俱乐部的铁栅栏打开着，公共大楼对面有一座仓库，它的升降门也开着。仓库中有几艘小型帆船，用绒套罩着，要等到数月之后，才会有人将它们放入水中。仓库里面的某一处，传来刺啦刺啦的锯木声。

他们继续走着。冰凉的海风夹带着盐碱，拍打着他们的面颊。置身于这样的海港，卡尔达斯有那么一瞬间甚至想不起他们来到这个港口的缘由。卡斯特洛的地笼把他带回了现实世界，提醒他有人残忍地将一个被称为金毛的男子杀害了，凶手先将他打晕，然后把他的双手绑住，丢入海中。他确信凶手那么做，并不仅仅是要防止他游泳。他认为这样做的原因是把凶杀案包装成自杀事件，好让镇子里的居民相信，水手的英年早逝，是出于自己的意愿。

埃斯特韦斯站在地笼前。地笼一个个整齐地叠放着，分成两堆，靠在刷得雪白的墙边。

"这个怎么用的？"埃斯特韦斯问道。

"它就像用网做成的笼子。"探长指了指最近处的那一堆，回答道。

"探长，这个我自己看见了。"

"就这样，把诱饵放在里面，然后把地笼沉到海底。螃蟹进去吃食时，就会被网住。"

埃斯特韦斯指了指地笼上侧的一小截又粗又短的管道。

"它们从这儿进去？"

"是的。它们过来找食物，找不到出口，就会被缠在网上。"

"它们为什么不从进来的地方出去？"埃斯特韦斯问道。

"螃蟹不会游泳，它们只能仰着头，爬着去找出口。"

"那虾呢？虾会游泳。"

卡尔达斯指了指另一堆地笼，这些地笼的网眼更小些。

"两种地笼大同小异。捕虾的网格内径更小，防止它们逃跑，进口也更小些，呈倒锥形，外沿更宽，里口更窄。"

"请君入瓮。"

"请它们进去，因为无法逃出去，而被困在里面。"卡尔达斯指出。

他们往防波堤的边缘走去，那里坐着的两个渔夫哼着小曲儿，目不转睛地看着沉入海中的钓鱼线。

从上面望下去，可以看见许多鱼在海水的表层游来游去，它们围着鱼钩打转，对即将面临的危险一无所知。突然间，一位渔夫手里的钓鱼竿被拉弯了，他立刻停止了哼唱。

“今天第一条。”他微笑着说道，向警官们眨了眨眼。

渔夫开始收线，最初十分小心翼翼，然后迅速地收回。他从水里拖出了一条鱼，正奋力地摇摆着身躯想要挣脱。渔夫把鱼钩从鱼的嘴中取出，把鱼放入一个金属盒子中。接着又重新添上了饵料，猛地一下又把鱼钩重新抛入海中。卡尔达斯走近铜盒，看见里面装着一条绿脊鲭鱼，全身油光锃亮，正拼命地摇着头，摆着尾。

几分钟之后，最初的身体撞击变成了间歇性的痉挛，最后痉挛也逐渐变得越加微弱。鲭鱼张着嘴，扑腾着腮帮子，绝望地想要呼吸。蓄力片刻之后，又挣扎着摇摆身躯。它竭力喘息着，想要在盒子里再挣扎一番，仿佛无限地靠近死亡，但又无休无止。

卡尔达斯想起巴里奥医生在解剖室内问他的问题。“你见过鱼脱水而亡的模样吗？”医生如是问过。

鲭鱼又奋力一搏，想要呼吸氧气。卡尔达斯想象着卡斯特洛试图在水下呼吸的模样，但是每一口呼吸，都只是让海水更多地注入肺部。他想着也许凶手正是出于仁慈，才会击打死者的头部。

盒子里装了三条鲭鱼的时候，探长望见埃尔米塔和他的妻子出现在斜坡上，他们把木船口朝下，放到了拖车上。阿里亚斯能够凭一己之力，把拖车拉到平台上，但是这两位老人需要把拖车扣到汽车上，才能把它拉上这个小小的石头斜坡，把它和其他拖车放在一处。

“我去找那个老水手的妻子谈谈。”卡尔达斯低声说道，“我去探探她那天看到了什么。”

“要是她和丈夫一样，早上八点就开始喝酒，那么很有可能她也能通灵。”埃斯特韦斯笑着说道，“我陪您一块儿去？”

“不用了。”卡尔达斯说道，然后把头转向这两位渔夫，“看看这两个人能告诉你些什么。”

Efecto（用品）：1. 由于某原因导致某事物发生；2. 印象；3. 特定条件下产生的现象；4. 目的；5. 使球脱离正常轨道的旋转运动；6. 事物的有效性，尤指判决和法令等；7. 财物、物品。

“那时是早上 6 点。”埃尔米塔的妻子靠近她丈夫的拖车和船，站在平台上。

“您当时看了时间？”卡尔达斯问道。

“我不需要看时间，”她说道，“每天早晨 6 点，我都会探出窗口观察海况，这样我才能安心。这个习惯我都已经保持了很多年了。”

“您丈夫不出海的日子，您也会探身向外看吗？”

“不管他出不出海，我都会习惯性地探探。我醒了之后，就会去客厅，然后看看当天的海况如何。”

“原来如此。”卡尔达斯说道，然后转身朝向街道另一面的居民楼，“哪一扇是您家的窗户？”

女人指了指一幢楼房二层的阳台，离鱼市不远，楼房底层是一家小型的航海用品商铺。

“所以，您那天早晨 6 点起了床，然后探身到窗外，观望了一下大海。”

“是的。”

“您看见了什么？”

“我看见了金毛。”

“您看见他在哪？在港口这里？”

“不是的，那时他已经在小船上，划到了头几艘船中间的位置。”

卡尔达斯想起，清晨他们面向大海坐着的时候，几乎无法从黑暗中分辨出船只的身影。

“您怎么知道那个人就是卡斯特洛？”

“从他的小船认出来的，孩子。凭着多年的经验，我们认船的能力比认人都强。”

“您看清了是他在划船吗？”

“他的工作服包裹得很严实，下雨的时候大家都这样。夜里实在太暗了，但我确定就是金毛，”女人垂下嘴角，面色悲伤地说道，“您知道，我不会搞错的。”

“当然。”

“可怜的孩子。”女人接着说道，就好像是在谈论一个孩童，而不是卡尔达斯看见的那个躺在法医的床架上，毫无生机的成年男子。

“他一个人？”

“当然了。”

“您确定？”

“完全确定。”她毫不迟疑地回答道，指了指死者的渡船，此时小船正在浮标旁左右摇摆。“金毛的渡船是那艘，叫做‘小女孩’。假如还有其他人在船上，我肯定能看见。”

卡尔达斯望向死者的渡船。埃尔米塔的妻子说得有理：没有人能够藏匿在如此小的船只上。

“看到他去船上，您不觉得奇怪吗？”

“我为什么会觉得奇怪？”

“那天是个周日，天色这么早，而且还下着雨，不适宜出海，不是吗？”

“假如所有雨天我们都在家里待着的话，我们还能吃上饱饭吗，孩子？”

“但是周末禁渔。”

“我以为他要去船上找什么东西。就拿埃尔米塔来说，他经常会把钥匙落下，只能再回船上去取。他总是抱怨自己的骨头疼，但我觉得他的脑子病得更严重，再加上他戒了酒。”

卡尔达斯暗自笑了笑，然后又问道：

“您后来还见过卡斯特洛吗？”

“见过，片刻之后。他打开船灯的时候，我又看见他了。”

“还有其他人在船上吗？”

“我已经和您说过了，没有其他人。”她坚定地说道，“我虽然年纪大了，但是眼睛不花。我就连缝扣子，都不需要戴眼镜。”

“您还看见什么了吗？”卡尔达斯问道。

“没看见其他什么。我去厨房倒了杯咖啡。”女人接着叹息道，“可怜的孩子！假如我知道他要做傻事，一定会把埃尔米塔叫醒。”

“您肯定预料不到……”

此时，一个年轻人顺着人行道走来，靠近鱼市大楼，用四段胶带，把一张纸贴在了门上。

“讣告已经贴出来了。”女人说道。

他们一同穿过大街。纸上画着一个十字架，下面用大号字体写着胡斯托·卡斯特洛的名字，四十二岁。讣告上还写着葬礼就在今天下午举行。卡尔达斯想起阿莉西亚问及什么时候才能将她哥哥的尸体奉还时，那悲伤的神色，现在知道法官没有耽搁申请流程，顿觉释怀不少。

“我为他的母亲感到心痛，您知道吗？她母亲很年轻的时候就守寡了，一个人把两个孩子拉扯大。”埃尔米塔的妻子在胸前画了个十字架之后，说道：“金毛是个好孩子：话不多，但是从不惹麻烦……他也有困难的时候。她的母亲为了能治好他的病，不顾及自己的身体，但是看见儿子身体健康，比自己能走路还要重要，您觉得呢？她好几年以前就瘫痪了，和她女儿一块儿住。她的女婿经常出海，她们娘俩相互陪伴。我不懂金毛怎么能对她们做出这样的事。”

卡尔达斯抿住嘴，不再言语，只是望向防波堤的尽头处。埃斯特韦斯已经和两位渔夫聊起来了。

“您知道卡斯特洛住哪儿吗？”卡尔达斯问道。

“金毛住哪？”

卡尔达斯点了点头，女人指了指通向海福教堂的上坡路。

“走到教堂之前，向左拐。金毛的房子是个绿色的矮楼。很容易找，是镇子上唯一的一幢绿色房子。”

探长毫不费力地就找到了卡斯特洛的房子。漆成绿色的正墙上，有一扇白色的木门和一扇窗户，窗户外装着黑色的铁栏。一个警察站在门口抽着烟。

“卡尔达斯探长。”探长自我介绍道。

“和电台那家伙一个名字？”警察问道。

“名字一样。”卡尔达斯说着走进了屋。

呈现在卡尔达斯面前的是一个装潢简单的客厅。他抬头便望见墙上挂着一张圣女卡门的画像，画中人深色的双眸紧盯着跨进门槛的来人。右边有一张沙色的沙发，前面摆着一张矮桌。电视和音响都放在柜子上，柜子有若干个透明橱窗，还有几排摆着许多纸张的架子。客厅的另一面，有一张餐桌，周围摆放着四张简单的椅子，一个餐柜靠在远处的那面墙上，上面摆放着几个玻璃物件和两幅照片。

卡尔达斯穿过客厅，看了看照片。第一张照片拍的是一支准备出赛的足球队。五名球员弯着腰，其他六人则直着身。照片看上去有些年头了，卡尔达斯从守门员浅色的头发认出那是少年时期的卡斯特洛。另一张近照上是卡斯特洛还有他的妹妹阿莉西亚和他们的母亲。他的母亲满头白发，身穿黑衣。她和孩子们一道坐在椅子上，有些羞涩地望着镜头。

卡尔达斯把相片拿在手里的时候，突然感觉到一阵熟悉的震颤。面前放着一具死尸的时候，无论是新鲜的尸体，还是已经腐烂不堪的残肢，卡尔达斯都不会感到有所触动。就连埃斯特韦斯这样粗线条的人，看到尸体的时候都不免有些崩溃，但是卡尔达斯碰到谋杀案的时候，总能把注意力聚焦在那些能帮助他破案的线索上。他眼中的尸体，不过是能帮助他解决手中案件的工具，就好像是一副黑白色的图像。但是，当他深入案情，受害者的每一条隐私都像是在纸上涂了一道彩绘，隐藏在调查背后的人形便逐渐浮现了出来。

昨天下午在解剖室，当巴里奥掀开殓尸袋时，面对着卡斯特洛裸露在外的尸体，探长同样没有感到触动；然而现在，这位母亲嘴边那一抹疲惫的微笑不觉让探长咽了一口唾沫。卡尔达斯不为死者感到悲痛，却为生者感到悲哀。

客厅里除了大门以外，还有两扇门。一扇通向小厨房，和房间的其他地方一样，十分干净整洁。另一扇门则通向一个小小的过道。

卧室里，摆着一张大床，做工考究，床头上方的墙上悬挂着一个十字架上的耶稣雕像。床的一边放着一张柳条靠背椅，另一边靠窗处，摆着一个床头柜，上面有一盏台灯和一个收音机。卡尔达斯拉开抽屉的把手查看，抽屉像是一个药箱。卡斯特洛在里面放着一小罐碳酸氢钠，几盒用来治疗胃酸的压缩药片，镇静剂，喷鼻器，一支温度计和探长认不出的一些药。

窗户朝向一个四十平方米大小的院子，地面上铺着石板。院子的一面搭着一个棚子，颜色和房子正面的绿色一样。

过道里有一扇玻璃门，在卧室和洗手间的门边上。卡尔达斯打开门走进院子。一个葡萄架建在最靠门的地方，可以挡雨。有一面墙也是绿色的，墙边靠着两个钓鱼竿和一些其他工具。地上堆着一些废弃了的地笼和几个黑色的篮子，和其他渔夫用来把海鲜运上港口的一样。篮子一个个上下叠放在一块儿，最上层的篮子里面，放着些钓鱼线和浮标，和埃尔米塔用作钥匙扣的浮标类似。

篮子旁边放着一些卷着的绳索，还有一个透明的塑料工具盒。卡尔达斯打开盒子，里面的分隔中，铅锤和鱼钩按照大小依次排开。盒子里还放着些渔轮和拟饵。有些鱼钩上挂着塑料蚯蚓，还有些挂着拟饵。探长觉得有趣，鱼若是真会咬上如此粗糙的制品，一定是患了近视眼的毛病。

卡尔达斯穿过院子，走向棚屋，抬头向上看去。周围楼层高的居民楼把水手的院子圈了起来。这些高楼里，一扇扇窗户的百叶窗都低垂着，专待来年的夏天，游客们将它们重新收起。

棚屋的木门没有把手，但门是用钥匙锁着的。他走近小窗户，拿手放在眼睛周围，挡住些窗上的倒影，好看清里面的摆设。

“探长。”身后传来喊声，把他吓了一跳。

探长转过身，发现是那位看守房子的警察。

“死者的妹妹在门口。她想进屋找她哥哥的衣物。我能放行吗？”

探长陪着警察走到街上。阿莉西亚站在门口等着，她的头发扎成了一束马尾辫，蓝色的双眸哭得红肿。

“卡尔达斯探长。”她一眼便认出了他，“我不知道您在这儿。我需要取一些哥哥的衣物。尸体已经在殡仪馆了……”

“当然，进来吧。”卡尔达斯说道，也不让她多做解释，站在了一边，让她走进屋，“我刚到，过来看一眼。”

阿莉西亚走进卧室，打开衣柜的一扇门，取下衣架上挂着的一条深蓝色的裤子，把它放在了床上。当她从一个抽屉里取出一件白衬衫时，又忍不住失声痛哭起来。卡尔达斯走回了客厅。

在书架上，卡尔达斯发现了一张装裱在相框中的剪报，是一则去年十一月的新闻。描述的是一个水手在庞克松港附近的海域钓到了一条热带鱼，之前从未在加利西亚省的沿岸出现过如此奇观。报纸把这一奇迹归因于水温的变化，那段时间的水温比往年高了好几度。新闻的配图上，卡斯特洛开心地笑着，他将一条圆滚滚的鱼挂在挂钩上，高举在空中。

“这是他的高光时刻。”

“什么？”卡尔达斯转过身，看见阿莉西亚站在身后，一个手臂上挂着叠好的衣物，另一只手上拿着一双皮鞋，和埃斯特韦斯脚上穿着的一样锃亮。

“全世界都看到了这张照片，连电视台都来采访他。卡斯特洛当时特别紧张，几乎说不出话来了。”阿莉西亚微笑着说道，吸了吸鼻子。

卡尔达斯咽了口唾沫。

“你们昨晚睡得怎么样？”

“睡了一会儿。”金毛的妹妹回答道，“今天下午就要举办葬礼了。”

“我知道。我刚看见鱼市门口贴着的讣告了。”

阿莉西亚把她蓝色的眼眸阖了阖。

“您有什么发现吗？”

“现在还为时过早。”卡尔达斯说着，把装着剪报的相框放回到架子上，“这个房子是您哥哥的？”

“您为什么这么问？”阿莉西亚问道。

“这里可以改造成公寓楼。”

“卡斯特洛不想卖这个房子。”

“有人让他开价吗？”

阿莉西亚抬眼看向天花板。

“很多人。但是我哥哥是不会被金钱收买的。他只想安静地过日子。船上的工作很辛苦，但是他干得很开心，而且他也没有什么要用钱的地方。不出海的时候，他在棚屋里一待就是好几个小时。”她用手里拿着的鞋子指了指院子的方向，“倒腾些他喜欢的玩意。”

“我刚想看一眼，但是门锁着。您有备用钥匙吗？”

“没有，我只有大门钥匙。但是那里面都是些破烂玩意儿。废弃了的船马达和其他不值钱的器械。我母亲常说卡斯特洛就只会修些没用的东西。”

卡尔达斯抿着嘴微笑了一下。

“您母亲怎么样？”

“很糟糕。”她叹了一口气说道，“听到这个消息之后，她一直不停地哭，一口东西也不吃。要是让她知道哥哥的双手是绑着的，我都不知道她会作何反应。”

“您别和她说了。”

阿莉西亚看他的眼神，分明就像他区分不出阿尔巴利诺葡萄和特雷萨杜拉葡萄时，父亲看向他的眼神。

“探长，在镇子上是不可能守住秘密的。”

“嗯。”卡尔达斯简单答道，又问及那些对这幢房子感兴趣的人，“您知道，最近有人出过价吗？”

金发女郎的马尾左右摇了摇。

“有可能，但是我不确定。卡斯特洛不怎么提这些事。”

“有可能和你们的母亲说过，或者他的朋友。”

阿莉西亚又摇了摇头。

“卡斯特洛没有朋友。”

“从来没有朋友吗？”

“几年以前还有。”她说道，然后又说了一遍探长已知道的信息，“他刚治愈的时候，在一艘渔船上工作过一段时间，‘竹荚鱼号’。他们出海一次，要过两三天才会上岸。我记得那些船员就是他唯一的朋友了。那时候他很开心，但是……”

卡斯特洛等着她继续说下去。

“但是？”

“探长，他们什么都没有和您说吗？”

“没有。”卡尔达斯谎称道，阿莉西亚不由得叹了口气。

“有个晚上天气不好，‘竹荚鱼号’沉没了。那天是1996年12月20日。我永远都忘不了这个日期……我也忘不了那年的圣诞节。船上一共有四个人。三个水手都很年轻，游上了岸，但是船长没能做到。我哥哥是个游泳健将，但也无法帮助船长，大家都叫他索萨船长。” 阿莉西亚解释道，“我哥从来不愿意提起此事，但是经历了那件事之后，他就变了。”

“变了？”卡尔达斯鼓励她继续说下去。

“当所有人都视他为废物时，索萨船长选择了信任他。船长帮助了他，给他机会，让他觉得自己是有价值的。船长死后，我哥变得更加沉默了，变得害怕大海，当然是以他的方式。”

卡尔达斯奇怪地看了她一眼。

"您这么觉得？"他问道。阿莉西亚点了点头。

"他依然喜欢这份工作，但是从那以后，他再也不愿意去看不到海岸的海域。他甚至不会把船开到游不回来的地方。"

"剩下的人呢？"

"剩下的？"

"'竹荚鱼号'上的其他船员呢，他们怎么样了？"

"其中一个离开了很长一段时间，去了一个海上石油平台工作。两三年以前回到庞克松，现在和我哥一样，都在近海捕鱼。他叫何塞·阿里亚斯。是个身材高大的水手，和您的同伴一样。"

卡尔达斯点了点头。

"阿里亚斯和您的哥哥关系如何？"

"他们一起在'竹荚鱼号'上工作的时候，关系很好，但后来就不怎么来往了。阿里亚斯回到镇子上之后，他们就连一点儿交情都不剩了，几乎不说话。"

"另外一个人呢？"

"另一个人叫做马科斯·巴尔韦德。他不再出海了，但是还住在镇上。他过得不错，靠旅游业和建筑业发了财。我觉得，我哥和他也不再联系了。'竹荚鱼号'沉没之后，大家都分道扬镳了。"

阿莉西亚停住了话头。卡尔达斯看着她的眼睛，似乎欲言又止。她眼神飘忽地看向那张他们三人的合照，搜寻着合适的话语。好一会儿，才说道：

"昨天您问我，最近有没有觉得哥哥有什么反常之处。"她停顿了一下，卡尔达斯点了点头。"是有些……不过也许挺可笑的。"

"肯定不会的。"探长继续鼓励她说下去。

"我哥哥再也不吹口哨了。"

"什么？"

"您听过《索尔维格之歌》吗？"阿莉西亚问道。

卡尔达斯没有听过，于是模棱两可地挑了挑眉。

"这是一首挪威的曲子，但是听起来和加利西亚的乐曲有些相似。我们小时候，母亲在夏季会把房子租给一个马德里人，他教会了我们这首歌。那个时候，我们会搬到这里来住，那时这里还是我外婆的房子。马德里的那户人家就住在我们的房子里度夏。那时候太不方便了。我母亲和我只能一起挤在外婆的床上睡觉，我哥睡在沙发上。但是他们付给我们的房租，可以维持我们下半年的开销。”

探长点了点头，不明白阿莉西亚向他讲述童年回忆是何用意。

“好几年以来，我哥每天都在同一时刻走进家门，吻一下母亲，然后找来报纸，坐在床边读报。”

卡尔达斯又咽了口唾沫。阿莉西亚继续讲述着她的故事。

“我哥每天下午都这么做。从桌上找来报纸，然后坐在母亲身边读报，就好像是规律性的仪式一般。坐下不久之后，他就会吹口哨，旋律就是《索尔维格之歌》。他只要打开报纸，就会不自觉地吹口哨，这首歌旋律很美，我哥吹起来就像是鸟儿在唱歌。每天都是同一首歌。我和母亲听到之后，就会对视一笑。”

探长静静地听着。

“但是几个月以前，他就再也没有吹过这首歌了。某一天突然就这样了。那天下午他照常来到家里，亲吻了一下母亲，然后和往常一样，把报纸摊放在腿上，但是那天没有《索尔维格之歌》。那天过后他就再也不吹口哨了。您觉得会有什么关系吗？”阿莉西亚问道，蓝色的眼睛又蒙上了水气。

“我现在也不能确定。”卡尔达斯答道，忍住将她抱入怀中安慰的冲动。

“对不起。”她道歉道，用拿着为她哥准备的葬服的手背擦了擦泪水，“我真蠢，不知道为什么要和您说这些。”她哭诉着，走出了屋子。

卡尔达斯走回院子，查验了一下棚屋的门锁。锁孔看起来比大多数的都要小。他想起死者口袋里装着的两把钥匙，后悔没有把它们带在身上。那把较小的钥匙一定是用来开启这扇门的。

“我来了。”埃斯特韦斯的声音从背后传来。

卡尔达斯正想着法儿，要把钥匙塞进门锁中。

“你和那两个渔夫处得如何？”卡尔达斯没有转身就问道。

“还行。”

“你得到什么信息了？”

卡尔达斯从口袋里掏出自己的钥匙，挑出其中最小的那把。

“探长，您不会信的。这两个人和那个老水手想的一样：卡斯特洛是自杀的，是船长让他这么做的。”

“索萨船长？”探长一边在锁孔上试着钥匙，一边问道。

“正是此人。您怎么想？”

卡尔达斯没有回答，换了另一把钥匙。

“他们说卡斯特洛收到了船长的信息。”埃斯特韦斯补充道。

“他×的。”探长低声说道，钥匙滑进了锁孔，但是却无法旋转，“他们说了是什么样的信息吗？”

“他们说有一天早上，卡斯特洛的小船被涂了漆。他们还说，那个金毛看到船上写着的字，吓得魂不附体。”

“写着什么？”卡尔达斯问道。

“他们说自己没有看见。”

卡尔达斯向助手转过了身。

“你不会是要让我相信，这几个渔夫看到斜坡上的小船被涂了漆，居然没有靠近去看吧……”

“我可没有想让您相信什么。他们就是这么说的。金毛看见了之后，立刻就带上船去找岸边的一个木匠，让他把这些字抹掉。”

卡尔达斯因为用力过猛，转过涨得通红的脖子，手因为用力握着钥匙而失了血色。

“那么，他们怎么知道是索萨船长留下的信息？”

埃斯特韦斯耸了耸肩。

“我也这样问了他们，但我不知道他们的回答是什么意思。”

“嗯。”卡尔达斯无可奈何地说道，“看看你能不能打开这扇该死的门。”

埃斯特韦斯向后退了几步，把身体往后倾了倾，好蓄上力，然后冲着门猛地踢了一脚，门就飞离了门框。

“见鬼，埃斯特韦斯！”探长斥责道，没来得及把他拉开。

“您不是想开门吗？”

埃斯特韦斯的一脚，不仅把门踢开了，还一下子把它的铰链踢了开来。探长望着脱了框的门，叹了口气，像是拉开窗帘一般，把门拿到了一边。

他们走进棚屋，正如阿莉西亚提醒的那样，这里就是一个废物处理场。摩托车的底盘靠在墙边上，上面布满灰尘；旁边放着一台老式的除草机机壳。桌上放着几台从船上卸下来的发动机，还散乱地放着许多零件和工具。

“你知道那位岸边的工匠在哪儿吗？”卡尔达斯一边问道，一边从棚屋里走到了院子中。

“那里，”埃斯特韦斯指向院子的一边，“他在航海俱乐部工作。”

卡尔达斯看了看助手伸出的手指，然后看向他所指的方向。在墙的上方，两幢房子中间，能看见一小段海岸。埃斯特韦斯是如何辨识方向的呢?

“你和他谈过了？”

“我没有和其他人谈过。一个小时之内，就被吐了两次口水，我可受够了。”

“两次？”

埃斯特韦斯点了点头。

“我提起那个死去的船长，然后……哗！”埃斯特韦斯说道，“我差点没忍住把鱼钩挂在他舌头上，一起扔到海里。”

Impresión（认为）：1. 打印；2. 把某物按压在另一个物件上留下的印记；3. 印刷品；4. 某实体给另一实体留下的印象；5. 某人或某物对心情造成的影响。

鱼市已经关了门，若不是门口放着的水桶还散发着鱼腥味，旁人肯定无法想象这里清晨时候的活动。一个年长的男人走在两位警官前面，看见了卡斯特洛的讣告，便伫立在了门口。他把挂在胸前的眼镜架到鼻尖上，然后把头向后仰了仰，好透过镜片看清楚字。卡尔达斯不由得笑了笑。许多年以来，父亲的眼睛总是抬在眼镜的上方瞧他。父亲的眼镜十分沉重，金属边框，没有这位读讣告的老人的眼镜上系的带子和轻便的框架。父亲只在睡觉或是清洗时，才会摘下它。清洗时，他会先吹一口热气，好让镜片变得湿润，然后从裤子右边的口袋里掏出一块白色的手帕，反复地擦拭。许久以前，父亲把镜片换成了渐进式镜片，但是卡尔达斯总会想起父亲擦拭那副旧眼镜的模样，半眯着眼镜，金属的红色映在皮肤上，镜架的印痕变成了鼻子上端白白的圆印。

两位警官继续前行，穿过了庞克松航海俱乐部入口处的栅栏，走了进去。左手边是通向公共大楼的楼梯。像许多其他的航海俱乐部一样，这个大楼也是仿造船只的指挥室而造的，建筑整体呈波浪状，二楼的一个个圆窗就像是公牛瞪着的眼睛。院子的另一边是一个小厂房，用来作为仓库。一扇漆成蓝白色的大门敞开着，隐约可见盖着罩子的轻型帆船的外壳的形状。

“你确定这里有木匠？”卡尔达斯问道。他一边向四周看着，一边走上通往船形大楼的楼梯。

“我理解的是这样。”

片刻之后，他们就在一位男士的陪同下，重新走回到了院子里，男人向他们指了指仓库另一头的升降门。

他们拉开了些门，便看见了一个工作坊。天花板上垂着几根荧光灯，照亮了这个不大的空间，一道隔墙将作坊和厂房其他的区域分隔开。一张木匠桌，边沿处装有两个台钳，靠着整面边墙。在几块被锯成相同尺寸的木板中间，露出圆盘锯那带着锯齿的锯片。

门口的一个船架旁，卧着一只灰色的猫，它的双眼睁开了片刻，看了他们一眼，又兴致寥寥地闭上了眼睛，在地上窝成了一团。

埃斯特韦斯用头点了点里面，在仓库内唯一的一扇窗户边，卡尔达斯看见了这位岸边木匠的身影。他背向着他们，坐在一张板凳上，倾身靠在一条小船上。

他们向里面走去，地上摆着一艘木船，船板上有一处裂口。他们小心越过它，大海的气息逐渐被木头、胶水和油漆的味道覆盖住了。

卡尔达斯和埃斯特韦斯站在木匠的身后，看着他正对着一艘旧木船，弯着身工作。船虽然已经被仔细地刷洗过了，但依稀还能看见之前蓝色的油漆。木匠把手伸进一个袋子，掏出一些麻絮和旧绳，准备把它们放到木板的接缝处。他先用手揉搓这些麻线，然后用木槌轻轻地敲击一个像锥子一样的工具，最后用力地敲了几下，敲击声就好像鼓点一般。

“他在做什么？”埃斯特韦斯问道。

“他在捻缝。”探长低声解释道。

埃斯特韦斯显然没有听明白这个解释，把眉毛高高地挑了起来。

“人们把麻屑放到木板之中，然后压紧，好阻止水流进木板的缝隙。之后，要在船体表面涂一层沥青来保护木头。”

木匠停止了敲击，微微转回身看向他们。

“大致如此，对吗？”卡尔达斯问道。

木匠又重新弓身弯向小船。

“差不多……只是现在已经不涂沥青了。”木匠解释道。他又放了些麻屑到木板的结合处，用力按压，然后用木槌换着角度敲击，“用沥青油船一定要十分仔细。如果涂得太软，就会融解；涂得太硬，就会开裂。所以现在都用植物焦油。”

“嗯。”

卡尔达斯发现木匠拿着木槌的右手缺了几根手指，不由得看向木匠桌上露出的圆形锯片，也许就是那个锯子造成的伤害。他又看向木匠，他依然在压着麻屑，好把接口处都密封住。结束工作之后，他把工具放到了地上，站起了身。

“你们有何贵干？”

“我是卡尔达斯探长。”他说道，克制住下意识伸手的冲动，“这是埃斯特韦斯探员。我们从维戈市警局过来的。您现在有空吗？”

木匠点了点头。他体形很瘦，个头适中。他的工作服和刚坐着的凳子上溅满了各色的颜料。他有着深色的头发，胡子拉碴但很浓密，颜色微微发红，难以分辨他的年龄。无论如何，也算是在过于年轻的年纪，就失去了三根手指。

“你们说吧。”

方才在门口睡觉的猫咪，不知何时出现在木匠的两腿之间，亲昵地蹭着身体。

卡尔达斯想起昨晚那条褐色的大狗，它看见父亲时也是一派亲昵。尽管父亲说不是他的狗，但是那条狗看见父亲之后，又叫又跳的模样，不禁让卡尔达斯担心它会尿失禁。

“是您的吗？”卡尔达斯指了指猫问道。

“当然是的。”木匠答道。

“嗯。”卡尔达斯简单回复了一下，眼睛依然盯着猫咪，看着它蹭着主人的裤腿。

“你们为它而来？”木匠问道，他和埃斯特韦斯一样都十分迷惑，不明白探长为何会对这只猫有那么大的兴趣。

“不是，我们想和您谈谈。”卡尔达斯解释道，说完不禁觉得说了句蠢话。

“是关于胡斯托·卡斯特洛，那个叫金毛的。”埃斯特韦斯说道，切入了主题。

“您认识他是吗？”探长问道。

木匠点了点头，用缺了手指的手示意门口放着的一艘半成品。

“这艘船是为金毛造的。”

探长看向船，埃斯特韦斯则看向木匠的手。

“他什么时候订的？”卡尔达斯问道。

“几个月以前吧。他自己正在找零件，想要组装一台发动机，因此不是很着急。我有其他更着急的订单，但有空的时候……假如我能料到的话，就不会开工了。”

“理解。那么这段时间你们接触频繁，是吗？”

木匠胡子后面的嘴撇了撇。

“也不是很多。他订货的时候，我们聊了聊，之后也就说过几次话而已。他这个人话不多。”

卡尔达斯觉得眼前的木匠也算是沉默寡言。

“您最后一次见他是什么时候？”

“金毛？上周六中午的时候，他来过这里。但是我们俩几乎没有说话。他过来看了一眼船，在门口和我打了个招呼，就走了。就像我说的那样，他不是那种会留下来聊聊天的人。”

卡尔达斯决定不再兜圈子。

“有人对我们说，不久之前，有人在卡斯特洛的船上写了些东西，他找您帮他抹掉。”卡尔达斯说完，留意到木匠的眼神变了变。

木匠用他那少了手指的手摸了摸头发。埃斯特韦斯的眼睛一直盯着他的手，就好像被磁石吸住了一般。

“是真的吗？”卡尔达斯问道。

“不完全是。金毛有一天早上拖着车过来，让我帮个忙，借他一片砂纸，好打磨一下木头和油漆。是他自己抹掉的。”

“您能看见上面写着什么吗？”

“船上？”

埃斯特韦斯忍不住咳嗽了一声，卡尔达斯警戒地看了他一眼。

“是的。您能看见上面写了什么吗？”

“差不多吧。”

“差不多？”

“已经是几周以前的事了，探长。”木匠解释道。

“请您仔细回想一下。”探长说道。

木匠低头看去，猫咪还在他的两脚之间磨蹭。

“是个日期。”

“您还记得吗？”卡尔达斯问道。

男人又用残疾了的手摸了摸头。

“1996 年 12 月 20 日。写成数字的形式：‘20/12/96’。”他说道。

这绝非巧合。1996 年 12 月 20 日正是“竹荚鱼号”沉没的日期。金毛和几个水手从海难中成功逃生，但却是索萨船长的死期。

“您确定？”探长问道，木匠轻轻点了点头。

卡尔达斯想起那几个水手和埃斯特韦斯说的话，船身上写的是索萨船长的威胁。一个简单的日期就算是威胁的言语吗？写在船上的日期也许对卡斯特洛来说会有特殊的含义，可能会令他想起那个刻在记忆深处的冬天的寒夜。然而，卡尔达斯却不认为事过境迁之后，镇子上的人还会把一个日期本身看成一种威胁。

一定还写着其他什么内容，探长决定为木匠铺铺路。

“这个日期不是唯一的内容，对吗？”

木匠望向探长的眼睛。浓密的胡子掩盖了木匠的表情，不禁让探长觉得遗憾。

“还有什么？是一句话吗？”探长鼓励道。

“我只看到几秒钟。”木匠回答道，看向作坊关着的大门。

“没有人会知道我们和您谈过这些。而且，我认为那天早晨见过那艘船的，也不止您一个人而已。”

木匠想了片刻，最后低声说道：

“还写了一个词。”

“一个词？”

木匠点了点头，重新望向地面。

“您还记得吗？”卡尔达斯问道，尽管心中已有答案。假如木匠能把日期都记得那么清楚，应该不可能忘记旁边写着的词语。

“凶手们。”木匠说道，如释重负般地呼了一口气。

“凶手们？”卡尔达斯问道。

木匠微微点了点头表示确认。

“带着‘们’字，复数？”探长问道。

木匠点了点头。

“我可什么都没有和你们说过。”

走出作坊之后，涨潮的气息又迎面扑了过来。

“您能说说，您倒是觉得是谁的呢？”埃斯特韦斯说道。

“什么？”

“还有什么？猫啊。您刚才认为它的主人是谁？”

“不知道……”探长嘟囔道，继续走着，“谁都有可能。”

探长在“渔夫之家”门口停了停，往里面扫视了一眼。几位客人倚着吧台坐着，另外一人正在桌子旁读着报。探长看了看手表，啧了一下嘴。阿里亚斯此时应该已经睡下了。探长想找他谈谈，但还需要等几个小时才行。他穿过街道，站在推车旁，看着拴在浮标上的小船。现场勘查队的警官们还没有把卡斯特洛的船捞上岸来检查。

“他这样还能工作，真是太神奇了。您不觉得吗？”埃斯特韦斯说着走到了探长身边。

“什么？”

埃斯特韦斯把右手的三根指头收了起来。

“他的一个手缺了三根手指。您没看见吗？”

“是的……嗯。”卡尔达斯简单地回答道。

探长望着这些小船，思绪却没有在木匠的手上多作停留。

Horizonte（地平线）：1. 从远处任意一点，观察到的天空和地面的交界线；2. 形成地平线的地表；3. 对一件事物的全新看法；4. 思想境界。

卡尔达斯找了找烟盒，点燃了一支烟。他们俩站在马多拉海滩，凭栏远眺，海浪冲向沙滩上那一条绿藻形成的深色长堤。

“你说他是在哪里被发现的？”

“在那里，水藻中间。” 埃斯特韦斯用手指了指。

卡尔达斯看了看助手所指的方向，然后向四周看了看。他们的左边有一块陆地伸向海面，拦住了这片沙滩向远处延展。鱼市，航海俱乐部和其他房子就在那块长满芦苇的陆地后面。从这里也望不见庞克松那开阔的海滩。他们右手边的沙滩连接着铁山。早晨的时候，铁山的轮廓是灰色的，和天空、大海融为了一色，山顶上的石碑在浓雾中若隐若现。海面上，埃斯特拉斯群岛就像两个深色的驼峰，连接着铁山倒影的顶部。

“他的口里吐着泡沫。”埃斯特韦斯补充道。

“嗯。”卡尔达斯答道。卡斯特洛的尸体可能是被海浪从任何地方带过来的，就好像这些海藻一样。海藻的气味破坏了他抽烟的兴致。

探长往下走了两级台阶，沿着沙滩往海边走去。雨水在沙滩上织就了一层深色的厚毯，他每踏一步，都像是踩破了一块沙痂。卡尔达斯站在离岸边几米远的地方，站立着观赏着海浪，冰凉的海风时而吹亮手里的烟头。他想象着水手被缠在海藻织就的网中，海浪每隔数秒就赶来拍打他那毫无生气的躯体。

找过木匠之后，他们又和几位街坊邻居谈了谈。所有人都描述死者是个沉默寡言的人，生活圈很封闭，几乎不可能和镇子上的人有什么仇怨。除了他的妹妹和母亲，没人见过他有其他女性朋友，除了阿里亚斯和巴尔韦德以外，也不认识其他什么朋友，在“竹荚鱼号”沉没之后，就连他们也不互相来往了。有些午后，他也会和所有人一样，去“渔夫之家”坐坐，但他从来不打牌，也不多喝酒。每天出海工作，在家中的棚屋倒腾些设备，午后陪伴母亲，这些似乎就构成了卡斯特洛生活的全部。

每当一个人去世之后，人们总是习惯夸大他的美德，但这次卡尔达斯却没有收获类似的评价，当然也没有人对死者表示不满。对于死者的逝去，他们似乎感到无关痛痒。庞克松的居民们对于死去的水手慎重地保持着距离，就好像他生前与他们刻意保持距离一般。

然而，就像探长脚下延展开去的白色沙滩上，那一层湿润而坚硬的湿泥一般，随着卡斯特洛的死，他生前谨小慎微的防护，也在人们迷信的作用下，逐渐产生了裂痕。

在庞克松，所有人都认为是金毛自己了结了性命。尽管没有人公然声称，但大家几乎都一致把原因归结到了过去，归因于惧怕多年以前淹死了的船主。但凡提到这个名字，这些依海而居的人们都会用手碰碰铁器，然后向地上吐口唾沫。

死者船上的涂绘也指向“竹荚鱼号”的沉没。木匠匆匆一瞥，却记下了木船上写着的日期和词语。卡尔达斯希望现场勘查队能从木船上找到一些涂绘的痕迹，笔画或是其他什么细节能帮助他们找到始作俑者。

探长吸了最后一口烟，然后弯身摁灭了它，把烟蒂埋在了沙里。他就这么蹲着，看着海浪。卡尔达斯可以出神地望着浪花数个小时，就好像望着火堆一般。他喜欢看着海浪靠近岸边，高高地抬起头，然后轰然倒下，化成点点泡沫，再被推上岸来。凶手先敲击金毛的头部，把他的手绑住，然后把他抛入这片凶猛的海水之中，这样的作案手法令卡尔达斯觉得不寒而栗。

除了埃尔米塔的妻子以外，没有其他人见到卡斯特洛周日早上解开过船的缆绳。绝大部分的人都利用休息日睡了个懒觉，剩下的几个早起的，看见窗外的大雨和狂风，也被困在了家中，直到中午才出门。埃尔米塔的妻子从窗口望见了水手，看见他把小舟划到了渔船处，之后又看见他点着灯，一个人出了海，时间大约是在早上6点。

航海俱乐部的保安没有见到卡斯特洛出海，旅游季以外的季节里没有夜间执勤人员。这位保安从早上7点开始值班，之后再没有看到其他船只在那个十月阴霾的周日出港。

埃斯特韦斯之前给海湾另一头的巴约纳港口打了电话，那里也没有什么特别的动静。那天周日，天气十分恶劣，休闲度假的船只全部停运，渔船也全都系在岸头，不仅不能捕鱼，就连出海都不行。

探长从前赴后继的波涛中抬起眼，望向远处的地平线。大海和云层连成了一片，界线模糊。卡尔达斯难以解答案发的那日早晨，除了卡斯特洛的船以外，为何没有其他的船只在这片海域航行，而且船上除了他以外，竟没有其他船员了。水手的尸体被海潮带到了岸上，但是船又去了何方？现场勘查队的警官们正在对海岸附近进行地毯式的搜查。船迟早会出现的。

他踏着沙滩上的湿泥，走回了公路。埃斯特韦斯依然靠在马多拉海滩的金属栏杆上。

“您有什么发现吗？”

卡尔达斯不悦地看了他一眼。埃斯特韦斯指望他能发现什么呢？宝藏吗？

“我看您在沙滩上蹲了那么久……”埃斯特韦斯辩解道。

“没有。什么都没找到。你问了那个叫巴尔韦德的住哪儿了吗？”

“问了。”

“你能找到吗？”

“当然，就在前面。”

“那我们出发吧。”

“您看见您的鞋都变成什么样了吗？”埃斯特韦斯坐上车之前说道。

“是的。”卡尔达斯也不费心看一眼，便回答道。

Intimidad（隐私）：1. 相互交往中深刻的友谊和全然的信任；2. 个人、家庭或群体的心事、秘密或隐私。

埃斯特韦斯驶离马多拉海滩，转了个弯往铁山开去，不一会儿便开上了一条倾斜向下的弄堂，两边围着房子的墙壁。弄堂是条断头路，尽头处是一座房子的深色木门。

“应该是这家。”埃斯特韦斯说道。

他们下了车，走近大门，按了几次门铃，没有任何应答。门的一边，竖着一根靠门的立柱，上面装着一个邮箱，但标识房主姓名的地方却留着空。邮箱里面也空无一物。

埃斯特韦斯从木门的两扇门板之间望了望，然后把手搁在上方，就好像在蓄力一般。

“我觉得里面没有人，” 埃斯特韦斯说道，“您要让我进去吗？”

卡尔达斯愕然地看着他。

“我们不是来行窃的。”卡尔达斯说道。

卡尔达斯叹了口气，自觉永远都无法理解助手的大脑回路，径自走回了车。

路窄得不能掉头，埃斯特韦斯只得倒车爬坡。几分钟过去之后，发动机不停地轰鸣着，但是汽车却只前行了不到数十米。

“你确定我们能离开这里吗？”探长问道。

埃斯特韦斯用脑袋指了指后视镜。

“假如后面这辆车能移开的话，就能行。”

卡尔达斯坐在座位上往后瞧去，在他们的车后方确实停着一辆红色的汽车。探长打开车窗，把脑袋探出窗外。

“这条路走不通。”他喊道。

探长觉得这位红色汽车的车主向他们打了几个手势，让他们继续往前开。于是探长便让埃斯特韦斯重新往下坡尽头的房子开去。

靠近大门的时候，门被遥控器自动打开了。埃斯特韦斯驶进大门，把车停在了前院。

“这是个房子？”

“你希望它是什么？”卡尔达斯望着房子朝向院子的这一面，竟是一堵平整的水泥墙，没有门，也没有窗户。

“不知道，看着像个地堡。”埃斯特韦斯说道。

红色轿车停靠在警车旁，从驾驶座的车门中走下一个穿着黄色雨衣的年轻女人。女人靠近探长开着的车窗。她的脸十分有棱角，深色的头发剪得极短。

“你们在这里可以掉头。”她说道，“政府该在路上头竖个路牌，好让人别再开错路了。”

“我们没走错，”卡尔达斯通过打开的车窗说道，“我们正在找马科斯·巴尔韦德的家，是这里吗？”

“是的，巴尔韦德是我的丈夫。你们是？”

“我是维戈市警局的卡尔达斯探长。”

“电台巡逻员？”女人问道。

卡尔达斯点了点头。

“我丈夫出什么事了？”

“没什么。”卡尔达斯安慰道，“我们只是想问他一件事而已。”

“他现在不在家。”女人迟疑地说道。

“也许您能帮我解惑。我们只耽搁您几分钟的时间。”

两位警官帮女人从后备箱中提了几个购物袋，跟在她身后，走在碎石路上。

卡尔达斯望了望花园。园子不大，大大小小的石头堆叠在一起，石缝中长满了芬芳的草本植物。几棵光秃秃的果树整齐地排列在草坪上，在稍远处的水泥墙边，种着一棵柠檬马鞭草。

转过拐角之后，这座核避难所全然变了个样。面向大海的这一侧是一面长方形的大玻璃窗，整座房子就像是一座建在斜坡上的观景台。卡尔达斯心想，假如这就是那位水手的房子，那么他的日子一定过得不错。这栋别墅更像是一位先锋派建筑师的度假居所，而不像是这个若干年以前还和阿里亚斯以及卡斯特洛在同一艘船上共事过的水手的住处。

“你们想喝点什么？”走进屋之后，女人问道。

两位警官谢绝了招待。女人去了厨房，放置购物袋里的物品，他们就站在客厅里等着。客厅就好像是在向棱角和直线致敬一般。客厅深处的铁制壁炉，椅子和墙上的装饰画都是方形的。书柜、沙发、桌子和一台现代音响也都是矩形的。

埃斯特韦斯走近落地窗，观赏窗外的景致，从庞克松一直到巴约纳的整片海湾都一览无余。卡尔达斯走去了花园，好把鞋子上的泥沙抖落，然后他走近了书架，书架的材质也和朝向院子的墙壁一般，是用混凝土砌成的。探长正好奇地研究着古典音乐唱片时，女人走回了客厅。她已脱去了黄色的雨衣，上身穿着一件白色的衬衫，敞着几颗扣子，下身穿着一条紧身裤，显现出优美的体形，满屋子里的直线设计更显得她凹凸有致。

“探长，您喜欢音乐？”

“应该没有像您或是您的丈夫这般喜欢。”

“我比他更喜欢些。”她说道，“我有时候也会听您的节目，我原本以为您不是真人呢。”

“抱歉，让您失望了。”女人笑了笑，和阿尔芭一样，唇线向下弯去。

卡尔达斯看了看放在混凝土架子上的上百张唱片，不禁好奇里面是否有卡斯特洛死前不再吹的那首乐曲。

“您知道《索尔维格之歌》吗？”他问道。

“当然，是格里格谱的乐曲，在那里呢。”她说着，坐到了一张方椅上，“你们不坐一坐吗？”

“您不是本地人，是吗？”探长问道。

“不是，我是马德里人，我们家一般都在此处避暑。这是我在庞克松待的第二个冬天。”

“感觉如何？”

“盼望夏日和游客早些到来。”她无奈地笑了笑，“我从没想过冬天能这么难熬。”

“可不是嘛。”埃斯特韦斯重重地叹了口气，第一次开了口。

“至少您的房子很美。是你们自己设计的吗？”卡尔达斯问道。

“不是的，我们去年刚买下的。房子的前主人是马德里的一位设计师，我家的一位世交。他原本打算退休之后在这里养老的。”

“为什么把它卖了呢？”

她抬起眼，看向高处的天花板。

“巴尔韦德知道我有多么喜欢这座房子，我父母的朋友不把这个房子卖给我们，他誓不罢休。您知道吗，他不论做什么事，最后总能如愿以偿，他在这方面很有天赋。”

“嗯，他现在在哪儿？”

“一直在工作。他所有的一切都是工作所得。”

“您丈夫做什么工作？”

“许多工作，他从来不消停。建筑，汽车……现在还开始做起了红酒。”

“红酒？”

她点了点头。

“明年他计划将他的第一批葡萄酒装瓶。此刻应该就在庄园里吧，这段时间他一直在忙这些。他喜欢运筹帷幄。最近酒庄里正在剪枝，所以他每天早上都会去监工。”

卡尔达斯决定不再兜圈子，直奔主题。他四处找了找烟灰缸，但是没有找着，只好放弃了抽烟的冲动。

“您的丈夫和您提起过他在海上工作的时期吗？”

巴尔韦德夫人的双眼透出一丝了然的神色，知道了这次警官们来访的目的。

“你们是为了调查那名水手的自杀而来的，是吗？”

“是的。”卡尔达斯答道，把玩着他口袋里的烟盒，“您知道他原来和您的丈夫一起工作过吗？”

“当然知道了。”

“他告诉您的？”

“不需要他亲口和我说。巴尔韦德从来不提往事，但是我总会碰到嚼舌头的人，说些别人不想知道的事情。”

“您的意思是？”

“这个镇子不大，探长，您可别被这么多房子给骗了。”女人指了指窗户外沿岸而建的楼房。“冬季这些房子全都是空着的。我不喜欢流言蜚语，所以没有必要的话，我从来不去镇子上。我不想他们把我当成谈资，也不想窃听别人的隐私。”

“但您应该知道您的丈夫和卡斯特洛遭遇海难的事吧？”

“当然知道，探长，死了一个人。”

“您从来没和他谈起过这件事？”

“谈过一次，但是巴尔韦德讨厌提起这件事。谁都不愿意回忆痛苦的往事，这很正常。”

“您说得对。您的丈夫和他以前船上的朋友们有联系吗？”

“据我所知，一个都不联系。不管是金毛，还是那个大个子阿里亚斯，都没有交往。”

“有段时间他们走得很近。”

“我不认为他们的关系像您说的那么好，巴尔韦德和他们一点儿也不像。”

“您认识他们？”

巴尔韦德的妻子摇了摇头。

“我和阿里亚斯只是打过照面。我搬到这儿不久之后，他才回到镇子上。我需要应酬的时候，向金毛订过几次海鲜。我和他的妹妹阿莉西亚，那位镇子上的老师，接触得更多些。她现在一定伤心透顶了。”

“是的。”卡尔达斯说道，觉得眼前这位女人和阿莉西亚有着天壤之别。

“探长，您知道吗？那个男人，金毛，让我觉得很难过。他总是一个人独来独往，看上去很忧郁。他骨子里都透着悲伤。我觉得他做出自我了结的决定，没人会觉得吃惊。”

“嗯。”卡尔达斯简单地答道，决定更进一步，“您觉得您丈夫最近有什么忧心的事吗？”

“他总是忧心忡忡的。巴尔韦德就是这样的人。”

“我指的是有没有试图恐吓他……”

“我听懂您的意思了。您不会也相信这些镇子上的闲言碎语吧？”

巴尔韦德妻子和埃斯特韦斯两人都目不转睛地看着探长，急切地等着他的回答。卡尔达斯感到他的双颊涌上了红霞。

“他们说了什么？”探长迟疑地问道，用力地抓住他口袋里的烟盒。

“别装了，探长。您完全知道我说的是谁。索萨船长，我丈夫遭遇海难的船只的主人。镇子上的人说这段时间他的灵魂显灵了，不停地纠缠金毛。我肯定有不少乡亲们说是船长逼金毛自杀的。您不会也相信这些风言风语吧？”

“不是我相不相信的问题。您察觉到您的丈夫有什么不安或者害怕吗？”

“因为幽灵？”

“任何原因。”

“没有，巴尔韦德可没空搭理这些迷信的事。”女人确认道。

巴尔韦德的妻子陪着他们沿着碎石路，走回车上。卡尔达斯绕了点道，走近那株柠檬马鞭草，用手轻抚了一下它的叶片。

“我们要找您的丈夫聊聊。”他闻着萦绕在指间的香味，接着说道，“他下午会去卡斯特洛的葬礼吗？”

“应该会去。”

卡尔达斯递给她一张名片。

“这里有我的电话，”他指了指名片，说道，“您有任何需要都可以给我打电话。”

“任何需要？”女人问道。卡尔达斯觉得有一瞬间面前的女人变得模糊，似乎是阿尔芭正冲着他微笑。

卡尔达斯的脸又红了红，手里抓住那根折皱了的香烟，想要用烟幕来掩饰他的窘迫。

“很高兴认识您，卡尔达斯探长。”女人说道，把手伸给了探长，衬衫又敞开了些。

“我也很高兴。”探长回答道，握了握女人的手，尽量克制不去看她的胸部。

他走进车，不禁好奇一个曾经在小小渔船上工作的水手，是如何在这几年的时间之内就摇身一变，坐拥这样的房子和妻子。他还在搜索枯肠，手机尖锐的铃声响了起来。

“我们不是约好一起吃饭吗？”父亲从电话的另一头打了个招呼。

卡尔达斯看了看表，已接近下午两点，不由得爆了个粗口。他忘了打电话给父亲，取消午餐之约。

“我现在还在庞克松。”卡尔达斯解释道。想起前一天父亲问起阿尔芭的时候，他二话不说就下了车，就一直感到懊悔，现在又放了父亲鸽子。“对不起没有提早告诉你。”

“你要是方便的话，我们可以往后推一个小时。我也有事要办。”

卡尔达斯也有事要处理：他想在金毛下葬的时候，去一趟墓园，找“竹荚鱼号”的水手们聊一聊，还得会一会那位星期六下午和金毛说过话的“渔夫之家”的服务员。

“我下午第一时间要回到这里。”

“那我们在医院见？”

“看情况吧。”卡尔达斯答道，尽管知道即使在探视时间，他也不可能回到维戈市，“叔叔早上如何？”

“和昨天差不多。”

“嗯。”

“所以你要在庞克松吃饭？”父亲问道，语气间没有透露出丝毫不悦。

“我在这里随便吃点。”

“你有空的话，可以去看看德拉瓦索。”

德拉瓦索！卡尔达斯已经很久都没有听到过这个名字了。

“你有他的消息吗？”

“我们今天早上刚通过话。”

竟有这等巧事。

“今天？”

“是的，他还问起你，说他总是听你的节目。”

“你该没有和他说我今天在庞克松吧。”

“当然没有……但我知道他很想见你。”

Especular（开发）：1. 纯理论性的思考，不考虑实际运用；2. 对于不确知之事的推测；3. 预期某财物会在短期内升值，买进并在合适的时机卖出，以取得收益。

两位警官沿着人行道走着，俯视着这片早上被雨水淋湿了的深色沙滩。人行道就铺设在边墙顶上，冬季或是大潮的时候，海浪会吞没整片庞克松的沙滩，边墙就是最后一道防线。他们准备就餐时，去了探长推荐的那一处装有顶棚的露台，埃斯特韦斯问道：

“您说的是哪里？”

“那里。”探长指了指，所指之处有两处装有顶棚的露台，几乎一模一样。

“两个中的哪一个？”

探长最后一次在这里吃饭，是在一个夏天，和阿尔芭一道。那时还没有顶棚，也没有火炉。卡尔达斯已经不记得他们是坐在哪一处吃饭了。只记得这里食物虽说不错，但是就餐体验却很糟糕。这家餐馆不能订位，许多人都站在走道上等着，离餐桌只有几米远的距离，看着食客们吃饭，等着有人腾出空桌子，便像一群海鸥一样，闹哄哄地扑向桌子。

“那里。”探长指了指右边，尽管另一处也大同小异。看见走道里没有夏季的游客在旁窥伺，探长不禁松了口气。

露台上只有两三桌有食客。他们选了一张离其他人较远的餐桌，看了菜单之后决定分一盘土豆饼和一盘章鱼片配蛤蜊。

“两杯白葡萄酒。”卡尔达斯说道。

“再拿一份沙拉。”趁着服务员还没走回厨房，埃斯特韦斯说道。

最近他的助手到哪儿都爱点沙拉吃。

“你在养生？”

“没有。这里有一种神奇的生菜。”

“这里？”

“加利西亚。”

“嗯，哦。”

服务员拿来葡萄酒之后，卡尔达斯拿起了一杯送到嘴边，眼睛望向港口处，看着系在浮标上的小船左右摇摆。探长认出了卡斯特洛系船的那个浮标。小船已经不在原地了。希望克拉拉警官能够找到蛛丝马迹，好让他们顺藤摸瓜。

“您在想幽灵，还是在想着刚才那位女士的胸部？”埃斯特韦斯问道，把探长的注意力拉回到了餐桌上。

“什么？”

“您听到我说的话了。”埃斯特韦斯微笑着说道。

“嗯。”卡尔达斯又吞咽了一口唾沫。

“探长，我能问问您另外一件事吗？”

“当然。”

“您怎么看索萨船长的这个故事？”

“我没什么想法。”

“您觉得这桩海难可能和卡斯特洛的死相关？”

“有可能，”卡尔达斯承认道，“但也有可能一点关系都没有。”

埃斯特韦斯像一头斗牛一般粗重地吁了口气。

“我不知道现在自己是去上个厕所好，还是朝自己开一枪爽快。您再解释得清楚些很难吗？”

“你想让我告诉你什么？”

“您到底是怎么看那个神奇幽灵的。”

“我和你知道的一样：有人威胁金毛，然后没过多久他就一动不动地漂浮在海上。”

“所有人都认为是一个淹死了十几年的人干的，而且每次提起这个人，都要吐唾沫，您不觉得奇怪吗？”

“确实有点奇怪。”

“有点？”

“我同意，埃斯特韦斯，我觉得很奇怪。这是你想听到的？”

“是的，”埃斯特韦斯肯定道，“×的，让你直言不讳真是难于上青天哪。”

服务员把放着章鱼片和蛤蜊肉的陶盘放到了桌上，食物的香味顿时让他们止住了话头。不一会儿，服务员又呈上了新鲜出炉的土豆饼和西班牙特色沙拉。沙拉里只放了生菜、西红柿和洋葱，配上橄榄油、白葡萄酒醋和粗盐。一直到餐后的咖啡时间，埃斯特韦斯都没有在餐桌上重提那个淹死了的水手。

“您已经彻底排除自杀的可能性了吗？”

卡尔达斯本想开个玩笑，好结束这个对话；但是转念一想，把自己的想法说出来反而能帮助他整理思路。

“我觉得我们可以排除这种可能性。”他说着，点燃了一根烟。

“但是您也发现了，金毛可不是什么活泼开朗的人。唯一认为他不会自杀的人就是他的妹妹。”

“跟他的妹妹核实情况，埃斯特韦斯。事实是，他自己无法绑缚手上的绿色扎带，还有脑袋上的那一处敲击。”

“哪一处？”埃斯特韦斯问道。昨日他离开了解剖室之后，法医向卡尔达斯指出了这一处伤痕。“他的脑袋上伤痕累累。”

“是的，但是几乎所有挫伤都是死后造成的。金毛活着的时候，只受到过两处敲击。一处位于前额处，可能是石头造成的；另一处在脖颈后部。你看这个。”

卡尔达斯找出放在裤子口袋里的纸，上面有法医描摹的图像，也就是凶手从后面敲击金毛所用的物件形状。卡尔达斯把纸张摊开，把它放在了桌上，移近他的助手。

“我还没有给你看过这个吧？”

埃斯特韦斯轻轻摇了摇头。

“有人用这个形状的东西敲击金毛的后颈部位。一种前端带圆球的棍棒。医生认为，这处敲击十分用力，很有可能让金毛失去意识。”

“看上去有点像拐杖的一头。”埃斯特韦斯说道。

卡尔达斯又看了一眼图像。

“有可能，巴里奥医生倾向性地认为是那种固定汽车轮胎的扳手。不管怎么说，这些证据都排除了自杀的可能性。”

“是的。”

卡尔达斯抽了一口烟。金毛还向木匠订了一艘新船，这也可以说明这不是一起自杀事件。此外，涂绘在木船上的恐吓话语，还有金毛近来的忧虑都不足以改变他多年以来的习惯。

探长把纸折了起来，放回了裤子的后袋中。

“探长，那您认为谋杀动机是什么呢？”

“你在考我？”

“不是，我只是想探究一下您到底在琢磨些什么。”

“嗯……那你怎么看？”

埃斯特韦斯定定地瞧着探长。探长分明预感到埃斯特韦斯要让他难堪。

“确实很奇怪。”埃斯特韦斯转而说道，“金毛既没有女朋友，也没有对头，更没有什么财产，竟有人费心谋杀他。”

“他有个房子。”

“我不认为有人会为了那栋房子杀了他。”

“埃斯特韦斯，这里有人为了把定界石往对家那里多放一米，为了争夺毫厘分寸都能痛下杀手。”

“我没说这种现象不存在，只是觉得现如今没有人会对卡斯特洛的房子这么在意，甚至要把他杀了来清除障碍。”

“你什么时候变成房产专家了？”

“我不是什么专家，但是您只要在镇子上走走就能发现，到处都挂着出售房屋的广告牌。还有如此多的房子有待销售，很少有房产商会考虑开发新的楼盘。”

“嗯，”卡尔达斯未曾考虑过这些，“所以呢？”

埃斯特韦斯思考了片刻，回答道：

“我觉得最可靠的线索就是木船上的图绘。也许索萨船长有家人……您觉得有可能吗？”

卡尔达斯点了点头。

“既然我们俩的意见大同小异，你为什么还对我的想法感兴趣呢？”

“大同小异？”

“是的。”

他们结了账，走回了汽车。埃斯特韦斯把车停在了防波堤边上，航海俱乐部的旁边。“渔夫之家”的客人已经换了一拨，但是服务员依然还是早上接待过他们的那一位。

“我们现在去哪儿？”

卡尔达斯看了看手表，离卡斯特洛的葬礼还有近两小时的时间。

“你记得绑住死者的绿色扎带吗？”

“当然记得。”

“我想让你去商店和仓库找找，看看能不能买到这样的扎带。不仅要查查这个镇子，还要找找附近的镇子。应该不会有很多家。看看能不能找到一模一样的。”

埃斯特韦斯点了点头。

“您不去吗？”

“不去了。我告诉你把我送到哪儿，我要去拜访一位朋友。”

Ilusión（开心）：1. 由想象或由感官蒙蔽而产生的认知和图像；2. 期待，向往；3. 对某人或某事感到满意与欣喜；4. 辛辣的讽刺。

洛拉打开门，把手在围裙上擦了擦，在卡尔达斯的面颊上印上两个吻，然后便急匆匆地把他带到屋子的后面。

“他在花园里。”洛拉拽着卡尔达斯走着，“看到你他该有多开心啊。”

卡尔达斯已经记不得上一次走过这个走廊是什么时候了。已经过了二十五年了，或者更久。墙的颜色似乎变得更浅了些，两侧的屋门看上去更低矮了，但是卡尔达斯记得这个味道，与记忆中的一模一样。他可以把它从上千种味道中分辨出来。这道气息一入鼻，就把他带回到了从前。在童年的记忆中，这条走廊就好像是一条神奇的通道，把他带到曼努埃尔·德拉瓦索的身边。

卡尔达斯以前一直把曼努埃尔·德拉瓦索视为电影《怒海余生》中斯宾塞·屈塞饰演的水手。电影中的这个人物角色叫做“葡萄牙人曼努埃尔”。尽管影片中的演员皮肤黝黑，身材壮实，没有德拉瓦索的花白头发，也不像他那么干瘦，但是卡尔达斯总觉得他们俩就是同一个人。这部电影卡尔达斯看了足有十来遍。一个家境优越的小男孩从游轮上掉入海中，被一艘渔船救了起来。渔船上的一位水手，也就是葡萄牙人曼努埃尔，教会了那个被宠坏了的孩子如何唱歌，如何开怀大笑，就像德拉瓦索为卡尔达斯做的一样。

电影中，葡萄牙人笑着用小男孩听不懂的语言，请求他的同伴把缠住他的索具砍断，心里清楚只要索具一断，桅杆就会把他拽入大海深处，让他葬身鱼腹。每当看到这里，卡尔达斯都会禁不住热泪盈眶，害怕有一天会失去德拉瓦索。

德拉瓦索穿着长靴，深色的裤子，厚羊毛夹克，躺在吊床上。白色的刘海遮去了被阳光晒出了褶皱的额头。他的双眼紧闭着。

“你别叫醒他。我下次再来。”卡尔达斯对洛拉说道。

“如果他知道你来过，而我没有和他说，他会一周都不理我的。”洛拉说道，接着又放低声音，“你和他说话的时候大声些，他的听力不如从前了。”

卡尔达斯点了点头。洛拉走近德拉瓦索，用力地晃了晃他的手臂，就像刚才抓住探长的手一般。

“德拉瓦索，看看谁来了。”洛拉大声说道。

德拉瓦索先睁开了一只眼，接着另一只眼，微笑着直起身，笑容把他脸皮上的皱纹挤得更深了。

“见鬼，小卡尔达斯，我知道你来这儿了。”德拉瓦索一边说着，一边用手掌轻轻拍打着探长的面颊，“我以为你把老朋友都给忘了。”

“父亲说你们今早通过电话。”

“他知道你在庞克松？”

“不是他告诉你的？”

“那老家伙！”德拉瓦索笑着说道，“尽和我扯些没用的，不说重点。”

“那你怎么知道我在这儿？”

德拉瓦索略带讥诮地啧了啧嘴。

“一位电台名流不可能不引起注意。你现在可是混在沙丁鱼里的金枪鱼了。”

“没那么夸张。”卡尔达斯简单答道。

德拉瓦索后退了一步，静立了片刻，从头到脚地把探长打量了个遍。

“我的老天。”德拉瓦索看了良久之后说道，然后又走近卡尔达斯，把手放在探长的肩头，“你来这儿，我真是太高兴了。”

“我也很高兴，你怎么样？”卡尔达斯问道。

“我退休了，你大概已经知道了。”德拉瓦索说着，向门廊走去，“但我可不怨天尤人。离开医院之后，我终于可以全身心地进行雕刻了。”他指了指花园的几处角落里，那几个放在台座上的石头雕像。“中午吃完饭之后，我也可以安心地下下棋了，尽管医生从来不能完全隐退，你知道的。你一个人来的？”他问道。

“当然。”

“我以为你和一只野蛮的大猩猩一起来的。”

卡尔达斯笑了笑。埃斯特韦斯不到几个月就声名远播，不禁让探长感到惊奇。

“他风评不好。”

“还有暴力倾向，在防波堤那儿，他差点把卡米略的牙给拔了。”

卡尔达斯叹了口气，暗自咒骂，但还是决定不过问埃斯特韦斯在防波堤碰到的这位卡米略的来历。

“你还钓鱼吗？”卡尔达斯问道。

“不下雨，海况也不错的时候，我都会去放放线。”德拉瓦索的骄傲之色溢于言表，“没人能让我从这个岗位上退休。”

德拉瓦索指了指，让探长坐在一把藤椅上，然后自己走到了一张矮桌边上，拿来两个小杯子和一瓶咖啡甜酒。

“你父亲他老人家怎么样？”德拉瓦索一边倒着酒，一边问道。

“你们不是早上刚通过电话吗？”

“我不是和你说了吗，你爸打电话来就只说了些废话。今天他要让我回忆一下，以前和我们一起打过多米诺牌的一个邻居叫什么名字。我一直没琢磨明白你父亲的用意。而且那个蠢货早就不住这儿了。我把他的名字告诉你爸之后，他就挂断了电话。”

看来父亲依然在更新着他的簿子。

“他有一个小本子……他把它叫做愚人书。”

“他还有记录蠢材名字的癖好？”德拉瓦索疑惑地问道，“我记得那还是在你母亲去世以前。”

看样子，卡尔达斯是最后一个知道这本簿子存在的人。

“他很久没有翻阅它了。”卡尔达斯替父亲解释道。

德拉瓦索又笑了笑，把杯子拿到嘴边。

“我有几年没见你了，两年？”

“至少两年没见了。”卡尔达斯说道，“上一次是在我爸家里见到的，是吧？”

德拉瓦索点了点头。

“阿尔芭怎么样？”

“她走了。”卡尔达斯简单说道。

“天哪，你爸如何？”

“操心叔叔的病。”

卡尔达斯从裤子口袋里拿出烟盒，把它递向德拉瓦索。

“来一根吗？”

“不用了，抽烟的行当我也不干了。”

卡尔达斯把打火机的火移近烟头，把烟放到嘴边，深深地吸了一口。

“有一天离开医院之后，我看见他满眼泪水。你知道吗，我从没见过他流过眼泪。”

“但凡是血肉之躯都免不了如此。”德拉瓦索说道，“难过的时候难免会流泪。”

“嗯。”卡尔达斯低声说道。

“你也别太难受了。”德拉瓦索发现他友人的儿子忧心忡忡的模样，劝解道，“上了年纪之后，人都磨出了一层外壳，没那么多愁善感了。”

“嗯。”卡尔达斯又说道。

“你不喝点咖啡甜酒？你爸说你可是美食达人。”

“你别总听他瞎说。”卡尔达斯说着，尝了一口，“你做的？”

“不是的，我以前的一个病患每年都给我寄一些。”德拉瓦索说着，又喝了一口，杯壁挂上了深色浓稠的酒液。

“味道不错。”卡尔达斯说道。

德拉瓦索向后靠到了椅子上，把脚搁在了桌子上的酒瓶边。他们俩就这样静静地待着，就像卡尔达斯的童年时期一样。那时，小卡尔达斯总在这座庞克松的房子里，从德拉瓦索的身上搜寻葡萄牙人曼努埃尔的身影，然后渐渐地沉入梦乡。

探长快抽完一根烟的时候，德拉瓦索问道：

“你过来不只是看看我这么简单吧？”

“嗯。”卡尔达斯答道。

Espina（鱼刺）：1. 鱼骨架上长条、尖细的鱼刺；2. 植物的刺；3. 木头或草编等上面尖细的刺；4. 持久而隐秘的痛苦。

“金毛是个好孩子。我想你知道有段时间他吸过海洛因吧。”

“是的。”

“但是他走出来了，已经好几年没碰过毒品了。”

“完全戒了？”

“是的，这事瞒不过医生和护士。你为什么来调查？他不是自杀吗？”

卡尔达斯用加利西亚特有的方式回答道：

“你见过尸体吗？”

“我都退休了，没人会找我检验尸体。有什么奇怪之处吗？”

“可能有。”不想透露更多让他认定是桩谋杀案的线索。“尽管在庞克松，没人觉得他自杀有什么可奇怪的。”

“是的，镇子里没人大惊小怪，坦诚地说，我也觉得没什么可吃惊的。金毛是个好人，但是举止奇怪，向来独来独往。有些人在戒毒之后会有抑郁的倾向，我以前只以为是书上说说而已。”

卡尔达斯点了点头。

“这种自杀方式在这里很常见。”德拉瓦索说道，“在这儿附近的几个镇子里，大海接收这些轻生之人，抹除一切痕迹。”

“嗯，他有没有和什么人结仇？”

德拉瓦索轻轻地摇了摇头，额前的白发也晃了晃。

“金毛和人没什么纠葛。拿我来说，他不是我的朋友，也不是什么仇人。”

“但似乎他受到过恐吓？”

“你说的是那些涂鸦？”

“你也知道此事？”

“所有人都知道。但我不知道是否能被称为恐吓。”

“你知道写着什么吗？”

“知道一些内容，指的是几年以前沉没了的‘竹荚鱼号’，对吗？”

探长打了个模棱两可的手势，表明情况基本如此。

“一旁还写着‘凶手们’。你怎么看？”

德拉瓦索耸了耸肩。

“你的意思是还有其他图绘？”卡尔达斯问道。

“我不知道，都是大家传言的。”

“你觉得谁会写这些？”

“我不知道。任何人都有可能。但说来也奇怪，虽然我也觉得那场海难有些蹊跷，但此事已经过去这么多年了。”

“你为什么这么认为？”

“没什么……”德拉瓦索回答道。探长向前倾了倾身，好仔细听他的老朋友说的话，藤椅吱吱地响了响。

多年的审问经验告诉卡尔达斯，这句“没什么”一般是和盘托出的前兆，就好像大海的退潮之后总是跟着新的一波大浪。当对话进行到“没什么”的时候，卡尔达斯知道是时候该全神贯注地听讲了。

“那天晚上不适合出海。我不明白他们为何会迎上风暴，而且他们也没有在附近的港口寻求庇护，而是试图回到庞克松。”

“他们离岸边很远？”

德拉瓦索点了点头。

“北边好几海里的地方。”说着，他把手指伸向了花园的尽头，卡尔达斯无法分辨的方向，“在萨尔沃拉岛附近。”

“他们为什么去那么远的海域？”

“‘竹荚鱼号’在浅水作业，捕捞鲭鱼，竹荚鱼，沙丁鱼……那些在海里磷光闪闪的鱼类。但是海湾这里连续好几年都没有这样的鱼群了。这里的水已经死气沉沉，失去了色彩。要捕捞这些鱼群就只能远离海岸。很多人都往南部的葡萄牙去；但是‘竹荚鱼号’始终向北航行。他们会出海几个晚上，去往正对着阿洛萨海湾的海域，然后返港。他们几乎次次都满载而归，索萨的眼力不错。”

“你觉得他们那晚发生了什么？”

“这只有当事人才知道，但是非常奇怪。海上的生活就像人这一辈子，总会遇到出其不意的变化。在海上，你有可能遇到一个巨浪，一阵怪风，或是一场风暴。”德拉瓦索挥动着手臂说道，“但是大家都知道那晚会有暴风雨。‘竹荚鱼号’应该是在收到后一天的天气预警之后，才从港口出发的。船上总共四名水手，其中三个是年轻人：巴尔韦德、阿里亚斯和金毛。这些你都知道了，是吗？”

卡尔达斯点了点头。

“‘竹荚鱼号’的船长经验丰富。他比我还年长，名字叫做安东尼奥·索萨。他打小就在海上生活，是位进退有度的老水手，不是轻率鲁莽的人。他深知大海的力量，并且抱有敬畏之心。我不知道他究竟碰到了什么情况。”

“他们的沉船地点在哪里？”

“就在萨尔沃拉岛附近。船撞到了岩石上。任何在那片海域作业的人都知道这些岩石，退潮之后它们会露出水面。索萨掌舵，居然还能发生这种事，也不寻常。渔船沉到了海底，那些个年轻人穿着救生衣游到了陆地，但是索萨却留在了海水深处。”

“那三个年轻人怎么说？”

“他们吓坏了，糊里糊涂地什么都说不清楚。时值夜晚，海上又是狂风暴雨，只能看见海浪扫过甲板之后白色的水沫。他们只记得甲板撞向岩石之后的轰响和寒冷的海水。船片刻之内就沉没了。他们离岸边并不是特别远，于是就向着灯塔的指引灯，游回了岸上。算得上是一段可怕的经历。”

“能想象得到。”卡尔达斯把烟盒放在桌面上，又点了一根烟。

“索萨的尸体几周之后才被发现。尸体沉在海底过了圣诞节，直到一月中旬左右才被人发现。你无法想象得到，当一艘船沉了之后，这个渔村的样貌。人们垫着脚尖走路，低声细语地说着话。有好一段时间，镇子上只能听到教堂的钟声和海潮的声音，昂然地向众人示威。风暴持续了数日，救生船几乎无法出海。后来潜水员找到了沉船，但却没有发现船长的尸体。大家都认为索萨被淹死了，但是都想知道大海是会把他送回岸，还是会永远地留住他。”

卡尔达斯想起电影《怒海余生》的结尾，小男孩往海里抛下了鲜花，希望它们能够到达葡萄牙人曼努埃尔的墓前。

“你们发现金毛尸体的那片海滩，名叫马多拉沙滩，有很多淹死的人都会被送到那里。海浪将他们送回岸边，尸体就漂浮在海藻中。有些尸体能对上名字，因为早先会有沉船的报道，但是也有一些尸体就只能标示上他们被找到的时间。镇子上的人把他们送到墓地，为他们下葬。墓地的入口处，有一片三角形的草坪，上面竖着若干个无名的十字架，下面就埋葬着那些被大海送过来的无名氏。”

“‘竹荚鱼号’沉没的地方离庞克松港有些距离，索萨不可能出现在卡斯特洛被发现的这一片沙滩。”卡尔达斯提醒道。

“当然不可能。就在大家都认为永远找不到索萨的时候，他的尸体出现在维戈的一艘渔船的渔网里，离沉船点数海里以外之处。”

“现场尸体检查的时候你在场吗？”

“没有，他们把尸体运到维戈市去了，应该是那里的法医检查的。但是索萨的家人来找过我。已经是很多年以前的事了，但是对于那几个悲痛的夜晚，我一直历历在目。他的妻子失眠了一周，我只能给她打一针镇静剂，才能让她合眼。”

卡尔达斯吞了口唾沫。

“是谁认出尸体的？”

“他的儿子，”德拉瓦索低声说道，“从衣着辨认出来的。尸体在水里沉了近一个月，只有衣服能识别身份了。”

“嗯。”

卡尔达斯又靠回了藤椅，继续抽着烟，望着德拉瓦索的石雕作品。烟头熄灭之后，卡尔达斯问道：

“你怎么看那些和船长一块儿出海的水手？有人说他们以前关系不错。”

“沉船之前是不错，但是‘竹荚鱼号’的沉没让他们各自分道扬镳了。沉船数周之后，阿里亚斯出了国，去了北海的一个石油开采平台工作。金毛和巴尔韦德两人继续留在了镇子上，但是再也不来往了。应该是在船上发生了什么事。”

“你觉得这场海难不简单？”

德拉瓦索点了点头。

“那些经历过海难的水手们一般都会变成铁哥们儿。他们一起直面过死亡，而且成功逃脱了它的魔爪。就好像在一个战壕并肩作战过的士兵一样，他们的友谊坚不可摧。但是‘竹荚鱼号’沉没之后，他们几个人却断了往来，见了面都不打声招呼。”

卡尔达斯点了点头。

“那些经历过海难的人总是喜欢和别人分享那段经历。”德拉瓦索继续说道，“这样的故事能够触及人的灵魂深处。但是，他们几个人从来没有说起过‘竹荚鱼号’，也没有谈起过索萨。他们都没有再提起过那个晚上发生的事。阿里亚斯去了苏格兰，金毛缩进了自己的甲壳，巴尔韦德再也没有靠近过海港。大家都说他们心里有鬼。”

卡尔达斯想起卡斯特洛的妹妹的话，金毛自那时候开始，再也不会去远离海岸的地方捕鱼。

“阿里亚斯前不久回到了镇子上，他们又开始来往了吗？”

“没有，尽管阿里亚斯和金毛每天早上都会在鱼市碰面，但是几乎从来不打招呼。金毛应该和巴尔韦德也没什么联系。你见过他们了吗？”

“我今天早上和何塞·阿里亚斯聊过。巴尔韦德我还没见过。我刚去了他家，但只碰到了他的妻子，他的日子似乎过得不错。”

“巴尔韦德很聪明，也很勤劳。他离开大海之后，就开始从事建筑行业。应该是赚了不少钱。”

“他的妻子和我说他还做红酒生意。”

“这我倒不怀疑，但他和你父亲可不一样。你爸是真正热爱葡萄种植业。他是我见过的唯一一个会因为红酒而挑选配菜的人。你爸他不是为了钱财和社会地位，只想做出好酒，其他一概不重要。但是像巴尔韦德这样的人，只是想用红酒标签来谋求社会声名，这可是用钱都买不到的。”

“他这个人正直吗？”

“他和所有从事建筑行业的人一个德行。你看看短短几年时间，他们把这个镇子和海滩糟蹋成什么样了。沙丘也不见踪影了，什么都没剩下。”德拉瓦索抱怨道，“好歹把他们的本职工作做好……以前那些大师们造房子的时候，什么都别致雅观得很，就算刻意丑化，也不至于不堪入目，就连那些造价不高的房子，也都别有韵味。现在不知道是哪个王八蛋想出来的，什么项目都要请一位建筑师。你看看都被搞成什么样了。他们称之为理性主义建筑，你知道实际上是什么吗？一堆狗屎，卡尔达斯，这就是他们干的好事。”

“庞克松还不是最糟糕的。”

巴尔韦德极不赞同地摆了摆手。

“在三十多年以前的老照片上，就只能认得出教堂了。而且，他们怎么可以在这么一个渔村造这么多住宅呢？就连夏天都没多少人来了。”

卡尔达斯不由得想起巴尔韦德的妻子，常从她的现代住宅的玻璃窗中探出身，期盼着夏日的游客和晴好的天气。

“你知道镇上的人最近都在谈论索萨船长吗？”卡尔达斯换了换话题说道，“他们都说看见船长了，船上的那些恐吓话语也都是他本人写的。”

德拉瓦索耸了耸肩。

“你觉得其他两个也吓坏了吗？”探长问道。

“假若是你的话，你不害怕吗？”德拉瓦索反问道。

“至少印象深刻，”卡尔达斯说道，“你了解他吗？”

“索萨？当然。我们以前关系不错。当然你父亲是另一回事，得另当别论。你记得我和你说过我在纽芬兰岛当水手的事吗？”

"好像听过。"卡尔达斯点了一根烟说道。

"你小的时候我和你说过好几次。"德拉瓦索微笑着嘟囔道，"看来我的故事和我这个老头子一样都过气了。"

洛拉走了过来，打断了他们的谈话，她用托盘盛着一个香喷喷的碗碟。

"我给你们拿了点栗子，要知道现在可是秋天了。"

德拉瓦索把脚从桌子上撤了下来，好让他妻子把栗子放到桌上。卡尔达斯俯向碗碟，里面散发出来的香味令他熟悉。

"洛拉用芸香草炒的。"德拉瓦索解释道，"你连她炒的栗子都不记得了？"

"当然记得。"卡尔达斯说道，他嗅着这个总是和这幢房子捆绑在一起的气味，"你刚才说到索萨和纽芬兰岛。"

德拉瓦索说，当他结束军役之后，准备去圣地亚哥学习，但在此之前去了一艘在纽芬兰岛作业的捕鳕鱼船，在船上工作了几个月。

"你还记得吗？"

卡尔达斯做了个不置可否的表情，用指甲拨着栗子壳。尽管这个故事他记得清清楚楚，但依然不想打断德拉瓦索。卡尔达斯又听到了他描述体形和人一般大的鳕鱼，从海里捞上来的渔网紧绷得都要裂了开来，还有那些闹哄哄围着渔船的海豹们。

"小卡尔达斯，你知道一件事吗？"德拉瓦索说道，就好像儿时那样，为了吸引他的注意力，"海豹在海里冲着我们乱嚷。我觉得它们一定是在抱怨我们把它们的鱼都捕捞完了，但是其他船员却因为此事嘲笑我。你知道吗，我的想法是有道理的。现在纽芬兰岛附近已经没有鳕鱼了，全被捕捞完了。"

卡尔达斯还记得水手们在大船上的工作程序。一些人会在甲板上把鳕鱼头砍去，然后把鱼递给装卸工，他们会把鱼的腹部切开。另有些人负责把鱼刺取出来，然后把鱼身放在大缸里清洗，运到地窖里，交给腌制鱼肉的师傅。

德拉瓦索还和探长提起过一场风暴，还提过在圣皮埃尔岛的一个酒吧里遇到的金发女郎。德拉瓦索对她一直念念不忘，尤其是她那双蓝色的眸子，和夏日的大海一般颜色。当然他也还记得她那高大威猛的男朋友，喝得醉醺醺的，差点就把他的脑袋给拔了。

“当时要不是船上的另一名水手出手相助，也许今天我就不能坐在这里给你讲这个故事了。”德拉瓦索说着，把一颗刚剥了皮的栗子放在咖啡甜酒里蘸了蘸，然后一下塞进了口中。

他慢慢地嚼了嚼，把它吞咽下去之后，又说道：

“那个挺身而出的水手就是安东尼奥·索萨，那时还没有人把他称为船长。”

他们一块儿在过道上走了走，周身弥漫着栗子和芸香草的香味，卡尔达斯开口问道：

“你刚才说索萨有个儿子？”

“是的。”

“他住在镇子上吗？”

“没有，他很久以前就去巴塞罗那工作了。他的父亲很多年以前就已经下葬了，但是这里的流言蜚语不断，总是把他当做消遣。”

巴塞罗那确实有些遥远。

“嗯。”

“他是个好孩子。”德拉瓦索说道，用手抱住了卡尔达斯的肩，“我能为了他赴汤蹈火，就像我能为你做的一样。”

德拉瓦索推开了一扇磨砂玻璃门，让卡尔达斯跟在他的身后。

“你记得客厅的样子吗？”德拉瓦索说着，走近一个五斗柜，然后拉开一个抽屉，仔细地翻找起来。

卡尔达斯应了一声。

“我记得这幅画。”卡尔达斯答道，指了指挂在沙发上方，佩德罗·索尔维拉的珐琅画，“父亲很喜欢这幅画。”

“你父亲和我都很喜欢。”德拉瓦索笑了笑，从抽屉里找出一张老照片。

德拉瓦索把照片递给卡尔达斯。

“这是索萨和我在纽芬兰的一个酒馆里照的。”德拉瓦索说着，给卡尔达斯看了看这张黑白照片。

照片上的两个男人正向镜头举着酒杯。两人的神情相似，眼睛闪着光亮，笑着咧着嘴。卡尔达斯用手指点了点更年轻的那位男子的深色刘海。

“这是你吧？”卡尔达斯问道。德拉瓦索微笑着点了点头。

“我现在都还记得那首歌。”医生说道。

卡尔达斯仔细地看着照片中的索萨。他有一头卷发，比德拉瓦索的个头略高些，衬衫的袖口卷起，露出紧实的胳膊。他的腰带上挂着一个长条形的物件，看上去像是一根警棍。

“工作很辛苦，但是我们过得很开心，”德拉瓦索指了指照片角落里的黑影，“酒馆里有一位钢琴师彻夜弹琴。”

卡尔达斯的双眼看了看钢琴师模糊的身影，又转回到索萨船长腰间挂着的棍棒。

“这是什么？”卡尔达斯指着它问道。

“索萨把它叫做‘马卡娜’，可以当做棍棒使用，有点类似在粗棍子的顶端加上一个圆球。那个金发女郎的男友肯定对它印象深刻。索萨只挥舞了一下，就把他打得五体投地。”德拉瓦索笑了笑，卡尔达斯试着回以微笑。

“是金属的吗？”

“马卡娜？不是，是木制的，很硬的木头。索萨和一个墨西哥人赌牌赢来的，也许只是吹吹牛而已。他总是随身带着它，一直到最后。它应该是和船一起，沉到了海底。”德拉瓦索低声说道。

卡尔达斯定睛看了看，想要分辨出马卡娜的形状，但照片实在有些老旧，让人不易分辨。

“你还有他的照片吗？”

“索萨的？”

卡尔达斯点了点头。

“我没有了，”德拉瓦索说道，“但是费尔南多先生应该有不少。他喜欢去港口为水手照相。”

“谁是费尔南多先生？”

“他几年以前还是镇子上的牧师，但是神职人员也逃不过年岁的考验。他已经退休了，偶尔还会有人请他做做弥撒。”

“他还住在庞克松？”

“是的。在这里过了一辈子以后，还能去哪儿呢？他一直待在家里，在教堂的后面。”

Negar（否认）：1. 缺少光亮；2. 某种颜色的色度几乎接近黑色，与这种颜色的浅色相对；3. 不为人所知或鲜为人知的，因此总是不清不楚的；4. 令人疑惑的，不明晰的，难以理解的；5. 不确定的。

埃斯特韦斯把车停在了德拉瓦索的房子门口。卡尔达斯坐进车，打开了些许车窗，靠在了椅背上。

“我们去哪儿？”埃斯特韦斯问道。

“去港口。”卡尔达斯闭着眼问道，“有进展吗？”

“一无所获。这片没人卖绿色的扎带，甚至从来没见过这样的。黑色的或者白色的扎带，他们应有尽有，但是从没有卖过绿色的。”

“嗯。”

“您呢？”

“有人和我描述了今天早上一名警官在港口的防波堤干的好事。到底发生了什么？”

“我和您说了，他朝我吐口水。您想我怎样？什么都不干，转身就走？”

“你和我说的是：你什么都没干。”

“不是……我和您说的是：我想把他一把扔到海里，但是上帝可以作证，我及时忍住了。”

“但是你出手打人了……”

“摊着手，”埃斯特韦斯辩解道，倒像是他掴了那人几巴掌，而没有使拳，那名渔夫就该感恩戴德了，“他们把我气得不轻，我怎么想法子，都不能让他们答到点子上。”

“这构不成打人的理由。”

“我已经和您说了，他朝我吐口水，而且我只收拾了一个人。”

“对我来说是一样的。我受够了你的处事方法了。你快要控制不住自己的时候，或者想要发泄一下，摔个东西就解决了。”

“摔个东西？”

“是的，任何东西，只要别再蛮不讲理地对人大打出手就行。”

他们把车停在了防波堤上。卡斯特洛的地笼依旧堆放在墙边，离他们几米开外的地方。此时，潮汐已经涌上岸来。他们看到何塞·阿里亚斯巨大的身形出现在斜坡的最下方，靠近海边的地方。他脱去了早上戴着的防水帽，深色的头发卷曲地垂在面前，脸上的胡子依旧没有修剪。拖车也放在水边，车上放着他的木船。

“我和您一起去？”埃斯特韦斯问道。

“好的。”卡尔达斯说道，“但是让我来沟通。”

两位警官沿着斜坡走了下去。水手脚边的地面上放着一个塑料桶，里面装着一桶的鲭鱼。

“您要去捕鱼？”

“不是。”阿里亚斯用低沉的嗓音应答道，“我只是去船上给地笼挂饵。葬礼之后我再出海。”

“耽误您几分钟可以吗？”

“几分钟，可以。”

卡尔达斯也不想浪费时间。

“有一天早上，卡斯特洛发现他的船上被人画了些东西，这事你知道吗？”

阿里亚斯点了点头。

“你知道画着什么吗？”探长问道。

“差不多吧。”

“你没看见？”

“我没看见。”

“有人在船上写了一个日期。”探长多此一举地解释道，“1996 年 12 月 20 日，这个日期有什么特殊之处吗？”

阿里亚斯看着探长的眼睛，回答道：

“您明知故问。”

“除此以外，还有些其他涂鸦，是一个词语。”

卡尔达斯扬眉问道。

“日期下方写着‘凶手们’这个词语。您知道为什么会有人在卡斯特洛的船上写这个吗？”

“不知道。”阿里亚斯答道，但听起来却像是个肯定的答案。

“您确定？”卡尔达斯又问道。

水手点了点头，望向放在地面上的那桶鲭鱼，它们马上就要成为螃蟹的盘中餐了。

“他从来没和你说过？”

“谁？”

“卡斯特洛。”

“我已经和您说过了，金毛和我不怎么说话。”

“你知道镇子上的人都怎么想吗？”

“我怎么可能知道？”

埃斯特韦斯叹了口气，卡尔达斯转过了头，向他示了示意，好让他不要发表高见。

“他们都在议论索萨船长。”卡尔达斯说道，“我觉得您应该不陌生吧。”

“这是很多年以前的事了。”阿里亚斯说道，重新看向探长。

“有人说看到索萨船长又回到了镇子上。镇子上的人都认为是船长在吓唬卡斯特洛。”

埃斯特韦斯往后退了一步。每次有人提到死去的船长，都会有唾沫星子，他可不想再经历一次。

然而，这位高大的水手既没有吐痰，也没有用手敲打金属物件。他只是担保说自己最近没有见过船长，并道歉告了辞。

“请您回答最后一个问题，”卡尔达斯拦住他说道，“有人威胁过您吗？”

“我？”

卡尔达斯点了点头。

阿里亚斯摇了摇头否认。

然而，他的眼神却透露出了他的言不由衷。

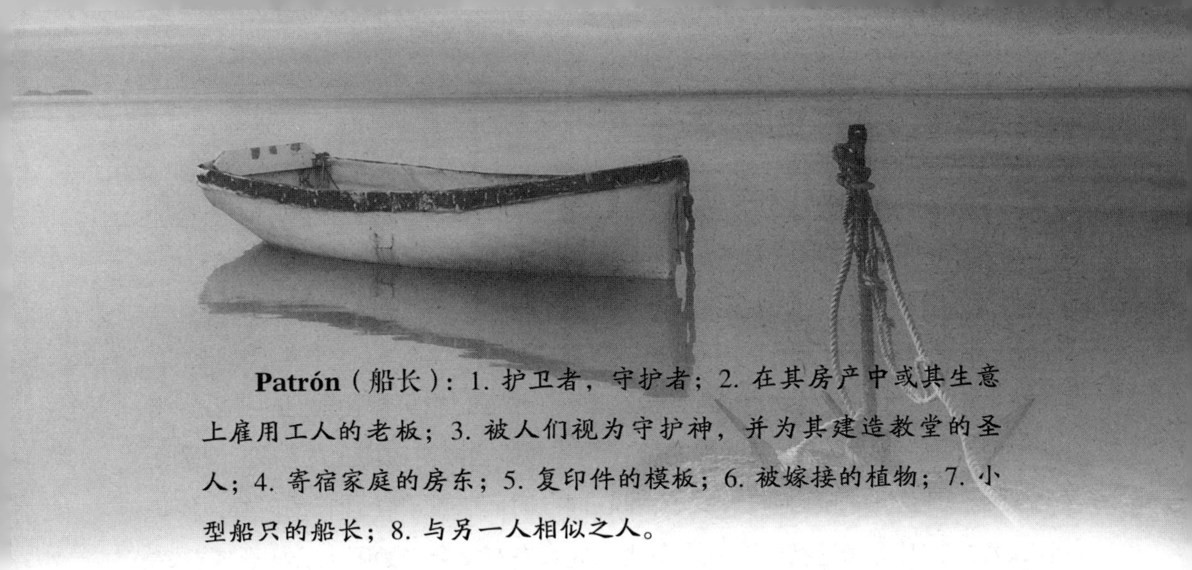

Patrón（船长）：1. 护卫者，守护者；2. 在其房产中或其生意上雇用工人的老板；3. 被人们视为守护神，并为其建造教堂的圣人；4. 寄宿家庭的房东；5. 复印件的模板；6. 被嫁接的植物；7. 小型船只的船长；8. 与另一人相似之人。

四位年长的男性正围坐在靠窗的桌边玩着多米诺牌。另有两人坐在大理石桌的桌角处，默默地观看着棋局。还有一个头上戴着水手帽的人，站在一旁看着，用两个指头端着一个宽口酒杯。这些就是酒吧下午仅有的几位顾客。

警官们走进“渔夫之家”，穿过就餐区，那些打牌的男士们专心致志，没有人抬眼。警官们走到了吧台，挑了离那群人最远的两张高凳，坐下来向服务员点了两杯咖啡。服务员已经不是早上接待过他们的那位了。电视打开着，但是没有声音，一时间只能听到多米诺牌敲击在大理石桌面上的声音。

吧台上的收款机旁，贴着一张卡斯特洛的讣告。

服务员端来咖啡后，警官们低声介绍了自己。

“你们是为了金毛而来的吧？”服务员指了指讣告问道。

卡尔达斯确认了来意，对服务员说有人在周六下午，也就是在金毛去世的前一天，在这里看见过金毛。

“是的，金毛来过酒吧，就坐在您现在的位子。”服务员不动声色地低声说道。

“您记得时间吗？”

服务员正想回答，突然响起了一记敲击声，有人把牌丢在了大理石桌面上，声音大得像枪击，随即又响起了一阵嬉笑和咒骂声。三人一齐看向那桌客人，计分的，看热闹的，一齐查验着最后的那一手出牌，高声地互相议论着。不一会儿，另一位牌手翻了牌，声音逐渐变成了低声议论。桌子上又响起了一记敲击声，“渔夫之家”又恢复了安静，服务员说道：

“8点，他每周六都是这个时间来的。”

“他是常客吗？”

“镇子上所有的水手几乎都会来这里。”说着，指了指警官们的身后。卡尔达斯不知他说的是那桌玩牌的顾客，还是那些漂泊在海上的船只。“金毛每天都会到这儿来喝咖啡。每次都是在同一时间来的。工作日的时候，他每次出海之前都会来这待一会儿。每周六8点左右，会来酒吧点一杯酒喝。”

阿里亚斯说最后一次看到卡斯特洛时，他和这位服务员交谈了几句。在谈及此事之前，卡尔达斯点起了一根烟。

“金毛话不多。”服务员说道：“但是上周六却有点反常。”

“反常？”

服务员点了点头。

“换作你们，在自杀的那一天还会神色如常吗？”

卡尔达斯和埃斯特韦斯相互对视了一眼。

“我现在才知道，他当时想要提醒我，但是我没有察觉出来。”“渔夫之家”的这位服务员说道。

“想要提醒您？”

“是的。但是一直到他出现在沙滩上之后，我才领悟到。我当时没有深究他的意思，您不知道我有多懊悔。金毛是个怪人，但人不错，与世无争。”

“他说了什么？”

“他说他要了结一切。”

“这是他的原话？”

“是的。他喝完酒之后，把酒杯放在吧台上，然后自言自语道：‘我要了结一切。’说完就站起了身，径自走了。我当时怎么可能理解他的意思呢？”服务员叹息道。

卡尔达斯抽了一口烟。

“自然不可能。”卡尔达斯说道，“他喝了很多吗？”

服务员摇了摇头否定。

“和往常一样。每周六都会喝这么一杯。”

“他看上去有些魂不守舍的吗？”

“像是……他这个样子已经很久了。你们知道镇子上的人怎么说吗？”

“不知道。”卡尔达斯谎称道。

“有人说他被缠上了。”

“卡斯特洛？”卡尔达斯问道，就仿佛第一次听到这样的言论一般。

服务员点了点头。

“知道是谁吗？”

“这个更匪夷所思。十几年前，镇子上的一艘叫做‘竹荚鱼号’的渔船沉没了。船长淹死了，但是有人却说这艘船又重新出现了。大家都说是船长回来寻仇了。”

“所以您觉得卡斯特洛打从心底里害怕船长？”

“我不清楚，探长，这都是他们传的。”

又一记敲击大理石的巨响，宣告了一副牌局的终结。

“谁说最近见过这艘船的？”卡尔达斯大声问道，好盖过牌手们的哄闹声。

“不知道，探长。”服务员说着，指了指那个走近吧台倒酒的男人，正是之前那位站着看牌的戴帽男子，“但是有人说他知道。”

卡尔达斯替这位水手付了酒水钱。水手年近古稀，船长帽的帽檐下，有一对浓密的眉毛，大大的鹰钩鼻和一双炯炯有神的眼睛，阳光和盐碱在他的面颊上刻下了深深的沟壑。

“我们正在谈论卡斯特洛。”卡尔达斯说道。

“金毛太可惜了，还这么年轻。”

“您也捕鱼吗？”

“我已经退休了，但是还能出海。捕鱼都已经是上辈子的事了。”

卡尔达斯笑了笑。

"收获不多？"

"怎么可能多呢？大海也需要休息，就和你我一样。假如我们不让它休憩，它就无法繁育。您劳累的时候，能出产些什么吗？"

卡尔达斯迅速地抽完了烟，把它掐灭在烟灰缸里。

"您和卡斯特洛熟吗？"

"和大家一样，马马虎虎吧。"

"您最近有没有发现他有些魂不守舍？"

"可能吧。"

卡尔达斯点了点头，沉默着，盯着水手的眼睛不放。这位戴着帽子的水手，对长时间的沉默有些不知所措，说道：

"我也说不准是有，还是没有。"

"见鬼。"埃斯特韦斯低声咒骂道。

"嘿，不是我不愿意说，"水手补充道，"我是真的不知道。金毛几乎一言不发。"

卡尔达斯正试着把话题引到索萨船长身上，突然从远处传来的多米诺牌的敲击声愈响愈急，牌局已接近尾声。卡尔达斯不想这位戴帽的男子趁着即将响起的喧闹而抽身离开，于是直截了当地问道：

"您又看见索萨船长了？"

水手把刚喝到嘴里的酒吞咽了下去。

"敲敲铁。"水手边咳着边低声说道，用手指关节敲了敲放在一边的铁制纸盒。

埃斯特韦斯下意识地把高脚凳支在两条后腿上，好离这位水手远些，幸好老天保佑，才没有四脚朝天地摔到地上。然而埃斯特韦斯显然是多此一举，水手向后吐了一口唾沫，恰好落在了自己的肩头，但他似乎也不在乎口水会落在何处。

"大家都说有些水手又看到了索萨船长。"卡尔达斯等他清完嗓子之后问道，"您是见证者之一吗？"

"算是吧。"

“您看见船长了？”

“不能这么说。”

卡尔达斯知道他就是那位开路人，于是又按了一下“门铃”问道：

“您看见了他的船？”

水手把手放到了帽子上。

“您看见的是索萨的船？”卡尔达斯又问道。

“是‘竹荚鱼号’。”他承认道。

探长的手机突然响了起来。屏幕上显示的是陌生号码，但是等电话另一头的声音响起之后，探长走开了几步，用手晃着圈，让埃斯特韦斯继续询问。

埃斯特韦斯有些措手不及。

“您是在海上看到的？”

“我刚才不是和您说过是艘船吗？”

“您当时也在海上？”埃斯特韦斯又问道。

“那您想让我待在哪儿？”

“我怎么知道，您可以是在港口瞧见的。”

“可能，但不是。我当时正在钓鱼。”

“好吧，您当时在哪儿？”

“还问一遍？”水手问道，“在海上。”

埃斯特韦斯叹了口气，试着控制自己的情绪。

“大海这么大，您能更准确些吗？”

“在那里。”水手回答道，用一只手指了指“渔夫之家”的墙面，就好像人眼能望穿整面墙一般，“在铁山附近。”

“您确定您看到的船就是‘竹荚鱼号’？”

“我认为应该是的。”

“是您认为的，还是您有十足的把握。”

水手突然陷入了沉默。

“快说呀，您是怎么想的。”埃斯特韦斯催促道。

“我都说了，我认为是‘竹荚鱼号’。”

“船有什么特征，让您认出它的？”

“您是什么意思？”

“我不知道，您说说，是什么让您认为它就是‘竹荚鱼号’的？”

“您不相信我说的？”

“我是个警察，究根问底是我的工作。”

“嗯。”水手让步道。

“所以呢？”

“什么所以呢？”

“该死的，是什么让您认为看到的船就是那个索萨的船的？”

“我不是和您说了，我看到了吗？”

埃斯特韦斯又深吸了一口气。

“看到一艘几年以前的沉船又航行在海上，您不觉得奇怪吗？”

“您不觉得奇怪？”

“很奇怪。”埃斯特韦斯说道，此时的他已经完全放弃从此段对话中找出什么线索，转而在尽全力忍住拽住水手领子的冲动，“我问您的是：‘您是怎么想的？’”

“我什么都没有想。”

“您观察了多长时间？”

“一会儿。”

“一分钟？”

“更短。”

“短多少？”

“我不知道。待我看清是‘竹荚鱼号’之后，就开足了马力，赶紧掉头逃跑了。”

埃斯特韦斯想他一定给自己留足了在甲板上吐口水的时间。

“往哪儿去了？”

“往哪儿去了？”

"您往哪儿跑了？"

"当然是回到港口了。"

"后来再也没见过？"

"'竹荚鱼号'？"水手用一根手指在太阳穴旁画着圈，"我都怕得要死了，您觉得我还能再回头看上一眼？"

"我可不知道，您自己说呢？"

"我可不正和您说着呢。"

"您是看了，还是没有看？"

"我不是和您说了没有吗？"

卡尔达斯回转身的时候，埃斯特韦斯正从高脚凳上站起。

"您回来得正是时候。"埃斯特韦斯喃喃道，如释重负般地吐了口气。

埃斯特韦斯转述了水手的话，卡尔达斯继续问道：

"所以您只是瞥见了一下……"

水手点了点头。

"只见过这一次？"

"谢天谢地，就一次。"

"您知道还有谁也见过这艘船吗？"

水手报了几个人名。

"下次再看到的话，可以麻烦您通知警方吗？"卡尔达斯问道。

"我觉得应该不会再见到了。"水手答道，嘴边扬起了一丝微笑。

"您为何如此确定？"

男子把手伸进衬衫，掏出挂在脖子上的吊坠。

"这个会保佑我的。"

吊坠的形状正是一个握拳的手掌，拇指从食指和中指中间穿出，和从卡斯特洛口袋里找到的一模一样。

"这是护身符？"卡尔达斯说道。

水手点了点头。

"有些人带着马蹄铁、月桂或者盐袋。"

盐袋！昨天以来，卡尔达斯就没想起过它。

“盐？”卡尔达斯问道，惊讶于它也能被当做护身符。

“是的，”水手答道，“我宁愿带着这个，您没有吗？”

警官们离开“渔夫之家”的时候，仍有数只海鸥留守在斜坡上。阿里亚斯正在他的船上挂鱼饵。海滩空无一人，显得十分空旷，一个年轻人坐在轮椅上，正逗着一条拉布拉多犬。年轻人用手抛出球，狗一路奔跑到岸边，跃入海中，咬住球之后，便回到主人身边，把球递给他，围着轮椅又蹦又跳，想要主人再把球丢出去，好让它开始新一轮的追逐。

卡尔达斯走回车上的时候，不由得想起父亲。接着他又想到那条狗，欢天喜地地舔着父亲，在葡萄庄园里片刻不离他身边。

“我们现在去哪儿？”埃斯特韦斯问道。

“去巴尔韦德家。”

“又去？”埃斯特韦斯抗议道。

卡尔达斯点点头。

“刚才是马科斯·巴尔韦德打来的电话。他的妻子把我的名片给了他。我和他约了在葬礼之前，先在他家见个面，看看他怎么看船长这件事。”

Miedo（恐惧）：1. 对真实或想象中所受到的伤害感到痛苦；2. 因意外之事有可能发生而感到的担心与忧虑。

“这都是很久以前的事了，探长，”马科斯·巴尔韦德说道，“后来我们就不怎么来往了。”

巴尔韦德穿着深色的西装，打着领带。卡尔达斯不知他是特意为葬礼而如此穿戴，还是平时一贯如此。他很瘦，身量不高。深色的头发直而浓密，向后梳得很齐整。尽管德拉瓦索早就说过卡斯特洛、阿里亚斯和巴尔韦德年岁相仿，但是后者看上去要比其他两位都要年轻许多。海上的生活没有在他的面容上留下痕迹，只有太阳穴旁的几缕白发透露出了他的年龄。

“你们曾经关系这么好，为什么后来不再来往了？”

“我不知道该怎么解释。事情如此发生了，就这么简单。也许是一种自卫机制吧，这样大家就不用经常想起那个倒霉的晚上了。”

“您能说说那晚发生了什么吗？”

“我们沉船的那晚？”

卡尔达斯点了点头。巴尔韦德叹了口气，好提起些精神。

“那是个夜晚，周围漆黑一片。海水波涛汹涌。海浪拍打到船的甲板，我们只能大喊大叫，才能听见对方说话。船长掌着舵，努力不让船偏航。”

“你们准备去哪儿？”卡尔达斯打断道。

“回庞克松港，我们当时在萨尔沃拉岛附近。”

“那儿离这里比较远，为什么你们不就近避避？”

“这得问船长，”巴尔韦德低声说道，“我觉得也许是因为我们当时装着一船的海产。那是我们出海的第二个晚上，而且马上就要到周日了，船长可能是不想让这些鱼烂在船上。”

“嗯，发生了什么？”

“一切都发生得太快了。船长大声喊着让我们抓紧。然后就传来一声巨响，就好像整个船身都裂开了一般。船在礁石上停了片刻，就倾斜了过来，随后我们便一下子落到了水中。天空划下一道闪电，‘竹荚鱼号’就消失了。我们像疯了一般地挥舞着手臂，只得穿过礁石区，游回岸边。”

“你们穿着救生衣？”

“我们离岸很近，但多亏了救生衣，我们才能游回到岸上。在沉船之前几分钟，船长命令我们穿上救生衣。”

“船长没穿？”

“金毛给船长递了一件，但是我最后一次望见船长时，他正把着船舵，身上没有穿救生衣。”

卡尔达斯沉重地点了点头。

“船长想把船打直，一点儿也不顾及自己的安危。”巴尔韦德说道，“船长向来如此，他是个顶天立地的汉子，直到生命的最后一刻都是如此。”

“你们后来再没有见过活着的船长了？”

巴尔韦德啧了啧嘴，表明没有再见过船长。

“后来发生了什么？”

“我们筋疲力尽，体无完肤，还冻得要死。但后来我们游到了礁石上，循着灯光走了回来。阿里亚斯和我默不做声地走着。金毛哭了一路。天亮的时候，我们被各自送回了家。索萨船长的尸体几周之后才被找到。他的尸体是被一条渔船用渔网捞起来的。”

“我知道。之后你们三人之间发生了什么？”

“大家都各谋生路。金毛继续出海，阿里亚斯离开了镇子，我则努力拼搏。”

卡尔达斯四顾了一圈，看了看客厅里的直线条和玻璃窗外的海湾。

“您的成果斐然。”

“你别被眼前这些骗了，探长。我之前从来没有住上过这样的房子。我拥有的东西都不是别人赠予的。”

“毫无疑问。”

“探长，我能问您一个问题吗？”

“请问。”

“你们为什么要调查一位水手的自杀案件呢？”

“例行公事。”卡尔达斯谎称道。

巴尔韦德毫不买账。

“两位警官从维戈赶到此处来例行公事？”

“流程规定。”卡尔达斯肯定道，换了个话题问道，“您知道有人恐吓卡斯特洛吗？”

“听说了一些。有人在船上画了沉船的日期。您说的是这个吗？”

卡尔达斯点了点头。

“您看，在这个镇子上可藏不住事儿。”巴尔韦德答道。

“日期旁边还写着一个词语。”卡尔达斯又说道。

“什么词？”

“凶手们。”

“什么？”巴尔韦德问道，但是他的表情则表示无须探长再重复一遍。

“凶手们。”探长又重复了一遍。

看到巴尔韦德缄默不言，卡尔达斯又问道：

“您不知道此事？”

巴尔韦德摇了摇头。

“您认为是谁写了这些呢？”

“不知道。”

“您在您的活动区域见过类似的涂鸦吗？”

“我的活动区域？”

“您家，车，办公室……”

“当然没有。”

“最近也没有其他人在您面前提起那晚的事？”

“除了你们，没有其他人了。”

“你也没感觉受到威胁？”

“探长，我的工作需要我态度强硬。就像您的工作一样。我不可能取悦所有人。”

“我说的不是这个。我相信您也听说了，有人又看见了索萨船长。”卡尔达斯说道。

巴尔韦德苦涩地笑了笑，咬着牙叹了口气。

“您可以和他们说，我也看见了索萨船长。他抓着船舵，大喊着让我们抓紧，然后船在风暴中四分五裂。不知谁有这样的雅兴，要回忆那晚的梦魇。”

“也许卡斯特洛不这么看？”

“金毛是看着船长沉入海底的人，就像阿里亚斯，就像我。”巴尔韦德说道。他望向地面，陷入了沉默。

“卡斯特洛随身带着许多护身符，用于自我防卫……”卡尔达斯留了半句话未说出口。

“防卫谁？”

卡尔达斯耸了耸肩表示回答。

“探长，恐惧可是无孔不入的。”

“您不害怕？”

“我害怕得要死，害怕到再也不敢靠近大海一步。这十二年以来，就算在岸边，我也连脚都没有沾湿过。您觉得我害怕吗？”

“我想说的不是这个。”

“您觉得我还应该对其他事物感到害怕？”

卡尔达斯不置可否。

“应该不会吧。”

巴尔韦德陪着他们走过碎石小路，绕了房子一圈。卡尔达斯走近柠檬马鞭草，用手碰了碰叶片，然后用力地嗅了一下。他们刚要道别，只见院子的木门向两边划了开去。卡尔达斯早上见到过的那辆红车驶进大门，停在了他们的车边上。

“你和探长说了吗，你认识他的父亲的事？”巴尔韦德的妻子下车的时候，看见他们一起站在院子里，于是问道。她还穿着那件敞领衬衫，似乎在邀请别人往下窥探一般。她的笑容和阿尔芭如出一辙。

卡尔达斯岔开眼神。

“我的父亲？”

“我和您的父亲以前见过几次。我正在试着做红酒。”巴尔韦德腼腆地说道，“尽管您的父亲应该不认识我。”

卡尔达斯闭着双眼，闻着从车窗缝里飘进来的气息，寒冷的空气夹杂着桉树的香味。

“您还在想着那女人？”埃斯特韦斯把车开向通往镇子的公路。

“不是。”卡尔达斯闭着眼回答道，“我在想她的丈夫。他比自己所描述的还要害怕。”

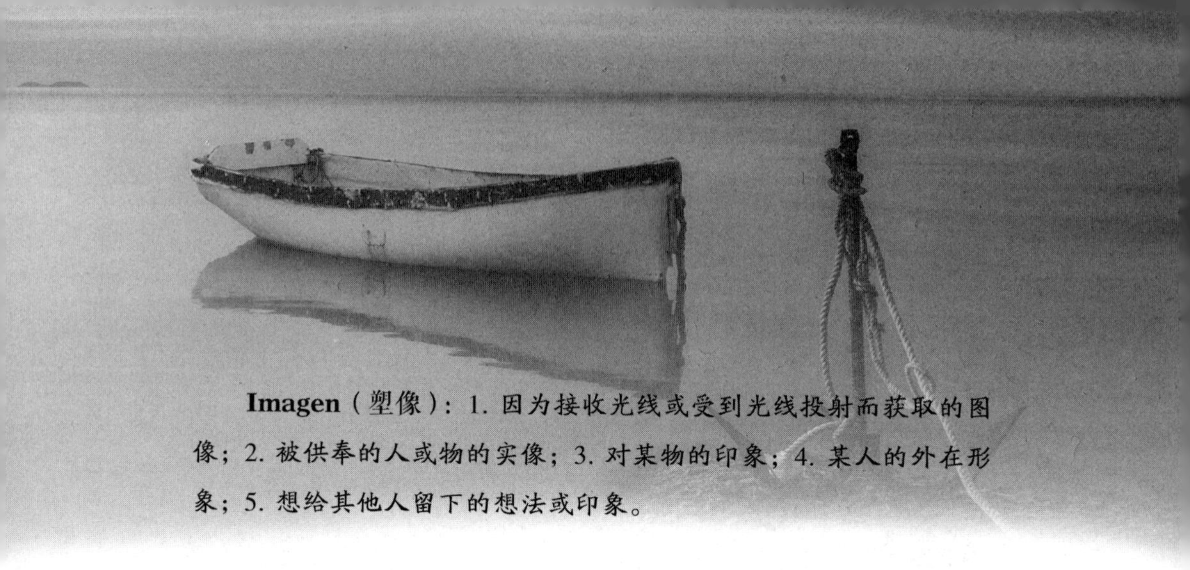

Imagen（塑像）：1. 因为接收光线或受到光线投射而获取的图像；2. 被供奉的人或物的实像；3. 对某物的印象；4. 某人的外在形象；5. 想给其他人留下的想法或印象。

在二十世纪的头几十年里，庞克松的教父和教徒们一致认为老教堂的空间太小，决定要将它推倒重建，新造一座占地面积更大的教堂。建筑师帕拉西奥斯得知了此事，来到了镇子上，劝说这里的居民们一定要把老祈祷室的西哥特式拱顶保留下来。为此，这位建筑师承诺为这些傍海而居的人专门设计一个新的教堂。

新教堂就建在靠近拱顶的一座山顶上，好让它为水手们指明方向。碎石堆砌的墙壁围起了一座八面穹顶，钟楼呈立方体形，顶部装饰着雉堞。紧挨着它的地方，安东尼奥·帕拉西奥斯还设计了一座圆塔，好挡住钟楼旋梯的入口。

塔顶是锥形的，涂着红白油漆，看上去像一座灯塔。顶部最上端立着四个小人，手牵着手，分别望向四方。

埃斯特韦斯把车停在了上坡脚下，卡尔达斯下了车，让他的助手在原地待命，自己则爬上了通向海福教堂的陡坡。路面上装饰着用黑白石头勾勒出的图像。走到门口的时候，卡尔达斯走上瞭望台，眺望了一下这座寂静的小镇。在灰色的天空下，小镇像是陷入沉睡中，就连坡上种着的八棵香蕉树也只剩下了光秃秃的躯干，等着春天的到来，好再把阴凉铺展开来。

卡尔达斯走近教堂旁的一个建筑的后门，按了按门铃。卡尔达斯说想见费尔南多先生，门里传来一个声音，让他去教堂里等一会儿。

教堂里面的设计像极了一艘倒置的航船，和镇子上一样显得空空荡荡。

卡尔达斯坐在了最靠近祭坛的长凳上等着老神父。他饶有兴致地望着穹顶和祭坛，上面有一些马赛克拼图，刻画着一些正在经历海难的圣徒，还有几幅宗教和海事活动的场景。卡尔达斯只认出了“平塔号”卡拉维尔帆船航行返回到巴约纳，带回发现新大陆的消息时的场景。

祭坛的一侧，从小窗口透进些许光亮，从昏暗的光线中可以看见圣女卡门的塑像，她怀抱着一个小男孩，立于惊涛骇浪之上。塑像装在台座之上，像是为了方便在游行中抬送。圣女的脚边，在浪花的顶端，三个水手正紧紧抓着沉船的残骸不放。

卡尔达斯走近塑像，去观察那三个水手。他们面带痛苦，像是在向圣女祈求一般，身上的衣物竟和庞克松港的水手们穿的一样都是黄色的，让卡尔达斯不由得想到阿里亚斯、巴尔韦德和卡斯特洛他们三人在风暴中挣扎的场景。探长情不自禁地四处找了找索萨船长的身影，但在海浪中不见第四个遇难人的身影。

卡尔达斯想起金毛生前把刻着圣女卡门的钱币吊坠挂在胸前，禁不住好奇，不知“竹荚鱼号”沉没的那夜，金毛是否就把它挂在了身上，抑或是之后才戴上的，为了感谢圣女的恩惠，感谢她施恩于三位在海中祈怜的水手，就像这幅木雕作品中的场景一样。

卡尔达斯刚回到长凳处，重新坐下，就见一位老神父推开圣器室的门走了进来。他手里拿着拐杖，支撑着徐徐前进。

卡尔达斯就像被弹簧推了一把般，从长凳上弹立了起来。

“您坐着吧。”神父说道，抬起左手的手掌，“我现在可不想做弥撒。”

探长听了不禁莞尔，但依然站着不动，注视着神父慢慢向他走来，一路拖着黑色教士服的底边。

“您是费尔南多先生？”探长问道。

“这把老骨头便是。”神父透过玻璃镜片望向探长，镜片把他的眼睛放大了数倍，“您是？”

“我是卡尔达斯探长。维戈市警局的。”

“请您坐下吧。”神父坚持道，自己也坐在了凳子上，“您来过这座教堂吗？”

“从没有进来过。”卡尔达斯说道。

“很漂亮吧。但是年份久了，也需要修修补补。您看到那里了吗？”神父把拐杖指向几个放在玻璃窗下的塑料桶，“下雨的时候，雨水会顺着几处缝隙漏下来。有些马赛克拼图也掉落了。但是像这样的作品普通人可驾驭不了，非得请专家，花重金不可。不是所有东西都能用信仰来修复的。”

“您说得对。”

“您有何贵干，卡尔达斯探长？”

“我知道您是摄影爱好者，经常会为镇子上的水手们照相。”

“我现在依然拍照。”神父说道，“我还剩半截身子没入土呢。”

卡尔达斯笑了笑。神父把两只手撑在拐杖上，好立起身，然后邀请卡尔达斯跟着他，走向他刚走进来的那扇门。

“我的摄影作品已经许久都无人问津了。”神父没有回转身，一边说着，一边向前走着，边走边用教士服拖着地面。

他们停在了一扇门前。神父打开了门，站在一边，请卡尔达斯先行通过。探长走进门，看见了一个大堂，顶部的天花板精雕细琢。透过对面墙壁上的窗户，可以望见远处的大海，悬在小镇楼房的顶棚之上。

书柜的用料和天花板的深色木材一致，书架上堆满了书本和文件。房间里摆着一张巨大的办公桌，旁边有一张靠背椅，皮料用小钉子固定在椅面上。

“我把大部分的照片都装订起来，放在那里了。”神父指了指书架，上面整齐地摆放着一排厚厚的皮制文件收纳盒，“您对哪些照片感兴趣？”

卡尔达斯清了清嗓子。

“您有索萨船长的照片吗？”

透过眼镜的玻璃，神父巨大的眼睛牢牢地盯住了卡尔达斯。

“有一些。”他说着，坐到了椅子上，“请您帮我把下面的那一册拿过来。”

卡尔达斯取来交给了神父。神父把相册摊放在桌上，慢慢地翻看着那些粘满了照片的书页，一张张的黑白照错落有致地排列着，有些照片幅面大，占据整整一面书页。

“您认为金毛不是自杀的，是吗？”神父问道。

“您也这么认为？”

“我对此事毫不知情，探长，但是不幸得很，我恰好知道一个走投无路的人，会走向什么样的极端。今天早上我去探望了金毛的家人。他的妹妹认为金毛是被推入海中的。”

“我知道。”卡尔达斯说道。

“所以警察就追踪到了死去了的索萨船长。”神父一边说着，一边慢慢地翻看着册子，整张面孔都贴在照片上，就好像是在循着气味，逐一分辨一般。

“您或许听说了，有人又看见索萨船长在附近活动。”

“如上帝所愿，我们或多或少该有些信仰。”神父低声说道，用一根手指点在了一张照片上，“这就是索萨。”

卡尔达斯倾身弯向神父的肩膀上方。这张照片和德拉瓦索向探长展示的相片大约是在同一时间段拍摄的。索萨离镜头太远，腰间挂着的马卡娜只剩下些模糊的线条。

“还有其他相片吗？”

神父往后翻了一页，然后把摊开的相册推到桌子的一边。一张相片几乎占据了整一页的幅面。照片上有一位年纪不轻的水手，头上戴着羊绒帽，脚上穿着雨靴，他笑着坐在码头的一个系缆柱上，柱子上拴住一根粗缆线。他的腿盘放着，挡住了腰部的皮带。

“这是索萨吗？”

费尔南多神父点了点头。

“这张也是。”神父说着，指了指另一页。

卡尔达斯屏住呼吸，看着另一页上的两张照片。这两张照片更新一些。索萨的头上依然戴着那一顶羊绒帽，帽子下的面容上布满了风霜。他站在一艘渔船的甲板上，定睛看着镜头。渔船指挥室的玻璃下方，写着几个深色的大字：“竹荚鱼号”。

这两张照片上，马卡娜就挂在船长的腰间，清晰可见，令卡尔达斯不禁想要伸手去探。正如德拉瓦索描述的那样：一根木制棍棒的顶端有一个球状物。

“我能借用一张您拍的照片吗？明天我就还回来。”

“如果您觉得能派得上用场的话……”神父同意道。

“镇子上有许多人都认为卡斯特洛的死和索萨有关。”

“把过错全都推脱给死人，可以为不确定的事情安个名目，缓解人们不安的情绪。这就是信仰。这比知道有人宁可自杀，都不愿活在世上，或是知道自己与谋杀犯比邻而居，更让人觉得舒坦。您说呢？”

卡尔达斯点了点头，目光依然不离照片中的棍棒。

“您还记得‘竹荚鱼号’沉没那日发生的事吗？”卡尔达斯问道。

“历历在目。”

“您见过船长的尸体吗？”

费尔南多神父摇了摇头。

“棺材在维戈市就封棺了。我的朋友躺在里面，还有什么好看的呢？”

卡尔达斯不知该如何作答。

“是他那可怜的儿子，赫拉尔多去认的尸。这是他的父亲留给他的最后回忆，未免过于残酷了，不是吗？”

“确实如此。”探长说道。

“‘竹荚鱼号’并不是镇子上唯一的沉船，探长。人们总是斗不过礁石和风浪。”神父说道，望向窗口，“在那里，海底的礁石一直在窥伺着水手们，好伺机攫住船只，就好像毒蛇守着兔子一般，一动不动地等在原地，待有人懈怠之时，便一举扑杀之。我们该学会与大海共生共存。”

神父伸开胳膊，用拐杖敲了敲书柜最上层的一排蓝色文件夹。

“有一个文件夹上写着‘竹荚鱼号’，您能帮我拿下来吗？”神父问道。

卡尔达斯把文件夹取下放在桌上，费尔南多神父打开捆扎的橡皮筋。文件夹里叠放着几份报纸，已经发黄了。

“这些都是关于那场海难的报道，从‘竹荚鱼号’沉没开始一直到船长的尸体被发现为止。”神父解释道。

接着，他把索萨船长的照片装进文件夹，把它重新合了起来，交给探长。

“您要是能保管得好的话，把这个文件夹也带走吧。”

他们在办公室里接着聊了会儿天。费尔南多神父说了说其他几位淹死在这片海湾的水手。神父说得生动逼真，就好像是他亲身经历的一般。

“您也出海捕鱼吗？”卡尔达斯问道。

老人的眼睛又张大了些，几乎同眼镜片一般大小。

“神父们从不登船，探长。”说着，向卡尔达斯眨了眨眼，就好像一只小鸟刚扑腾了一下翅膀。

神父接着说道：

“会带来霉运的。”

汽车依旧在探长下车的地方，停在斜坡的脚下。埃斯特韦斯把驾驶座椅放了下来，把手交叉放在脑后，悠闲地睡着觉。

卡尔达斯坐上车，轻轻地关上车门，却还是吵醒了埃斯特韦斯。

“长官，顺利吗？”埃斯特韦斯一边问着，一边把座椅调回原位。

“挺顺利的。”探长答道，打开文件夹，又看了一眼船长的照片。

“离卡斯特洛的葬礼还有一小时的时间，”埃斯特韦斯说道，“这段时间去哪儿？”

卡尔达斯不想拖延。

“回维戈。”探长说道，把窗户往下打开了些许，好让新鲜的空气流入车内。

探长迫不及待地想要把马卡娜的照片拿给巴里奥医生看看，请教他这个是不是凶手在把卡斯特洛推入大海之前，用来攻击他的凶器。他从口袋里掏出烟盒，咬住一根烟，但没有点燃，而是用手拿着打火机把玩。

“文件夹里有什么？”埃斯特韦斯把车发动起来之后问道。

“有关‘竹荚鱼号’沉没的报道和索萨船长淹死之前不久拍的照片。”卡尔达斯拉开橡皮绳，好把照片拿出来给埃斯特韦斯看。“你看他系在腰带上的棍子。你不觉得神奇吗？”

“我觉得神奇的是，居然连您都相信这些神神道道的故事。”埃斯特韦斯说道。

“我现在已经不知道该相信什么了。”卡尔达斯把未点燃的香烟从嘴里取出，用手指不停地敲着打火机的金属盒面。

埃斯特韦斯侧身看了看卡尔达斯。

“探长，”他提醒道，“如果您要吐口水的话，麻烦您把车窗开大一些。”

Espiral（线圈）：1. 围绕一点且离此点渐远的旋转曲线；2. 螺旋线；3.速度飞快、不可控制的运动。

卡尔达斯坐在车里给巴里奥医生打了电话。尽管已经过了近十年，巴里奥医生依然记得那一次现场调查，老水手的尸体被一艘维戈渔船兜在渔网里打捞了上来。这是医生刚到维戈市任职时，接手的头几桩案件之一。

“尸体在水里泡了近一个月。”医生在电话的另一头解释道，“这样的一桩事，想忘也不容易。”

“可以想象。你记得他的身份是怎么确认的吗？”

“不记得了，但是交给法官的检验报告我都有存底。”

“你能找一下吗？”

“着急吗？”医生问道，卡尔达斯听出一丝迟疑。

“你现在就要走了？”

“一会儿。”医生答道，但是意思却像是在说他已经整装待发了，“除非你需要我留一会儿。”

“你能等我二十分钟吗？”探长问道，“我有重要的线索要请教你。”

挂上电话之后，卡尔达斯又打开文件夹，他把索萨的照片放在一边，打开第一份折叠着的报纸。有关“竹荚鱼号”沉没的报导占据了近半幅版面，上面题着《庞克松渔船在萨尔沃拉岛附近海域沉没》。报道配有两张照片，一张是出事地点波涛汹涌的情状，另一张是庞克松港的照片。报道中有一行粗体字，着重强调船主消失了的消息。

卡尔达斯正准备细读，还没来得及看到第三行字，就觉得有些头昏脑涨，于是他把报纸重新叠了回去，用牛皮绳把文件夹重新扎上，把车窗又打开了些许。他吁了一口气，闭着眼睛，靠在了座椅上。

巴里奥医生坐在办公室里等着探长。他的外套又挂回到了衣架上。

“看看是什么让你这么着急，都等不到明天。”医生看到他们的身影嘟囔道。

卡尔达斯把神父拍的索萨船长的照片放在桌上。

“我想让你看看这个。”探长说着，又把卡斯特洛脖颈后部受到的敲击图绘放在一边，“船长系在腰带上的棍子，棍身细长，顶部有一个圆球，和你描绘的一模一样。你看看？”

法医仔细地观察了一下那根马卡娜。

“确实很像。”

“所以你觉得凶手有可能是用这个敲打死者的吗？”卡尔达斯引导道。

“有可能。”巴里奥医生想了想之后说道。

“可以证明吗？”

“我们可以试试。”医生说道，“你找到这根棍子了……”

卡尔达斯摇了摇头。

“还有其他照片吗？”医生问道。

“没有比这张更清楚的了。”

法医又看了看照片，用手捋了捋头发。

“给我们一两天时间，看看有没有方法。”医生接着问道：“照片里的人是谁？”

“这正是我给你打电话的原因。这就是你很久以前看到的渔网里的水手。”

“安东尼奥·索萨？”

卡尔达斯点了点头。

“他和这桩案件有什么关系？”

“他是庞克松镇上的人。他出事的那天，卡斯特洛也在他的船上。具体发生了什么我还没有调查清楚。”

“所以呢？”

“有人在镇子上又看到了他。”

“看到谁？”

“索萨。”

“索萨？”医生疑惑地问道。

“所以我让你帮忙找一下报告。”

“镇子上的人都认为索萨死而复生了。”埃斯特韦斯补充道，嘴角挂着嘲讽的笑容。卡尔达斯严肃地瞥了他一眼，他才把笑容抹去。

办公室里陷入了一阵沉寂，片刻之后巴里奥医生看向卡尔达斯，问道：

“你不会也相信吧？”

“我相不相信又有何差别。我只是想知道当时是怎么识别身份的，以防万一而已。”

“可笑。”

“可笑至极。你有报告吗？”

巴里奥拿出一份用线圈装订成册的文件。

“有照片吗？”探长问道。

“最后一页。”

卡尔达斯快速地翻看着报告，直到找到那张索萨尸体被发现时的照片和尸检的照片。探长把照片和神父的照片放在一块儿比对，很难相信照片上的是同一个人。

“面目全非。”探长说道，把照片递给埃斯特韦斯。

“见鬼，”埃斯特韦斯厌恶地说道，“别给我看这个。”

“你确定是他？”卡尔达斯问道。

巴里奥指了指报告。

“这里都说明了。”

“你别耍官腔了，我不是来找麻烦的。我只是想问你，你是怎么知道他就是索萨的。我只想确定没有出错，仅此而已。”

法医一把拽过探长手里的报告，翻阅了片刻之后说道：

“是他儿子认出来的。你觉得证据充分吗？”

“你比我更清楚，不能完全寄希望于死者的家属。船长的儿子连看都不愿意多看一眼吧。只要能让他的父亲入土为安，他可以指认任何尸体。”卡尔达斯说完，指了指照片上索萨的面容，“而且，你看看他的脸都变成什么样了。”

“他在海里沉了好几周……你想他什么样子，梳妆打扮过的样子吗？”

埃斯特韦斯笑了笑，探长却丝毫不让步。

“检查过DNA吗？”

“当然没有，我们说的可是十二年前的事。”

“牙齿检测呢？”

“也没做过。”巴里奥医生说道，“你难道不知道我们当时翘首等着尸体出现吗？我们找了好几周，而且我们手上的证据足以指认尸体。”巴里奥又翻了翻报告：“死者的外套和索萨沉船时的衣着一样，而且身上还挂着圣女卡门的钱币吊坠。”

“成千上万的水手脖子上都挂着这样的吊坠。”

“我再说一遍，是他的儿子指认的。”巴里奥把报告摊开在照片那页，搁在桌上。

探长又看了一眼索萨面目全非的脸部。

“你就告诉我一件事，这具尸体有可能是其他水手吗？”

“当然不可能。”埃斯特韦斯说道，但卡尔达斯却对他的话充耳不闻，他想要法医向他保证。

“可能是其他人吗？”卡尔达斯又重复了一遍。

“你想听什么答案，卡尔达斯？”

“只要告诉我有没有可能……”

“有没有可能什么？这有可能是另一名淹死者，穿着他的衣服，戴着他的吊坠，有着和他一样的外表特征？”

“有可能，不是吗？”

“天哪……卡尔达斯。”

“你告诉我有还是没有。”卡尔达斯又问道。

埃斯特韦斯在心里嘀咕着，就算是用上刑讯逼供，也不可能有人能从法医口里得到那么确切的回答。

巴里奥点了点头。

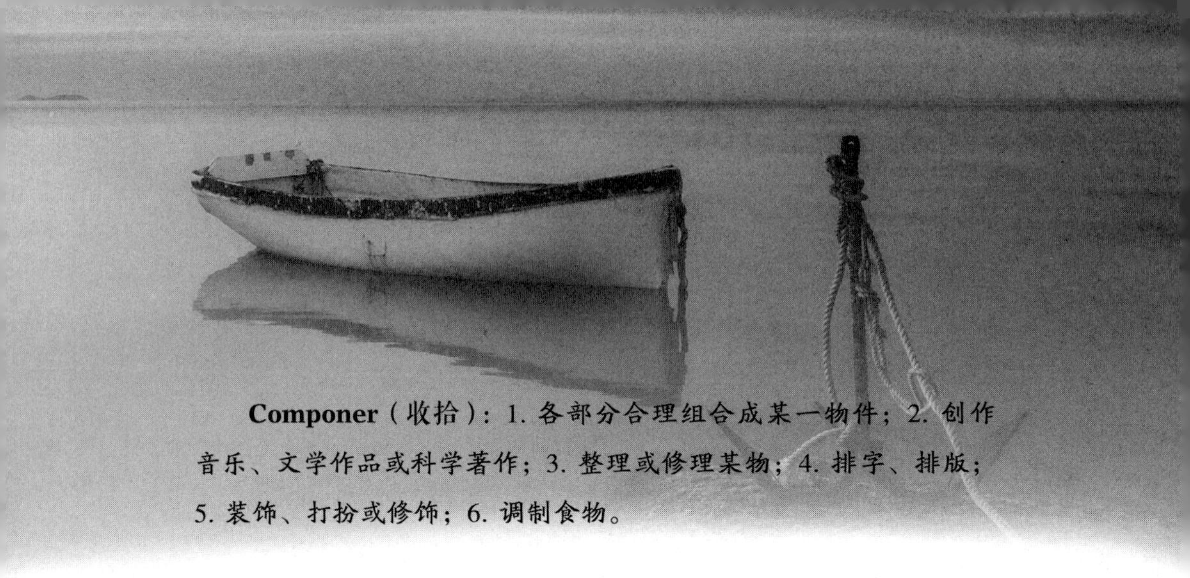

Componer（收拾）：1. 各部分合理组合成某一物件；2. 创作音乐、文学作品或科学著作；3. 整理或修理某物；4. 排字、排版；5. 装饰、打扮或修饰；6. 调制食物。

卡尔达斯回到了他的办公室，关上了磨砂玻璃门，把装有“竹荚鱼号”沉没报导的文件夹和索萨尸体的现场检查报告放在桌上，坐在了他的黑皮靠背椅上。昨夜一夜无眠，白日里又在庞克松来回奔波，探长不由得想要休整一下。他用力地揉了揉眼睛，闭着双眼，但是脑海中却千头万绪，无法安静下来。他知道在调查第一时间收集到的线索往往是最为关键的。在这之后，所有的线索并不会变得更加明晰，指纹会变得模糊乃至消失不见，细节会被层层迷雾所包裹，让人无法窥见真相，破案变得不是时间问题，而是全凭运气。

因此卡尔达斯想要在第一时间深入犯罪现场，仔细地抽丝剥茧，好在案发地找到犯罪的真相。然而，此次卡尔达斯却感到无从入手。时间分分秒秒地流逝了，而卡斯特洛的渔船却迟迟没有出现。

索萨船长的阴魂让那些老水手们都心怀敬畏，从卡斯特洛口袋里藏着的护身符来看，这位本尊也感到十分惧怕。尽管没有亲口承认，和金毛一块儿经历海难的同伴们也都惴惴不安。卡尔达斯能从他们的面部表情上察言观色。

卡尔达斯想起画在金毛渡船上的日期，想到绘在船身上的指控，写着“凶手们”这几个字。卡斯特洛显然没有把此事当成一桩恶作剧。他赶忙把木船上的痕迹抹去，但是却无法将之从脑袋中抹除。所以他的家人都觉得他忐忑不安，连吹了好几年的曲子都抛开了。

这条思路还把卡尔达斯引向了马卡娜：索萨玩牌赢得的棍棒，形状和卡斯特洛头颈后部的敲击痕迹极为吻合。卡尔达斯从不相信巧合。就连德拉瓦索都提起过索萨能把这个棍棒使得得心应手。法医认为这记敲击十分沉重，足以让金毛失去意识，当索萨在纽芬兰岛工作的时候，只消一下，就能把体形数倍于他的对手打得满地找牙。

探长又看了看法医报告中，索萨面目全非的脸部，心中不禁响起了一个声音，绝大多数情况下，事情往往都是表里如一的。

假如索萨没有死于海难，而是活了下来，又是什么原因令他等待那么久才寻仇呢？抑或，诚如报告所述，船长十多年以前便去世了，那么是有人在为“竹荚鱼号”的船主复仇吗？假如是这样，是什么原因促使凶手在这个时候实施报复的呢？伤口本该随着时间的流逝而愈合才对。

德拉瓦索把索萨儿子的电话写在了纸上，交给了卡尔达斯，索萨的儿子为了逃避镇子上的闲言碎语，早就远离了庞克松。卡尔达斯把折着的纸条从口袋里掏了出来，拿起了话筒，但是片刻之后，又把话筒放了回去。他不知该如何进行这场对话。他能说些什么呢？指认对方有罪，还是问问这位亲眼见过父亲尸体的儿子，他的父亲有没有可能还活着？

探长随即想起了自己的父亲。他中午放了父亲的鸽子，下午也没有时间前往医院。他看了看腕表，不知父亲是否还在城里。他拨打了手机，假如父亲还没有离开，也许可以一起喝一杯红酒。

“你回到维戈了？”父亲接起电话问道。

“我刚到。”卡尔达斯谎称道，“你还在城里吗？”

“没有，我到家了。明天还要继续剪枝，我要早起，而且我想透透气，今天在城里待了大半天。”

第一记迎头痛击。

“对不起。”

“别担心。我知道你去找德拉瓦索了。他怎么样？”

“他很好，叔叔呢？”

“已经差不多了……”

“嗯，”卡尔达斯简单说道，“你明天来看他吗？”

“我每天都去。”

第二记打了嘴。

“那看看我们明天能否见见。”卡尔达斯准备挂断电话。

“有一件事。”

“说吧。”

卡尔达斯准备接受第三记射在胸口的箭羽。

“你记得巴西利奥的兄弟，在药店工作的那个吗？”

“那个混蛋？”

“正是，我已经想了一天他的名字了。”

“不记得了。”

和父亲通过电话之后，探长给克拉拉警官打了电话，她下午已经开始着手检查卡斯特洛的渡船了。

“探长，实不相瞒，好像有个日期，但是很模糊。”

“知道是什么日期吗？”

“日期是 12 月 20 日，”克拉拉警官回答道，“但是我们现在还不确定年份是 1995 年还是 1996 年。”

“1996 年。”卡尔达斯想起“竹荚鱼号”沉没的时间。“没有其他的内容吗？”

“其他的都辨识不出了。木船已经很老旧了，刷了若干次漆。有很多笔画，但是不知道写的是什么了。”

“扎带呢？”

“探长，我对所有调查记录做了一个总结，您还没有看吗？”

“放在我的办公室里？”探长四处找了找问道。

“在桌子上。”克拉拉提醒道，接着又解释说：“我们找遍了所有地方，都没有找到绿色的扎带，也许是从国外进口的，但是在这一块儿显然没得卖。”

卡尔达斯在桌上的文件堆里找了好一会儿。他闭着眼睛都能在这堆杂乱的文件中找到想找的，但是只限于他亲自摆放的物件。

“我找到了，克拉拉。”他在一堆文件的上方找到了报告。

卡尔达斯粗略地看了看，克拉拉还是一如既往地细心。

卡尔达斯走出办公室，腋下夹着文件夹，里面有费尔南多神父收集的剪报，还有索萨尸体的现场检查报告和克拉拉的总结。

他在洗手间碰到了埃斯特韦斯。他已经穿上了外套，弓着身在洗手池洗脸。

卡尔达斯想着此刻若是用冷水醒醒神，倒不失为良策。

“我们一道儿去艾利希奥酒馆喝一杯？”探长在门口问道。

“长官，今天不去了。”

今天一路四处奔波，值得喝杯酒犒劳一下。

“一杯都不喝？才八点而已。”

“长官，您放弃吧。”埃斯特韦斯用沾着水的手收拾了一下头发，“我有约了。”

“你有约会？”

“我不刚说了嘛。”

“嗯。”

埃斯特韦斯望向镜中的探长。

“您觉得奇怪？”

“没有，没有……挺好。”卡尔达斯结结巴巴地说道，然后关上门离开。

Palabra（词语）：1. 具有固定含义的词组；2. 由一个字母或若干字母组成的单词；3. 通过言说来表达思想的能力；4. 对某事物真实性或言出必行的承诺；5. 没有经过验证的言论；6. 会议上发言的权力或轮次；7. 某人的口头演讲或演讲稿。

卡尔达斯走进艾利希奥酒馆的时候，天空又下起了瓢泼大雨。铁炉的火烧得正旺，有几张桌子已经被占了。卡尔达斯把雨衣挂在衣架上，走近空无一人的吧台。身后传来教授们的交谈声，他们还坐在老位子上。卡洛斯低沉的嗓音从酒馆里边的某处传了过来。

“嘿，卡尔达斯，”一位教授向探长打了声招呼，“我们刚才正在讨论你昨天的那期节目。”

卡尔达斯也不打算辩解，对于他们来说，《电台巡逻》毫无疑问就是他的节目。

“你在思考的时候，插播的音乐叫什么名字？”

卡尔达斯差一丁点儿，就想转身不搭理。

“什么？”

提问的那位教授兴许是感到了他的不悦，举起双手说道：

“我们觉得音乐不错，假如音乐能帮助你集中注意力的话……”

“但是歌曲叫什么名字？”另一位继续追问道。

“我们知道是格什温的乐曲，”第三位说道，“但是拿不准歌名。”

卡尔达斯抓了抓头发。

“嗯。”

“是《漫步》吧？”第一位说话的教授又说道。

“算了吧，”最后那位反驳道，不看那位意见不一的朋友，反而看向卡尔达斯，“是《遛狗》，妈的。”

卡尔达斯本想告诉他们，他既不知道歌曲的名字，也没有选择这首曲子，它不仅让他无法思考，还会让他分心。但是探长隐忍住没有说话，只是耸了耸肩，承诺他们明天去电台的时候问问，便转回了吧台。探长把手肘支在大理石台面上，用手托住面孔，一面等着卡洛斯，一面看着放在面前的那一小幅画作，绘画摆在报纸篮的一边。画上有一位女士的半身像，是波萨画的一幅油画作品，他也是一位颇有名气的加利西亚画家，生前常来光顾这家酒馆。这幅画卡尔达斯已经看了不下数百次了。一位穿着黄衣的女人神色悲戚，侧向一边。探长不由得想起阿莉西亚·卡斯特洛，她唯一的哥哥刚过世，而丈夫又远在天边。波萨的模特有着一头黑色的头发，穿着黄衣；死者的妹妹则是金色的头发，身着黑色的丧服，然而两人的眼神中都流露出痛苦的神色。

“为了辟邪。”卡洛斯把两个酒杯摆在吧台上，率先说道。

“什么？”

卡洛斯在两个杯子里倒上白葡萄酒。

“盐袋。你不是想知道干什么用的吗？是为了辟邪用的，让那些妖魔鬼怪躲得远些……就像这个辟邪手势一样。”卡洛斯说着，一只手握拳，把拇指从食指和中指中穿出。

卡尔达斯喝了一口酒，把它吞咽下喉咙之前，让酒水在口里停留了片刻，然后告诉卡洛斯他已经知道这些了。

“今天下午一个庞克松的水手和我说了。”

卡洛斯喝了口他的酒，从探长的肩膀上方指向教授们。

“他们说的，”卡洛斯说道，“我可一点概念都没有。”

“我也没有。”卡尔达斯坦言道。

卡洛斯走进厨房的时候，探长打开文件夹，拿出法医十二年以前写的报告，把它放在了吧台上。

“坐到桌子那边方便些吧？”片刻之后，卡洛斯说道，“里面那张小桌子空着。”

“都行。”

“再来一杯？”

卡尔达斯点了点头。

“要随便吃点什么吗？”卡洛斯一边倒着酒，一边问道，“还剩些牛腿肉配鹰嘴豆，比昨天做得还好。”

卡尔达斯轻轻地摇了摇头，低声说了一句“不用，谢谢”，几乎让人听不清。他可不想再因为一顿丰盛的晚餐，而让自己彻夜辗转反侧。他需要睡眠。

卡尔达斯坐在小桌旁，头上顶着洛代罗画的一轮橘黄色的落日，摊开的文件夹几乎占满了整个桌面，连放酒杯的地方都没有。卡尔达斯仔细地阅读着报告。他把报告通读了两遍。第一遍快速地浏览了一回，第二遍则边仔细地查看照片，边核对法医的鉴定。卡尔达斯没有找出任何漏洞，能否定在渔网里找到的尸体就是索萨，但也没有发现能够证明尸体身份的确凿证据。尸体的双手极其苍白，皮肤皱成一团。由于长时间地泡在水中，他的指甲全都脱落了，几处手指上的皮肤也都掉落了，不可能将他的指纹和索萨的指纹进行比对。

就连尸体眼睛的颜色是否和索萨的相符都无法印证。现场拍摄的照片里，死者深色的眼睑紧闭着，也许是找到他的水手们帮他合上了双眼。尸检报告上写着船长的眼睛部分被鱼给吃了。

就如医生所述，死者身份的确定全凭他身上的衣物、吊坠和儿子的证词。死者身上穿着防水服，和其他水手身上穿的大同小异，吊坠也没有什么特殊之处，能把它和其他的吊坠区别开来。至于说他的儿子，卡尔达斯确定他一定只是在停尸间匆匆瞥了一眼尸体。报告旁附着的照片上，男子的脸色苍白，面皮发软，眼睑和嘴唇都呈现出青绿色。像卡尔达斯这样常年和尸体打交道的人，也很难让目光在这张面目全非的脸上多停留片刻。

卡尔达斯和巴里奥相识了数年。他知道医生觉得没有必要让这个家庭和小镇子上的居民无休止地痛苦下去。他们的痛苦持续了数周，因为没有任何消息而焦虑万分。得知发现了一具淹死的尸体，大家都想要认领它，让它下葬，好让创伤尽快愈合。这个家庭遭受的痛苦不难想象。如果不认领尸体，就没有死亡证明，没有保险赔偿款，也没有抚恤金。假如尸体没有出现，贫困会和痛苦一起降临到死者的家庭。

探长知道在所有人都认为这就是索萨船长的情况下，法医也认为没必要再深入调查下去。巴里奥这么做，绝不是出于恶意，也不是因为粗心大意。探长甚至在内心中设想，假如他也在尸体勘查现场，也会让法医简化程序，好把尸体尽快归还给家人。卡尔达斯也觉得关于幽灵的故事纯属无稽之谈，但是随着对卡斯特洛死亡案件的调查，这个疑问就像一根越来越尖利的刺，戳在探长的心头。

卡洛斯第三次过来续杯的时候，手里拿着一盘油炸小沙丁鱼，鱼身已被剖开，去掉了鱼刺。探长本没有点餐。

“空腹喝酒可不好。”卡洛斯说道。

“嗯。”

卡尔达斯放回医生的报告，把合上的文件夹放到了地上，靠在凳子腿的边上。卡洛斯转了个身，把盘子稳稳地放在了桌子的一角，卡尔达斯便又打开了文件夹，拿出了克拉拉的总结。

总结报告中没有卡斯特洛的渡船的信息，但是克拉拉在电话里已经确认了庞克松的那位木匠的证词：有人把“竹荚鱼号”沉没的日期写在了渡船上，后又被擦除了。现场勘查队的专家们还没有找到写在日期旁边的词语，但是探长早已获悉，没有必要等待他们的检查结果。

探长核对了一下其他信息。胡斯托·卡斯特洛，人称金毛，今年四十二岁。单身，居于庞克松镇，是该镇港口的一名水手。他一人独居，没有伴侣。他的父亲已经亡故，母亲和他的妹妹、妹夫一同居住在镇子上的一栋房子里。死者的妹夫两个月以前，去了非洲东岸的一艘渔船上工作。

尸体周一早上漂浮在马多拉沙滩的岸边。人们把他拖出海的时候，身上穿着白色衬衫和一件厚毛衣，一条绒裤和一双雨靴，脖子上挂着一块圣女卡门的金币吊坠。在他的口袋里发现一个手势摆件，一袋盐，几张破损了的钱币和用钥匙圈套起来的两把钥匙。

报告里还有那位从公路上看到尸体的男子的证词，以及几位在尸体勘查现场的邻里的证词。所有人都确定卡斯特洛周日一早便在船上工作了，尽管克拉拉警官着重写道，他们中间没有任何人亲眼看到水手出海，并且质疑死者出海捕鱼的可能性，因为鱼市周日早上关门。

卡尔达斯微微笑了笑。克拉拉不仅细致入微，而且还有很强的直觉和逻辑推理能力。探长不禁庆幸有她作为团队的一员。

克拉拉把金毛的尸检报告情况进行了梳理，挑了一些重点。尸检证实死者是淹死的，头部有两处不同的撞痕，后颈部位受到了长条形的物件击打，另一处的伤痕则更不规则，有可能是撞到石头造成的。

克拉拉将法医对于死者腕部的推断概括了出来：扎带的开合处在小拇指下方，因此应该不是他自己把手缚住的。

克拉拉联系了当地主要的扎带供应商，特殊颜色的扎带需要订做，但是他们没有收到过类似的订单。

报告的最后是死者生前最后一周的电话清单。一共有三通电话，全是本地通话。两通是打往母亲家的，第三通是在周六下午打出的，电话接通时间很短，是打给一位镇子上的居民的，这个名字对克拉拉来说没有什么特殊之处，但是卡尔达斯不禁定睛查看了两遍。卡斯特洛给何塞·阿里亚斯，他给这位共同经历了海难的朋友打了电话。

“×的。”探长嘟囔道。

探长看了看手表，已近晚上十点了。他找出手机，拨打了埃斯特韦斯的电话。接通了电话之后，另一头便传来埃斯特韦斯的牢骚。

“你忙着呢？”卡尔达斯问道。

“有些忙。”

“嗯……”

“您给我打电话就是为了骚扰我？”

“不是。我想和你说，明天早上我们再去一趟庞克松。出发时间和今天一样。”

“早上七点？” 埃斯特韦斯极不情愿地问道，“您能和我说说为什么又要这么早起床吗？”

“卡斯特洛出事前的那个下午，给阿里亚斯打过电话。阿里亚斯没有说实话，我想知道原因。”

“您早上七点就要知道？”

“我想在他补觉之前，找他谈谈。”

“您不用担心。有必要的话，我能叫醒他。”

卡尔达斯把所有文件放回文件夹内，站起了身。小沙丁鱼依旧放在桌角，探长一口也没有动。他从衣架上取下雨衣，付了账单，和卡洛斯道了别。卡尔达斯推开酒馆门的时候，教授们还在谈论着音乐。他又关上门，走近教授们的餐桌。

“你们知道《索尔维格之歌》吗？”探长问道。

四个脑袋同时上下点了点。

“是格里格的作品。”其中一位教授说道。

“是《培尔·金特》中的一个乐章。”另外一位说道。

卡尔达斯似乎是唯一一个不知道这个作品的人。

“你们知道是怎样的曲子吗？”

教授们互相看了看，其中一位便开始哼了起来。不一会儿，这四位围坐在桌边的教授们便一齐哼起了这段旋律，这首卡斯特洛临死前不再吹响的旋律。

卡尔达斯以前没有听过这首曲子。

他离开了酒馆。

大街上，雨滴正谱写着自己的旋律。

Soplar（吹）：1. 把双唇做成狭窄的通道，用口吹气，将某物吹开；2. 吹气使物体成型；3. 不借武力而用计谋行窃；4. 给予启示；5. 小声提醒某人遗忘之事；6. 告发或揭露。

卡尔达斯把滴着水的雨衣挂在浴缸上方的衣架上。走回客厅的时候，几乎是下意识地便打开了收音机。其他人在家找到的是港湾的庇护，但是他却只找到了孤独。

他望了一眼塞满唱片的书架，不禁想知道在这些阿尔芭留下的唱片中，是否会有《索尔维格之歌》。

卡尔达斯很久以前便感觉到，他和阿尔芭的关系就像一根开始融化了的蜡烛。他分明知道，只要轻轻一吹，便可以留下一小段，但是他宁愿让它燃烧殆尽。最后是阿尔芭将它扑灭的。

第二天，阿尔芭的衣柜便空了出来，许多她的唱片和书本却依旧留在了客厅的书架上。有好几周的时间，卡尔达斯都捉摸不透阿尔芭是忘了拿走，还是为了留些念想。一天，卡尔达斯听了一张唱片，想起了他们之间的一段对话，他才突然醒悟，原来阿尔芭把这些都留下，是因为以前他表达过对它们的喜爱。

他没有找到那首金毛曾在午后为母亲吹的乐曲，于是便挑了一首路易斯·阿姆斯特朗的唱片，把它塞进了音响。

探长还在想着卡斯特洛的那几通电话。通话记录说明，阿里亚斯谎称自己和金毛再不来往，实际上他们依旧保持着联系，至少交谈过一次，就在周六下午，卡斯特洛出事的前一天。这是最后一次吗？

埃斯特韦斯说服了他，他们不需要一大早就赶去庞克松。坦诚而言，探长更希望他能够让阿里亚斯出其不意。他急不可耐地想要了解那次谈话的细节，想要探究那位高大的水手在得知谎言被拆穿的时候，会有什么样的表情。

心中冒出一个声音，告诉探长他走对了路，他对此深信不疑。声音让他从“竹荚鱼号”沉没的那夜和索萨船长被公认的死亡着手，来探究卡斯特洛的死因。卡尔达斯决定跟从声音的指引。

卡尔达斯躺在沙发上，打开蓝色的文件夹，取出老神父交给他的剪报。

第一份报是1996年12月22日的报道，正是沉船后两天的周日。报道上有两幅照片，一幅照片上是礁岩，另一幅拍的是“竹荚鱼号”的母港，上面的题目写道：“庞克松渔船在萨尔沃拉岛附近海域沉没”。

卡尔达斯仔细地阅读报道。新闻长篇累牍，报道了“竹荚鱼号”在萨尔沃拉岛附近的礁石撞沉的事件，三个水手是如何游到陆地上，之后又是怎么被送往医院的，他们在那里接受了医学检查，最后被获准出院。

救援队的负责人抱怨说那几天天气情况太糟糕，加大了他们搜查失踪人员的难度。他还认为当时不就近找寻避风港，是一位老船长犯下的低级错误。另一艘在相同海域作业的船主却声称索萨通过无线电，告诉了他想要暂避一下风暴的想法，这位船主不明白为什么索萨最后改变了主意。

当天的其他报纸也都有相关新闻报道。所有的报道几乎都描述了一遍沉船事件和当时恶劣的天气条件。一些报道里写了镇子上的居民对海难幸存者实施的救助，只有一份报纸报道了一位幸存者的证词。巴尔韦德在接受采访时说，尽管船长使尽了浑身解数，但是风暴还是让船冲向了礁石。片刻的工夫，渔船就消失在波涛中。“你们当时准备去哪儿？”记者问道。巴尔韦德的回答则十分确切：“回家。”

卡尔达斯打开了下一份报纸，是后一天，23日周一的报道。新闻报道了几则事件，配有三幅照片。一张照片拍的是一个加油站，从前一年夏天开始，两名摩托车劫匪把警察绕得团团转，新近又抢劫了这个加油站。另一张照片拍的是阿奎尼奥镇上的居民们组织起来，寻找一名失踪了三日的女性。第三张照片的幅面比前两张的都要大许多，是索萨船长的人像照，他戴着羊绒帽，帽子下方则是沟壑纵横的面容。

照片的一边，用粗体字写着：“‘竹荚鱼号’船主的搜寻工作终止”。文章写道，时至下午，寻找失事船主的设备依旧无法就位，只有海上救援队的两架直升机参与了海上搜寻工作。由于恶劣的天气条件，搜救船依然无法出海。

后几天的报纸只简短报道了对索萨的搜寻工作。海难的后一周，搜寻工作已经彻底停止了，在远海出现了一件“竹荚鱼号”上的救生衣。之后，沉船的相关报道淡出了公众的视线，直到 1 月 28 日，索萨的尸体沉在海里近十天之后，出现在了一艘维戈渔船的网兜里。

卡尔达斯开始阅读这则消息，但是困意涌了上来，让他陷入了沉睡。

他梦见在风暴中，自己在翻腾的海浪中拼命游着，离他几米之外的地方，有一个穿着黄色防水服的水手。“救救我！”水手满眼恐惧，对他大声呼救。“我的手被绑住了，不能游泳。”卡尔达斯使尽全力游向水手，但是待他游到水手呼救的地方时，早已不见他的身影。

卡尔达斯惊坐了起来，就好像在儿时的梦中，向淹死在河里的女药师游去一般，汗流浃背。他睁开眼，看向天花板，感觉好似有一头巨象在房里咆哮一般。

片刻之后，卡尔达斯才听清这是一曲小号的独奏。路易斯·阿姆斯特朗用沙哑的嗓音唱着歌，就好像在嘲笑探长一般：

“与你一般无二。”

Razón（原因）：1. 人类大脑把想法和概念联系起来，从而获得结论的能力；2. 原因；3. 某人为证明某事或说服某人而援引的论据；4. 某事物的条理；5. 信息；6. 数字比例关系。

卡尔达斯一早就起了床，冲了个澡。他把蓝色文件夹夹在胳膊底下，双手放在口袋里，向警局走去。天空已经放晴，但是路灯依旧亮着，照着这个依旧被夜晚的湿气萦绕着的城市。

卡尔达斯在办公室里翻阅着克拉拉的总结报告。早晨九点半的时候，他走出警局喝了一杯咖啡，抽了今天的第一根烟。回到办公室之后，卡尔达斯总是不自觉地瞥着时钟，暗自纳闷埃斯特韦斯什么时候才能出现。他扫描了所有关于“竹荚鱼号”沉没的剪报，好把原件还给庞克松的神父，然后又读了一遍索萨尸体现场勘查的报告。

探长不假思索地从口袋里掏出德拉瓦索给他的纸条，拨打了上面的电话号码。卡尔达斯又点了一根烟，深深地吸了两口。

“赫拉尔多·索萨？”

“是我。”

“我是维戈市警局的卡尔达斯探长。”

“您终于决定打给我了。”

“什么？”

“德拉瓦索医生提醒我说，他把我的电话号码给您了。”

“嗯。”

“他让我对您以礼相待。”

开头不错。

“能耽误您五分钟时间吗？”

“没问题。”

“医生和您说了我给您打电话的原因了吗？”

“没有。”安东尼奥·索萨的儿子回答道。

“您知道我们在周一早上发现卡斯特洛淹死在海中吗？”

“知道。”

“有人和您说过大致的情形吗？”

“没有。”赫拉尔多说道。声音听上去不果决，倒有几分迟疑。

“他的双手被绑住了。”

“嗯。”

“您知道了？”

“有人和我说过一些。他是自杀的，对吗？”

“有可能不是。”

“那么您在调查是谁……”

“正是。”卡尔达斯吁了口气，感到索萨的儿子十分配合，他不由得松了口气。

但是他的预估出了错。

“所以您给我打电话？”

“嗯……”卡尔达斯抽了口烟，好让他积蓄些气力，不至于挂断电话，“卡斯特洛最近受到了恐吓，您知道这件事吗？”

“不知道。”

“有人在他的渡船上图绘了您父亲出事那天的日期。”探长解释道，尽管他觉得对方已经知晓此事，“日期旁边还写着‘凶手们’几个字。您觉得有谁会干这样的事？”

“完全不知道。”

“重提此事，我十分抱歉。”

索萨的儿子在电话的另一头清了清嗓子。

“卡斯特洛和您的关系如何？”

“和我？”

“是的。”

“自从我父亲出事之后，他就再也没有直视过我的眼睛。另外两个人也没有。他们全都低着头，看着地，向我们表示哀悼。”

“他们从没和您说过那天晚上发生的事情？”

“他们没有勇气说。阿里亚斯甚至离开了镇子。”

“他们为何如此？”

“这个问题您不该问我，探长。您去找阿里亚斯和巴尔韦德问问，他们俩还活着，不是吗？”

卡尔达斯抽了一口烟，好忍住没说“暂时”二字。

“您认为发生了什么？”

“他们但凡动动手指，都能把我父亲救出水面，但是没人那么做。他们离岸并不远，身上穿着救生衣，本来可以救我父亲的，但是他们所有人都抱头鼠窜，都是一群胆小鬼。”

卡尔达斯又吸了一口烟。

“有几位庞克松的居民说又看到您的父亲了，说他还活着，您怎么看？”

“我从镇子上离开，就是为了离这些故事远一些。那里让我觉得窒息，现在看来，我逃得还不够远。”

卡尔达斯靠在自己的扶手椅上，听着索萨的儿子讲述他的故事。海难发生之后的第三年，有一个水手出海回来，说看到他的父亲站在甲板上，驾驶着“竹荚鱼号”。自此，每一年都会有几个水手跑来和他说，他们在海上看见“竹荚鱼号”了。

“您怎么看？”

“我不知道他们看到了什么，探长，但是‘竹荚鱼号’早就被炸毁，残骸被一块一块地从海底打捞了上来。这些您都可以去证实。”

赫拉尔多不愿意提及他的父亲，卡尔达斯也就不再坚持，于是没有提到他父亲的马卡娜，也不想让他回忆起在解剖室的场景。但是有一个问题，索萨的儿子非答不可。

“最后一件事，赫拉尔多。”卡尔达斯抓紧抽了一口烟，把它按灭在烟灰缸里，“您能告诉我，您上周末在哪儿吗？”

“在巴塞罗那工作。”

“我能问一下您在哪儿工作吗？”

“我是控音师，在电台工作，和您一样。”

埃斯特韦斯十点出现在了警局。他一脸神采飞扬，就好像每次听到索托局长唤他，让他去牢房里收拾几个不听话的囚犯时一般。

“我们去庞克松？”他问道。

卡尔达斯点了点头，从衣架上取下雨衣。

他坐在了车，把车窗打开了一条缝，然后闭上了眼睛。他想着索萨的儿子，想着他所承受的痛苦和令他感到压抑的小镇，让他不得不去远离故乡的电台工作，也让他在案发时离庞克松有千里之遥。

Extrañar（令……觉得不可思议）：1. 被驱逐出国境；2. 惊奇地发现或听见；3. 留意到习惯使用之物的缺失或被另一物顶替；4. 想念某人，对某人的缺席感到缺憾；5. 谴责，斥责。

他们下车时，落潮的气息弥漫在镇子上。他们向几个人打听，才找到阿里亚斯的住宅。房子有两层楼，位于一条小巷的尽头处。卡尔达斯按了几次门铃都没有人应答。

“我们该早点来的，你看到了吧？”卡尔达斯抱怨道，“工作了一晚上，什么都吵不醒他。”

“让我试试。”埃斯特韦斯说道，用手把探长拦在身后，用拇指不停地按门铃。

埃斯特韦斯见没有应答，便把耳朵贴在木门上，试着听听里面有没有动静。结果一无所获，于是便开始用力地敲门，先是用指头关节，接着便用上了手掌。

晚一些赶到庞克松是埃斯特韦斯的主意。假如依照卡尔达斯的想法，他们一早就赶到，本可以在鱼市里碰到阿里亚斯卖自己的捕获品。埃斯特韦斯内疚不已，敲门愈急。

“算了。”卡尔达斯想起卡斯特洛棚屋那道被拆卸下来的门，说道，“我们一会儿再过来。”

埃斯特韦斯点了点头，走近探长的身边，低声咒骂着。转瞬之间，他就像被弹出去一般，向门冲了过去，狠狠地踢了几脚，差点就要把门框踢飞了。

“阿里亚斯，开门，警察。”埃斯特韦斯怒吼道，接着便举起拳头砸门。

“你脑子没坏吧？”

卡尔达斯查验了一下，发现门还在原位，不由得松了口气，但是依旧能看到木门上有几处受到撞击的裂痕。

“您不想把他叫醒了？”

卡尔达斯好奇埃斯特韦斯的大脑里都装着什么，难不成是服了迷幻药？

探长不知如何作答，只能把手臂举起来，望向苍天，却看见有个女人，站在旁边一栋房子的阳台上。她戴着一头的卷发圈，紧盯着埃斯特韦斯。

探长看了看其他的几扇窗户，但只见到这个戴着发圈的女人站在巷子上面的阳台上。如此闹剧，居然没有多少人在阳台上看热闹，不禁让探长觉得不可思议。

“阿里亚斯住这儿吗？”探长问道，指了指尽头处的木门。

“是的。”女人答应道，轻轻晃了晃头上的卷发圈。

“您知道他现在在家吗？”

“应该不在。”她返身走回里屋时，说道，“他可不聋。”

卡尔达斯决定去找阿莉西亚，兴许她知道他的哥哥在出事前的下午，给阿里亚斯打电话的原因。

一位年长的女性为他们开了门。她行动自如，不像是死者行动不便的母亲。

“我们找阿莉西亚。”

“她现在不在家。只有她的母亲和我在家。”

“您知道我们去哪儿能找到她吗？”

女士沉声说道：

“墓地。”

埃斯特韦斯把车停在护栏前。透过护栏可以望见墙上一个个深色的石质十字架。

“这里的墓地都挺美的。”埃斯特韦斯低声说道，卡尔达斯点了点头，已经不是头一次听到他的助手如此赞美加利西亚的墓园了。

走进墓园之前，卡尔达斯不禁看了看建在山坡上的房子，簇拥着一直延展到海边。

现在已很难想象这一片土地原本都覆盖着沙土。盖法儿的沙丘数百年来一直深入陆地，这样的风貌数百年都没有变过，后来终于有人批准用地建房，于是沙丘便被填埋到了夏季度假房的地底下。沙丘被这水泥带一圈，变成了一条细长的沙滩，在冬季则完全被淹没在潮水中。

庞克松的墓园里，在墓地区域的两边都有一条狭窄的走道。有钱有势的家庭会为死者建一座大型的墓碑，再竖几座雕像，但绝大多数的死者都一个挨着一个，安歇在壁龛里。石墙上，每一列都有五个龛位，每个龛位上都有一个小屋顶，下面写着死者的姓氏。墙上则竖着十字架。

循着掉落在地上的鲜花，可以摸索出昨天下午的送葬路线。卡尔达斯和埃斯特韦斯选了边上的一条小路。

有些墓碑上，写着死者的姓名，出生和死亡日期，贴着死者生前的相片。几乎所有的照片上都是些年迈的老人，若是他们本人，肯定不会挑选这样的照片来作为生前的想念。

他们又走了几步，卡尔达斯看见数个十字架下都写着几个字：德拉瓦索家。他望见一个空着的巢穴，不禁皱了皱眉，想到《怒海余生》和里面的葡萄牙人曼努埃尔。

他们继续跟随着花朵的指引，还没有走到墓地平台的最下方时，看见左边有一小片草地，上面随意插着些简易的十字架。

“这些十字架下埋葬着那些被大海送上海岸的无名水手。镇子上的人接收这些淹死的人，把他们埋葬在此。”

“您怎么知道的？”

“一个朋友告诉我的。”

阿莉西亚弯着身，把花放在一个没有墓牌的壁龛上。她身上穿着黑色的丧服，金色的头发像昨天一样扎成了一只马尾辫。

他们打了个招呼，阿莉西亚说墓牌明天才能摆上，但是她的母亲让她今天过来打扫一下。

“我们订了一个白色的，就像我父亲的墓牌一样。”阿莉西亚低声说道，指了指上面的一个壁龛，也插着鲜花。

她说她的丈夫还在纳米比亚。他已经出门近三个月了，但是他的执勤下周就结束了，到时候可以回家至少待上一个月。

“就算他在这儿，也没什么区别。”阿莉西亚说道。

“嗯……”

“你们过来要找我谈谈吗？”这位女教师问道。

“是的。”

她湛蓝色的眼睛亮了亮。

“你们已经调查出谁是凶手了吗？”

“还没有。您和我们说过金毛和‘竹荚鱼号’的其他水手都不来往了，您还记得吗？”

“当然记得。”

“您的哥哥在去世的前夜给他们之中的一位打了个电话。这是他生前打出的最后一通电话。”

“打给‘竹荚鱼号’的另一位水手？哪一个？”阿莉西亚诧异地问道。

“何塞·阿里亚斯。”

“我的哥哥？”她一脸不可置信的表情。

“是的。我们查看了他的电话拨打记录。最后一通是打到阿里亚斯家里的。我们原本以为您对电话的内容会略知一二。”

阿莉西亚用手遮住半张的嘴唇。

“我不清楚……你们和他谈过吗？”她嘟囔道。

卡尔达斯看了看埃斯特韦斯。

“没有。我们还没有找到合适的机会。”探长说道。

他们走回车的路上，埃斯特韦斯突然站住了身，指了指一块墓碑。

卡尔达斯看了看深色的大理石上的白色刻字："安东尼奥·索萨·卡斯特罗，船长，1933.7.4—1996.12.20"。墓碑上没有贴照片，也没有菊花的装饰，只放着一个生了锈的易拉罐。

"您的船长在这儿呢。"埃斯特韦斯说道。

"嗯，有可能。"卡尔达斯答道。

Esperar（预期）：1. 对心中所愿能够实现的期盼；2. 相信某事将会发生；3. 认为某人将会到达或某事将会发生而在某处等待；4. 待某事发生之后再采取行动；5. 女性处于孕期；6. 暂停某项行动，来总结反思、改变方式或终止行动。

四个水手坐在“渔夫之家”靠窗的一张大理石桌子边上，玩着多米诺牌。他们清晨在鱼市看见过阿里亚斯，但是之后就没见过他了。他的渔船还系在浮标上，水手们觉得他应该在家里休息。

警官们喝了一杯咖啡，走到了街上。大海平静无波，倒映着灰蒙蒙的天空，卡斯特洛的渔网依旧堆放在防波堤上。他的渔船到现在都没有找到。

他们穿过小镇上一排一排的房子，走进了一条小胡同。无须从近处查看，就能看见埃斯特韦斯留在阿里亚斯的实心木门上的足印。他们又按了几次门铃，依旧无人应答。

他们正想转身离开之时，听见巷子深处传来一扇门打开的声音。一个女人从水手旁边的房子走了出来。

“我们想找您的邻居，阿里亚斯。”当她路过他们身边时，卡尔达斯说道。

“我知道。”女人答道。卡尔达斯随即认出她就是那位从阳台探视的女人。她的头上已不见了发圈，但是依旧警惕地望着埃斯特韦斯。

“他很早就出门了。”女人说道。

“您知道他去哪儿了吗？”

女人说不知道。

“你们真是警察吗？”

卡尔达斯给她看了看警徽。

“我是卡尔达斯探长。”

“您就是在电台上说话的那位？”她问道，“德拉瓦索医生的朋友？”

卡尔达斯对小镇上消息传播的速度不由得感到吃惊。

“镇子上所有人都尊敬医生。没有人理解为什么要让他退休。您该看看现在是谁顶替了他。”

“你们不满意？”

“人倒是不错。但是上帝保佑那些落到他手上的人吧。”

“嗯……”卡尔达斯微微笑了笑，“阿里亚斯刚回到镇子上不久，是吗？”

女人的面色变了变。

“我最不喜欢说三道四了。”

“我知道。”卡尔达斯说道，知道此刻只管倾听就好。

女人谈到他的邻居是从苏格兰回来的，自从沉船之后，他便移居到了那里。大家都说他在那里成了家，但是没人能确定。阿里亚斯一向沉默寡言。她和阿里亚斯一直相安无事。尽管他每天工作完之后，清晨回家，但是从来都不扰民，他现在不像以前那么爱喝酒了。他的苏格兰女人应该把他管教得不错。休息日他会去港口的酒吧玩一局牌，然后就待在家里看电视。

“有人到他家来做客吗？”卡尔达斯问道。

“最近频繁些。”她故作神秘地说道，然后戛然而止。

“更频繁？”

“我什么都没说。”她又刻意说道，“但是有时候会有人到他家来找他。”

“谁？”

“您知道的……”

卡尔达斯决定更直截了当。

“金毛？”

“什么？”女人戒备地看了看阿里亚斯家的房门，然后又转头看了看胡同口。这个问题与她的预期不同。

“卡斯特洛来过？”卡尔达斯又问了一遍。

阿里亚斯的这位邻居意识到自己说漏了嘴。她自己钻进了老鼠夹，现在又想找个缝钻出来。

“没什么印象了。”

卡尔达斯截住了她的后路。

“什么时候？”

女人又戒备地看向胡同的入口，然后看向埃斯特韦斯。他虽然站在探长身后，但依然令女人觉得不安。

“没有人会知道我们和您谈过。”卡尔达斯说道。

“我不想卷进是非……”她又解释了一遍。

“我知道，您放心。”探长在进逼一步之前，柔声安慰道，“您看见卡斯特洛过来找他？”

“看见过一次。”女人终于妥协道。

“什么时候？”

“周五或者周六，我记不清了。”

“上周？”

“是的。”

“他去了阿里亚斯家？”

女人点了点头。

“他们聊了一会儿，时间不长。然后金毛就走了。”

“您听见他们说了什么吗？”

“金毛进屋的时候重复了好几遍，说‘我再也受不了了’。”

“那阿里亚斯呢？那他是怎么回答的？”

女人耸了耸肩。

“他们把门关上了。”

“金毛在屋里待了多久？”

“不清楚，”女人迟疑地说道，“五到十分钟吧。”

“嗯……”卡尔达斯若有所思地答道。女人又说道：

“您知道吗，我觉得他很可惜。”

“谁？”

“金毛，他是个好孩子。他肯定是走投无路了，才会出此下策。”

卡尔达斯点了点头。

“他应该也害怕得紧。”女人指了指邻居的屋子说道，“您应该知道大家都是怎么说的了，有人恐吓金毛。”

“是的。”

“假如阿里亚斯就是下一个，但愿老天不要收走他。”

女人的神色突然一变。

又说了一遍自己不喜欢聊这些事儿，然后就躲开了警官们，急匆匆地向胡同口走去。

经过阿里亚斯身边的时候，女人抬起头打了个招呼。

Sorprender（被揭穿）：1. 因为某件预料之外或无法理解之事而感到震惊；2. 吓某人一跳；3. 发现某件隐藏之物；4. 感到意外。

“我听不懂你们的意思。”阿里亚斯用低沉的嗓音说道。他两只硕大的手上分别提着若干个超市袋。

“您没和我说实话。”卡尔达斯又重复了一遍，“您和我说您已经数年没有和卡斯特洛说过话了。”

“这是真的。”阿里亚斯带着怒意说道，把袋子放到了地上。

卡尔达斯此时庆幸有埃斯特韦斯陪在身边。在这条巷子里激怒这么一个高大威猛的水手，可不是什么明智之举。

“我们知道您和他交谈过。”

阿里亚斯转向胡同口，他的邻居消失的地方。卡尔达斯想，要是那女人还在此处，非得暴毙而亡不可。

“我们从卡斯特洛的电话记录里发现的。您知道他的最后一通电话是打给谁的吗？”

“我怎么可能知道？”

“打给您的。”卡尔达斯紧盯着他的双眼，“就在上周六下午，他出事的前一天。”

“打给我？”

卡尔达斯想，要是阿里亚斯发现自己的谎言被揭穿，一定会躲开视线，或者躲躲闪闪，然而，阿里亚斯却是一脸迷茫。

“这个号码不是您的？”卡尔达斯逐个念了号码的数字，以防有错。

阿里亚斯确认了号码之后，探长又说道：

“您现在记得周六下午的这通电话了吧？”

阿里亚斯低下了头。

“他为什么要给您打电话？假如你们俩已经不再来往了，您怎么解释他给您打过电话？”

水手一直低头看着路面，卡尔达斯不由得想到他的那档电台节目中，白痴洛萨达坚持要在探长思考时播放的音乐。

“金毛在海里丢了一个护舷。”水手终于说道，“他打电话问我有没有看到。”

“一个什么？”

“护舷。”水手又重复了一遍，“保护船只的缓冲物，有时候会掉到海里。”

“我当时问您有没有和他交谈过，您为什么给我否定的答案？”

阿里亚斯弯身拾起地上的塑料袋。

“我忘了。”

当铁山逐渐消失在他们的视野中的时候，天空下了几滴雨，打湿了车的挡风玻璃。最初只是毛毛细雨，很快就变成了瓢泼大雨。一些雨滴透过车窗的缝隙，飘进了车里。

“他说谎。”埃斯特韦斯说道。

“我知道。”

“您为什么不提起卡斯特洛来找他的事？”

“把那位女邻居牵扯进来？”卡尔达斯啧了啧嘴，“而且他可以随便找个理由，就像他解释那通来电那样。”

“这倒是。”

探长靠在座椅上，想起阿里亚斯的那位爱八卦的邻居，她说听见卡斯特洛说的一句话，“我再也受不了了”，金毛走进屋子的时候说了数遍。“渔夫之家”的服务员周六下午也听到一句类似的话语，“我要了结一切”，是卡斯特洛囫囵喝完红酒之后低声说的。这些话在探长的脑海中挥之不去。是什么让卡斯特洛感到如此痛苦呢?

渡船上的涂鸦，死者衣物里找到的护身符，还有死者走投无路之下对患难之交的造访，这些都指向一个答案。正如金毛后颈部的伤痕，阿里亚斯和巴尔韦德神态中透出的恐惧一样，所有都汇聚在了一起。

暴雨过去了，雨刷在刷去玻璃上的雨滴之后，可以短暂地休息片刻了。卡尔达斯睁开眼时，看到左手边一片灰蒙蒙的海面上，层层海浪顶着白色的头冠翻涌而来。卡尔达斯又想到卡斯特洛的渔船的下落。必然是有人从另一艘船上靠近死者并将之杀害。金毛身上到底发生了什么事呢?

卡尔达斯望向前方，维戈市从海湾处铺展开来，远看就像是一处污迹。海岸边先陈列着一排矮房，然后是建在科娅扩展区的高楼大厦，再远处便是山坡上排列得毫无章法的房子，在城堡山的一旁，一家医院俯瞰着众楼。

卡尔达斯又闭上了眼，他的思绪从卡斯特洛的船飘到了那幢摩天大楼的211 病房。他甚至想到阿尔韦托叔叔毫无血色的胳膊，还有他那用来呼吸的绿色面罩。

Tregua（休憩）：1. 休战或停战；2. 活动、工作或其他艰难事务的间歇。

埃斯特韦斯已经出去吃饭了，卡尔达斯坐在椅子上，左思右想了近半个小时，拿起了黑皮笔记本，站起了身。他知道只有混迹在人群中，他的大脑思路才能更清晰，比窝在办公室里更有效率得多。

卡尔达斯从警局走了出来，穿过蒙特罗·里奥斯公园，向海边走去，一直走到防波堤的尽头。防波堤围绕着这个专门为海上运动竞技项目而打造的码头。风把海湾上方的乌云都吹散了，两艘帆船正向远处驶去。他想起了瓦尔韦德的妻子，此时此刻她一定站在现代别墅的玻璃窗后，冲着连日来第一个放晴的午后展颜微笑。

他点了一根烟，沿着堤坝，向海湾边走去。路边有一个渔夫，正往海里抛线。卡尔达斯低头看去，只见海水冲击混凝土铸就的堤坝，溅起白色的水沫。他想象着卡斯特洛双手紧缚，奋力在海水中挣扎的样子，就好像那个穿着黄色衣服，在他睡梦中呼救的男子一般。凶手把他的双手用绿色扎带缚住，是为了防止他游泳，还是只是为了制造自杀的假象？假设是后一种情况的话，那参与这桩谋杀案的凶手势必要把卡斯特洛的痛苦昭告天下。相较之下，阿里亚斯则试着把他的痛苦隐藏起来。是什么能让这么一位硬汉害怕至此？

卡尔达斯沿着防波堤往回走。一艘商船鸣笛向远方驶去，笛声单调，就仿佛卡斯特洛的一生。水手孤寂的生活中，唯一的插曲便是那在渡船上的涂鸦，这还要追溯到多年以前的“竹荚鱼号”沉没事件。卡尔达斯不相信巧合，他确信两桩事件是有关联的。从卡斯特洛口袋里的护身符上传递出来的恐惧，同样地刻在他的同伴们的脸上。为什么他们对此事三缄其口？难道索萨真的回来索命了吗？也许是有人在为船长复仇。但是这个人是谁呢？为什么是过了这么多年之后的现在呢？卡尔达斯觉得真相依旧遥不可及。距离金毛出事已经五天了。假如不加紧推进的话，也许永远都找不到真相了。

探长依旧望着海，此时，数十位刚从游轮港口下了船的游客穿过了卡诺瓦斯·德尔卡斯蒂略路。一些人围聚在了皮埃德拉市场的生蚝摊位边，另一些则开始逛起了新的商场，商场就像一张深色的膏药，贴在城市远眺大海的眼睛上。

卡尔达斯走到里韦拉拱门之前，转了个弯，走到了雷亚尔街，然后走进了老城区。德拉瓦索说得有理，从前建造的房子都很有美感。

他看了看时间。散步几乎占用了他吃饭的时间。他走进了一个酒馆，点了一个烤火腿肉三明治和一杯白葡萄酒，便坐在了吧台边，想着埃斯特韦斯。他一定在附近某处大快朵颐地吃着沙拉菜。

喝完咖啡后，卡尔达斯走上了拉帕尔玛大街，路过一边的教堂。从旁边的一条岔路，卡尔达斯望见宪法广场上，有几位服务员正在摆着露台上的桌椅。城市就像一只刚从睡梦中苏醒的动物，伸着懒腰，在阳光下伸展着四肢。

走到电台大门口的时候，卡尔达斯向门卫打了个招呼。他不想过早走进去，于是又点了一根烟，好找个借口，在街上待到最后一刻再进楼。

第一声钟响之后，卡尔达斯熄灭了烟头，走上了楼梯。他走在过道上的时候，刚好听到《电台巡逻》的音乐声。他走进控制室，用手向蕾韦卡和控音师打了个招呼。

“周二的那位听众没有来。”蕾韦卡说道。

“谁？”

“那个投诉酒驾检查的，你不记得了？约好今天下午来找你一块儿去找市局的。”

卡尔达斯早就把此事忘到九霄云外去了。

“嗯，对。”

玻璃的另一头，洛萨达坐在话筒后，指手画脚地比画着时间。

“你到晚了。”卡尔达斯走进演播室时，洛萨达打了个招呼。

“一向如此。”卡尔达斯回答道，然后坐到了最靠窗的椅子上。他关闭了手机网络，把它放在桌子上摊开的笔记本旁边。

和往常的仪式一样，节目的音乐逐渐降下声来，演播室里的红灯亮了起来，洛萨达又开始浮夸地介绍道：

“亲爱的听众，现在你们听到的是……《电台巡逻》。在这里，市民的声音和公众秩序的声音相互交汇，只为了让我们热爱的城市生活更加和谐。”

洛萨达这一套愚蠢的开场白，就像在介绍一位拳击选手一般，卡尔达斯早就能倒背如流了。

“在我们身边的是犯罪者的噩梦、铁面无私的市民保镖、扫奸除恶的街道护卫、我们的巡逻员——卡尔达斯探长。下午好，探长。”

“下午好。”

“卡尔达斯走进‘维戈之声’电台，专程为你而服务。亲爱的听众，《电台巡逻》专为你而设。”

卡尔达斯转向玻璃窗。园丁们利用雨水短暂的休憩，清扫着杨树广场上的落叶。孩童们又开始追逐起了鸽子。蕾韦卡在控制室举起了一张卡片，上面写着第一位听众的名字，洛萨达接通了热线，卡尔达斯于是戴上了耳机。

“里卡多，下午好。电台巡逻员里奥·卡尔达斯正在接听。”

里卡多直奔主题。

“我打给你们是因为住在楼上的邻居晚上实在太闹腾了，不知道你们能不能帮忙。”

“他们怎么闹腾？”洛萨达问道。

“你们懂的……”

“我们不清楚，听众也不清楚。”洛萨达用矫揉造作的声音纠正道，“告诉维戈市的居民们，您的邻居怎么妨碍您了。”

“你们懂的……有噪音。”

“什么样的噪音？”洛萨达又问道。卡尔达斯不禁诧异，假如电台都不需要他发言的话，他在这儿还有什么意义。

“他们激情四射。”听众解释道。

“什么？”

“他们在一起没多久，想要互相了解也情有可原。但是互相了解是一回事，彻夜号叫是另外一回事。都已经持续三周了。”

“卡尔达斯探长处理这些事再合适不过了。”洛萨达笑着说道，“看看我们的电台巡逻员怎么说。”

“无耻。”卡尔达斯暗自咒骂道。

卡尔达斯刚想作答，就见洛萨达举起手，随即耳机里便传来了熟悉的音乐。卡尔达斯张开了双臂，放着这样的背景音乐，怎么可能让他好好思考呢？

洛萨达把嘴靠近话筒，把手慢慢地放下。

“探长，您看呢？”

“我觉得没什么可做的。”卡尔达斯说道。

但是洛萨达却不想放过这样的好机会。

“没有什么对噪音的控制规定吗？”洛萨达问道。

卡尔达斯闻所未闻。

“不针对这类噪音。您的邻居们在自己家里，对吗，里卡多？”

“在女方家。”里卡多答道。

“所以什么都做不了。”

“但是他们是为了扰民才刻意尖叫的。”里卡多又说道。

“如此或许有转机。”洛萨达插嘴道。他抬起手，让控音师再次播放旋律，音乐听着就像是动画片的插曲。

卡尔达斯满脸怒气地让洛萨达把手放下，让音乐停下来，但是洛萨达依旧把手放在空中，让音乐继续播放了数秒之久。

“此事有转机吗，探长？”洛萨达又问道。

洛萨达这个蠢材想要什么答案呢？莫非是让他派几名警察去那对情侣家里测一下分贝？

“我刚离婚不久，巡逻员先生。”里卡多不依不饶地说道，“我能向您保证，楼上的这个女人不停地尖叫，就是为了让我不好受，肯定如此。”

“嗯。”

为了终止谈话，卡尔达斯让他一会儿把信息留下，承诺他会去警局咨询此事。

接着，卡尔达斯在他的黑皮笔记本上写道：“民事案件一起，卡尔达斯零起。”

接下来的三通电话都是投诉一些交通问题的；第五位听众来电抱怨，说他们家附近的街道晚上的照明不够；第六位听众是位出奇愤怒的足球迷，抱怨维戈塞尔塔足球队的出局；之后还有人打电话说自己的狗走失了……

“民事案件十一起，维戈塞尔塔一通，卡尔达斯零起。”节目结束时，卡尔达斯在笔记本上写道。

卡尔达斯几乎没有为任何一位听众提供解决方案，但是他每次噤声，洛萨达都会抬起手，随即响起那可笑的音乐，倒使卡尔达斯的发言也比往常多了些。

卡尔达斯摘下了耳机。

“我每次回答之前，你放的音乐叫什么名字？”

“《漫步》，也叫《遛狗》。”

“有两个名字？”

洛萨达点了点头。

“是格什温的曲子。”

“你不记得我让你别再播放了？”

“我觉得效果不错。”

卡尔达斯从桌子上拿起手机，站起了身。

“我不这么认为。”

“所有人都说喜欢。”

“所有人指的是谁？”

“我不知道，卡尔达斯。”洛萨达指了指朝向杨树广场的玻璃窗。“所有人，你从来不出门吗？”

卡尔达斯不作回答，合上笔记本，向门口走去。

“而且这首歌正是我们想要的旋律。”

卡尔达斯转过身。

“我们想要的？你能说说我们想要的是什么吗？我对此一点兴趣都没有。只要我参与直播，就不想再听到这个音乐了。”

“我提醒你一下，我才是节目的负责人。”

“你就是个蠢材。”

卡尔达斯走出演播室，用手向蕾韦卡道了个别。走下楼梯之后，门卫拦住了他的去路。

“探长，刚才有人找您。”

“×的，那个投诉酒驾检测的，他人呢？”

“走了。”

“去哪儿了？”

“我不知道。我说他不能上楼，他就走了。”

“您没让他上楼？”

“当然没有，”门卫说道，“他喝得醉醺醺的。”

斜阳躲在老城区的楼房后面，把整个天空也都镀上了橘黄色，宛如艾利希奥酒馆的墙壁上挂着的那幅洛代罗的画作一般。卡尔达斯一边向警局走去，一边打开了自己的手机。屏幕迅速地闪烁了一下，提示他有未接来电。

卡尔达斯看了两遍屏幕上出现的名字。阿尔芭。阿尔芭？这么长时间过去了，为什么会突然打电话找他？卡尔达斯突然立定在人行道上，看着手里拿着的手机，却没有勇气回拨号码。他自我鼓励说，如果有重要的事情找他的话，她还会再打来的，于是便接着走起来，开始低声咒骂起洛萨达和他可笑的电台节目。阿尔芭给他打来电话的时候，他为什么要关机呢？

他继续向前走了几步之后，突然站住了身，用手机拨了一个电话。

“喂？”

“你把圣地亚哥·洛萨达记到愚人书里了吗？”

“那个播音员？”父亲问了问，然后接着说道，“当然记了。”

卡尔达斯舒心地吁了口气，把手机放回裤子口袋里，脑海中还在想着阿尔芭，又开始向警局走去。

Corriente（了解）：1. 没有特色的；2. 普通的，常见的，经常发生的；3. 有效的；4. 向某个方向持续流动的液体或空气；5. 导体中的电荷运动；6. 想法和思想的流派或潮流。

他整个下午都坐在办公室里，关着玻璃门，把手机放在桌面上。他又给父亲打了个电话，保证明天一定去一趟医院。放着卡斯特洛案件资料的蓝色文件夹被他开合了数次，但是他始终都无法集中注意力。他想到可以让法官下令掘开索萨船长的坟墓。想要证明那个出现在渔网中的尸体到底是不是索萨本人，唯有此法可行。

索托局长刚好过来找他谈话，打消了他的这个想法。

“找到嫌疑人了吗？”卡尔达斯向局长报告了些调查细节，局长听了之后问道。

“没有。”

“什么进展都没有？”

“嗯……”

“嗯？”

“有一个叫安东尼奥·索萨的人可能和案件有关联。”

卡尔达斯也觉得有些荒谬。

“这个人在哪？”索托问道。

卡尔达斯沉默着。

门突然被打开，埃斯特韦斯走了进来。

“你知道这个叫索萨的人在哪儿吗？”局长向埃斯特韦斯问道。

“在松木盒子里待了快十二年了。”

“他是嫌疑人？”

“像极了嫌疑人……”埃斯特韦斯微笑着说。

索托看向卡尔达斯。

“卡尔达斯，你着魔了？”局长离开之前说道，“就连埃斯特韦斯都觉得这是无稽之谈。”

办公室就只剩下他们两人的时候，卡尔达斯问道：

“你是过来看我笑话的？”

“对不住，长官。”

“无所谓。”卡尔达斯看向文件夹，低声说道，“说吧。”

“您在电台的时候，克拉拉打来电话。她说几个小时以前，有个潜水捕鱼的人说找到了沉船。有可能是卡斯特洛的船，今天下午就会把它打捞上岸。”

“在哪里发现的？”

“我不确定。我们去看看吗？”

卡尔达斯拨打了克拉拉的电话。她没有接听电话，于是探长就留了个语音信息。挂断电话之后，便听到埃斯特韦斯正吹着格什温的曲子。

“你在吹什么？”

“对不起，这首曲子太上脑了。”

难以置信。

“你也听节目？”

“一直都听。”

埃斯特韦斯脑袋病得比探长想象的还要严重。他们俩每天在警局抬头不见低头见，难道还不够吗？

“你用收音机听《电台巡逻》？”

“不需要，奥尔加每次都会把节目公放。”

“什么？”

“您不知道吗？”

卡尔达斯靠在了椅子上，看着天花板。他需要休息一下。

“我们去看看船吗？”埃斯特韦斯又问道。

“我们明天再去吧。”

埃斯特韦斯把他捎去了市政府，卡尔达斯把他在节目中收到的投诉交给了市局警察，然后步行走去了艾利希奥酒馆。他把手机放在吧台上一眼就能看到的地方，点了一杯白葡萄酒。卡洛斯给他拿了些油炸火腿丸子。

教授们已经知道格什温的这首曲子有两种命名方式。

一个小时之后，探长离开了酒馆，离开时还能听到里面有人吹着这首神曲。

回到家之后，他打开收音机，靠坐在了沙发上。他正闭目养神的时候，手机铃声突然响了起来，卡尔达斯一下子弹坐了起来。

“喂？”

“我刚听到您的留言。现在方便吗？”

卡尔达斯差一点儿就想挂断电话。

“方便，克拉拉，你们把船打捞起来了吗？”

“是的，但是没找到什么有用的线索。”克拉拉解释道。

卡尔达斯也没有抱有很大的期望能从这艘沉在水里数天的船上找到什么线索。

“至少能确定是卡斯特洛的船吧？”

“是的，这个自然。”

“在哪儿发现的？”

“离铁山上面的蓬塔拉美达灯塔很近。您知道方位吗？”

“离发现尸体的沙滩近吗？”

“不是的。船沉在山的另一面，离礁石很近。”克拉拉说道，“船身上有一个小洞，甲板上放着许多重石。把船弄沉的人想要确保它不再浮出海面。”

挂断电话之后，卡尔达斯继续躺卧在沙发上。克拉拉的推测似有不合理之处。假如有人想让船永远消失，为何要让它沉于海岸边呢？为什么不把船沉到远海？

卡尔达斯不停地想着，沉入了梦乡。睡前双眼一直注视着放在桌上的手机，就好像用眼神就能让它响起铃声一般。

Estela（水迹）：1. 航船或其他运动中的物体过后留下的尾波；2. 在空中运动的物体留下的尾流；3. 一件事物留下的痕迹；4. 树立在地面上，碑状或柱状的纪念碑，一般为石制。

早晨，卡尔达斯脱下衣物冲澡。他闭着眼睛，任由温热的水流冲洗着身体。他躬身从壁架上取下刮胡刀。他喜欢在冲澡的时候刮胡子，这样就不需要用到香皂和镜子，只需要用手来回摸一摸，就能知道哪里还需要刮。有一次阿尔芭送了他一把电动刮胡刀，他才改变了原来的方式，但试了几周都用不习惯。

刮完胡子之后，他把刮胡刀放回原位，然后仔细地涂抹了沐浴液。就在他全身沾满泡沫的时候，突然听到了手机尖锐的铃声。

只有一个人会这么早给他打电话。

他一下子从浴室里蹦了出来，在地上踩了一道白色的水迹，一连串的泡沫尾随着他从洗手间延伸到客厅的矮桌边。

“喂？”

“卡尔达斯，是我。”

“谁？”卡尔达斯问道，自己也觉得可笑。

“是我，阿尔芭。”她郑重其事地回答道。

“嗯，早上好。”

“对不起，这么早联系你。”

他们两人都知道已经不早了。

“没关系。”

“我听说了你叔叔的事，他怎么样了？”

她的语气自然亲近，就好像他们只有一天没联系过一般。

“还行。”

“你爸呢？”

“嗯……”

“你帮我问候一下他行吗？”

“当然。”卡尔达斯低声说道。

“你怎么样，卡尔达斯？”

不怎么样，卡尔达斯心想，十分糟糕。

“还行，”卡尔达斯说道，“你呢？”

“嗯……马马虎虎。”

他们道了声“再见”，卡尔达斯甩了甩手机上的水，把它面朝下放在了报纸上。走回洗手间冲澡的时候，卡尔达斯觉得他永远失去了阿尔芭，就好像从他身体上滑落到地上的泡沫一般，在地上形成了一摊水渍。

Pista（小道）：1. 可用来推断间接知识的线索；2. 航空器起飞或降落的划定场地；3. 为体育或娱乐活动而设置的场地；4. 泥路，土路；5. 用来录制的磁带，可供回放或实时播放。

在维戈市海湾的南部海岸，铁山几乎是岸边唯一的一块处女地了。它奇迹般地从城市化的围剿中存活了下来。地峡将它连接到陆地，尽管地峡上建造着许多低矮的楼房，但在陡峭之处依然是一片绿色的高地，顶上竖立着一座二十五米高的石碑，献给那些在大海中失去生命的水手。

短短几天以来，他们已经是第三次开上这条从庞克松通向铁山的公路了。这一次他们没有向左转，开上那条通往瓦尔韦德矩形别墅的小道，而是继续直行。道路两边种着桉树，树干发白，浓烈的香味从卡尔达斯开着的窗缝中飘进了车内。

阿尔芭一直浮现在他紧闭的眼帘之内。

“是这里吗？”埃斯特韦斯问道。他把车停在了一条通往右侧的土路道口，小路就像树下的一条隧道。

探长睁开了双眼，观察了一下四周。克拉拉描述说通往灯塔的路是一条林间小道。

“可能是。”

埃斯特韦斯转了转方向盘，车在坑洼的土路上一路颠簸，顶上的树叶则密密地交织在一起。不一会儿，小路通出了树林，环绕了铁山一周。铁山俯视着大海，海面上闪烁着朝阳的粼粼波光。

最后的几十米路是一段柏油路，一直连接到一个建在岩石上的小灯塔，位于铁山的最东面。现场勘查队的警车就停在那里。

探长走下车时，觉得胃里翻江倒海。他深深地吸着海风，好让清新的空气流进胃里，埃斯特韦斯继续把车开到了灯塔的护栏处。费罗警官站在不远处的一个岩石上，抬了抬手向他们打了声招呼，走了过来。他们正在发现船只的地点附近搜查，但是前几天的大雨把所有痕迹都抹去了。

“船沉在哪儿？”卡尔达斯问道。

“那边下面。”费罗指了指说道，“沉在礁石围成的水洼里。你们想看看沉船点吗？”

“可以过去吗？”

“可以，但是小心脚下，有些石头可能是陷阱。”

费罗警官刚才一直在海边放风，就好像提前过了个扬帆远航的周末。

他们两人紧跟着费罗，小心踩着同样的石块。卡尔达斯踏着费罗的脚印，埃斯特韦斯则亦步亦趋地跟在探长身后。尽管海水看上去风平浪静，但是海浪冲击到岸边时，依旧激起了点点水花。

“凶手挑选了唯一的一个水流平缓之处。前方有一些礁岩堆成了一座石墙。”费罗解释道，他站在海水边，用手指了一处和海岸分离的礁石。

“我没看见有什么礁石。”埃斯特韦斯说道。

“您看不见是因为涨潮了，但是一个小时之前还能看到它们就在那里，高出海面。你看见泡沫了吗？”

“看见了。”

“那里就是礁石受到海浪撞击的地方。礁石之间的水域很安全，落潮的时候就像一个泳池，涨潮的时候，海水只会拂过上面的表层。”

卡尔达斯看了看四周。费罗说得没错，相较之下，这片水域确实更平静无波。

“卡斯特洛的渔船就沉在这底下？”

“就在这里。”费罗说道，“船身上有个小洞，船上压着一些重石，有人想要确保船只沉入海底。”

“船身上的小洞是人为开凿的？”

“正是。是从里面破开的，之后凶手又往船上搬运了些石块，好让船沉没。”

“船是怎么避开这些礁石开到这儿的？”埃斯特韦斯问道。

“那里有一条水道。”费罗说道，“但不是任何人想进就能进来的，需要十分了解这片海域才能做到。”

卡尔达斯点了点头。

“是谁发现的？”

“一个潜钓的年轻人。他跟着一条鳗鱼，游到了这里，发现海底的沉船。纯属巧合。”

“一件事很明了。”埃斯特韦斯说道，“船是不会被海流带到这儿的。”

“当然不会。”费罗说道，“有人故意为之，这里是沉船的理想地点。他不想船被人发现。”

“假如他把船沉到远海，更难被发现，不是吗？”卡尔达斯问道。

“离岸很远的地方确实很难被发现，但是有可能水流会把船拖向礁石，把船体撞破，一些残骸就会漂浮到水面上。相反，这儿下边的海水很平静，假如石块发挥作用的话，船根本不会移动分毫。唯一的风险就是现在发生的，船被潜水员发现，但是现在这个时节，几乎没有多少人敢挑战大海。正常来说，船整个冬天都会如此沉在海底，长满海藻。”

他们又从土路驶回到公路上。卡尔达斯没让埃斯特韦斯开回庞克松，而是往另一个方向，开往铁山山顶。

公路愈来愈陡峭，他们路过一片纷繁杂乱的树林，桉树还没能侵扰此处的自由。接着，一片松树林从山腰一直延展到海边，空气中充满着它们酸涩的香味。

他们把车停在一块平地上，靠近石碑的地方，然后走向瞭望台。

“天哪，简直太美了。”埃斯特韦斯欣赏着景色说道。

卡尔达斯点了点头。

他们向南面望去，庞克松仿佛近在眼前，被掩藏在树林之后，但依然可以望见美洲海滩边缘的洛里多山。再远处，便是格罗巴山脚下的拉得伊罗海滩。海湾的尽头是巴约纳中世纪的城墙。城墙之后隐约可见西耶里罗角，这是隶属于加利西亚海岸线南向的最后一个拐角，之后的海岸线在地图上向南画了近 400 公里的直线，一直延展到靠近葡萄牙里斯本的罗德角。

在他们的北面，坐落着谢斯群岛，群岛被贝壳海滩环绕着。远处能望见奥梅角，也是维戈海湾北边海岸线的顶点，看上去就好像是一头横卧在海上的巨兽。此时天气晴朗，可以模糊地望见恩施岛，它就正对着维戈海湾以北的蓬特韦德拉海湾。

仔细观察的话，还能望见远处一长条伸入海洋的陆地。也许正是"竹荚鱼号"多年前沉没点附近的萨尔沃拉岛。

"这些小岛，最近的这几座，叫什么名字？"埃斯特韦斯问道。

"是埃斯特拉岛。"卡尔达斯说道。

"之前您怎么从来没带我来过这儿？"

卡尔达斯耸了耸肩。一个一拳就能把别人打得满地找牙，还面不改色的人，居然也会醉心于此处景色。

"我能去看看石碑吗？"埃斯特韦斯问道，探长陪着他走了过去。

在石碑顶部，圣女卡门怀抱着一个小男孩，默默地望着大海，她的头上戴着黄铜花冠，脚下的石座上刻着：海之女王万福。一面侧边上有一块祈福碑，为那些葬身在大海中的水手们祷告。

埃斯特韦斯绕到了石碑的后部，卡尔达斯则掏出手机。阿尔芭的声音从早上便开始回荡在他的耳边。他拨通了德拉瓦索的号码。

探长告诉他，他们在蓬塔拉美达灯塔附近的海域找到了金毛的船。德拉瓦索知道这一片的海域水流平缓。

"你觉得卡斯特洛有可能是在这里淹死的吗？"

"不会。"德拉瓦索说道。

他毫不犹豫地回答道。

"你为什么这么确定？"

"蓬塔拉美达灯塔位于铁山的北面。金毛尸体被发现的海滩在山的南面。假如他在灯塔处掉入水，他的尸体不可能会出现在马多拉沙滩。水流会把他拖到海湾内部。”

“你不是和我说过，在这一带淹死的人都会被送到马多拉海滩吗？”

“所有在那儿附近，或是那些在公海淹死的人。”德拉瓦索纠正道，“但是假若出事地在铁山附近的岩石处，那么尸体是不会再倒回绕个圈的。你可以做个试验。在灯塔附近，把一块木板扔到海里，看看它会被带到哪里。我跟你赌一瓶红酒，我赌它不会绕过铁山。”

“嗯……”卡尔达斯嘟囔道。所以凶手在别处把金毛杀了之后，才把他的船牵到灯塔附近，好让它不被人发现。

“你在哪儿？”德拉瓦索问道。

“在铁山上，石碑的旁边，想要把这事搞个明白。”

“我正要出海钓鱼，你陪我一起去吧？”

卡尔达斯已经好几年没有登船了。

“到海上？”

“从海上你能看得更清楚。”德拉瓦索说道，“我们半小时之后在港口见？”

卡尔达斯蜷缩在他的车座上，闭着双眼，微开着窗户。

“您想停一停，去探望一下瓦尔韦德夫人的胸部吗？”当车开过铁山附近的树林，经过镇子上的头几户人家时，埃斯特韦斯问道。

卡尔达斯啧了啧嘴，他对那女人的胸部可没兴趣，他只喜欢欣赏她的微笑。

Caer（摔倒）：1. 因自重而从上往下摔下；2. 悬挂，倾斜；3. 失去平衡而摔到地上；4. 甘于冒险；5. 消失；6. 理解；7. 风力或海浪减小；8. 船只偏离航线。

埃斯特韦斯把探长送到庞克松的时候，小镇几乎面貌一新。有些居民在人行道上漫步，就连沙滩上都有几个胆大的人蹚着海水散步。“渔夫之家”的露台上，几位退了休的水手正坐着晒太阳。

卡尔达斯看了看表。鱼市几个小时以前就已经关了门。两个渔夫站在防波堤的尽头，正把他们手中的钓鱼线抛向海中。卡尔达斯向他们走了过去。

经过航海俱乐部的时候，卡尔达斯闻到一股刺鼻的气味，它和大海的味道混在了一处。海边的木匠在护栏的另一面，把刚填过缝的小船放在阳光下曝晒，卡尔达斯认出了小船就是他前几日看到的那艘。木匠坐在板凳上，正在为小船上油。

木匠的脚边，那只灰猫正卧在地上，注视着木匠缺了手指的手，跟着他刷漆的节奏摇晃着脑袋。

卡尔达斯沿着防波堤继续走着，走近卡斯特洛的地笼，它们依旧靠在白色的墙边。卡尔达斯又点了一根烟，坐在一根系缆柱上抽了起来。

阿里亚斯的“艾琳号”正系在浮标上，甲板上堆放着他的地笼。卡斯特洛的船应与之大小相似，能否有人把这样大小的船牵引到灯塔附近的礁石中，卡尔达斯想要一会儿咨询一下德拉瓦索。

卡尔达斯一直认为是有人从另一艘船上靠近金毛，但假若卡斯特洛的船太大，无法被牵引到礁石中的水洼处，那就至少需要两个人一同来实施犯罪。一个人继续待在自己的船上，另一个人则把金毛的船开到灯塔附近。

卡尔达斯摁灭了烟头，又按原路走了回去。他靠在航海俱乐部的墙边，观察着木匠用植物沥青把刷子蘸湿，然后把它沥了一下，再涂上船身。

木匠的猫咪依旧晃着脑袋。

德拉瓦索站到了探长身边，把一个透明塑料盒放在了地上，盒子里装满了钓鱼线、浮标和鱼钩。德拉瓦索用手掌拍了拍探长的背部，打了个招呼。

“早上好。”卡尔达斯低声说道。

“你在向这位艺术家偷艺？”德拉瓦索把头摆向木匠，低声说道，“他少了几根手指，但是却很有天分，所有木头都乖乖听他的话。”

“我原本以为现在已经用不上木船了。”

“小卡尔达斯，一看便知道你不常钓鱼。木船用得少了，是因为它需要保养，但是木船的航海性能更好。坐在木船里，你能感觉到自己身在海水的包围中，水在你肾的高度。其他不论是用聚酯纤维做的船也好，还是用玻璃纤维造的船也罢，都是在水面上滑行的。感觉可大不相同。”

木匠抬起眼，把刷子放在油桶中，用缺了手指的手向德拉瓦索打了个招呼。

“今天查理不犯晕吗？”德拉瓦索问道，指了指一旁的猫。

“快了，医生。”木匠说道，花胡子后面的嘴微微笑了笑，“它观察我上油已经半个小时了，就快要晕得摔倒了。”

他们把木船从斜坡上推入海中，把德拉瓦索拿着的盒子放到船上，便一齐坐上了船。小船左右摇摆，卡尔达斯立刻就觉得本应该拒绝老朋友的邀约。待看到德拉瓦索一脸嫌弃地看着他的鞋的时候，卡尔达斯更是印证了自己的想法。

“这鞋可真稀奇。”德拉瓦索貌似如此评论了一番。

为何全世界都似乎看他的鞋不顺眼？

德拉瓦索开始划向浮标处，卡尔达斯用两只手牢牢地抓住小船的边缘。

“你父亲如何？”医生问道。

“在庄园和医院之间往返，天天两点一线。”

“身体如何？”

“不错。”卡尔达斯又问道，“你知道他养了一条狗吗？”

“你爸？”

“一条大狗，褐色的。”卡尔达斯说道，“爸说不是他的狗，但是那条狗无时无刻不跟着他。”

“你以前也养过一条狗……叫什么名字？”

“卡波拉。”卡尔达斯提醒道。

“对，卡波拉。”

“是我母亲养的。母亲走后没多久，它也死了。”

“我记得。”德拉瓦索说着，松开一只握着桨的手，拍了拍他的外衣口袋，“到船上之后我给你看样东西。”

他们到达浮标之后，把渡船系在绳上，登上了德拉瓦索的大船，是一艘约五米长的木船，船上装着一台船外机。一条绳索的一头绑着一块石头，用作船锚。卡尔达斯观察着被刷成天蓝色的木头，心想木船也该重新刷刷漆了，这艘船看上去不像是医生的船，倒像是一位名副其实的渔夫船。

“那天把索萨的照片给你之后，我又在柜子里找了半天，找到了这个。”医生从口袋里掏出一张老照片，交给了探长，“你父母和我的合影。我觉得你会喜欢。”

照片上的三个人看上去都只有二十来岁，一起坐在台阶上，卡尔达斯的母亲坐在两位男士的中间，微微笑着。

德拉瓦索躬身把油桶装上，拉了几下拉绳，打开了发动机。

卡尔达斯看着照片，感觉到甲板已经开始振动，便用双脚使劲地向下踏住。

“有时候我会记不起母亲的模样。”卡尔达斯坐在木船中间的长凳上说道，“有时候我晚上会梦见她，我知道那是母亲，但是面部却和母亲长得不同。”

德拉瓦索把绳索从浮标上松开，自己坐在了船尾，用手抓住发动机的手柄说道：

“随着时间的流逝，人们会忘却面容，忘记声音。”

“什么？”卡尔达斯问道，医生却开始哼起了小曲：

“时间流逝，时间流逝，终将离开，一去不返……”

“谁唱的？”

德拉瓦索转动着手腕，让船穿过浮标前行。

“雷欧·费亥。”德拉瓦索答道，“你母亲喜欢他的歌。”

Rodeo（拐弯抹角）：1. 包围；2. 到达某地最短路线以外的其他路线；3. 委婉的解释；4. 获得某物而采取的迂回方法；5. 摆脱跟踪者而绕的圈子；6. 将年岁大的牲口聚集起来清点或售卖；7. 为尽可能地延长骑架在野兽身上的时间而进行的体育运动。

船身转过防波堤，德拉瓦索架着船往铁山的方向驶去。木船昂首挺胸，在大海中破浪前行。

连接着铁山和陆地的那块地峡上，盖满了大大小小的楼房。有些房子看上去像是挂在岩石上的一般，其他大部分的楼房相互簇拥在树林里，想要从缝隙中探出，望向海湾。卡尔达斯试着找寻瓦尔韦德别墅的玻璃阳台，却没有找见。

“本来整座山都要被开发的。”德拉瓦索用空闲着的手指着铁山说道，“难以置信吧？那个时候都已经开始修道了。”

“后来呢？”

卡尔达斯没有左顾右盼，而是高抬着头，眼睛注视着前方，把脸迎向冰凉的海风。

“整个镇子上的人都站出来反对，法官才下令停止砍伐。开发计划暂时中止了，我觉得应该是没戏了，看看能维持多长时间吧。”

德拉瓦索每次说话，都会把发动机的转速降低一些，好让探长听到。

“你去找过费尔南多神父了？”

“是的。”卡尔达斯答道。

“他帮到你了吗？”

“当然。”

“他一直都在拍水手的肖像照。”

这不是令探长最印象深刻的地方。

“你知道他还收集所有关于海难的报导，然后分类归档吗？”

“他不只对海难感兴趣。”德拉瓦索说道，“凡是和镇子上的水手们相关的新闻，他都会保存下来。这是他喜爱大海的方式，透过别人的航海冒险来认识它。”

“嗯……”

他们驶过楼房。铁山的半山腰上都是些奇崖峭石，上面长满了松树。一座石碑树立在山顶上，向那些淹死了的水手们表达哀悼。

“我们一会儿去那。”德拉瓦索指了指沙滩的某一角，“我告诉你一个别人都不知道的地方。我把它叫做‘鲈鱼石’。我在那里钓了近三十年的鱼了。”

“你只钓鲈鱼？”

“是的，只钓美味的鲈鱼。”德拉瓦索骄傲地说道，“尽管现在谁都猜不到会有什么东西上钩。你知道金毛几个月以前钓了一条月鱼吗？连电视台都来做了报道。”

卡尔达斯点了点头。

“我读了剪报。”

“费尔南多神父给你看的？”

“不是的，”卡尔达斯说道，“剪报在卡斯特洛的客厅里裱着呢。”

船继续围着铁山的周边航行。眼前出现了谢斯群岛，离船相距甚远，不像从山顶上望下来时显得那么近。

“金毛淹死的地方不会比这里更远。”德拉瓦索说着，把发动机的马力降了下来，指了指一块圆石，“你看看那些浪花，你看到它们是怎么分开的了吗？如果他在岩石的另一头淹死，海流不会把尸体带到马多拉沙滩，而是带到铁山的另一面。你发现了吗？虽然卡斯特洛的船沉在另一面，但是他落水的地方不会远过那块礁石。”

“知道了。”

“他不可能是自杀的。”

“我知道。”卡尔达斯望着前方说着。

德拉瓦索等着卡尔达斯继续说下去，但是探长似乎无意多谈。

“你觉得谁会做这事？”德拉瓦索又问道。

“你知道镇子上的传闻吧？”

“传闻？”

“你不知道？”

“知道一些。”

“你怎么看？”

“我该怎么看？”

卡尔达斯不想拐弯抹角。

“你相信鬼魂、幽灵之说吗？”

“天哪！”德拉瓦索抱怨道，“在船上别说这些。”

“你相不相信？”

德拉瓦索突然转了转自己的手腕，船头突然高扬了起来。

“不信。”他说道。

然后用指节敲了敲发动机，向船沿外吐了口唾沫。

他们俩陷入了沉默，船继续航行着，几分钟过后，蓬塔拉美达灯塔出现在了礁石之上。现场勘查队的警车没有挪动过位置，依旧停在柏油路上。

德拉瓦索把船驶近崖壁，把发动机关停，让船漂浮在海上。

“就在那里。”德拉瓦索指了指，“这可是藏东西的好地方，我之前可没想到过。”

卡尔达斯点了点头。

“虽然现在看不到，离岸几米远的地方有一道礁石屏障。涨潮的时候，海浪会从石头上拂过，但是水洼深处的水一向是静止的。”

卡尔达斯把头探出船的边缘，一片深色的水藻在船底下随着海浪摇摆，就好像是一群麋鹿，一齐晃动着鹿角奔跑。

“我们不能再靠近了？”

"我们现在已经有可能撞到礁石了，但是两个小时以前，或是退潮之后都可以过去。并不是十分困难，只要用好发动机就行。一旦越过这道礁石屏障，船就安全了，里面就好像一个泳池。"

"只有退潮的时候？"

"只有退潮的时候才能看清所有的礁石，表面的水也比较平静。"

"你觉得一艘船可以把另一艘牵引进去吗？"

"像金毛那艘？"德拉瓦索摇了摇头，"可操作的空间不够。"

"我也这么想。"卡尔达斯吁了口气说道。

"离开港口的时候，船上只有他一个人，对吗？"

探长点了点头。

"那一定是有两个凶手。"德拉瓦索像是读出了卡尔达斯的心思。

"至少。"卡尔达斯低声说道，然后接着又问，"把金毛的船带到这个地方，不会很冒险吗？"

"假如对这片不了解的话，那就不是冒险了，简直就是自杀。"

"我说的不是这个意思。"卡尔达斯纠正道，"可能会有人在岸上看到，或者从船上看到这里发生的事。"

"我不这么认为。周日早上没有专职水手会出海。其他人也不会那么早出门，况且那天还下着雨。"德拉瓦索微笑着说。

"你知道周日几点落潮吗？"

医生眯起了眼睛，心算了片刻。

"第一次落潮大概是早上五点半，第二次大概是十二小时以后，大约下午六时。"

卡尔达斯啧了啧嘴。

"应该是那天早上发生的。"卡尔达斯低声说道，然后向上望去，看向那些峭石，和铁山绿意盎然的山坡融为了一体。

那里没有建筑物，没有可以找到目击证人的窗户。

"从那里可以跳到岸上吗？"卡尔达斯指着水洼问道。

"我不是和你说了，那里平静得就像泳池的水。只要潮水没有越过屏障，可以来去自由。以前镇子上的水手还把地笼放在此处。”

灯塔之下有许多峭石，他想到那些压在沉船上的重石，只要在此就地取材就可以。

卡尔达斯试着找寻费罗警官。他应该还在附近找寻线索，在那些斜坡上的巨石之间。木船开始晃得厉害，卡尔达斯不由得觉得胃里翻腾，于是便放弃了寻找。

“我们走吧？”

“好的。”德拉瓦索说着，摇动了加速手柄，“我们是来钓鱼的。”

木船的船头又扬了起来，一阵海风拂过卡尔达斯的面颊，顿时令他觉得舒适不少。

他们围着铁山绕行，往庞克松港的方向驶去。

“我们换个位置。”德拉瓦索说着，突然关停了木船的马达。

卡尔达斯左摇右晃地迈了两步，然后坐到了船尾的长凳上，汽油的味道愈加刺鼻。

德拉瓦索躬身，从一侧船舷的下方取出船桨，把他们放到桨座上，然后坐在了卡尔达斯刚起身的那条长凳上，眼睛看着卡尔达斯，开始划动双桨。

“你享受的可是特殊待遇，除了我以外，没人知道鲈鱼石的存在。”

卡尔达斯不由得怀念发动机工作时，迎面吹来的海风。

“只能划过去？”卡尔达斯问道。

“你不想让鱼群知道我们在这吧。”

探长咽了咽口水。

“当然不想。”他说道。

德拉瓦索又开始吹起那首唱过的雷欧·费亥的歌，他在船上十分惬意。

卡尔达斯则无法感同身受。

“还远吗？”几分钟过后，卡尔达斯问道。

德拉瓦索摇了摇头。

“就在前面。”

卡尔达斯向一边探了探身，看见船首后方的一大片海，直到海岸边几百米的海域都不见一块礁石。

“你确定？我没看见什么石头。”

“你当然看不见。要是一眼就能望见，那找到它还算什么成就？鲈鱼石在水下三十多米的地方。”

“哦。”

“我和你赌一杯‘渔夫之家’的红酒，我保证两个小时之内肯定能钓五条鱼以上。”

卡尔达斯可没把心思放在酒上。两个小时？卡尔达斯不忍心让德拉瓦索把钓鱼的时间缩短一些。他对鲈鱼的痴迷劲，堪比亚哈船长对白鲸一般。

卡尔达斯站起了身，从口袋里掏出手机。至少要通知一下埃斯特韦斯，让他晚一些再来接他。

“你该不是要在我的鱼附近用这破烂玩意儿吧？”德拉瓦索低声反对道。

十月的太阳，再加上船桨拨浪的声音和船的上下颠簸，令卡尔达斯不堪忍受。

“什么？”

“我们快到石头正上方了。如果让鱼听见你说话的声音，你猜它们会有什么反应。乖乖留在原地等着上钩？快把手机关了。”

卡尔达斯重新坐了下来，感觉有些晕船。他把手机的网络关闭，闭着眼睛深呼吸。

医生用脚把塑料盒挪到卡尔达斯身前。

“晒太阳还不如帮我上饵呢。”

卡尔达斯睁开双眼。

“上饵？”

“盒子里有几卷线轴，把其中两个线上挂着鱼钩的拿出来，这样我们能节省些时间。”

德拉瓦索的提议不错，这趟出游越早结束越好。

“金属盒子里有蚯蚓。”医生说道，“挑两条挂到钩子上。”

“两条什么？”

卡尔达斯鼓起勇气打开金属盒。盒子中的潮湿的泥土里，几条蚯蚓正互相缠绕扭动着。

“活的。”

“当然是活着的。给它们念念经，然后挂在鱼钩上。”

“见鬼。”卡尔达斯嘟囔道。

“你不是警察吗？”

卡尔达斯用手指捏起一根蚯蚓，还没把它挂上鱼钩，就忍不住一阵头晕目眩。

卡尔达斯瞪着蓝天上的一个定点，只要坐在船上，他就不停地犯恶心。德拉瓦索不想他再受煎熬，于是决定及早上岸。离船最近的岸边是铁山山脚下的一片小海湾。卡尔达斯虚弱地坐在沙滩上，试着恢复气力。

“我可真是看走了眼，找了这么一个实习水手。”德拉瓦索一边抱怨道，一边站起了身，走向岸边停泊着木船的地方，“你破坏了一位老人家的晨钓，不觉得羞愧吗？”

卡尔达斯连笑的气力都没有了。

“至少鲈鱼该开心了。”探长听到德拉瓦索说道，“你让它们两周之后再变成盘中餐。”

卡尔达斯一直躺着，太阳穴里的血管不停地弹动着。他的胃逐渐变得舒适，但是方才感到的头晕变成了此时的头痛欲裂。他想到了阿尔芭。最初她的声音萦绕在他的耳边，但又随着道别渐行渐远。他吁了口气，用手肘把身子支撑了起来。

他的头疼得难受，心灵也觉得苦楚。

他看见德拉瓦索手上拿着一个袋子，在礁石之中往来穿梭。他在找螃蟹？他多大年龄了？有七十了吧？他哪儿来这么多精力？

他静坐着，等待着德拉瓦索走回来。

“感觉如何？”

“像是被人棒打了一顿。”

“准备好重新上船了吗？”

“我再晕船的可能性有多大？”

“要听实话吗？”

“嗯。”

“百分之百。”

卡尔达斯向四周看了看。

“那我就住这儿吧。”

德拉瓦索笑了笑。

“往上走有一条马路，车可以开过来。”

卡尔达斯看了看表，打开了手机。埃斯特韦斯此时应该已经到庞克松了。幸好刚才没有让他晚些来接。

“你可以告诉我的同事怎么开到这儿吗？”

“他方向感好吗？”

“好得和信鸽一样。”卡尔达斯说道，然后给埃斯特韦斯打了电话。

德拉瓦索把位置信息告诉了埃斯特韦斯，然后坐到了探长身边。

“你钓了些什么？”卡尔达斯指了指德拉瓦索手上的塑料袋问道。他刚在礁石堆里走了一道，手上的袋子被装得鼓鼓囊囊的。

“混蛋，都是些混账东西。”医生低声说道。

他提起了袋子。

“看看我就用了两分钟的时间，都捡到了些什么：易拉罐，塑料瓶，玻璃碴……而且这儿还不好找。甚至还有人把管钳扔在石头缝里。”

“什么东西？”

“一把管钳。”德拉瓦索又说了一遍，把管钳从口袋中掏出，交给了卡尔达斯，“用来固定车轮的螺丝的，还是全新的。我在石头的缝隙中拾到的。下次他们该把方向盘都扔到这儿来了。”

探长看了看管钳，细长的棍棒顶端有圆形凸起。

“你在哪儿找到的？”卡尔达斯问道，站起了身。

埃斯特韦斯在车上按了数次喇叭。

“你不回庞克松了是吗？”德拉瓦索走回木船之前问道。

卡尔达斯想把管钳尽快交给法医查验。

“不去了。我直接回维戈市。”

“天哪……”

“怎么啦？”探长问道。

“我本想和你说件事的。”

“现在不能说？”

医生耸了耸肩。

“我之前和你说过，有些镇子上的水手会把地笼放在发现金毛沉船的地方，你记得吗？”

探长已然没有印象。

“嗯。”他不管三七二十一地答道。

“我只知道一个人会在那里捕鱼。你知道是谁吗？”

他如何会知道？

“谁？”卡尔达斯问道。

“安东尼奥·索萨船长。”

探长找到了埃斯特韦斯停车的地方，从那里往下望去，那一片被礁石围绕着的小海湾尽收眼底。海面上，德拉瓦索那条蓝色的木船高昂着头，向庞克松港口驶去，他的身影又和葡萄牙人曼努埃尔交叠在了一起。

探长向埃斯特韦斯打了个招呼，坐进了车，打开了些车窗之后，便闭上了眼睛。

他把管钳放在袋子里。

不再相信那些魑魅魍魉。

Llave（钳）：1. 用来开关锁的工具；2. 用来拧紧或松开螺母的工具；3. 用来调节电流或水流的工具；4. 在战斗中打倒对手的动作；5. 有助于了解其他事物的依据；6. 用来发现隐藏事物或秘密的方法。

“您舒坦些了吗？”埃斯特韦斯走进探长的办公室问道。

卡尔达斯点了点头，靠在黑色的扶手椅背上。

“你把东西交给巴里奥医生了吗？”

“我刚从那里回来。”

“他怎么说？”

“他说之后给您打电话。”

“但是他觉得那把管钳和卡斯特洛脑袋后面的敲痕吻合吗？”

“他怎么想的，我怎么会知道？”

“他什么都没和你说？”

“他说之后会给您打电话的。”

卡尔达斯叹了口气，伸了伸腿。

“好吧。”

埃斯特韦斯看向地面。

“您注意到您的鞋子了吗？”埃斯特韦斯问道。

卡尔达斯抬起一条腿，发现德拉瓦索那摇摇晃晃的船，不仅让探长头痛万分，还给他留下了些海水的印记作为留念。

“嗯。谢谢，埃斯特韦斯。”探长说道。

埃斯特韦斯没有动身离开。

“我觉得这把管钳不可能是凶器。”

“能说说原因吗？”

“管钳是在哪里被发现的？”

“又来了？德拉瓦索在石头缝中找到的，就在你接我的那个小海湾的海水里。”

“这样的金属物件，海潮肯定是拖不动的，对吗？”

“我也认为拖不动。”

“所以，探长，您想想，这不可能。”

“为什么不可能？”

“凶手可以把凶器丢到海里的任何一处，他是愚蠢到家了，才会把凶器扔到石头缝里。您不觉得可笑吗？把船沉到这个靠山的水洼里，而不是把船沉到远海，也很可笑。”

“这些都能解释得通。”探长说道，“我记得费罗警官说过：船沉在水洼里，不会移动分毫；但若把它沉在其他地方，海流有可能让它撞向岩石，残骸就有可能浮上海面。”

“这更能证明我的理论了。他们费尽心机，要把船藏在这一处，那又如何会随意处置杀害金毛的武器呢？”

“不是这把管钳把金毛杀死的，金毛是淹死的。”

“这没什么区别。假如您在船上，您会把证明您犯罪的物件扔到石头缝中，还是让它沉到海底？”

“得看情况。”

“看什么情况？没什么情况可看。凶手会销毁证据，还是会撒一路的面包屑，好给我们指路？”

“你预设的前提是有人会调查卡斯特洛的死因，但是我可不确定。”卡尔达斯说着，从抽屉里拿出一盒香烟。他今天抽的最后一根烟，还是在庞克松港口，坐在系缆柱上等德拉瓦索的时候抽的。

“为什么不确定？”

卡尔达斯抽出一支烟，闻了一闻，又把它放回了烟盒中。他现在还不想抽。

“因为没有人会调查一桩自杀事件。”

埃斯特韦斯本想再反驳几句，但是收住了嘴，闭口不言。

“你试着从另外一个角度来看。”探长继续说道，“我们的这位水手心情消沉，在休息日的时候出了海。他早上第一时间就出发，不想碰见其他人，免得还要客套一番。几个小时之后，他就漂浮在了岸边，双手被一齐绑住，就好像是自杀一般。警察又为何会去调查他的死因呢？这是一桩典型的自杀事件。假如扎带的开合口在拇指处，而不是在小拇指处，那么我们也不会起疑。我们去当地找人问询，几乎所有人都说金毛个性奇怪，为人孤僻。他随身带着的护身符，说明他还很相信鬼神之说……本不该有任何后续调查，这已经是板上钉钉的事了。金毛很快会被下葬，他的灵魂得到安息，此事就一了百了。”

“那头部的重击呢？”

“巴里奥留意到这处伤口，是因为死者被绑的方式引起了他的警觉。假如医生没有发现破绽，会认定伤口是跌落到海中造成的，和其他几处一样，都是死后撞击造成的。”

埃斯特韦斯依然没有完全信服。

“这些分析很有道理，但是不能说明凶手会把管钳丢到石缝里。”

“你不认为管钳在哪儿都无所谓吗？因为没有人会费心去寻找。卡斯特洛出现在马多拉海滩。而管钳在哪儿呢？一公里，还是两公里以外的地方。谁会把两者联系在一起呢？假如没有人知道金毛的头部受过重击，那么也就没人会去寻找这个用来敲击的物件了。”

“我同意。那为什么要把凶器扔在海边，把它扔到海里也毫不费力啊？”

卡尔达斯耸了耸肩。

“谁知道呢？早晨六点左右，天还未亮。也许凶手们只是在去灯塔的路上，在黑暗中随手把管钳就地一扔。这本该是一桩自杀案件，管钳会不会被人发现，对他们来说无关紧要。”

“为什么是‘凶手们’？”

“因为我认为凶手不止一人。你记得埃尔米塔的妻子说过，卡斯特洛离开港口的时候，只有他一个人在船上吗？”

埃斯特韦斯点了点头。

“因此凶手们只能从海上靠近金毛。”卡尔达斯说着，把烟盒在桌子上滑了滑，就好像它就是水手的渔船。“假如是一个人犯案的话，那他就只能舍弃自己的船，然后把卡斯特洛的船开到灯塔处。因此至少有两名凶手。”

“凶手也可以拖着金毛的船吧。”

“我不这么认为。德拉瓦索也说，金毛的渔船不小，要把这样大小的船拖进礁石屏障，几乎是不可能完成的任务。而且一个人在如此狭小的空间内，要把卡斯特洛杀害，这个难度也非常大。”卡尔达斯继续说道，让烟盒在手指中间转着圈，对自己的推理越来越有信心，“而且你注意一下，让金毛失去意识的一击位于后颈处。有可能是有人找了个理由，分散了他的注意力，另一个人趁机从后面靠近，用管钳将他打晕。”

“只有证明凶手们是用这把管钳敲击的，您说的才站得住脚。”

“你一会儿就会发现我说的有道理了。”卡尔达斯说道。

卡尔达斯拿起话筒，给巴里奥医生拨打了电话，同时打开了公放按钮，好让埃斯特韦斯也能听到他们的谈话。

“巴里奥，对于那把管钳，你有什么看法？”卡尔达斯向医生打过招呼之后问道。

“我正在查呢。”

“你能先透露一些吗？”

“有可能，”巴里奥医生说道，“形状吻合。”

“有什么痕迹吗？”

“它在海里泡了几天，没剩下什么痕迹了。”法医说道。

“可以知道它被泡了几天吗？”

“水手什么时候出事的？”

“上周日。”

“五天，对吗？”医生算了算，说道，“差不多吧。”

挂断电话之后，卡尔达斯用烟盒在桌子上敲了几下。

“你看到了：已确认。”

“已确认？”埃斯特韦斯莫名其妙地问道，“怎么确定的？”

“你没听到医生说的话？”

“他说差不多吧。您认为这就表示确认？”

“你想要什么样的，口头宣誓？”卡尔达斯问道，“这样的答复已经能够说明问题了。”

埃斯特韦斯耸了耸肩。

“好吧。假如凶手们用的就是这把管钳。上面没有指纹，也没有任何痕迹。有什么用呢？”

探长用指腹揉了揉眼睑。埃斯特韦斯说得有理。距卡斯特洛被谋杀之日，已经过了整整五天，案件调查依旧没有什么进展。

“我们知道些什么？”埃斯特韦斯又问道。

卡尔达斯想让他见鬼去吧。难道埃斯特韦斯看不出他此时已经无力思考，早晨的航行已经让他奄奄一息了吗？

“你说吧。”卡尔达斯转而说道。

“我们什么都不知情。”埃斯特韦斯摊开双臂说道，“我们没有嫌疑人，也没有电话……您没发现我们现在两手空空吗？”

“我们知道有人恐吓金毛。”

“假如图绘也是障眼法之一呢？”埃斯特韦斯问道，“假如全世界都认为金毛已经成了惊弓之鸟，那么我们更会相信他是自杀的了。”

为什么埃斯特韦斯坚持不懈地要让他思考呢？

“正相反。恐吓他只会让他警觉。而且不只那些涂鸦，还有阿里亚斯的邻居听到的话语。你记得卡斯特洛去找他时，说自己再也忍受不了了吗？”卡尔达斯说着，用手指轻轻地在烟盒上敲击着，“‘渔夫之家’的服务员也听到他说过类似的话语。此外，还有他随身携带的那些护身符。卡斯特洛真的受到了惊吓。”

“您不会还在想着索萨船长吧。假如医生所言不虚，那马卡娜和这桩案件就一点关系也没有了。”

卡尔达斯心想，假如埃斯特韦斯继续步步紧逼的话，自己的头疼可能就要愈演愈烈了。

“马卡娜确实和此事没什么关系，但是船上的涂鸦、护身符和水手之间长年不联系之后的几通电话，这些都是我们已经掌握了的切实情况。你和我一样，都看到阿里亚斯和瓦尔韦德的表情了。这两个人在害怕些什么？还有一位水手以前经常会在金毛沉船的水洼里捕鱼，你猜是谁？”

“索萨船长？”

“正是。”

“您怎么知道的？”

“德拉瓦索告诉我的。索萨有时会把地笼放在那里。”

埃斯特韦斯把手掌合在一处，卡尔达斯担心他马上就要跪下祈祷了。

“求您了……”埃斯特韦斯说道，“您能让烟盒安静地待着吗？假如您需要寻找灵感的话，我可以给您吹电台里的那首曲子。”

卡尔达斯感到他的面颊又涌上了红霞，他把烟盒放在桌上。埃斯特韦斯把自己当成什么人了，可以如此嘲弄他？

“您不会还认为是幽灵把水手杀害的吧？”埃斯特韦斯坚持问道。

“不是幽灵杀的。”卡尔达斯答道。

“所以呢？”

他难道不离开了吗？

“所以什么？”

“您依然认为索萨船长和这个案件有关系？”

“我觉得不可能是巧合。具体情况我还不清楚，但是……是的，我认为他脱不开关系。你给巴塞罗那的电台打过电话了吗？”

埃斯特韦斯点了点头。

“索萨的儿子上个周末值班。”埃斯特韦斯说道，“有二十多个证人可以作证。不是他杀的。”

不出卡尔达斯所料。

“嗯……”卡尔达斯说道。他从桌上随手拿起一份离他最近的文件，假装开始阅读起来，但是埃斯特韦斯又开口说道：

“我想到一件事。”

卡尔达斯放下文件。

“说吧。”

“也许令阿里亚斯和瓦尔韦德害怕的是我们？”

“我们？”

“我们知道了金毛不是自杀而亡，开始四处调查，所以他们感到害怕。您刚才不是说至少有两人共同犯案吗？”

“我不认为是他们。”探长说道，抑制住自己伸手去拿烟盒的冲动。

“为什么不呢？”

“你也看见了，瓦尔韦德离港口越远越好，阿里亚斯不像是那种爱找麻烦的人。他们已经近十二年多没有来往了。金毛的死对他们有什么好处？况且，无论是阿里亚斯，还是瓦尔韦德，他们都怀疑金毛自杀的可能性。如果你就是凶手的话，你会这么做吗？不是他们。”卡尔达斯肯定道，“他们害怕的另有他物。”

埃斯特韦斯点了点头。

“还有一件事我不理解。”片刻之后，埃斯特韦斯又说道，“凶手们怎么会知道卡斯特洛周日一大早就出海？”

卡尔达斯也想过这个问题。

“我也不知道。”他低声说道。

埃斯特韦斯看了看地面。卡尔达斯不知他是为了欣赏他鞋子上的污迹，还是为了避免看他用指尖把玩着的烟盒。

“你在想什么？”卡尔达斯问道。

“没什么。”埃斯特韦斯答道。

卡尔达斯靠在椅背上，准备应对埃斯特韦斯新一轮的提问，然而他却转了个身，离开了办公室。

对于埃斯特韦斯来说，“没什么”只有字面意思，意味着没什么。

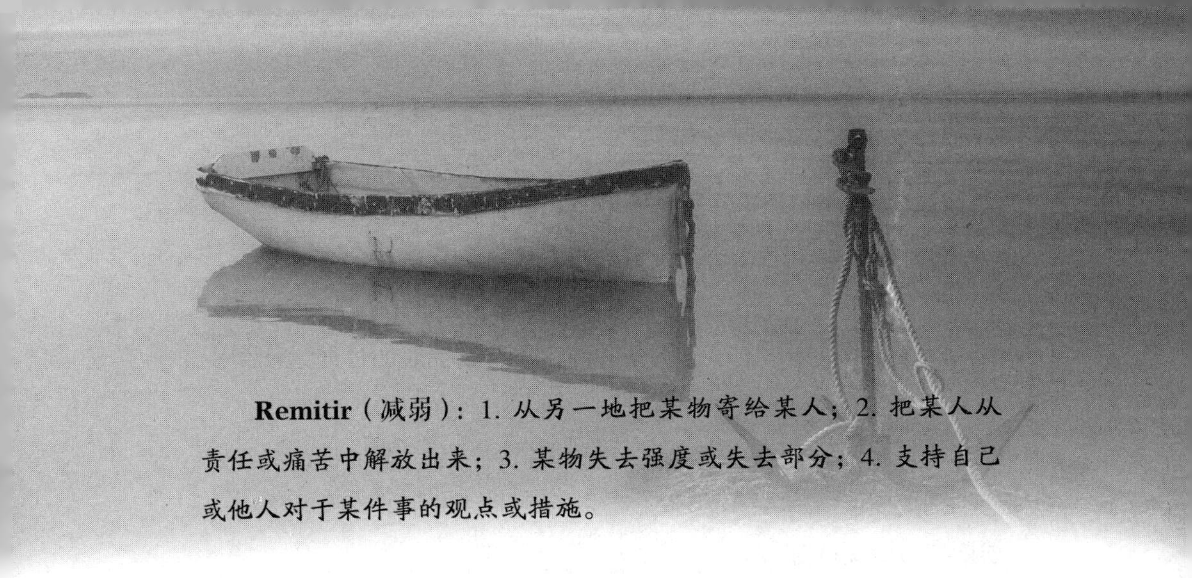

Remitir（减弱）：1. 从另一地把某物寄给某人；2. 把某人从责任或痛苦中解放出来；3. 某物失去强度或失去部分；4. 支持自己或他人对于某件事的观点或措施。

直到午时，卡尔达斯只离开过一次办公室，去了趟洗手间，用卫生纸擦了擦鞋。剩下的时间则靠在他的黑色扶手椅上，一遍遍地回想着卡斯特洛死亡案件的调查细节，不断地自问是否有他忽略的地方。

卡尔达斯又打开了蓝色文件夹。在克拉拉做的报告之后，又加上了在铁山的蓬塔拉美达灯塔处发现的沉船检查报告。报告指出船板上的破口是由内向外凿开的，但是在海下长时间的浸泡之后，什么线索都消失了。

探长又给现场勘查队打了电话。费罗警官在灯塔附近找了一早上的证据，已经回到了办公室，他查明用于压沉船的石块，是从水洼附近就地取材的。费罗在砂石路上发现了些车印，但是在水洼附近没有找到任何痕迹。这周接二连三的雨水已经把所有痕迹都洗刷干净了。

探长又读了一遍克拉拉写的总结报告，之后又重读了所有关于“竹荚鱼号”沉没的剪报。他想起金毛给阿里亚斯打的那通电话。在萨尔沃拉岛附近的沉船是这些水手之间唯一的联系。发生了一些事，让他们时隔多年，又恢复了联系。但是，是什么事呢?

探长又翻看了索萨的尸体现场勘查报告。他原本怀疑在渔网里发现的尸体是否真的就是“竹荚鱼号”的船主。现在想来，躲藏了那么久再现身，根本就不符合常理。另一方面，法医确认死者头部的重击并不是索萨系在腰间的短棍造成的，而是那把在石缝中找到的，用来拧紧车轮的管钳造成的。况且，幽灵向来不会成群结队地出没。

卡尔达斯原本想过，也许这是一桩复仇，对多年以前他们造成的伤害施以惩罚，但是船主唯一的儿子有完美的不在场证明：金毛出事的那天，他远在千里之外。

假如索萨和卡斯特洛的死没有关联的话，那么沉船的日期为什么会出现在木船上？为什么会有人要翻出这桩陈年旧案？

他们的调查已经开展了四天，依然没有找到一个号码，也没能确定一个嫌疑人。他们没能给别人一个交代，也找不到案件发生的原因。

埃斯特韦斯说得对。

他们两手空空。

下午的某一刻，卡尔达斯看了一下表。假如动作快些，他还能赶到医院。他把文件都放入文件夹，把它放到有待处理的那堆文件上。

他和埃斯特韦斯告了别，等到下周一再见。卡尔达斯走上大街，点燃了一根烟。

头疼缓和了些许。

Cambiar（更换衣物）：1. 用另一物或处境来取代原先之物或处境；2. 改变某物，通常将之变成属性相反之物；3. 使某人或某物改变位置；4. 更换衣物；5. 用另一价值相似之物替换某物；6. 改变外表、条件或行为。

211 房间的门虚掩着，卡尔达斯用指节敲了敲门，便开门而入。两名护士正围着叔叔的床，忙得手忙脚乱。

“我在外头等？”卡尔达斯问道。

“更好些。”一个护士回答道。

卡尔达斯又回到走廊上，向等待室走了过去。他的父亲坐在一张椅子上，和一位年轻女士聊着天。

“卡尔达斯。”父亲笑着说。

探长指了指叔叔的房门。

“他没事吧？”

“护士们正在为他更换衣物。”父亲安慰道，然后便介绍道：

“西尔维娅的母亲住在 208 病房。”父亲说道，“这是我的儿子，卡尔达斯，在电台工作，刚和你说过。”

卡尔达斯向女人展露了一个颇为官方的笑容。探长还没来得及坐下，她便站起了身。

“我先回病房了。”她告辞道。

“我在电台工作？”女人消失在走廊上之后，卡尔达斯问道，“你是这么介绍我的？”

“你希望我把你描述成航海健将？”

“你和德拉瓦索通过电话了？”

“你觉得呢？”父亲笑着说道。

卡尔达斯在父亲身边坐了下来。

“他有些担心你。”父亲说道。

“嗯……你想象不出我当时有多难受。”

“他呢，还健壮得很吧？”

“嗯。”

一个护士走出了病房，父亲探了探身，看到她又走了进去之后，便又坐了下来。

“你认识一个叫马科斯·巴尔韦德的人吗？”

“我该认识吗？”父亲问道。

“他是庞克松的一位建筑商。他的红酒生意刚起步，他知道你，让我代为问候。”

父亲抬眼向上看去，试着回忆。

“他的酒叫什么？”

“他的第一批红酒还没装瓶呢。”

“没印象了，你代我问个好吧。”

卡尔达斯笑了笑。

“阿尔芭今天给我打了个电话。”

父亲没有转向卡尔达斯。

“阿尔芭？”

“是的，今天早上打的。”

“你若是不和我提退休的事，我本也不想和你提起阿尔芭的。”

卡尔达斯试着回想，父亲是否每次提起阿尔芭，都是为了进行反击。

“玩笑而已。”父亲做了个怪脸说道，“她怎么说？”

“她知道叔叔住院了，打来电话问候。”

父亲点点头。

“问候阿尔韦托？”

"是的，问候叔叔和你。"

"她还想……"

卡尔达斯耸了耸肩。

"没有，她打电话来只是为了问候你，向你献个吻而已。"

"一个吻？"

"是的。"

"没有了？"

"没了。"卡尔达斯答道。

父亲望向卡尔达斯的眼睛。

"你觉得她状态如何？"

"我觉得应该不错吧。"

"你觉得？"

"我们只通了一分钟的电话。"探长解释道，望向医院雪白色的地面，看着他的两脚之间，就好像在法医那里初次见到阿莉西亚时，她的神态一般。把这通电话的事情告诉父亲，让卡尔达斯开始有些懊悔。每当他们谈起阿尔芭，都会不欢而散。

"警局一定十分缺人，才会把你提为探长。"

"什么？"

"你马上就能获得一项殊荣，被批准列入我的愚人书了。"

"我？"卡尔达斯估算了一下他和父亲聊起阿尔芭的时间，一分钟？两分钟？父亲为何这么快就要羞辱他呢？

"假如她就只想问候一下我，为何不直接给我打电话呢？"

"她打电话给你？"

"她又不是没给我打过电话。"

"你和她通过电话？"

"你觉得不合适？"

卡尔达斯张开了双臂。

"没有，我不知道……"

“算了，对不住。所以事情是这样的，她给你打了个电话，让你替她问候我是吗？”

“是的。”

父子俩又静坐了一会儿，父亲开口问道：

“你想找人倾诉，还是想找人帮你出出主意？”

卡尔达斯抬起了眼。自从母亲去世之后，父亲就再也没有说过类似的话了。

“你知道我不喜欢交流。”卡尔达斯说道。

“我知道。”父亲说道。

一个护士从病房里探出身，通知他们护理工作已经结束。

父亲表达了感谢，站起了身。

“我们走吧？”父亲说道，卡尔达斯便跟在他的身后。

他们走进了房间。电视依旧开着，被调成了静音，它就像是阿尔韦托叔叔观察这个世界的一个窗口。

“看看谁来了。”父亲说道，叔叔绿色氧气面罩下的面容又褶皱了起来。

卡尔达斯说起今天早上去找了德拉瓦索，还同他一道出了海。

“说起海……”父亲指了指电视，插口说道。

一个新闻报道员展示了几组航拍画面，画面拍的是在风暴中对几名船员展开的施救工作。水手们被一个个从甲板上吊到了直升机中。画面下方的字幕写道：“在北海的大索尔沙洲附近，一艘加利西亚渔船沉没，船上的 11 名船员成功获救。”

报导最后的画面上有一艘倾斜的渔船，甲板上已经空无一人，海浪不断地吞噬着渔船。卡尔达斯不禁想到“竹荚鱼号”的沉没，那场索萨船长和三名水手遭遇的噩梦，想到这个让他琢磨不透的案件。

他们继续看着新闻，卡尔达斯则看着父亲和叔叔每看完一则新闻，便用眼神互相交流一通。

他想起很早以前和阿尔芭一块儿看过的一部电影。电影的主角是一位老年人，他开着割草机，行驶了好几百公里，去探望生病的哥哥，他们俩已经交恶了数年。最后，当他终于完成了壮举，开到哥哥家的时候，两人都没有打个招呼，只是一同坐到了门廊里，没有用语言交流，便化干戈为玉帛。

他们离开医院的时候，天色已晚。卡尔达斯陪着父亲走向他停车的地方。

“你不去，是吗？”父亲打开车门时问道。

卡尔达斯左右摇了摇头。

“我还有工作。”他找了个借口。

“今天是周五。”

探长丝毫不让：

“嗯。”

“我明天大概一点到。”父亲用手指了指医院的绿色大楼，“周六中午以前可以探视。”

“我尽量过来。”

父亲点了点头。

“关于你之前和我说的……”

“什么？”

“关于阿尔芭的事。”

“嗯。”

“拿出勇气来，卡尔达斯。”

“勇气？”

“是的，勇气，给她打个电话。”父亲说道，“和她和好，组建一个家庭，生儿育女，给她想要的。”

“生儿育女？”

“你还能怎样呢？事情得分轻重缓急。你以为我想要你？”

探长斜眼瞥了瞥父亲，父亲笑了笑。

“我想说的是，看到你之前。”

“我不知道自己能不能胜任。”卡尔达斯喃喃说道，“我不想孩子没有父亲。”

“天哪，你太夸张了。你不过是个警察，又不是让你上前线。”

“我说的不是生生死死。”卡尔达斯说道，“我说的是陪伴。”

父亲坐到了车里，打开发动机和车灯，降下了些车窗。

“每个人都不过是尽力而为而已。”

“我知道。”卡尔达斯说着，敲了两下发动机盖，“明天见。你别担心我，我会变得成熟的。”

“人是不会越变越成熟的，卡尔达斯，只会越变越老。”父亲提速前说道，把卡尔达斯留在了停车处。

Travesía（路）：1. 横穿过主街的街道；2. 海或空中的旅程；3. 垂直吹向海岸的风；4. 陆地或海上两点之间的距离。

卡尔达斯沿着墨西哥大道，从医院走了出来。走过轻轨站的时候，转向了乌尔赛斯大街，然而穿过格兰大道，沿着热闹的人行道，经过赫纳罗·德拉芬特设计的路灯。接着，他又沿着亲王路前行，鼻间充满着烤栗子的香味，耳边萦绕着街头艺人弹奏的乐曲声。未到太阳门之处，一位安第斯音乐演奏者站在角落里，吹奏着一根排笛，卡尔达斯向左转去，走进了通往艾利希奥酒馆的曙光巷。

探长走进酒馆，靠近吧台，向卡洛斯打了声招呼，闻到了从厨房飘来的饭菜香味。

“今天有蛤蜊面，对吧？”

“见了鬼了，卡尔达斯。”卡洛斯感慨道，“你的嗅觉可真灵敏。”

“我今天一口饭都没吃。”

“怎么回事？”卡洛斯一边问道，一边把一杯倒满了白葡萄酒的酒杯放在探长面前。

“今天早上一位朋友载我出海，我晕船了。”探长坦言道，“我的胃今天可受不了山珍海味。”

卡洛斯厚厚的山羊胡卷起了一道微笑，转眼便消失在厨房里，把为卡尔达斯准备的晚餐交代给大厨们。

卡尔达斯拿着酒杯，走到教授们的那一桌，坐了下来。片刻之后，卡洛斯从厨房里走了出来，又回到了他的司令台。

“这么说‘电波巡逻员’晕船了。”卡洛斯站在吧台后，开心地做了个鬼脸说道。

“要是只是坐在船上……”卡尔达斯简单说道。

“你不会是坐到了那艘在大索尔的沉船上了吧？”一位教授打趣说道，“你们看见新闻里的救援报道了吗？”

大家都点了点头。

“他们几分钟之内就被救了。”另一个教授说道。

“大索尔沙洲在哪里？”卡尔达斯问道。他听了几遍地名，但就是不知道具体方位。

“在英格兰南部和北海之间。”一位教授回答道。

“是的，在大不列颠岛的西部。”另一位说道。

大家都对那几位直升机机长赞叹不已，能在如此恶劣的天气条件下，舍生忘死地实施救援。

“我在船上工作的时候，满心都想碰到风暴。”卡洛斯说道。在接管他岳父的酒馆之前，他曾经是一位商船上的水手。

“为什么呢？”一位教授问道。

“如此我们便能停靠在某个港口暂避，水手们就能下船去逛逛，但凡听到有风暴的消息，大家都会摩拳擦掌。”

卡尔达斯想起今天下午读到的一则关于“竹荚鱼号”沉没的报道。在其附近海域作业的一位船长，在得知这艘庞克松的渔船沉没的消息之后，十分震惊。索萨曾通过无线电电话传讯与他说过，他们准备收帆，然后就近靠岸好躲避风暴。

“渔船也会如此吗？”卡尔达斯问道。

“都一样。”卡洛斯大声笑着说道，“天气糟糕的时候，所有人都会齐聚港口，大家不醉不归，直到天气好转才会再出海。”

卡洛斯的话语在探长的脑海中挥之不去，令他警觉。“天气糟糕的时候，所有人都会齐聚港口。”探长重复说道。

他走近吧台。

“卡洛斯，假如你在萨尔沃拉岛附近航行的时候，突然遇到了风暴，你会去哪里暂避？”卡尔达斯低声问道。

“我不清楚。”卡洛斯迟疑地说道，“怎么啦？”

“我想知道答案。”

“等等。”

卡洛斯走近摆在门边上的书架，拿着一本地图册走了回来，把它放在了吧台上，翻到加利西亚南部海湾的地图那页。

“萨尔沃拉岛在这。”卡洛斯说着，指了指它在地图上的位置，就在阿卢萨海湾的开口处。

“你会去哪儿暂避？”探长又问道。

“应该会去里韦拉港，或是比利亚加西亚港吧。”卡洛斯用两个手指捋着自己的山羊胡说道，“那里的吃水深度比较适合商船。”

“假如是渔船呢？”

“多大的？”

“那种连续出海几个晚上的渔船。”

“那我会去阿吉尼奥港。”

“阿吉尼奥港，你确定？”卡尔达斯问道。

“应该确定吧……”卡洛斯又看了一眼地图，“嗯，我确定。怎么啦？”

“我得去查点事。”探长喃喃说道，空着肚子便走出了酒馆，向警局走去。

Papel（文件）：1. 植物纤维制成的薄纸，可用来书写、绘图或折纸等；2. 书信、委任书、文凭或其他类别的文件；3. 报纸；4. 在戏剧表演中每位演员担任的角色；5. 某人在某地或在某处境所起的作用。

两位值班警察站在警局门口闲聊，卡尔达斯打了声招呼，就走进了他的办公室。他点了一根烟，把蓝色文件夹打开，拿出庞克松的神父保存了数十年的旧报纸，把它们一张一张地打开，他确定在这几份报纸中读到过‘阿吉尼奥’这个地名。

他在一份当地报纸上，找到了一则 1996 年 12 月 23 日，在海难发生之后的第三天的报道。在关于停止对索萨船长的搜寻工作的报道下方，有两则较短的新闻。第一篇是关于两位蒙面摩托车手抢劫一个加油站的报道。另一篇则是关于阿吉尼奥镇上的一位失踪女性的简短报道。

一名女性在阿吉尼奥镇失踪

蕾韦卡·内拉，32 岁，阿吉尼奥人，自上周五 20 日的晚上开始，一直离家未归。

她的儿子于昨日，周日早晨，报案其失踪。周日下午开始，当地居民和民防局的工作人员在她家附近组织了搜索行动。搜索工作于当夜结束，以未找到当事人而告终。

根据警方透露，女子失踪的原因可能是自愿离家出走，但也不排除其他可能性。

卡尔达斯读了两遍这篇报道。女人最后一次被见到是20号的周五晚上，也就是“竹荚鱼号”沉没的当晚。

报道配了一小幅照片。照片上可以看见一名男性正在查看公路的排水沟。探长仔细地翻阅了其他几份报纸，希望能找到关于这则失踪案件的后续报道，但关于这位阿吉尼奥的失踪女性的消息就此石沉大海。

也许她和“竹荚鱼号”的沉没没有一丝关联，但是两桩事件的发生时间重合，而且在风暴降临之时，阿吉尼奥港是离渔船的捕鱼点最近的港口。

卡尔达斯靠在他的黑色扶手椅上，饥肠辘辘的胃里响起了阵阵抗议声。他吸了一口烟来缓解饥饿，又拿起了报纸查阅。他看了看索萨船长的相片，沟壑纵横的脸上，一双眼睛从报纸的上方直直地盯着卡尔达斯。他又读了一遍关于蕾韦卡·内拉失踪的报道。他留意到是她的儿子报的案，便猜想证词的附件一定会送一份到加利西亚警察总局存档。

卡尔达斯拿起电话，总局接电话的警官说涅韦丝·奥尔蒂斯正在值夜班。

“你能让她接一下电话吗？我是维戈市警局的卡尔达斯探长。”

片刻之后，电话的另一头便响起了涅韦丝尖细的嗓音。

“许久未见，巡逻员。”涅韦丝打了个招呼。卡尔达斯能想象得到，她那细长的眼睛下，大大地咧着嘴的笑容。

一年前，她申请调往位于拉科鲁尼亚的省局工作，但是维戈市局的警官们都一直想念她那爽朗的笑声。

“我能帮上什么忙？”涅韦丝一一打听了一遍老同事们的近况之后，主动问道。

“我想查询一份报案材料。”

“说吧。”

“你试试能不能找到一份失踪案件的卷宗，关于一个叫做蕾韦卡·内拉的女人的失踪报案。”

“地点？”

“阿吉尼奥镇。”

“你知道日期吗？”

“1996 年 12 月 20 日至 22 日左右。”

“96 年？”

“是的。”

“我得去档案室查查。”涅韦丝说道，“你等我一会儿，还是我过会儿给你回电话？”

“几分钟时间的话，我等你。”卡尔达斯说道，涅韦丝的声音在电话的另一头重新响起之前，卡尔达斯抽空又点了一根烟。

“我找到报案文件了。”涅韦丝说道。

“还有其他相关文件吗？”

“没有了。”涅韦丝说道，“文件边缘处有手迹写着‘正在对可能知情的人士展开调查’，但是找不到其他文件了。”

探长啧了啧嘴。

“可能是虚假警报。”涅韦丝说道。

“嗯。”卡尔达斯低声说道，又丢失一条新的线索令他觉得沮丧。

“我给你传过去？”涅韦丝问道。

“你方便吗？”

“我用警局的传真发给你？”

卡尔达斯道过谢之后，便坐在椅子上抽烟。假如卷宗里没有其他文件的话，那就说明这个女人不久之后又毫发无伤地出现了。探长又读了一遍发黄了的旧报纸上的报道。文章中写道这个女人很有可能是自行离家出走的，卡尔达斯知道许多事情都是显而易见的，没有那么复杂。

他按灭了烟头，手里拿着烟灰缸，走出了办公室。他把烟灰倒入了洗手间的垃圾桶，然后在水龙头下把烟灰缸冲洗干净，便走回了办公室，把它放回到抽屉里。他看了一眼手腕上的手表。

卡尔达斯离开警局的时候，已经晚上十点半多了。他的胃里空空如也，这周一直围着卡斯特洛的案件连轴转，但收获寥寥。他就像在一条环路上前行，不论怎么走，最终都只回到了起点。

Recuerdo（问候）：1. 过往事件或情境留存在脑海中的图像；2. 用来记忆地点、情况或事件的物件；3. 通过第三方或文字向某人表达问候。

尽管有些经不住蛤蜊面的诱惑，但卡尔达斯感到筋疲力尽，决定不再跑一趟艾利希奥酒馆，吃个便餐就赶紧回家。他于是转了个弯，去了罗萨莉娅·德卡斯特罗咖啡馆。他走近吧台，点了一碗热汤、鸡蛋饼和葡萄酒。然后他就坐在了靠窗的桌子边，等待着晚餐。

悬挂着的电视上重播着大索尔沙洲附近的航拍图像，一艘渔船正被海浪无情地吞没。屏幕中的巨浪让卡尔达斯想起早上的晕眩，他不得不在铁山的小海湾处下船。他试着安慰自己，至少这一趟让德拉瓦索找到了岩缝中的管钳。他认为这便是凶手们用来敲打死者头部的凶器。除了想要毁坏证据以外，谁会将一把完好无损的新管钳丢到海里呢？

探长吃完晚饭的时候，已经近夜里 11 点 15 分了。他要了账单，点了一根烟，结完账之后便走上了大街。晚风让四周骤凉了下来，挨着商港的蒙特罗·里奥斯花园里，传来年轻人的喧闹声。这些年轻人们，每周五都会从城市的四面八方汇聚到此处欢度周末。

探长用力地搓了搓手，准备走回家去。路过警局的时候，探长熄灭了烟，进去看看是否收到了涅韦丝从省局发来的传真。

探长在传真机旁边的纸篓里，找到了报案材料的复印件，他顺势坐在了旁边的一张空桌上，开始读起了这份文件。这是迭戈·内拉·迭斯在十三年前的报案陈述，当时他 15 岁，他向警方报案称蕾韦卡·内拉·迭斯，32

岁，也就是报案人的母亲失踪了。

这个少年于1996年12月22日，周日早晨11时，前来警局报案，声称他和母亲是阿吉尼奥镇上的居民，自20日的周五晚上起，他的母亲一直离家未归。

根据少年的陈述，蕾韦卡·内拉周五晚上11时左右对她的儿子说家里没烟了，要出去买烟。一个小时左右之后，她回到了家。迭戈听到她在门口的屋檐下与人交谈。

少年听到一个男人大声笑了笑，蕾韦卡·内拉让他放低音量，提醒男人她的儿子在里屋休息。

听闻此言，迭戈觉得有些生气，便推开自家的房门，发现母亲正和两个男人交谈。迭戈轻轻说了句要去同学家休息，就跑着离开了家。

那晚雨势很大，没跑两步，他便在附近的一处棚子下避雨。他看见一个男人和母亲走进了屋子，而另一个男人则向港口走去。待雨下小了之后，迭戈便去了朋友家过夜。

第二天，周六大约下午1时左右，迭戈回到了家，发现家里空无一人，一楼收拾得很干净整洁。迭戈在家等到晚上，不知不觉睡了过去。

周日早上，他发现母亲依旧没有回家睡觉，开始觉得不安，于是就给伊雷妮·巴斯克斯打了电话，她是失踪者的闺蜜，她从周五之后也再也没有见过蕾韦卡·内拉。伊雷妮听完少年的叙述之后，就陪他去警局报了案。

迭戈不认识那两个男人，甚至没有看清其中一个人的长相，他只在黑暗中瞧见了他的身影。但是雨势小了之后，他看见了其中一名男子向港口走去，他经过一截有路灯的路段，与他避雨的棚子相隔不过数米。

这个男人看上去不到30岁，穿着防水服和塑料靴子，一副水手的装扮。迭戈以前没有在镇子上见过他。他很瘦，金色的头发十分浓密。

卡尔达斯又看了一遍少年对这个外乡人的描述。这绝不可能是巧合。

他从靠坐着的桌子上挺直了身，走向了办公室。坐到了扶手椅上之后，又读了一遍报案陈述。

他又给加利西亚省警察总局打去了电话，这是今晚的第二通电话了，要求转接涅韦丝警官。

“你收到报案材料了吗？”

“收到了，感谢。”卡尔达斯回答道，“你确定案宗里没有其他文件了吗？”

“完全确定。”

探长叹了口气。

“会不会有更详细的报告，被放在了别处？”

“应该不会。”涅韦丝说道。

“你能去看看吗？”

“现在？”

“可以吗？”

“我可以试试。为什么这么着急？已经过去十二年了，不是吗？”

“此事也许和我正在调查的一桩案件有关联。”

“失踪者叫什么名字？”

拉尔达斯读了一遍报案材料上的姓名。

“蕾韦卡・内拉，蕾韦卡・内拉・迭斯。”

探长从抽屉里拿出烟灰缸，点了一支烟，电话里传来涅韦丝敲击键盘的声音。

“电脑里没有任何信息。”片刻之后，涅韦丝说道，“你等一会儿，我再去档案室找找看。给我三分钟时间，无论怎样，我一会儿给你回电话。”

卡尔达斯道了谢，挂断了电话。假如卷宗里除了这份报案材料以外，没有其他文件，说明蕾韦卡・内拉之后又出现了。卡尔达斯确信少年看到的金发男子，正是这个十三年后漂浮在庞克松的海藻堆里的水手。

探长想着阿里亚斯和瓦尔韦德撒谎的原因，为何无人提起在风暴期间，他们曾暂避在阿吉尼奥港的事情。探长想当面听取他们的回答，问他们风暴如此剧烈，为何还要重新起航，去面对狂怒中的大海，以至于最终沉船。

他又拿起了电话，打给了埃斯特韦斯。

“您知道现在几点了吗？”埃斯特韦斯问道。

卡尔达斯看了看表：十一点半。

“你睡了？”

“还没有。”埃斯特韦斯抱怨道。

“我认为‘竹荚鱼号’并不是因为要去捕鱼才沉船的。”

“这都是十二年以前的陈年旧事了。”埃斯特韦斯埋怨道，“您不能等到周一再告诉我吗？”

“我要和阿里亚斯和瓦尔韦德谈谈。我想知道他们为何隐瞒此事。你明天七点能来接我一趟吗？我想趁阿里亚斯捕鱼回来之前，赶到庞克松港口。”

“什么时候？”

“明天。”

“什么时候明天指的是七个小时之内？”

“算得对。”

埃斯特韦斯哼了哼鼻子，从话筒里传来就像龙卷风的怒号声一般。

“明天是周六，探长。”

“我知道。”

“我们不能周一再去找他们吗？”

“周一没有鱼市。”卡尔达斯说道，“明天七点在我家门口见？”

卡尔达斯抽完烟之后，走到了洗手间，把烟灰缸洗净。把它甩干的时候，烟灰缸滑了一下，摔到了洗手池里，裂成了两半。

卡尔达斯一手拿着一半，走近负责警局打扫工作的保洁。

“您有黏胶吗？”探长说着，指了指保洁手推车里装了一车的瓶瓶罐罐。

“没有。”她望着烟灰缸碎成的两半。“就算您粘上了，也不会和原来一样了。”

五分钟之后，探长接到了涅韦丝从省局打来的电话。

“我找了半天，除了传给你的报案材料，没有其他文件了，这桩事情最后应该是不了了之了。”

“你知道他们现在是否还住在阿吉尼奥镇上吗？”

“我这儿没查到他们的地址变更信息。”涅韦丝查询之后说道。

卡尔达斯在复印件上看到了接到报案的警官的警号。

“你能帮我查一下是哪位警官吗？”他读了一遍警号。

“我看看。”涅韦丝说道，在电话的另一头敲击着键盘，“是原来的副探长，索摩查。”

“原来的？”

“他现在已经不在编制里了，”涅韦丝解释道，“八年前退休了。你还需要其他信息吗？”

“没有了，涅韦丝，万分感谢，抱歉麻烦你了。”

“没关系。”她接着问道，“阿尔芭怎么样？”

“挺好的。”卡尔达斯简单回答道。

“代我问候她。”

“我会转达的。”

“告诉她照顾好你，”她又说道，“别让你工作到那么晚。”

探长咽了咽口水。

“我会和她说的。”

挂上电话之后，他从座椅上站起了身，拿起他的雨衣和报案材料复印件，离开了办公室。走之前，他把烟灰缸的碎片扔进了废纸篓里。保洁说得有理：碎裂过的东西再也不可能恢复原样了。

Cabo（之后）：1. 物体的端口；2. 伸入大海的岬角；4. 军官；5. 用于航行的绳缆；6. 结尾，终点，边界；7. 部分或残留。

早晨七点的时候，天空依旧一片漆黑。探长在门厅里等着，几分钟之后，见门玻璃后闪过车灯，便快步走上大街，坐上了车。他靠在副驾驶座上，把车窗降低了几寸，好让新鲜空气流入车内。

“早上好。”探长问候道。埃斯特韦斯则用右脚踏住了油门，算是打了招呼。

他们经过滨海大道，继续沿着海岸线前行，一直开到布扎斯海滩。附近的船厂没有丁点亮光，也没有焊接时星星点点的火光。工作日的时候，这些火光勾勒着还未成型的轮船骨架。此时唯有街道另一头的酒吧，闪烁着霓虹灯的光亮，照着门口大排长龙的年轻人们，他们准备利用夜晚的最后时光，释放自己的活力。

下了环路之后，他们又驶上了沿岸平行的公路，卡尔达斯把他的最新发现一五一十地告诉了埃斯特韦斯。他提到索萨船长曾用无线电话打给另一位船主，说他们准备在风暴平息之前，找一个港口暂避，而离“竹荚鱼号”捕鱼海域最近的港口就是阿吉尼奥港。探长还提起在庞克松神父收藏的剪报中，找到了一则阿吉尼奥镇上女人的失踪报导。接着又说起他如何找到失踪女人的儿子的报案材料，材料中少年如何描述了暴风雨的那晚，和他母亲聊过天的两人之中，其中一个男子的样貌。

“你看。”探长展开复印件，说道，“报案陈述里说，这个三十岁左右，穿着防水服和塑料靴的男子，身材消瘦，头发金黄。”说完，探长又把复印件叠了起来。“卡斯特洛那个时候刚好二十九岁左右。有多少个年岁相仿的金发水手，会开着船，到这样的一个小小的渔港？”

埃斯特韦斯耸了耸肩。

“我确定这个男人就是金毛。”卡尔达斯继续说道，“你发现了吗？‘竹荚鱼号’沉没的那天晚上，他去过阿吉尼奥港，而不是像他们昭告天下的那样，只在海上捕鱼。”

“您觉得这很重要？”

“我不知道，但是这一矛盾之处是唯一的突破口。我想试试，看它能把我们领到何处。”

埃斯特韦斯用手指敲着方向盘。

“这个女人后来怎么样了？”

“蕾韦卡·内拉？除了报案材料之外，没有其他文件。”

埃斯特韦斯目不转睛地盯着探长看了会儿。

“其他什么文件都没有？”

“没有。”

“×的，探长，那就说明她没什么事。”

“我知道。”探长说道，“但是假如船开到过阿吉尼奥港，我想知道为什么阿里亚斯和瓦尔韦德谁都没有提起此事。我以前问过瓦尔韦德，他们为什么不找一个港口暂避一下风暴，你知道他是怎么回答的吗？他说：‘这该问船长。’我现在要让他们来回答这个问题。我想知道他们为什么隐瞒此事，我要让他们把那天晚上发生的事解释清楚，说一说索萨为何会被淹死。”

埃斯特韦斯摇了摇头，依旧不认同探长的观点。

“您还是觉得这个船长和卡斯特洛的死有关联？”

“你忘了木船上的涂鸦了？上面写着‘凶手们’，就写在船长的死期旁边，正是 1996 年 12 月 20 日。金毛的渡船上出现这样的涂鸦，绝非偶然。索萨的死必然和卡斯特洛的死有关系，而且我觉得这几位水手都知道两者之间的关系。假如事实不是如此，那他们听到索萨船长的名号时，为何要躲躲闪闪的？”

“也许只是不想重提一段不好的回忆。”

“也许。”卡尔达斯说着，重新闭上了眼睛，向玻璃窗开着的缝隙伸了伸脖子，“如果是这样，那他们也没有必要撒谎了。”

他们驶入了庞克松的地界，铁山深色的身影，隐约矗立在海天之间。埃斯特韦斯说道：

“有一件事我要说个明白，探长。”

“你说。”

“今天是周六，我本不该在这儿。”

“我也不该。”

“您别和我耍花腔。”埃斯特韦斯叹了口气说道，“因为您想来，所以我们才会出现在这儿。”

卡尔达斯睁开眼，看向埃斯特韦斯。

“我不是在意气用事。”

“看上去像。我们不能等到周一吗？”

“我不是和你说了，周一鱼市不开门吗？”

“所以呢？”

“什么所以呢？”

“没有鱼市的那几天，这个水手又不会凭空消失。等到周一去他家询问，天又不会塌下来。”

“已经有一名受害者了，可能还会有其他人受害。现在的时间有多宝贵，你应该很清楚。”

“我当然知道。但是活人的时间也同样重要。”埃斯特韦斯义正词严地说道，“您喜欢怎么打发周末是您的事，但是您随意占用别人的自由时间，这是不公平的。”

“随意占用？”

“就是随意占用。只要别人在警局之外，还有自己的生活，您就看着不顺眼。”

“什么？”

“您听到我说的了。不管是白天，还是黑夜，您都会随时打电话；周二，周五还是周日，对您来说没什么区别。每一天都一样。您拿起电话就开始长篇大论，也不费心问问别人是否有空。”

“假如你说的是昨天的事，给你打电话的时候，我没有留意到已经那么晚了。”卡尔达斯道歉道。

“我说的是昨天，前天，还有今天……”埃斯特韦斯滔滔不绝地说着，暂停了片刻，就好像正在瞄准，好射出致命的一击一般，“您的生活里只剩下工作，并不是我的过错，但您应该理解，不是全世界的人都和您一样。”

卡尔达斯靠在了座椅上，不知如何作答。埃斯特韦斯又说道：

“您知道我喜欢把什么事都当面说清楚。”

“嗯。”探长回答道，闭上了眼睛。

对于埃斯特韦斯来说，开诚布公是一种美德，而卡尔达斯则不这么认为，他觉得这是一种借口，一层面具，隐藏在后面的则是其残忍的本质。

Defensa（护舷）：1. 防卫；2. 用来防卫的武器，工具或防御工事；3. 护卫，保护，救助；4. 机体对外来侵略的自动防卫；5. 悬挂在航船两侧用来护舷的零件。

他们早晨七点半的时候到达了庞克松，把车停在了路灯旁，靠近石头斜坡的地方。他们等在车内，开着暖气，关灭了车灯。海面上，阿里亚斯和埃尔米塔的船上都亮着灯，两位警官可以望见他们正在把地笼里的海鲜倾倒入黑色的篮子中，方便一会儿拿上岸。

“您能让我看看报案材料吗？”埃斯特韦斯问道。

卡尔达斯把材料交给了他。埃斯特韦斯把文件拿近车窗，好借用路灯的灯光阅读。

“探长，您注意到他们的名字了吗？”片刻之后，埃斯特韦斯问道。

“谁？”

“母亲和儿子。”埃斯特韦斯解释道，“他们俩的姓氏一样，都是内拉·迭斯。”

“是位单亲妈妈，你留意到他们的年纪了吗？”

“少年 15 岁，母亲 32 岁。”埃斯特韦斯读道。

卡尔达斯点了点头。

“她怀孕的时候，还是个少女。”

八点差一刻的时候，拍卖员开着他的卡车过来了。他把车停在鱼市旁，拉开金属门，打开了里面的灯。

不一会儿，埃尔米塔的妻子系着的白色围裙，在黑暗中凸显了出来。她穿过斜坡上停放着的木船，站在海边等着丈夫。老水手划着桨，穿过浮标，把两个大篮子递给女人，女人顺势就把它们放在了石头上。他们俩一人抓住篮子的一头，分两次把它们运到了鱼市里。

阿里亚斯身上穿着橙色的工作服，他也收获了满满的两篮，在几只海鸥贪婪的注视下，毫不费劲地提着它们走上了斜坡。

八点差几分钟的时候，警官们下了车，走进了鱼市的石头房子。埃尔米塔的收成已经放到了金属长桌上：最右边放着虾，左边放着螃蟹。天花板上依旧悬挂着“禁止进食，喝酒，抽烟和吐痰”的提示牌。屋里的海腥味比大街上还要浓稠。

走进门口的时候，警官们一眼便望见阿里亚斯那一头深色的长发，和他身上穿着的橙色工作服。他正蹲在地上，挑拣着海鲜，把每一盘都放到台秤上，好让拍卖员先称重，然后再摆放到桌上。

屋内共有十来个人，正等着拍卖的开场。卡尔达斯认出了其中的两个女人和蓄着山羊胡子的男人，正是上一次探长见到的几位买家。此时，他们正围着桌子打转，就好像几头狼，正挑选着圈舍中最肥美的羊。其他人则似乎兴趣寥寥。

拍卖员称完所有的海产之后，查验了一下是否所有托盘都标注上了重量，然后就站在了金属桌的后面。他用气鼓起了上唇，然后突然吹了一口气。

“咱们开始吧，已经八点零五分了。”他揉搓着双手，宣布道，“现卖虾，卖虾喽。”

就像被磁石吸引过去一般，所有的人都一股风儿似的聚到了桌子的右边。埃尔米塔夫妇也往前走了几步，好仔细地听报价。阿里亚斯依旧在一旁的地上清洗篮子，就好像事不关己一般。

“我们从 45 欧元开始竞价。”拍卖员说道，指了指托盘。满盘的虾在荧光灯的蓝光照耀下，不停地跳跃着。

拍卖员吸了一口气，开始唱起了价，就好像在背诵字母表一般。

“45，44.5，44，43.5，43，42.5，42……”

一个女人叫停了唱价，在其他买家的注目下，把最好的几个托盘买走了。阿里亚斯向门口走来，他一只手拿着叠在一块儿的空篮子，另一只手则拿着一个蓝色的塑料袋。

他在门口碰到了两位警官，不论他内心是否翻江倒海，但是面上却平静无波。

“早上好，卡尔达斯探长。”

“您有时间吗？”探长问道。

“你们是过来找我的？”

卡尔达斯点了点头，点燃了这个周末的第一根烟。

“我们不着急。”探长说着，指了指装着几只螃蟹的塑料袋，“您先把工作做完。”

阿里亚斯望了望鱼市，门的另外一头，传来拍卖员滔滔不绝的唱价声。

“现在可以谈。”水手用深沉的嗓音回答道，探长领会到，他更愿意在拍卖结束之前，空无一人的街道上谈，“是关于金毛打的那通电话吗？”

“我不知道。”卡尔达斯说道，把手指向水手上周二放归母蟹的地方。

阿里亚斯穿过街道，向斜坡走去。两位警官跟在他的身后，穿过被附近的路灯照亮的木船。

“您不知道？”

“我不喜欢别人对我撒谎。”探长说道。

水手站住了身。

“我和您说了，我把那通电话的事儿忘了。”

“我知道。”

“那您还想问什么？”

卡尔达斯回答之前，抽了一口烟。

“事实。”

“我已经和您说了，探长，金毛在海里丢了一个护舷……”

“你要让我们吃你这套？”探长打断道。

“我什么意图都没有。”

阿里亚斯慢条斯理地说道，但是指尖的塑料袋却发出了吱吱的响声。

“您记得写在卡斯特洛的船上的日期吗？”

水手满头的卷发上下晃动了几下，表示自己还记得这回事。

“日期旁边还写着‘凶手们’一词。”探长又说道。

“我知道，您和我说过了。”

“那天晚上发生了什么？”

“我们沉船了，此事您已经知道了。”

“除此以外的事。”

“您觉得这还不够？”

“索萨船长发生了什么事？”

“他淹死了。”水手语气沉重地回答道。

“为什么他的船没有像其他的近海捕鱼船一样，就近找港口躲避风暴，而是继续航行呢？”

“发号施令的人是船长。”

“你们没有在某个港口停留？”

探长烟头的火星映射在了水手的灰色眼睛中。

“没有。”

“您确定？”

水手点了点头。

“您又在欺骗我了。”卡尔达斯说道。

“什么？”

耳边又传来塑料袋在他手中的挣扎声，卡尔达斯庆幸此时身边有埃斯特韦斯的陪同。

“你们在某个港口停靠过吗？”探长又问道。

“没有，”他说道，不一会儿又更正道，“我记不清了。”

卡尔达斯截住他的退路，说道：

“你们在阿吉尼奥港停靠过，对吗？”

“哪里？”

“阿吉尼奥港。”卡尔达斯重复说道，阿里亚斯没有反驳。

他只是默默地望着海滩的方向。

“请您告诉我们，那晚发生了什么？”

“这是很多年以前的事了。”水手避重就轻地说道，“我真的不记得了。”

“您不可能忘记那晚的事。”

“但我确实忘了。”

塑料袋的响声在庞克松的清晨显得尤为突兀，像是响尾蛇摆动尾巴的声音一般。

“索萨船长到底发生了什么事？”探长试着让他避无可避，“为什么会有人在卡斯特洛的船上写‘凶手们’？为什么金毛会被杀？”

阿里亚斯松开了颤抖的双手，篮子和塑料袋一同落到了地上。卡尔达斯心里感到了些许忐忑，假若没有埃斯特韦斯在身边的话，他也许会向后退缩。

“你没听到探长的话？”埃斯特韦斯插嘴说道，一副无所畏惧的样貌。

阿里亚斯低下了头。

“我什么都不记得了。”他低声说道。

他们又问了几次，但是水手依旧不肯改口。

“他记得清清楚楚。”埃斯特韦斯打开车门的时候说道。

卡尔达斯用脚把烟头踩灭。

“嗯。”

探长发现了水手脸上透露出的恐惧，不禁想要知道在“竹荚鱼号”的甲板上到底发生了什么。为什么让人探听到真相，会令这个水手如此害怕？

“我们不逮捕他吗？”埃斯特韦斯问道。

“用什么理由？”

埃斯特韦斯耸了耸肩，打开了发动机，把车向后倒去。卡尔达斯开了一点窗，看到阿里亚斯依旧站在斜坡之上。他坐在一艘木船上，就好像一个垂头丧气的巨人。清晨的第一道曙光照耀在了他橙色的工作服上。

在石头地面上，螃蟹找到了塑料袋的开口，四处奔走着寻找大海。

Fortaleza（城堡）：1. 某物支撑，承受或抵御某事的能力；2. 某人战胜痛苦的精神力量；3. 赋予人勇于战胜困难的重要品质；4. 城堡。

他们找了一个正对着马多拉沙滩的酒吧，点了一些早餐。埃斯特韦斯翻看了一下桌上的报纸，头版头条便是在大索尔沙洲附近，一艘加利西亚渔船遭遇海难的报道。

“您看了电视上的救援画面了吗？”

卡尔达斯点了点头。他望着窗外，在一片晨曦之中，巴约纳镇上的城堡在海湾的边缘熠熠生光，近处沙滩边覆盖着一层绿藻，浪花拍打上岸，激起了白色的泡沫。

他们走回车的时候，海福教堂的钟声敲响了九次。他们开上了通往铁山的公路，然后向左转，驶入了一条向下倾斜的胡同，尽头处便是一道木门。

他们下了车，按了门铃。瓦尔韦德的妻子接起了大门的对讲机。

“我是卡尔达斯探长。”

房主在屋子里按了一下开关，门的伸缩装置便工作了起来，把门向一边拉开，打开了入口，他们又望见了灰色的混凝土墙面，让房子看起来就像是一座地堡。

在院子的入口处，停着两辆车，都被清晨的露珠包裹着。一辆是女主人的红车代步车，另一辆则是黑色的跑车。石头花园里，第一道曙光让三色堇张开了花瓣。

卡尔达斯本等着迎接瓦尔韦德夫人的微笑，等来的却是她的丈夫。他沿着碎石路出来迎接他们。他的头发未干，一齐向后梳着，像是刚洗完澡的模样。他穿着一件深绿色的高领毛衣，下身穿着一条米色的棉裤。

“发生什么事了？”他问道。

“没什么事。”卡尔达斯回答道，觉得瓦尔韦德脱去西装和领带，就像变了个人似的，“抱歉这么早打扰您。”

“没关系，我几个小时以前就已经起床了。”

“您现在方便聊几句吗？”

“可以。”他答道，但是没有把他们请进屋。

卡尔达斯看了看爬在墙上的马鞭柠檬草，想要过去嗅一嗅。他从口袋中掏出烟盒。

“您抽烟吗？”

瓦尔韦德摇了摇头，探长把一根烟放在唇间，把烟凑近打火机的火苗。

“我的父亲知道您。”他谎称道，“他向您问好。”

“谢谢。”瓦尔韦德回答道，“您不会是只为此事而来的吧。”

“当然不是。”探长指了指这座四处都是棱角的房子，说道：“您还记得我们上次的谈话吗？”

这位阿里亚斯和卡斯特洛的老伙伴点了点头。

“您记得我问过您，海难的那天晚上你们为什么不找一处港口暂避吗？”

“当然，我和您说了，我们装了一船的鱼。我觉得船长也许是因为这个原因，才决定回庞克松的。”

卡尔达斯抽了口烟。

“您介意我再问您一次吗？”

瓦尔韦德看了看卡尔达斯，然后又看了一眼埃斯特韦斯，最后又看回到探长身上。

“我不太明白。”

“很简单。‘竹荚鱼号’沉没的那天晚上，你们在哪个港口停靠过吗？”

“我和您说了，没有。”

“您确定？”

瓦尔韦德摊开了双臂，然后微笑道：

“当然。”

“您没有遗忘什么吗？”

“当然没有。”

卡尔达斯一字一顿地说道：

“那我不得不判定，前几天您欺骗了我们，今天也是。”

探长的话让瓦尔韦德面上的笑容消失了。

“什么？”

“事情的真相并不像您说的这样，这一点您清楚得很。我现在是在给您机会，让您告诉我们真相。”

“我不懂您的意思。”

卡尔达斯摊开报案材料的复印件。

“我知道你们当晚在阿吉尼奥镇待过几个小时。”

瓦尔韦德先转身向房子望去，片刻之后才答道：

“谁和你们说的？”

“是真的吗？”

瓦尔韦德叹了口气。

“是真的吗？”

“这都是很久以前的事了，我记不清了。”

埃斯特韦斯向前迈了一步。

“你少来这一套，是真的吗？”

“你们希望我说什么？”

卡尔达斯又把刚才向阿里亚斯说的话重复了一遍：

“真相。”

瓦尔韦德目不转睛地盯着地面上的一点，摇了摇头。

“我不能说。”

“已经死了一个人了，”探长说道，“算上索萨的话，已经有两个人了。”

瓦尔韦德望向探长的眼睛。

“我知道。”

“即便如此，您还要隐瞒沉船那晚发生的事？”

瓦尔韦德默不做声。

“您不准备告诉我们，那晚索萨船长到底经历了什么吗？”探长问道。

“我不能说。”瓦尔韦德重复道。

“您在害怕什么？”

“我已经和您说过一次了，恐惧是无孔不入的。”

“是什么让你们这么害怕？”卡尔达斯又问道，“那晚发生了什么事？”

就像阿里亚斯在港口的斜坡上一样，瓦尔韦德把自己的记忆封存起来，就像乌龟缩进了龟壳一般。

埃斯特韦斯走近探长，在他耳边说道：

“您想让我帮他想起来吗？”

卡尔达斯深知埃斯特韦斯所谓的帮助是什么意思。

“不用。”探长低声说道，然后提醒瓦尔韦德，“也许法官能让您开口。”

“也许，探长。”瓦尔韦德又重复了一遍，“也许。”

埃斯特韦斯在院子里倒了几次车，终于把车头调了方向，驶向墙壁围筑起来的羊肠小径。木门在他们身后关了起来。

“他害怕了。”埃斯特韦斯说道，“他们俩都害怕了。”

“我知道。”卡尔达斯说道。

“您为什么不让我出马？”

“出马？”

“您知道的……”

“嗯……”

卡尔达斯微微打开了些窗，紧闭的双眼前，竟浮现出了索萨船长褶皱的面容，他猛地一下睁开了眼。

Expuesto（展示）：1. 出现在可见的地方；2. 为使人理解而进行条理清晰的解释；3. 排列就绪以接受主体施加的直接作用；4. 危险的；5. 照片或影片底片曝光。

“五分钟左右。”探长打开车门的时候说道，然后便往上坡走去，走进了海福教堂。

不一会儿，他便走了下来，手里拿着一个信封。

“里面装着什么？”待卡尔达斯坐回副驾椅子上时，埃斯特韦斯问道。

“‘竹荚鱼号’船员的合照。周一我们去一趟阿吉尼奥镇。我想看看镇子上有没有人认识他们。”

埃斯特韦斯瞄了一眼照片。照片上，索萨船长坐在前排的一张高凳上，头上的羊绒帽一直遮到眉毛上方。其他三个水手站在他的身后，身上都穿着防水服，面上带着微笑。

“我们现在回维戈？”

“你介意我们去一趟灯塔那里吗？”卡尔达斯问道。

埃斯特韦斯叹了口气，开到了铁山的半山腰。他们沿着上山的柏油马路，在到达山顶之前，转向了右手边，沿着土路往蓬塔拉美达灯塔开去。他们先经过了桉树林，然后继续盘山而行。

灯塔旁停着一辆黄色的汽车，埃斯特韦斯把车停在了它的后面。天空湛蓝，浪花撞击到岩石上，形成了一道道泡沫帘子。正前方能望见谢斯群岛，群岛周围的白色沙滩在秋日的早晨闪闪发光。触目所及，空无一人。

他们沿着山坡走到卡斯特洛沉船处的附近。几块围绕在水洼四周的石头冒出了水面。空气中夹杂着树林和大海的气息，海浪的怒吼声伴着海鸥尖利的叫声，在耳边回荡。

卡尔达斯站在一块礁石上，石头上方已被风蚀得十分平滑，石头的下方便是海水，但溅起的浪花还够不到石头的边缘。他望见几艘正在竞赛的帆船，扬着三角形的白色船帆，正追逐于波涛之上。两艘来自维戈市的货船正在向海湾口行进。卡尔达斯能望见距离近一些的那艘船的甲板上，堆放着大大小小的集装箱。船沿的外侧有一些蓝色的罩布，隐约可见罩布下的几艘救生艇。卡斯特洛出事的那天早晨，倾盆的雨水模糊了景致，方圆几里的面貌肯定不及今日清晰。

卡尔达斯望着尾随在货船后面的波纹逐渐消失，想起了昨天夜里，当他在床上辗转反侧，无法入眠之时，想起阿尔芭身上挂着的吊坠，怀念它们发出的丁零零的响声。这个时候，他想到了卡斯特洛案件的一个突破口。假如那天早上，庞克松附近的港口没有任何船只出海，那么也许凶手们行凶前一直潜伏在大船上。卡尔达斯用手遮住打火机的火苗，点了一根烟，又望向那一艘近处的货船。它正离岸向西方驶去。卡尔达斯不由得好奇，不知船长在什么情形下，才会允许放下救生艇。

他躬身望着面前深陷的水洼。只有经常光顾这片沙滩的人，才会知道海浪在此处打造了一座天然的泳池。只有那些对铁山附近的水域十分熟悉的水手，才知道这一片礁石护卫着的水洼，在潮汐退下之后，会变成一块安宁的水域。

卡尔达斯又吸了两口烟，风把烟吹向他的双眼。待他重新睁开眼时，货船的身影早已消失在地平线上。航船远离了海滩，一个来自异乡的罪犯形象也离卡尔达斯渐行渐远。

“我依然觉得这种做法很愚蠢，居然把船沉在距离岸边不到一米的地方，如果把船沉到远海，不就一了百了了嘛。”埃斯特韦斯走到卡尔达斯身边说道。

“我们昨天已经分析过了。”

“我知道。”埃斯特韦斯承认道，“您对管钳的分析，我觉得很有道理。就像您说的一样，他们毫不在意把它丢在何处，因为没有人会调查一起自杀事件。”

“我是这么想的。”

“但是这个不同。”埃斯特韦斯说道。

“这个？”

“这艘沉船。假如大家都认为金毛是自己跳海的，那么就不会有人会去找凶器，这点我赞成，但是大家肯定会寻找沉船。为什么会把船沉在这儿呢？”

“因为水洼底部的水不流动，因此船可以被隐藏更长时间。”

“但是为什么要把船藏起来呢？”

“可能是为了让海水把所有痕迹都冲刷干净。”

“什么痕迹？”埃斯特韦斯问道，“假如他们是从另一艘船上攻击金毛的，那么几乎就不会在这艘船上留下多少痕迹。况且，这水洼里又没有漂白剂，把船沉到这儿和沉到其他什么地方，我看不出有什么区别。”

卡尔达斯承认他的助手说得有理，而且，如果只是为了消除船上的痕迹，根本就不需要把船沉到海里那么久。

“假如我要制造这个水手自杀的假象，”埃斯特韦斯继续说道，“一定会让船随波逐流，让水流把它冲到岩石上，让它撞得粉碎，也不会把它带到山的这一边。”

“假如有人在船还没有沉没之前，就找到了它呢？”

“不可能。在跳到另一艘船上之前，我一定会把这艘船送到某条水路上，保证它之后一定会撞沉。他们把船沉到这个水洼里，只会让我们更加确定，不是金毛本人把船带过来的。您觉得呢？”

“你说得有道理。”卡尔达斯说完，便静静地站在岩石上抽着烟，埃斯特韦斯则沿着斜坡，往灯塔远处走开了去。

“那下面有两个人。”埃斯特韦斯走回来时说道。

“哪里？”

“有一个人在船上，另一个人在礁石上。”

卡尔达斯跟在埃斯特韦斯身后，一开始还走在斜坡上，接着就一块块地踏着岩石走。埃斯特韦斯快要从悬崖边探身往下看的时候，卡尔达斯止住了他。

正如埃斯特韦斯所说，有一个男人坐在一艘皮艇上，另一个人则站在一块高出海面的岩石上，周围海浪翻腾。站在石头上的男人身上穿着潜水服，系着安全带，用绳索连接到船上。他的一只手上拿着刮铲，腰间系着两个塑料袋。

另一个男人把船停在离同伴几米外的地方。他抓住绳索的另一端，不停地调整着发动机的挡位，防止海浪把船撞向礁岩。

“他们正在采摘鹅颈藤壶。”卡尔达斯说道。

每当海浪退去，就会露出海面下的石缝，站在石头上的男人就会跳到石缝中，用刮铲把附着在石头上的藤壶刮下来。待下一波海浪来袭时，船上的男人会及时提醒他的同伴，他就赶忙登上岩石避过波涛，有时他腰间的袋子会变得更鼓囊一些，有时只是庆幸自己安然无恙。

“是这样收上来的？”埃斯特韦斯吃惊地问道。

卡尔达斯点了点头。

“鹅颈藤壶成片地生长在岩石缝中，在受到海水冲击最猛烈的地方，所以要从那里把它们刮下来。”

埃斯特韦斯吹了一声口哨。

“贵有贵的道理。”

“但是它们实在是美味极了。”卡尔达斯说道。只要餐桌上摆上鹅颈藤壶，他就能心满意足了。他每次吃鹅颈藤壶，都像一个孩子一般，先用指甲拨开深色的壳，然后取出里面鲜美的肉，每咬一口，嘴里都会弥漫着浓烈的海洋气息。

“天气不好的时候，他们怎么办？”埃斯特韦斯问道。

“天气不好的时候，没人吃得上鹅颈藤壶。”卡尔达斯说道，他已经几周都没有见到这些贝类展示在港口餐厅的玻璃柜了。

“我不明白。”埃斯特韦斯看见男人又跳下到石头缝隙之中，在海浪扑腾回来的最后一刻，才又攀上了石块。

“你不明白什么？”

“有人竟甘愿冒这么大的风险。”

卡尔达斯耸了耸肩。

“得吃饭啊。”

“那就吃点别的不好？”埃斯特韦斯一本正经地说道。

探长斜眼瞥了瞥埃斯特韦斯，而当事人则哈哈地笑开了。

片刻之后，男人腰间的两个塑料袋便装满了藤壶，站在石头上的那个男人跳到了水中，另一个人则在船上拉着绳索，两人都在船上坐定之后，便从岩石边滑开了。

“我们走吗？”埃斯特韦斯依旧满脸笑意地问道。

他们向汽车走去，快走到之时，突然听到不远处传来船只的马达声。他们走近灯塔附近的围墙，往另一边看去，就看见刚才的那两名渔夫。他们俩坐在船上，把皮艇开往发现卡斯特洛的沉船之处。警官们观察着驾船之人如何让小船穿过崖边的岩石，又如何在水洼四周的礁石屏障之间穿梭自如。卡尔达斯想起上周日糟糕的天气。凶手们得在更汹涌的波涛中，完成此等操作。唯有经验丰富的水手，才敢冒如此风险，将船藏于此处水洼的底部。

穿着潜水服的渔夫拿着满满一袋子的鹅颈藤壶，走下了船，向他的同伴道了别。

“我们现在知道黄色汽车的车主是谁了。”卡尔达斯低声说道。

埃斯特韦斯点了点头。

“他们为什么要在此处下船？”

“因为他们要避人耳目。”探长小声解释道，“他的袋子里至少装了二十多公斤的鹅颈藤壶。假如他们回到港口，很有可能会有人举报他们，或者更糟。”

皮艇已然远去，警官们站在灯塔旁边等待着，身穿黑色潜水服的男子爬上斜坡。他看上去不到二十岁，身材瘦削，个头不高，头发因为海水的浸润而卷曲。

卡尔达斯捕捉到，这个男人一大早看见他的车旁还停着另一辆车，显得有些吃惊，而看到两个靠在围墙上的男人向他走去时，更是惊愕不已。

“早上好。”卡尔达斯说道。

年轻男子扬了扬眉，算是回应探长的问候，然后继续向前走去。

“收获颇丰嘛！”探长又说道，指了指满满两袋子的鹅颈藤壶。

“嗯……”

“我们能和您聊几句吗？”

“你们是警察，对吗？”

“这么明显吗？”

年轻男子点了点头。

“但是我们不是为了你们采摘鹅颈藤壶而来的。”卡尔达斯安慰道，“我们只是想问您几个问题。”

年轻男子把塑料袋放到了地上，就好像卸下武器一般。他说自己是庞克松镇上的人，但在维戈工作。周末天气好的时候，就会一大早和他的兄弟来铁山这块儿的礁石，赚一些外快。

“你们上周末来了吗？”卡尔达斯问道。

年轻男子摇了摇头。

“最近海上天气不好，我们已经连续两周没来了，所以才会有那么多的鹅颈藤壶。”

“天气不好的时候，可以开船从这里上岸吗？”卡尔达斯看了看他的同伴把他放下船的地方，问道。

“当然可以。”

他说把船开进水洼，对于一个经验丰富的水手来说根本不是难事。

“凡是在这块水域航行过的，就算是在巨浪中，也能开进水洼，唯一的诀窍就是控制好油缸。”年轻男子转动了一下手腕，就好像在给发动机提速一般。“当然，还要等到退潮的时候，这样才可以看到石头的方位，免得出现意外。”

探长接着问他为何要在此处卸货，年轻男子答道：

“因为这里退了潮之后，就像是一个码头，方圆几里之内，只有在这里上岸，才不会被人发现。在其他的海域，要么就离岸远些，要么就会被居民看到。”

年轻男子的一席话，就像往试管内滴入了一滴加速反应的催化剂，令卡尔达斯茅塞顿开。为何之前就没有想到呢？

“很多人都知道这个地方吗？”卡尔达斯问道。

“灯塔？”年轻男子问道。

“你上岸的这个地方。”卡尔达斯解释道。

“镇子上的水手们都知道。”

“嗯。”

“其他还有些人也知道。”青年说道，用脑袋点了点停在路上的两辆车，“您没发现车可以直接开过来吗？”

探长摊开手掌，摸了摸脸，然后从外套中掏出烟盒，点了一根烟，然后说道：

“我终于知道为什么卡斯特洛的船会沉在这儿了。”

“为什么？”埃斯特韦斯问道。

“我一会儿和你说。”探长转向青年，说道，“你可以走了。”

“那鹅颈藤壶呢？”青年迟疑地问道。

“你拿走吧。不是你采的吗？”

青年感恩戴德，两只手分别提起一个袋子，满面笑容地向自己的车快步走去。

“等等，还有一件事。”探长高声说道。

青年停住了，转过了身，面上失去了笑容，但是听到探长的话语之后，又展颜微笑。

“两公斤卖多少钱？”

他们目送着黄色汽车开远之后，卡尔达斯向助手阐释了他的推理。

“他们来此处，不是为了把船藏起来。他们把船留在这里，是因为这是唯一可以上岸，又不会被人看到的地方。”

“您能再说一遍吗？”埃斯特韦斯问道。

“我的意思是，一名凶手驾着他们自己的船离开，也就是凶手们用来接近金毛的船，另一名凶手则把卡斯特洛的船开到此处，不是为了把船沉于此处，而是为了在没有目击证人的情况下自行上岸。”

埃斯特韦斯向四周望了望，四面唯有海水、礁石和树林。

“为什么他们不把卡斯特洛推到水里之后，一块儿坐着另一艘船离开呢？”

“也许是不想让别人看见他们在一起。”卡尔达斯推测到。

“有可能，那为什么要把船弄沉呢？”

“你自己也说过，因为金毛的尸体出现在铁山的另一面。因此他们不想让金毛的船漂流在海上。假如金毛的尸体出现在铁山的一面，而船却出现在另一面，那就会显得很可疑。他们需要登陆，就只能把船沉在此处。”

探长又往下走到了水洼边上，埃斯特韦斯跟在他的身后。

“你看见那些在礁石堆边的石块了吗？”卡尔达斯问道，“这些石块和卡斯特洛船上的石块很像。凶手跳到岸上之后，把石头从上面抛向船的甲板，在船板上凿开一个洞，确保它沉到海底。”

埃斯特韦斯点了点头。

“假如事情真如您推论的这样，其中一人从这里上岸，那么另一个人在哪儿呢？上周日附近所有的港口都没有船离过岸。”

“我们得去更远的港口问问。”

埃斯特韦斯叹了口气。

“您有没有考虑过，也许另一艘船不存在呢？”

“那么他们是如何接近卡斯特洛的呢？”

“也许卡斯特洛上船以前，就有人藏在船上了。”

“我们已经讨论过了：卡斯特洛离开港口的时候，船上只有他一人。埃尔米塔的妻子从窗户那里看到了。”

“这位女士岁数不小了。”埃斯特韦斯说道，“天色又黑，她没准看错了。”

“她也许会看错。但是卡斯特洛一定会发现。他的船甲板一览无余，就和阿里亚斯和埃尔米塔的船一样。而且他的地笼堆放在防波堤的墙边，假若船上有其他人，他一定能够发现。”

“那个时候天还没亮。”埃斯特韦斯依然坚持己见。

“但是埃尔米塔的妻子看到他打开船灯。你听我的吧，船上没有能藏人的地方。凶手们一定是从海上靠近的，而且不可能是一个人干的。”

卡尔达斯向山上爬去，走向汽车。

“那凶手们又是如何得知金毛那天早上会出海的呢？”埃斯特韦斯与探长并排走着问道。

卡尔达斯站住了身，展开了双臂。这是埃斯特韦斯这两日以来第二次提出这个问题了。

Objetivo（镜头）：1. 目的；2. 安装在光学设备上，冲向目标物的镜片；3. 根据事实来推断。

他们驶离了灯塔，又开到了坑坑洼洼的泥地上。小路最初绕行在海边，之后便隐没在桉树林的白色树干之间。酸涩的味道和寒冷的气息融合在一起，从窗缝中飘进了车内，拍打在探长的面部。

他们开上了公路，卡尔达斯看着玻璃窗外，在经过第一排房屋的时候，他让埃斯特韦斯把车开得慢一些。

“您在找什么？”埃斯特韦斯发现探长坐在车上，居然没有把眼睛闭上，反而一反常态地把眼珠子瞪得大大的，就像是正在捕猎的老鹰一般，禁不住问道。

“我想看看有没有房子安了摄像头的。”卡尔达斯说道，“你留意一下另一边，行吗？”

近几年来，入室盗窃的案件日渐频繁，许多户主都在家里装了报警器和其他防贼的安全系统。探长寄望于哪户人家能装有类似的设备，可以录下上周日早晨经过此处的人。从灯塔回到镇子上，这里是必经之地。从水洼处上岸之后，沿着土路走，必须经过这一段公路。

“哦！”埃斯特韦斯片刻之后说道，把车靠近那一排楼房中的一户人家。

这栋楼房装修现代，花园外围着三米多高的石头围墙。摄像机的镜头装在二楼，正对着大门，也是它周边最易进出的地方。假如有车开过公路，那台摄像机应该会拍到画面。

卡尔达斯按了门铃，但是没有人应答。他向后退了几步，发现百叶窗是关着的，邮箱里也塞满了被雨打湿了的信件。应该是一处用来避暑的别墅，于是便记下了安装警报器的安保公司的名字。公司的信息贴在墙壁一处显眼的位置，就好像是为了让人一眼望见一般。卡尔达斯记下了石头墙上刻着的门号，便走回了车。

埃斯特韦斯继续慢速开着车，逐一经过每一道墙，每扇大门和窗户。有好几户人家都装有摄像头，但几乎都不是冲着公路拍摄的。

开到十字路口的时候，埃斯特韦斯问道：

“我们回维戈？”

卡尔达斯点了点头。车向左转去，离开了庞克松。

他们在路边的一家汽油站加了油。

“我去一趟洗手间。”埃斯特韦斯把汽油加满之后说道。

“你看看能不能再找一个塑料袋。”卡尔达斯说道，“咱们分一下鹅颈藤壶。”

埃斯特韦斯点了点头，去了洗手间，趁此期间，卡尔达斯给克拉拉警官打了个电话，把安保公司的名字和住宅的房号告诉了她。

“你觉得能找到上周日的录像吗？”探长问道。

“这得看是什么设备。”

“设备？”

“录像设备。假如是那种能把图像存在硬盘里的设备，图像一般能被保留数周；但如果是那种把图像保存在录像带上的，那就算了吧，图像就只能保存两到三天。”

“好的。”卡尔达斯喃喃说道，“感谢，克拉拉。”

探长挂断电话之后，埃斯特韦斯刚好从洗手间走出来。

“您不会是给克拉拉打过电话了吧？”

“怎么啦？”

“今天是周六。”

“她可没埋怨。”

“嗯。”埃斯特韦斯说道，“她可不会埋怨您。”

埃斯特韦斯把车开到卡尔达斯公寓的大门前，今天一大早接上他的位置。探长下了车，伸了个懒腰，看了一眼时间。正好是十一点半。他们打开后车厢，分了一下买来的鹅颈藤壶。

“我从没有吃过。”埃斯特韦斯说道。

“第一次吃一公斤正好。”卡尔达斯笑着说道，“我和你说一下怎么做？”

“您有时间的话……”

“很简单：用海水煮，加一片月桂……”

“我还得去找海水？”埃斯特韦斯打断道。

“可以用自来水，加点盐就行。把水煮沸之后，把鹅颈藤壶放入水中，等水再次煮沸。然后数到50，把水沥干，把藤壶倒进到盘子里，就可以上桌了。”

“趁热吃？”

“趁热吃。在盘子上盖一块布，别让它凉了。”

“好的，那么周一见。”

“周一我们早点出发。”探长说着，摇晃了一下信封，里面装着庞克松的神父给他的照片，“我们得去一趟阿吉尼奥镇，去找一下那个女人和她的儿子。”

“您还在想着索萨……”埃斯特韦斯问道。卡尔达斯做了个表情，埃斯特韦斯没有读懂。

埃斯特韦斯打开了车门，在坐回到驾驶座之前，指了指探长手上的塑料袋。

“您觉得她会喜欢吗？”

“谁？”

“您知道的……”

卡尔达斯看了一眼手上的鹅颈藤壶。

“会的。比起沙拉菜，肯定更喜欢这个。”卡尔达斯答道。

Repuntar（涨潮）：1. 潮水开始涨落；2. 酒的味道开始变酸；3. 对某人不尽满意。

卡尔达斯到家之后，把装着“竹荚鱼号”船员合影的信封放在了桌上，用遥控器打开了电视，走进了厨房。他把装着鹅颈藤壶的塑料袋放在冰箱里，取出一个水瓶，直接喝了口水。然后又走回了客厅，拿起相片，坐到了沙发上。

照片中的索萨船长，头上戴着羊毛帽，坐在其他人的前面。他的双眼紧盯着摄像机镜头，似乎对自己的船只和船员都感到十分骄傲。船长的身后，站着三个年轻人，他们统一穿着黄色的防水服，装束几乎和海福教堂中向卡门圣女哀求的水手雕塑一模一样。

阿里亚斯站在三个人的中间，比另外两个同伴至少高出一掌。他已经开始蓄胡子，但是嘴角的笑容和朝气蓬勃的样子，和今早在庞克松展现出来的凶恶模样完全不一样。这位高个子水手的右边，站着极易分辨的卡斯特洛，他金黄色的刘海掉落到了眼睛前。阿里亚斯的左边站着瓦尔韦德，他的头发还没有开始向后梳，那个时候就已经显得比其他两人都要年轻许多了。水手们互相挨着的脑袋中间，可以看见“竹荚鱼号”这几个深色的大字。

他把照片塞回了信封，放回到桌上。调查毫无结果，就像是在遇到退潮的一艘轮船，搁浅在沙滩上。卡尔达斯心里踌躇，不知什么时候才能再次涨潮，好让这艘船再次扬帆起航。

他看了一下手表，已然过了下午一点。他想起父亲会在午餐前赶到医院，于是拿起了手机。

“你在医院？”

“我一点就到了。你过来吗？”

“嗯。之后我请你到家里吃饭。我冰箱里存了一公斤的鹅颈藤壶，刚从水里采摘上来的。”

“那还不如干点别的呢？”父亲反对道，“我们刚好庆祝一下。”

卡尔达斯听完了父亲的提议之后，说道：“这不符合规矩。”

“见鬼，你周六还执勤？”

探长把藤壶过了水，沥干之后，把它们放在一个塑料密封盒内，摆上了桌，在上面罩上了一块润湿了的盖布。接着便匆匆忙忙地走上大街，拦了一辆出租车，让司机把他送到医院。

“你把它们带来了？”父亲看到他出现在211房间的时候问道，叔叔在氧气面罩之后露出了笑容。

卡尔达斯把手里拿着的袋子提了起来，走向一张高脚桌，把桌上的收音机和报纸都放在地上，取出塑料盒，然后把鹅颈藤壶倒在湿布上，一同摆在了桌上。

“把盒子留着放壳。”父亲一边转着摇杆，把病床摇起来，一边向卡尔达斯说道。

“你们告诉我要庆祝什么？”卡尔达斯问道。

“阿尔韦托要回家了。”

卡尔达斯望向叔叔，他的眼睛里闪着笑意。

“什么时候？”

“这周。”父亲说道，“换了一个主治医生，他说只要戴着氧气罩，不一定非得住院。你怎么看？”

卡尔达斯没有听出这是一个好消息。

“太棒了。”他向叔叔回复了一个微笑。

“他和我一起回庄园，待到身体好转一些，可以自己打理的时候再说。”

卡尔达斯点了点头。

“出院的那天，需要你的帮忙，我提前和你说。”

“好的。”卡尔达斯说道，把一只手搭在叔叔的手腕上。

卡尔达斯能摸出叔叔骨瘦如柴的手臂上的每一块骨头，但是那双望向探长的眼睛，炯炯有神，眼里藏着明显的笑意。

“你可以见到那条狗了。”

叔叔面上的褶皱说明他不明白卡尔达斯的话。

卡尔达斯转向父亲。

“你没说你养了一条狗？”

“我？”

卡尔达斯啧了啧嘴，看向叔叔。

“他养了一条狗。”卡尔达斯指了指父亲说道，“褐色的大型犬。”

“不是我的。”

“当然是他的。”卡尔达斯对着叔叔说道，“狗住在庄园里，跟着他寸步不离。”

“庄园里还有鸟筑巢呢，还有鼹鼠，苍蝇……”父亲辩解道，“我可从没觉得它们都是我养的。”

卡尔达斯打开湿布的时候，他和叔叔依然一脸笑意。卡尔达斯剥开第一个鹅颈藤壶，拿给了叔叔。叔叔用骨瘦如柴的手拿住鹅颈藤壶，把它拿近嘴边。面罩脱离面部的时候，用力地排出了一些氧气。

“酒呢？”父亲问道，向桌子底下找去。

“什么？”

“你不会让我们干吃这个，不配酒吧？”

卡尔达斯以为父亲在说笑，便一笑了之。

但他又领会错了父亲的意思。

Umbral（门槛）：1. 门最下部的嵌料或台阶，与门楣成对儿；2. 活动或进程的初始阶段；3. 某现象要被感知所需的最少量。

周一的早晨，整座城市带着寒意，一片雾气迷蒙，就好像被一片灰色的乌云罩住了一般。卡尔达斯冲澡的时候刮了胡子，套上了衣物，便向警局走去。他看见埃斯特韦斯正站在奥尔加的桌子旁，穿着外套，看着电脑上的加利西亚省地图。

“我们要去哪儿来着？”埃斯特韦斯问道。

“去阿吉尼奥镇。”卡尔达斯回答道，把手指靠近屏幕，放在了巴尔班萨半岛的一端，位于阿罗萨和穆罗斯海湾之间的地方。

“有具体地址吗？”

“应该有。”卡尔达斯说道，掏出报案材料的复印件，它和“竹荚鱼号”的船员合影一块放在口袋里。复印件的一角，用铅笔写着蕾韦卡·内拉的住址。

奥尔加输入了信息之后，电脑上就出现了地址附近区域的地图。

“咱们出发吧。”埃斯特韦斯刚从打印机里取出地图，便开口说道。

车经过沙街之后，就开上了高速，离开了维戈市。他们经过兰德大桥时，本可以望见海湾那里成排的小舟，还有远处的谢斯群岛，漂浮在一片波涛之中，但卡尔达斯一直闭着双眼，无缘得见。

“这个声音您听着不烦？”埃斯特韦斯问道，侧眼看了看探长开着的车窗。

“烦。”卡尔达斯说道，但是没有关上窗。虽然声音恼人，但他依旧想让早晨的空气流进车厢内。

他们在高速上开了五十公里左右，便下了高速，开车穿过乌娅河。早晨雾气缭绕，就好像一个穹顶，盖在了树冠之上。他们驱车深入巴尔班萨半岛，一直开到阿吉尼奥镇。

阿吉尼奥镇不大，围着沙滩和港口建造着数百座房屋。

“这里没有警局，对吗？”

“当然没有。”卡尔达斯说道，“案件都会移交到里贝拉市审理。”

埃斯特韦斯看了一眼地图，向右转去，开上一条倾斜的马路，离大海渐行渐远，只见几座简陋的房子，就直接搭建在泥土之上。

“应该就是这几个房子中的某一个。”埃斯特韦斯说道。

“那里有人。”卡尔达斯提醒道，指了指一幢两层楼的白房子。石头烟囱里冒着浓烟，颜色比此时的天空还要浅些。房子的一边，种着一棵栗树，树枝盘错，树皮脱落了近一半。

埃斯特韦斯把车开近大门，卡尔达斯把车窗开到底，好向一个正在清扫家门口楼梯的女士打招呼。女人身材娇小，显得手上拿着的扫帚就像船夫的撑杆一般。

“早上好。”卡尔达斯打了个招呼说道，“您知道蕾韦卡·内拉住在哪里吗？”

她停住了手里的活儿，卡尔达斯觉得她看上去不到三十岁，年龄太过年轻，一定不是他们要找的人。

“谁？”

“蕾韦卡·内拉。”探长又重复了一遍。

女人静静地打量了他们片刻，想要猜出他们的意图。

“你们是什么人？”

“我们是警察，从维戈市来的。”探长解释道。

“等一会儿。”

她把扫帚靠在墙上，走进了屋子里。

“妈妈，”探长听到她喊道，“几个警察找‘领头羊蕾韦卡’。”

年轻女子走出了门，身旁跟着一位年长的女性，迈出门槛的时候，顺手把一件外套披在了肩上。她灰色的头发上，别着数十个黑色的发卡。她比女儿个头还要小几分。

“你们找谁？”女人问道，好让她从警官们口中再核实一遍她女儿的转述。

“我们在找蕾韦卡·内拉的家。”卡尔达斯说道，“您知道在哪儿吗？”

她走近汽车，也不需要躬身，就可以从打开的车窗审视他们，面上的表情和她女儿片刻之前的一模一样。

“就是那家。”女人答道，用手指指向公路的另一边。

两位警官顺着女人所指的方向望去，只见有一座石头房子包裹在晨雾中，周围杂草丛生。百叶窗上沾满了尘埃，还破得散了开来，玻璃窗户也没有一扇是完好无损的。房子的栅栏上爬满了藤蔓，几条带刺的枝条一直延展到马路上。无须多说，他们也知道这座看上去像鬼屋一般的房子，早已废弃许久了。

他们走下汽车，卡尔达斯深深地吸了几口气。空气中弥漫着盐碱味，潮湿的泥土味，还有烧柴火的味道，从烟囱中飘散了出来。

“他们已经很久不住这儿了？”卡尔达斯问道。

“您没看见房子都成什么样了吗？”

探长又看了看几乎成了废墟的房子。花园里的植物长得极其茂盛，就算有非洲犀牛在此处伪装潜藏，都难以被人发现。

“她还住在镇子上吗？”

“谁？”

“蕾韦卡·内拉。”

女人摇了摇头。

“她很多年前就搬走了。”

“您知道她去哪儿了吗？”

“不辞而别了。”女人没好气地说道。

卡尔达斯点了点头。

“她有个儿子，对吗？”

“他们就两人一块儿住。”女人说道，略微强调了些语气。

“他也不住在这个镇子上吗？”

“也不住在这儿。”

“他们搬走多长时间了？”埃斯特韦斯问道。

两个女人都仰起了头，就好像有人听到了飞机的轰鸣声，抬起头仰望天空一般。埃斯特韦斯站在两个小女人面前，就像是从巨人国出来的。

“差不多十二年左右吧。”带着发卡的年长女性说道，“或者更久。”

“后来再也没见过他们？”

“我没见过。”女人肯定道。

探长望向她的女儿，从她的面部表情也读出，她同样也没有迭戈和蕾韦卡·内拉的消息。

卡尔达斯又打开了复印件，上面写着受理报案的警官姓名，旁边还写着他的警号。“索摩查。”卡尔达斯读道。涅韦斯曾说过这位警官也住在阿吉尼奥镇上，卡尔达斯想也许他知道这对母子搬去了何处。

“索摩查副探长还住在镇子上吗？”

“那个警官？”母亲问道，“他已经退休很久了。”

“他还住在这儿吗？”

女人头上戴着的发卡上下晃动了一下。

“住在教堂边上。”

他们坐回到车上，闭上眼睛之前，卡尔达斯又看了一眼内拉一家已成废墟的房子。

“我们现在去副探长家？”埃斯特韦斯问道。

卡尔达斯点了点头，靠坐在了车椅上。

卡尔达斯不禁自问，何时才能送来那股潮水，好让案件的侦查顺风顺水。

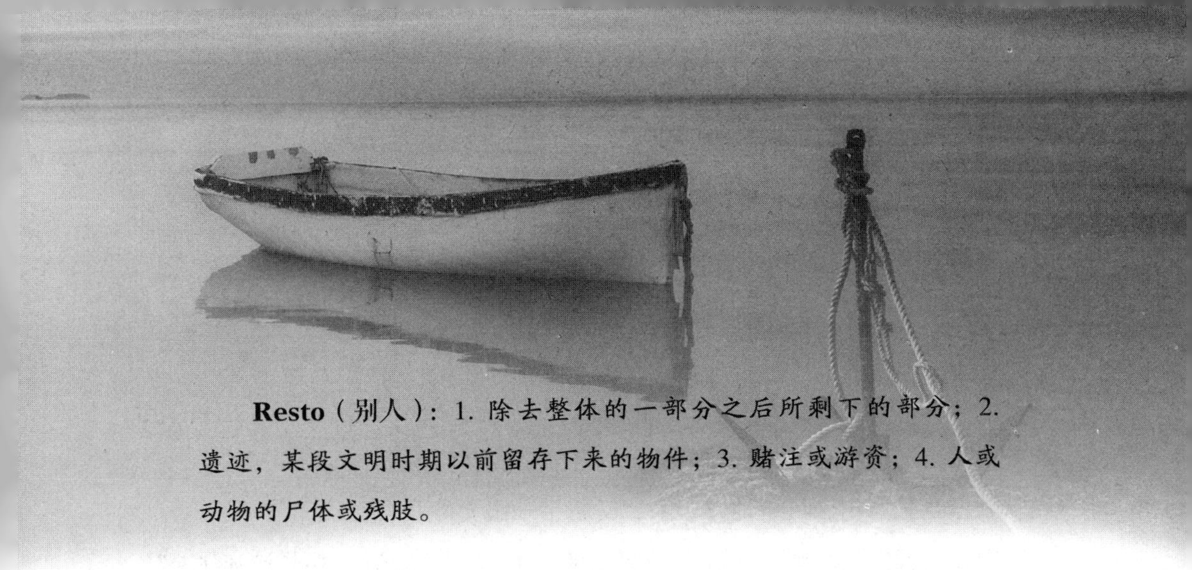

Resto（别人）：1. 除去整体的一部分之后所剩下的部分；2. 遗迹，某段文明时期以前留存下来的物件；3. 赌注或游资；4. 人或动物的尸体或残肢。

索摩查副探长个头很高，但是弓着背走路，身上套了一件灰色的羊毛衫。他的鼻子很高，嘴唇很厚，脑袋上的白发已经十分稀疏，一齐梳到脑袋后面。他戴着眼镜，但总是习惯性地眯着眼，皱起整张面皮。

“我没有同事，”待两位警官自我介绍完毕之后，索摩查回答道，“我退休了。”

卡尔达斯笑了笑。

“我们想问您些事。”

索摩查请他们进了门。警官们跟在他身后，走过一条狭窄的连廊。索摩查拖着两条腿走路，脚上穿着一双长绒拖鞋。他把他们引到客厅，里面堆满了各式家具。他们围坐在一张矮几周围，正对着开着的电视。墙壁边上有一张矮桌，卡尔达斯看见了一张索摩查穿着制服的相片，相片旁便是一个陶瓷底座的台灯。相片中的索摩查，头发黝黑浓密，不戴眼镜，看着镜头的眼睛微眯，但是张着嘴巴。

索摩查用遥控机关上了电视。

“你们请讲。”

“我们在调查一桩水手被害的案件。”

“在阿吉尼奥镇？”

“不是，”卡尔达斯说道，“在维戈海湾的一个港口。但有可能和这附近的一艘沉船以及这个有关联。”卡尔达斯说着，把报案材料的复印件递给索摩查看。

索摩查看了一眼文件。

“这是很久以前的事了。”

卡尔达斯点了点头，然后把“竹荚鱼号”的船员合影递给索摩查。

“报案的少年提到一个金发水手。”探长说道，先用手指点了点文件的相应处，又指了指照片上的卡斯特洛，“我们认为有可能是这名男子。”

索摩查张着口，沉重地呼吸着，又看了一眼文件和合影。

“当晚船遭遇了海难，就在这附近的萨尔沃拉群岛附近。船长淹死了。”卡尔达斯提醒道，“我们正在调查当时的情况。”

索摩查耸了耸肩。

“我不知道能帮上什么忙。”

“我们正在找蕾韦卡·内拉和她的儿子……”

“他们已经离开镇子了。”

“我们听说了。您知道他们搬到哪儿了吗？”

他略微摇了摇头，把放在桌上的文件和照片划到探长面前。

“我和别人知道的一样多：他们离开了镇子。”

“蕾韦卡·内拉和您说过当晚发生了什么吗？”

索摩查透过他半张着的嘴唇，用力地吸了一口气，然后回答道：

“蕾韦卡没有回镇子。”

假如卡尔达斯是一条小狗的话，此刻便把耳朵竖了起来。

“什么？”

“这里大家都叫她‘领头羊蕾韦卡’。她干什么事情都跑在别人前面，所有事。她自己还是个孩子的时候就成了孩子的母亲。”

“这有什么关系？”

“她应该是和什么人一块儿私奔了。”索摩查轻蔑地说道，“她以前经常出门喝酒，然后就一连几个晚上不归家。”

“当时没有调查她的失踪？”

“当然调查了。我们一直在找她，后来才知道她自己走了。”

“你们是怎么知道的？”

“我不记得细节了，已经过了许多年了。”

“后来又见过她吗？”

“我没见过……但是这不能说明问题。”

“那个男孩呢？”

“几天之后也走了。也许是他的母亲回来找他，或者给他打了个电话，让他去哪儿会合。”

“男孩撤销报案了吗？”埃斯特韦斯问道，而卡尔达斯早就知道了答案，卡尔达斯早就和他说过，报案材料之后没有任何附件。

“男孩再也没有回来过。”索摩查说道，“没有回来撤销报案，也没有继续过问调查的进展情况。他只来找过我们一次，之后就音信全无。”

“这个孩子生死不明，没有引起您的注意吗？”埃斯特韦斯问道。

索摩查摇了摇头，又皱起了面容。

“领头羊蕾韦卡喜欢夜生活，做事很出格，声名在外。也许蕾韦卡的失踪是因为她又玩疯了，令男孩觉得难以启齿吧。”

“所以您不知道发生了什么……”

“你们知道警局的工作方式。”索摩查辩解道，把两只手掌微微抬起了些许，然后拍在桌子的玻璃上，“一件案子还没有侦破，紧接着又压来一桩，很难抽出时间来反复推敲。”

卡尔达斯点了点头。

“她以前在哪儿工作？”

“我不记得了。不在镇子上工作。”

“她没去工作，没有任何人觉得奇怪？”

“除了他儿子以外，没有人报告她的失踪情况。”

卡尔达斯看向照片。女人和她儿子的离开，让他们难以对索萨船长死前发生的事情展开调查。

“他们还有亲戚住在镇子上吗？”

“没有。”索摩查深深吸了一口气后说道，“她的双亲都不是本地人。蕾韦卡还小的时候，她的父亲到这里来应征水手。那个时候这里有很多工作机会，来了许多外地人。蕾韦卡失踪之前，她的双亲就已经离开镇子了。”

“您知道他们去哪儿了吗？”

索摩查耸了耸肩。

“他们可能去其他港口工作了，或是回到老家去了，他们年纪不小了。”

“您还记得他们是哪里人吗？”

“我一直都不知道。”

关于这个报案，索摩查也是一问三不知。卡尔达斯把报案材料的复印件和“竹荚鱼号”船员的合影放进了口袋里。

从桌子边站起了身，向索摩查告了别，匆忙离开了他的家。

他需要抽口烟。

Poso（渣子）：1. 沉淀在容器中的液体底部的所有固体物质；2. 事物状态改变之后留下的部分或信号；3. 休憩，安宁。

他们就近找了一家酒吧喝咖啡，卡尔达斯又读了一遍报案材料。酒吧的服务员说蕾韦卡的那位一同陪着迭戈去报案的朋友伊雷妮·巴斯克斯，依旧住在镇上。她在一家药店工作，离港口不远。

他们把车停在教堂边上，下车步行。平静无澜的海面上，停着数十艘小船，都被系在浮标上安稳地休憩着。另一边靠近鱼市的地方，可以望见一艘吨位较大的渔船，被系在了防波堤的系缆柱上，成群的海鸥以铺天盖地之势，在船的上方盘旋。浓雾遮住了远处的风景，不禁让卡尔达斯觉得意犹未尽。

他们俩继续往前走，经过一家名为“渔夫联盟”的餐厅。餐厅的门上，贴着一张广告，上面的内容还是去年夏天在这个镇子上举办的鹅颈藤壶的聚餐会。

“感谢您的鹅颈藤壶，这可是我的新发现。”埃斯特韦斯看到门上的广告之后说道。

“你们全吃完了？”

“再给我来一份，我照样全都囫囵吞下去。”埃斯特韦斯说道。

“你应该是剥了壳吃的吧？”探长打趣道。

“当然，”埃斯特韦斯说道，“吃第二个的时候开始剥的。”

药店的透明玻璃门后挂着“正在营业”的指示牌。门的正上方，绿色的灯光闪烁着，在雾气中形成了一道绿色的光晕。柜台后面站着一个女人，身材高挑，棕色的眸子前垂着深色的刘海。她身上穿着白大褂，上面绣着卡尔达斯正在找寻的姓名。

“伊雷妮·巴斯克斯？”探长依旧确认道。

女人深色的双眸先在两人身上先后凝视了片刻，点了点头。

“我是卡尔达斯探长。”卡尔达斯自我介绍了一下，知道这个名字在这里一定名不见经传。阿吉尼奥镇离《电台巡逻》节目的转播站距离并不近。“这位是埃斯特韦斯探员。我们是从维戈市来的。”

“你们是为了盗窃一事来的？”女人问道。

卡尔达斯摇了摇头。

“我们想要找一个人：蕾韦卡·内拉。”

女人又逐个打量了他们一番，然后说道：

“你们不觉得，来得太迟了吗？”

“我们知道她离开镇子了。”卡尔达斯说道，“我们想问一下您，是否知道怎么找到她。”

“蕾韦卡哪儿都没去。”女人干巴巴地说道。

“我们刚找索摩查副探长谈过，他说蕾韦卡离开了镇子。”

“索摩查这个蠢材，一向谎话连篇。”

卡尔达斯从口袋里掏出一个烟盒。

“如果您要抽烟的话，我们到后面去谈吧。”伊雷妮·巴斯克斯说着，走出了柜台。

她走近玻璃门，把写着“正在营业”的牌子翻了个面，用钥匙锁上了门。

“这样就不会有人打扰了。”

然后就引着两位警官往药店后屋走去。屋内的架子上摆满了各种药品，屋子中间放着一张桌子和两把椅子。桌子的正上方，放着一台电视机，小得像个玩具。安在墙壁上的一个托板上，摆着一台自动咖啡机，咖啡的气味和药瓶包装盒的塑料味混杂在一起。

“我值班的时候就待在这里，看会报纸或者电视。”

说着，伊雷妮取来一个烟灰缸，放在桌子上的电视机旁。

“您抽烟吗？”卡尔达斯问道。

“我抽自己的烟。”伊雷妮说道。

他们各自点完烟之后，伊雷妮问道：

“你们有何贵干？”

“我们刚才和您说了，我们是来找蕾韦卡·内拉的。”

“或者找她的儿子。”埃斯特韦斯补充道。他在探长的椅子后面，背靠着墙站着。

“是的，或者找她的儿子。”卡尔达斯肯定道，“我们想让他们指认一个人。”

“迭戈已经不住在镇子上了。”

“蕾韦卡呢？”

伊雷妮抽了一口烟，看着烟幕慢慢地从她的口中飘向天花板。

“蕾韦卡死了。”伊雷妮回答道。

“死了？别人说她离开镇子了。”

“索摩查永远都不会承认的。假如他有良知的话，早就含恨而终了。”伊雷妮苦涩地笑了笑，“但我知道蕾韦卡已经死了。”

“什么时候的事？”卡尔达斯问道。

“1996年12月20日。她是在那天晚上被杀害的。”

卡尔达斯吸了一口烟，伊雷妮也跟着吸了一口。

“您确定？”

“就像您和我此刻在这里抽烟一样，确定无疑。”

伊雷妮清晰地记得那个周日的早晨，她接到了迭戈·内拉的电话。

“他问我是否见过他的母亲。我说没有。迭戈已经不是个孩子了。他知道自己的母亲很年轻。她时不时地就会出去找乐子，那也不是蕾韦卡第一次彻夜不归了。但是我听出迭戈有些颓丧。他说自己不舒服。我知道蕾韦卡随时都可能回到家，但是依旧很担心迭戈。挂了电话之后，我换了身衣服，就去了他们家。他们的房子在山坡上，我住在这儿。”伊雷妮说着，用手指了指药店的天花板，“这儿的二楼。走几步路就能到他们家了，只要五到十分钟。到的时候，我看见迭戈身上盖着一张毯子，躺在沙发上，看着电视。他发现不是母亲开的门，十分失望。迭戈不怎么爱说话，但是个可爱的孩子，很讨人喜欢。他过来亲吻了一下我的面颊，又坐回到了沙发上。他一句话不说，紧盯着电视屏幕。他当时有些咳嗽，我碰了碰他的额头，有些发烧。我记得客厅收拾得很整齐。他们家的厨房装了一扇移动门。我探身看了看，厨房也一尘不染。我还以为全是他打扫的，夸奖了他一番，说他母亲回到家之后肯定会很开心。蕾韦卡是个很细心的人，喜欢把所有东西都收拾得井井有条。你们看看她儿时的笔记本就知道了。”伊雷妮笑了笑，接着说：“她的笔记特别漂亮。你们知道吗？她特别聪明，年年都是班里的第一名，从小就是最优秀的。因此我们都叫她‘领头羊’。学校里没有人比得过她。她不仅学习好，在各个方面都很出众。她和那些小混混走得很近，她外表出众，头脑又灵敏，什么都能驾驭。遗憾的是她很年轻的时候就怀孕了，因此终止了学业。大家都劝她把孩子打掉，所有人轮番上阵地劝她，连一个女老师都这么劝过她，但是蕾韦卡固执得很，总是任性妄为。一旦下定决心，十头牛都拉不回来。”伊雷妮继续说道：“她一意孤行，一定要把孩子生下来。小迭戈便成了大家的心头肉，但是她的人生轨迹却彻底改变了。”伊雷妮停顿了一下，推开了窗户，好让烟幕从房间里飘出去。“她一个人带孩子，从没有提起过谁是孩子的父亲。我们最初也问过她，喝过几杯酒之后，我们就开始一一列举镇子上的男人们的名字，她只是微笑着，从来不松口说到底是谁。我甚至不确定这位亲生父亲是否知道此事。”

伊雷妮看了看两位警官。

“对不起，我有些离题了。”

“没关系。”卡尔达斯说道，鼓励她继续往下说。

“家里井然有序，我表扬了迭戈。但是迭戈却说他什么都没有碰过，客厅和厨房都是他母亲收拾的。他最后一次见她，是在周五的晚上，他当时正要去同学的家里过夜，周六一大早回家时，就发现家里是这副模样。他的母亲不在家，他以为母亲出门去买日常用品了，于是就在沙发上等着。他就这样在沙发上躺了一天，又咳嗽，又瞌睡。下午的时候他给自己做了一个三明治，然后又回到沙发上等着。周日早上他依旧没有等到蕾韦卡，于是给我打了电话。我安慰了他几句，问他有没有吃过早饭，他说没有，于是我说要给他准备早餐，但是他不愿意。他说我是客人，就自己去了厨房。他打开放碗碟的柜子，顿时呆住了，说是他的碗碟不见了。他找遍了橱架，翻遍了垃圾，但是除了他那天丢的垃圾以外，什么都没有。他和蕾韦卡一样，都有些强迫症，他找了半天，都不愿意另找个盘子。我和他说，我去准备一些咖啡。”伊雷妮说着，抽了一口烟，“蕾韦卡的咖啡壶和这个不一样。”伊雷妮指了指架子，继续说道：“是那种家家都在用的意式咖啡壶，就是那种要把上下部分旋起来，用火煮的。”

两位警官都表示知道是什么样的咖啡壶，于是伊雷妮接着说道：

“我的一个手不太好，于是就让迭戈帮忙打开咖啡壶。”他毫不费力地就把咖啡壶旋开了。“打开之后，他突然不说话了，然后面色苍白得就像这张桌子的颜色一样。我问他发生什么事了。他一手拿着咖啡壶的一半，走了过来。我不懂他想说什么。迭戈把咖啡壶放在桌上，向四周看了看，接着就坐到了椅子上，开始号啕大哭。‘他们把她害了。’他不停地说着。我一直抱着他，等他略微平静些的时候，才问他发生了什么事。他又把咖啡壶给我看。咖啡渣子依旧放在滤斗中，没有清洗干净。”

伊雷妮匆匆抽了几口烟，把烟头摁灭在烟灰缸里，继续说道：

“迭戈很了解她的母亲，我也一样。她有洁癖，从来不会只清洗餐具的表面，她不会只擦洗了咖啡壶的金属表面，而把咖啡渣子留在里面。”伊雷妮说道，卡尔达斯把打火机凑近她重新放在嘴边的一根烟。“迭戈开始在厨房里翻箱倒柜地查看起来，他把所有抽屉都开了个遍，检查了微波炉和冰箱，越来越紧张不安。我问他发生了什么事，他说厨房里少了周五晚餐时用过的盘子、杯子和碟子。黄色抹布也没有挂在钩子上，蕾韦卡用完放在洗手池旁边的菜刀也不见了。他去同学家之前，原本放在厨房桌面上的东西现在都不见了。他还说，周六早上回家的时候，客厅里桌椅的摆放位置也很奇怪。他当时没有在意，但此刻回想起来才觉得蹊跷。他又大哭了起来，一直说发生了大事。他提起周五晚上和蕾韦卡交谈过的几个水手。他在门后听到他们说话。蕾韦卡之前出去买过烟。”伊雷妮说着，把自己手里的烟举了起来，“回来的时候，身边就多了两个男人。当时雨下得很大，他们就在门口的屋檐下聊了会儿天。迭戈可以从屋里听到他们说的话，他听出两个男声和他母亲的声音。他说其中一个男子几乎没怎么开口，另一个则高谈阔论。这个男人一再坚持让他们进屋，好再喝一杯。蕾韦卡回答说今天不方便，等下次她儿子不在家再说。男人们于是问起男孩多大年龄。她说已经十五岁了，男人们便又大笑了起来。他们不相信蕾韦卡有这么大的孩子。她让他们把声音放低些，自己也笑出了声。她答应下次等迭戈不在家的时候，再邀请他们喝一杯。”

卡尔达斯听到了和报案材料中一样的内容之后，点了点头。他等了数天的海潮，终于随着伊雷妮的话语，卷起一阵巨浪赶来了。

“你们也知道十五岁的男孩是怎么样的。他一听到母亲觉得他是个麻烦，就踢开门跑了出去。他不想让母亲为难。他说他们处得很愉快，如若不是，迭戈也不会让母亲一个人留在家里。母亲要是不开心，他一定不会弃之不管。迭戈穿上鞋，跑出了门，只说了自己要去同学家睡，就头也不回地走了。”

伊雷妮又停顿了一下，吸了一口烟，她的双眼干涩，却禁不住流出泪来。

“迭戈看清那两个男子是谁了吗？”

“他说出门的时候，没有正眼瞧他们，但之后看到了一个。”伊雷妮接着说道，之后的事两位警官都从报案材料中读到了。“迭戈找了一处躲雨，现在想来，我觉得他也不只是想要避雨而已，而是为了观察她母亲的反应。他看见蕾韦卡和其中一个男人走进了屋内。另一个人则向港口走去。他经过迭戈身边，所以可以看清他的长相。这个男子长了一头金色的头发，身上穿着水手们穿的防水服。迭戈说以前从没有见过那个男人，不是这个镇子上的人。”

“另一个男人呢？”埃斯特韦斯问道。

伊雷妮抬起了眼，透过深色的刘海望向埃斯特韦斯。

“他没能看见另一个男人的长相。”她低声说道。

“那个男人也穿着水手服？”

伊雷妮又低声说道：

“我不知道。”

卡尔达斯点了点头，她也把故事说完了。

“迭戈去了他同学的家，周六早上才回到家。剩下的你们都知道了。家里一切都很干净整洁，直到周日的时候，迭戈发现了咖啡渣子，才意识到咖啡壶不是他母亲擦洗的，于是我们就去报了案。”

伊雷妮说的要比报案材料上的记录翔实许多。

“你们把这一切都和索摩查说了？”

伊雷妮说没有。

“迭戈每说一句，这个蠢材都要质疑一遍。他觉得蕾韦卡肯定又在哪儿逍遥。‘你了解你的母亲’，索摩查这么和迭戈说的。这个警察不仅没帮助这个可怜的孩子，还对他冷嘲热讽。我不想再回想了。索摩查说自己手头上有很多事，让我们别拿这些蠢事来烦他。迭戈和他说有两个男人的时候，你们猜他怎么说？‘两个？领头羊可招架得住。’这是他对迭戈的回复。你们能相信吗？迭戈让我带他回家。他宁愿放弃报案，也不愿意再忍受那个老糊涂的羞辱了。”

“但是他还是报案了。”卡尔达斯说道，从口袋里掏出叠着的文件。

“因为我一再坚持，是我逼他开口的。迭戈几乎一言不发，我只能尽力从他口中扒出只言片语。我不知道自己为什么要坚持，根本没有一点用。索摩查说有消息会通知我们，但是一直音信全无。后几天我又去找过他几次。他总是忙着追踪两名袭击加油站的抢劫犯。结果抢劫犯是科鲁韦多镇的两个吸毒青年。索摩查提起他们俩的时候，就像在说邦尼和克莱德，那对美国的雌雄大盗一般。但是对于蕾韦卡的事，他一点儿也不过问。他说这个港口没人认识什么金发男子和他的朋友，搜寻工作也没有结果。他坚持认为蕾韦卡和这两个人中的某一个私奔了，玩累了之后，迟早会回来的。我说蕾韦卡是不会就这么抛下自己的儿子的。我说那几个水手可能伤害了她，她有可能已经不在人世了。‘假如她真的遇害了，尸体总会在哪儿出现的。’他这么回答我，脸上还带着丑陋的笑容。他不找寻她的下落，什么都没做。”

“迭戈后来如何？”

“他还能怎样？他彻底崩溃了。我们回到家里之后，他就坐回到了沙发上。他一连哭了好几天。我不知道该做些什么，也不知道可以找谁帮忙。某个混蛋让他变成了孤儿，而警察反而嘲弄这个孩子。他那时只有十五岁。”伊雷妮叹了口气，“我在他家住了一周多的时间，陪他一起过了圣诞节，过节的时候我们在桌上摆了三副餐具。每天晚上我都给他吃一片安眠药，好让他能睡个一时片刻。结果那一周都睡不着的人反而是我。”伊雷妮微微笑了一下，接着说：“迭戈真的很惹人疼爱。那几个男人把他的生活给毁了，就好像某个男人毁了他母亲的生活一样。命运对他太不公平了。我们联系了民防局，他们当晚就在附近组织了搜救工作，一连找了几天。”

“但是没能找到蕾韦卡的下落。”卡尔达斯说道。

“什么都没有找到。”伊雷妮点了点头，她额前的刘海随之从中间分开，滑到了两边，就好像拉开了窗帘一般，“我确定她遇害了。假如她没有出意外的话，为什么会有人费心把家里都打扫了一遍呢？”

“警察排查出那几个和蕾韦卡在一起的男人的身份了吗？”

“没有。”

“没有人知道那几个人的身份？”

“没有人。”伊雷妮回答道，“迭戈认为是水手，但是那晚有风暴，海上根本无法航行。周六停在港口的所有船都一直系在岸边，等到周一或者周二才重新出海。没有一艘外来船只。”

“后来的日子里，你们做了些什么？”

“等待。”

“万一她回来……”

"不是的。"伊雷妮双手颤抖着取出了另一根烟，"我不认为她会回来了，迭戈也不抱任何希望，我们都在等有一天会有人找上门来，通知我们……您知道的。"

"嗯。"卡尔达斯低声应和道，"为什么你们没有再去找过警察？为什么不直接去警局报案呢？"

伊雷妮的刘海又舞蹈了起来。

"迭戈不想再见到索摩查。我坚持要去，我说我自己一个人去，但是他求着让我别去找。他吓坏了，只希望时间能停止。他说去了警局也没什么用。凡是有人过问蕾韦卡的事情，索摩查都会言之凿凿地说她和男人跑了，他什么工作都没有做，还做出一副有理有据的模样。迭戈觉得所有警察都会如此草草了事。他不认为是索摩查的个人原因。"

"您是这么认为的？"

"索摩查是个蠢材，一直都是。"伊雷妮说道，"你们现在只看见了一个面色不善的老年人，戴着眼镜，合不拢嘴，但是从前，他以为警徽赋予了他践踏别人的权力。糟糕的是所有人都让他三分，唯有蕾韦卡从来不怕他，有几次还让他碰了钉子。他们俩起过冲突。"

"为什么？"

伊雷妮在回答之前，抽了一口烟。

"索摩查恨不得用眼睛吞了她，经常找她麻烦。他觉得她年纪轻轻，就有了孩子……"

"嗯……"

"蕾韦卡还是个少女，但在一个夏季的节庆日，当着所有人的面，蕾韦卡让他吃了鳖。索摩查一直记恨她。那些天他终于得偿所愿，他把自己从蕾韦卡那里受到的羞辱，全都还到了迭戈身上。"

"迭戈什么时候离开镇子的？"

"几周之后。他再也受不了毫无结果的等待和邻居们的闲言碎语了。所有人都认为蕾韦卡和一个男人私奔了。现在大家依然这么认为。一个下午，迭戈来找我，和我说他要离开镇子。我们俩都知道就算永远等在阿吉尼奥镇上，他的母亲也不可能再出现了。第二天早上他就离开了。”

“您知道他去哪儿了吗？”

“去了他外公外婆的镇子上了。我不记得名字了。在北边，靠费罗尔市很近的一个地方。蕾韦卡的双亲退休之后，就回那里定居了。迭戈搬去和外婆，蕾韦卡的母亲一同住了。他的外公不久前去世了。内达镇！”她突然想了起来，“那个镇子叫内达。”

“他现在还住在那儿吗？”卡尔达斯探长问道。

伊雷妮又吸了一口烟。

“没有。他的外婆也去世了，然后他就又离开了。”

“去了哪儿？”

“我不知道。”

“你们没再联系过？”

“起初我们还总是通电话。他经常打电话来问有没有新的消息。他和我说他总是做梦，梦里有他的母亲和那个金发男子。那个男人的模样在他脑海中挥之不去。我很心疼他。我一直劝他把那个男人忘掉，那个人不值得，但是他说自己忘不掉，接着就不停哭泣。我没有亲眼见到，但是我知道迭戈在哭泣，和我一样。我心里很难过，但也不知道如何才能安慰他。我只能和他说我十分记挂他，很爱他。”伊雷妮定定地看着桌子，低声说道。一阵海鸥的鸣叫声从港口传来，打破了沉静。“后来电话就越来越少了。一开始我们每周通一次电话，后来每个月……最后就再也没有打来过。”

“你们最后一次通话是什么时候？”

“六七年以前。圣女伊雷妮纪念日的时候，他给我打了一个电话庆贺。他和我说他的外婆去世了，他要离开内达镇。”

“他提过想去哪里定居吗？”

“我提议让他回阿吉尼奥镇。我说他的房子已经年久失修了。但是迭戈不想听到关于他家和镇子的任何消息。这个镇子让他觉得压抑，光是回来的这个想法就令他感到窒息。他说哪里能找到工作，他就去哪儿。”

“他做什么工作？”

“我不知道。他从不讲他的事。他只是给我打个电话，表示他一直没有忘怀。”伊雷妮忙抽了几口烟，然后掐灭了烟头。“可怜的迭戈。”她低声说道，“可怜的孩子。”

“您还有他的照片吗？”探长问道。

“楼上有几张，都是他婴儿时期的照片。”

“后来的照片您一张都没有？”卡尔达斯问道。

伊雷妮看了一眼探长，然后把目光转向埃斯特韦斯，最后又回到探长身上。

“您想打听的人是迭戈，对吗？”伊雷妮问道，“他惹麻烦了吗？”

“也许。”卡尔达斯说道，从口袋里掏出“竹荚鱼号”船员的合影。

他把照片放在桌上，装满了烟头的烟灰缸旁边。

“这是一艘渔船的全体船员，渔船在这儿附近，萨尔沃拉群岛的附近沉没了。它就在蕾韦卡消失的那天晚上出了事。这艘船很有可能在这里的港口停靠过数个小时。”

伊雷妮用手指了指卡斯特洛的金色头发。

“是他吗？”

“有可能。”探长答道。

伊雷妮用一只手捧住刘海，一边躬身看向照片，一一端详照片上每个人的面容。

“哪一个是和蕾韦卡一起进屋的男人？”

“可能是剩下的几人中的任何一个。”

“您觉得她当时也在船上吗？”

卡尔达斯耸了耸肩。

“他们获救了吗？”

“三个水手获救了，他们游到了岸上。船长淹死了。”

伊雷妮又看了一眼相片，卡尔达斯向她解释了一遍今天来阿吉尼奥镇的原因。

“金发水手叫卡斯特洛。上周被人发现漂浮在庞克松的一个沙滩上，有人谋杀了他。我们正在调查他的死因。”

伊雷妮把视线从照片上收了回来。

“您认为和迭戈有关系？”

卡尔达斯决定保持缄默，不向她透露几周以前写在卡斯特洛船上“凶手们”的字样。他也不想说这几个大字下写着沉船的日期，也就是蕾韦卡失踪那日的日期。

“我不清楚。”探长言简意赅地说道，“我们正在调查。”

Testigo（证词）：1. 某行为或事件的见证人；2. 审判时的证人；3. 能够证明真相或某事物存在的人事；4. 接力赛中团队成员互相交接的物件；5. 用来观察墙壁缝隙变化的物件。

“我们是从‘渔夫联盟’餐厅找过来的。”卡尔达斯介绍完自己之后，说道，“那里的服务员介绍说，1996 年的时候，港口附近唯一夜间开门的酒吧就是您的海关酒吧了。”

“正是。”老人看着地面答道，一副怀旧的神情，“我开了 35 年的酒吧了，1998 年正式关闭的。现在只剩下‘渔夫联盟’餐厅还在为水手们服务了，但是他们傍晚就关门了。有什么必要开门呢？现如今的渔船晚上都不出海了。”

卡尔达斯点了点头，老人继续说道：

“你们别被如今空空如也的港口给骗了。这里从前是加利西亚省最重要的近海捕鱼港之一。阿吉尼奥这附近能捕上来许多沙丁鱼和鳕鱼。这儿曾是个首屈一指的港口。你们看见那艘停在码头的大船了吗？”

警官们点了点头，想起在厚重的雾气中，看到的那艘若隐若现的渔船。

“那是‘娜莉哈号’。这里以前曾有数十艘这般大小的渔船。鱼市几乎装不下所有的水产。装着鳕鱼的箱子一直会堆到门口。后来大海开始变得越来越吝啬，海产看似取之不尽，但是最终也枯竭了，这可想而知。现在停在镇子上的船都是去捕捞乌贼的。”男人轻蔑地说道，“现在去鱼市里能买到鹅颈藤壶，胸棘鲷，蛤蜊……但是鱼类，那些名副其实的鱼类，真是少得可怜。”

“当然。”探长插口道，想让他继续说下去。他愿意倾听老人说话，给予老人时间，这正是他的生命中日渐缺失的东西。

“五湖四海的人都在这里汇聚。”这位老店主说道，然后一一列举了那时为阿吉尼奥镇补充水手们的镇子，最后总结说：“我们靠港口而活，我们的下一辈则靠沙滩吃饭。”

“时过境迁。”卡尔达斯低声说道。

“有些事变了，有些永远不会变。”老人说道。

接着问道：

“你们来我家，有何贵干？”

“我们来看看您是否记得这几个人。”卡尔达斯说道，然后把照片递给了他，“这是一张渔船的船员合影，这艘船来自庞克松港，经常会来这片海域捕鱼。”

老人透过镜片，仔细看了看照片。

“最老的那个我有印象。”他用小拇指点了点索萨船长的羊绒帽，“大家都称呼他为‘船长’，有时候他会把船拴在堤坝那里，然后到我的酒吧来买水，或是买些吃的。”

他抬起头望向警官们。

“他已经去世了吧？”他说道，“我记得他的船沉在萨尔沃拉群岛附近的阿萨多洛斯小岛附近。”

“正是。”

老人又看向照片。

“你们知道他沉到海底的那天晚上，我和他见过面吗？”

卡尔达斯和埃斯特韦斯相互交换了一眼。

“那天晚上他去过您的酒吧？”

“就在那天晚上。”老人重复道，便走入了回忆之中，“那天晚上有风暴，所有船都系在港口，镇子上的水手都在自己家里待着，好趁着恶劣的天气和家里人温存，或是好好休整一下。我也准备早些回家休息。船长赶到的时候，我已经把灯都关了。他问我能不能给他和船上的水手们做点晚餐。厨房都关了，但是我给他们准备了几个三明治，给他们倒了些水酒，让他们坐在酒吧的回廊里吃饭，回廊就在酒吧的入口处。即便是在狂风暴雨的天气，只要关上玻璃罩，依旧可以坐着边吃边看大海。”

警官们点了点头。

“我自己回了家。走之前，我把酒吧的门锁上，但是开着门廊的门，好让他们能在棚子下吃饭。船长走回船，去喊他的水手们过来一块儿用餐。下次再见到船长便是在报纸的新闻上。就在那晚他淹死了。”

他看了几眼“竹荚鱼号”的船员们的面容。

“这些年轻人都活下来了，对吗？”

“三个都活下来了。”卡尔达斯说道。

“我不明白他们为什么要出海，船长看上去是一个很谨慎的人。”

卡尔达斯也想知道让他们不顾风暴，依然要起航的原因。

“您还记得一个叫‘领头羊蕾韦卡’的女人吗？”探长问着，把庞克松的神父拍的船员照片放回了口袋里。

“领头羊蕾韦卡，”老人低声重复了一遍。“我当然记得。她住在一个石头房子里，离这里不到五分钟的脚程。她很久以前就离开镇子了。”

他沉默了片刻，脸上浮现出一抹笑容，像是回忆起了一段趣事。

“领头羊蕾韦卡，她怎么样了？”

卡尔达斯耸了耸肩。

“她是您酒吧的常客？”

“可以这样说。”他依旧面带笑容地说道，“在我的吧台，什么都不缺，唯一缺的就是漂亮女人。她更喜欢其他风格的酒吧。领头羊蕾韦卡只会来我这儿买烟。”

“她在您的酒吧买烟？”

“一般都在我这儿买。她走进门，把硬币塞进机器，然后弯身取烟离开，所有人的目光就都会聚焦到她的腰部。”

“有一次，领头羊蕾韦卡许久没有回家，镇子上的人组织起来搜救她……”卡尔达斯把话说到一半，希望老人能继续把证词补充完整。

果不其然，老人继续说道：

“我记得。头几天还引起了不小的动静，后来大家才知道她原来是同一个男人私奔了。”

“她消失的那天晚上，曾出门买烟……”卡尔达斯肯定道，继续引导老人说下去。

“是的，还有人问过我，她有没有来过我的酒吧买烟。但是那晚有风暴，酒吧关门。”老人沉默着，就好像在倾听着自己的话语引起的回响，双眼则一直望着卡尔达斯的眼睛。

“你也想到了。”探长暗自说道，然后问道：

“发生什么事了吗？”

“没什么……”卡尔达斯正准备着倾听，却听到老人说，“您方便再把照片给我看看吗？”

卡尔达斯把照片放在了桌上，老人用手指着卡斯特洛金色的头发。

“有一次有人问我，有风暴的那个周末，有没有在港口附近看到过一个金发男子。”

“谁问您的？”

“伊雷妮，药店的那个。”老人说道，又看向照片。

“只有她问过？”

“只有她。”老人确定地说道，“我和她说没有，但事实上我从来没有见过船长的船员。您觉得伊雷妮说的会是这个年轻人吗？”

“有可能。”

卡尔达斯离开老人的房子，点了一根烟，把烟夹在嘴里之后，便把手插在了口袋里。镇子里依旧笼罩着一层白雾，为它盖上了一层潮湿的披挂。

他们望着远处高出其他房子的教堂塔楼，静静地走着。经过“渔夫联盟”餐厅的时候，听到里面传来的一阵嬉笑声。海鸥们不再围聚在一处欢闹，而是安静地在地上休憩。

走进汽车的时候，埃斯特韦斯用头点了点索摩查的房门。这位退了休的副探长仍穿着长绒拖鞋，拖着步子走出了屋子。

“我们不和他谈谈？”埃斯特韦斯问道。

卡尔达斯试着从他身上找到那位羞辱了迭戈的高傲警察的身影，但最终只看到了一位被击垮了的，驼着背、张着口的老人，面容因为眯着眼而褶皱在一处。

“何必呢？没有必要。”探长答道。

从码头的两座房子中间，隐约可见“娜莉哈号”的身影。它隐没在氤氲的雾霭中，就像是索萨船长的阴魂，在这个早晨把他们带到了阿吉尼奥镇。

Arrancar（消失）：1. 使劲地将某物从另一物中连根拔出；2. 使非物质的东西完全消失；3. 强迫某人离开某地或某处境，放弃参加某活动，或改变态度和主意；4. 通过努力获得批准、取得信息或其他类似的事物；5. 使某物开始运行或工作。

十一点半的时候，当他们驶离镇子上的最后几排楼房之后，埃斯特韦斯问道：

“您怎么看？”

“看什么？”

“您觉得他们杀了这个叫蕾韦卡·内拉的女人？”

“你不这么觉得？”卡尔达斯反问道。

“我们别这样……”埃斯特韦斯抱怨道，“我在问您呢。”

“他们还会因为别的什么原因在风暴中起航吗？不论如何，就算不是他们干的，迭戈一定会认定是他们所为。”

“您认为卡斯特洛是迭戈杀的？”

卡尔达斯点了点头。

“他如何在这么多年之后找到他们的？”埃斯特韦斯问道。“庞克松镇在南部，迭戈·内拉则住在北边好几公里以外的地方。”

“我不清楚。”卡尔达斯望向车窗外。

大海依旧躲藏在浓雾里，但是盐碱的浓烈气息则说明它就在不远处。

探长从口袋里掏出手机，给奥尔加拨打了电话。他问了费罗尔市警局的电话号码，然后打过去找金坦斯警官。

“你能帮我个忙吗？”探长问候了之后便问道。

“尽管说吧。”金坦斯说道。

“我想找一个从1997年初，搬到内达镇上居住的一名男性，今年28岁，名字叫迭戈·内拉·迭斯。”卡尔达斯读着报案材料说道。

“你知道他的现住址吗？”

“我只知道他曾经住在内达镇，和外公外婆一块儿住，一直到大约六七年前，之后就离开了，但兴许又回到镇子上了。我需要一切和他相关的信息：住在哪儿，有没有伴侣和朋友，做什么工作……你们能找到的一切信息。”

“我试试能不能明天告诉你。”

“就明天了，可别再晚了，此事十万火急。”卡尔达斯请求道。

“别担心。”金坦斯在挂断电话之前问道：“你怎么样？”

“不错。”

“阿尔芭呢？”

“也不错。”探长回答道，语气坚定，卡尔达斯自觉十分诚恳。

探长闭上了双眼，眼中没有浮现出阿尔芭的身影，而是一位在雨夜中消失得彻彻底底的母亲。就像德拉瓦索在船上哼唱的歌曲一般，雷欧·费亥在歌词中写道，时间让人们忘却，那些逝去的人儿们的音容笑貌。

探长又想到了阿吉尼奥港口的那晚，水手们匆忙上船，好让他们的行踪不被人发现。“竹荚鱼号”撞上了礁石，穿着黄衣的水手们在风暴中，惊慌失措地挣扎呼救。

“你觉得是谁和蕾韦卡一起进的屋？”探长问道。

“只有两种可能。”埃斯特韦斯说道。

“三种。”卡尔达斯纠正道。

“您觉得船长也……”

“为什么不呢？”探长答道，“应该是最有威望的那一个人。不然你如何解释，所有人都会同意在那样的天气条件下起航？”

“我没有想到。”埃斯特韦斯说道，“您认为他们所有人都知道这个女人？”

“我不觉得奇怪。听到我们说起阿吉尼奥镇的时候，你看见阿里亚斯和瓦尔韦德的反应了。看看他们现在有何话可说。”

不一会儿，探长又拿出了手机，这次是给克拉拉警官打去了电话，问她是否拿到了铁山那套住宅的摄像头拍的影像。

“我们打算今天下午去。”克拉拉说道，“您想我们现在就去？”

卡尔达斯看了看表，已经 11 点 45 分了。

“下午吧。”探长说道，然后就靠在了自己的座椅上。他突然想哼唱《索尔维格之歌》。尽管在艾利希奥酒馆，那些教授们为他表演了一段合唱，但是他如何都想不起这首卡斯特洛为母亲在茶余饭后吹奏的曲调。他啧了啧嘴，望向窗外，看见一则商铺的广告。这是一家专卖渔具的商店的宣传广告。广告上，一个男人骄傲地举着挂在钓鱼线上的一条大鱼。

“我知道他是怎么找到金毛的了。”探长突然说道。

“什么？”埃斯特韦斯问道。

“是去年的这个时候知道的。”

“他是怎么知道的？”

“你去过卡斯特洛的家吗？”

“和您一起去过。”

“你留意过放在客厅里的剪报吗？”

埃斯特韦斯吐了口气，表明自己不知道。

“约莫一年以前，卡斯特洛在附近海域钓到过一条月鱼。”卡尔达斯解释道，“这是一种生活在热带的圆滚滚的鱼，它们一般栖息在温暖的水域，很少会出现在加利西亚的近海，就好像这里不会有大白鲨出没一样。几家报纸上都刊登了他手上拿着月鱼的照片，剪报就镶在相框里。甚至还有电视台去采访他。”

“×的，”埃斯特韦斯扬起眉毛说道，“从去年开始……他为什么要等到现在？”

探长没有回答，反而问道：

“他的母亲消失了几年了？十二年？十三年？”

“差不多吧。”

“所以他不着急寻仇，而且这桩凶杀案是经过精心策划的，说明他有充足的耐心。”卡尔达斯说着，想到卡斯特洛船上的涂鸦，让他在死前数周都提心吊胆。“他计划得很周密。”

探长又闭上了眼睛。

Compromiso（承诺）：1. 某人的承诺；2. 双方或多方洽谈之后取得的正式约定；3. 艰难的、困窘的或微妙的处境；4. 两人之间正式的爱情关系。

他们开到高速的分岔口，没有向维戈市方向驶回，反而继续绕城而行，开上了一条坡道，沿海边行驶。

"这儿的景色太美了。"埃斯特韦斯开到坡道顶端的时候说道，卡尔达斯睁开了眼。

雾气已然向远处褪去，海湾口和谢斯群岛完全展现在面前。一艘游轮向港口驶来，准备把游客们送到维戈的大街小巷，他们手拿地图，身穿雨衣，带着照相机便下了船。

卡尔达斯望向城堡山一旁的医院的绿色大楼，叔叔一定在盼星星数月亮，想要把自己的病房早些让给其他病人。他父亲是什么时候和他说起叔叔能出院的消息？

他又望向了景致，海滩优雅的曲线只被托拉亚大楼和铁山截断了些许。卡尔达斯重新闭上了双眼。

高速公路的出口把他们放在了离庞克松港口一公里之处，埃斯特韦斯开着车，在那些空着的夏季度假别墅中穿行。天空颜色晦暗，与大海浑然一体。

他们把车停在路边，下了车，刚才在阿吉尼奥镇闻到的海腥味便扑面而来。卡尔达斯向四周望了望。

人行道上几乎没有人。一群老人在这个无雨的早晨，围在露台的一张桌子边坐着。海滩上，两个女人卷起了裤腿，把鞋子提在手上，沿着岸边走着。再远处，靠近斜坡的地方，那个坐在轮椅上的青年正把红球抛给他的拉布拉多犬。在美洲沙滩上，海浪滚滚而来，卷起道道浪花；但在庞克松这面的沙滩上，大海轻柔地拥吻着沙滩，防波堤以内的船只系在浮标上，几乎静止不动。

卡斯特洛的地笼依旧靠着防波堤的白墙堆放着。在尽头处，前几天见过的几个渔夫依旧往海里垂着钓鱼线。

在镇子的街道上，一个女人在自家门口，提着水桶向人行道上泼着水，另有几个行人走过，手里提着超市的塑料袋。

他们走向通往阿里亚斯家的窄巷，按了几次门铃，但没有人应答。

卡尔达斯看了看时间，已经是下午 1 点 10 分了，估摸水手大概睡了四个小时左右。

“您想让我把门打开吗？”埃斯特韦斯提议道，“只消再踢一下……”

卡尔达斯看了看木门下方，上面依旧留着埃斯特韦斯的足印。他觉得什么叫做踢一下？

“没有必要。”探长说道，听到身后的巷子里传来脚步声。

探长认出了阿莉西亚的金色头发之后，吞了口唾沫。她穿着黑色的丧服，双手交叉放在胸前御寒。

走近尽头时，她抬起了头，望向水手邻居的窗户。卡尔达斯也抬起了头望向上方。窗玻璃之后，没有人撩起窗帘。

“我看到你们经过家门。”阿莉西亚说道，“我能和您谈一谈吗？”

“当然。”

卡尔达斯从口袋里掏出烟，然后对埃斯特韦斯说：

“继续敲门。”

“没人会开门的。”阿莉西亚说道，“他不在家。”

“您知道他在哪儿吗？”

“他走了。”

“走了？”探长问道，“离开镇子了？”

阿莉西亚点了点头。

“周六下午，和你们说过话之后不久就走了。”

“×的。”卡尔达斯低声咒骂道。他后悔没有听埃斯特韦斯的建议，周六当天就把阿里亚斯带去录口供，随便找个借口把他拘捕起来，等他们去过阿吉尼奥镇之后再做处理。他的问询引起了阿里亚斯的警觉，之后又没能看好他，简直是愚不可及。阿里亚斯现在不知去向如何，甚至不能排除回到苏格兰的可能性。那里不正是在“竹荚鱼号”沉没之后，他一直以来的藏匿之所吗？他不是有个女儿在那儿吗？

“但是阿里亚斯没有做过什么伤天害理的事。”阿莉西亚说道，“我正是想来和您说这个的。”

“没有做过伤天害理的事？”

“你们记得从卡斯特洛家里打给他的电话吗？”

“当然。”

阿莉西亚又抬头望了望窗户，好确保没有人偷听他们谈话。

“不是我哥哥给他打的电话。”

卡尔达斯顿时就明白了，埃斯特韦斯则一头雾水。

“那是谁给阿里亚斯打的电话？”埃斯特韦斯问道。

阿莉西亚又抬眼望了望，然后看向了地面。

“是我打的。”她喃喃说道，“我从哥哥家里打给何塞的。”

“何塞”，卡尔达斯在心中重复了一遍，这是他第一次听到有人这么称呼那个高大的水手。

“不是他杀的。你们搞错人了。他已经好几年不和卡斯特洛来往了。”

“那他为什么要逃跑？”卡尔达斯问道，没有向她吐露有一位爱打听的邻居看见金毛，就在他去世前一天的下午，来过此处找阿里亚斯。

“为了保护我。”阿莉西亚说道，“我丈夫这周会从纳米比亚回来。何塞不想让我为难，让我给他作证。我哥出事的那天早上，我和他在一起。”阿莉西亚又忍不住往上瞧了瞧。“这儿是个小镇子，你们也看见了，我母亲再也禁不住打击了。”

“我理解。”

“但是他们说什么都没关系。”阿莉西亚叹了口气，忍住啜泣说道：“我很久以前已经失去过他一次，我不想再失去他。”

卡尔达斯望向她蓝色的眸子，每次见到她的时候，她都是一副哭红了眼的样貌。

“您知道他在哪儿吗？”卡尔达斯忍住自己拥抱她的冲动，问道。

“不知道。”她一边说着，一边用手指抹掉泪水，声音就像海浪的叹息一般，“我不知道，但是我希望他这次不要再过十一年才回来。”

“留了。”女人说道。

“您可以随时给我打电话。”探长说道，看到女人的嘴唇向下弯了弯，算是一笑。

瓦尔韦德的妻子走近了音响，按了一个键，开大了音量。卡尔达斯不住地打量着她的背影。

“是这首歌。”她说道，用手指了指扩音器。

“这首歌？”

“《索尔维格之歌》。”她多此一举地解释道，“您那天不是问过我这首曲子吗？”

卡尔达斯点了点头，瓦尔韦德的妻子又像阿尔芭一般，对他展颜一笑，便离开了客厅。

探长面向窗户。他等着这位“竹荚鱼号”的老船员，看着海浪卷起浪花，就好像一群羔羊，在海面上奔跑。

卡斯特洛的妹妹说得有理。

这首歌听起来极像加利西亚民歌。

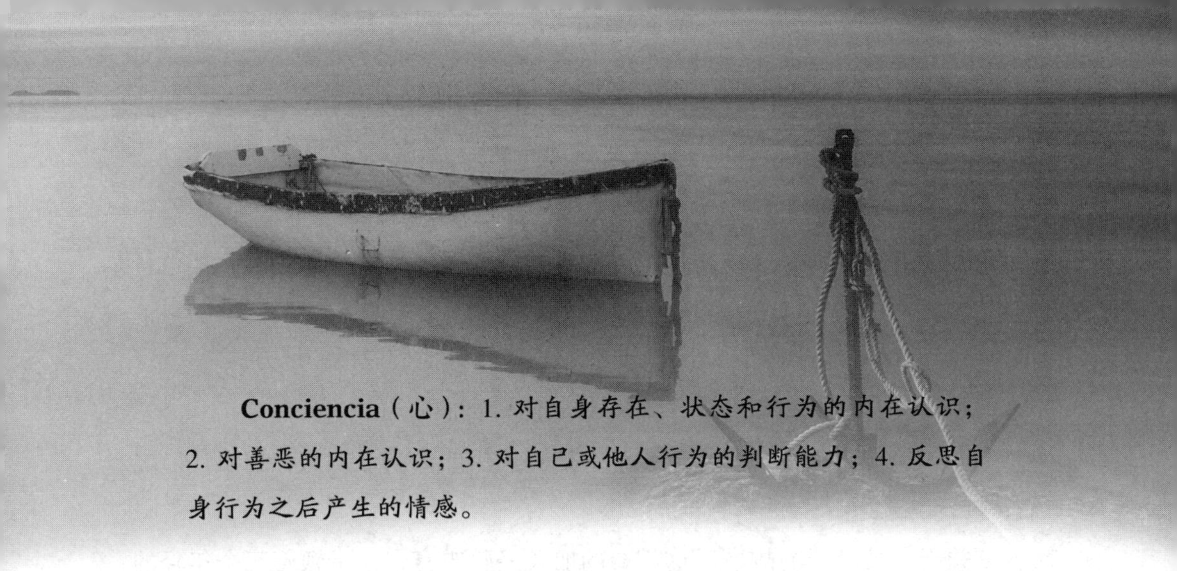

Conciencia（心）：1. 对自身存在、状态和行为的内在认识；2. 对善恶的内在认识；3. 对自己或他人行为的判断能力；4. 反思自身行为之后产生的情感。

“你们在这里做什么？为什么又来我家？”瓦尔韦德低声责骂道。这位建筑商敞着大衣，可以看见里面灰色西装的领子和深色的领带。“你们上次来访，已经让我的妻子十分不安了。”

“我需要和您谈谈。”

瓦尔韦德看了一眼空无一人的客厅。

“我周六已经把我记得的都和您说了。”

“我不这么认为。”卡尔达斯答道，“您能和我们说说在阿吉尼奥镇上发生的事吗？”

“我再说一遍，我已经不记得那晚发生的事了。”

“您在撒谎。那晚发生的事，就算过了几百年，您都不会忘的。”

“我的记性也许就是那么差。”瓦尔韦德反驳道。

埃斯特韦斯从身后靠近探长，在他耳边悄声说道：

“我知道一个专治记性差的偏方。”

卡尔达斯啧了啧嘴。瓦尔韦德不想提起此事，埃斯特韦斯倒是不介意把他的头塞进烧着火的烟囱里，好帮他想起这桩前尘往事。

卡尔达斯走向瓦尔韦德。

“您介意我和您说一段故事吗？”

建筑商指了指放在客厅一头的餐桌。

“我们正准备吃饭。”

“五分钟时间就够了。”

瓦尔韦德迟疑着，看了一眼他妻子走出客厅时掩住的房门，然后让警官们和他一同来到花园。

他们沿着碎石路远离了房子，走到屋里听不到他们说话的地方。

“您想和我说什么故事？”瓦尔韦德转向警官们问道。

卡尔达斯取出烟盒，挑了一根烟，把打火机的火凑近烟头，抽了几口之后，接着说道：

“关于一艘渔船的故事。这艘船的船长经验丰富，他带领着三个年轻的水手，他们关系非常好。一个刮风下雨的午后，他们在离基地港口几海里远的地方，收到了暴风雨即将来临的信息。”探长讲述道，瓦尔韦德把视线望向了花园的一角，“尽管收到了通知，但是他们依旧继续捕鱼，直到汹涌的大海让他们不得不找一处港口就近暂避。他们到达港口的时候，天色已晚，港口空无一人。他们从船上远远望见，港口边的一家酒吧正要打烊，这是附近唯一一家夜间为水手提供服务的酒吧。船长认识店主，于是就先下了船，让他在关门前替他们准备些晚餐。店主不仅为他们提供了餐食和酒水，还在走之前，开着连廊的门，好让他们有地方坐着吃晚餐。”

卡尔达斯暂停了一会儿叙述，抽了一口烟。瓦尔韦德用手在大腿两侧擦了擦。探长故意把停顿的时间拖得长些，好让听者确认故事的内容。瓦尔韦德刚想开口，探长又接着说道：

“这时已近晚上十一点。四个男人正在走廊里坐着聊天，突然一个女人出现了。这个年轻女人是来酒吧买烟的。”卡尔达斯解释道，把手指夹着的烟略微抬了抬，“这个女人可不一般，是那种走在大街上，男人都会为她驻足回头的女人。您听着吗？”

瓦尔韦德点了点头。他的嘴唇微张，就好像一个孩童正在观赏魔术师的表演一般。卡尔达斯继续说道：

“酒吧关了门，女人买不到烟，于是水手们主动请她抽烟。她同意了。这个女人不仅迷人，还很健谈。她坐下来和他们一块儿聊天喝酒，直到她发现时辰已晚，于是准备回家。夜晚黝黑一片，两个水手提议送她回家，她没有拒绝。她喜欢有这些水手作陪，能再聊一会儿天也让她觉得很愉快，尽管对于那些送她回家的水手们来说，把送她到家门口可不是他们的初衷。他们请求她，让她允许进门再喝几杯，但是女人拒绝了。她说下次一定请他们入室，但是那晚不行，因为她的儿子还没睡下。水手们一再坚持，说这个儿子不过是个托词，根本就不存在。但是女人笑着，依旧不让他们进屋。”探长把烟拿近嘴唇。“他们就快要放弃离开的时候，突然门从里面被推了开来。水手们在黑暗中几乎没有看清男孩的长相。那是一个少年，和这位年纪轻轻的女人看上去不像母子。他们只听到少年说要去朋友家过夜，然后便见他跑着离开了。”

卡尔达斯看了埃斯特韦斯一眼，长篇大论再加上抽了几口烟，让他口干舌燥，于是他润了润嗓子。瓦尔韦德把手塞进了外衣口袋中，但双手依旧在口袋中紧张地晃动。

“一个水手决定回到船上。少了后顾之忧，另一个水手说服了女人，让他进了屋。走进屋子之后，不管女人如何推搪，男人都坚持不懈地想要再进一步，结果事情进展得不顺利，男人一不小心失了手，铸成了大错。他不得不仔细地打扫房间，把女人的尸体处理掉。他回到船上，试图说服其他几名水手，不能在港口过夜。他的巧舌如簧再一次起了作用。他们在凌晨起航，但是没能走远。风暴太过猛烈，让他们撞到了礁石上，把船板砸出了大洞。不到片刻的光景，‘竹荚鱼号’便沉到了海底。”

瓦尔韦德把手提到前额上，用手遮住了眼眸。

“三个年轻的水手穿着救生衣，游到了岸上，但是船长试着拯救他的渔船，淹死在惊涛骇浪之中。几周之后，他不成人形的尸体被一艘渔船网到了渔网中，在离失事地几公里的地方被人打捞了起来。从此，再也没人见到过那个去买烟的女人。也许她和船长一起沉到了海底。”

探长又抽了一口烟，观察着瓦尔韦德，只见他用右手遮住了面容。

“三个水手回到了镇子上，但是他们的友谊，就和撞到礁石的船一样，裂成了碎片。他们不再往来，闭口不谈这桩旧事，希望时间能把那个晚上从记忆中抹去。”探长继续说道，“然而，多年之后，当他们以为一切都已经烟消云散的时候，其中一个护送女人回屋的水手的船上却出现了涂鸦，在‘凶手们’几个大字旁边，还写着海难的日期，也就是那个女人失踪的日期。镇子上的居民认为这些涂鸦是淹死的船长在作祟。所有人都不理解为何那晚渔船会在暴风雨中起航，大家都觉得渔船的沉没事有蹊跷。然而，令这三个水手感到害怕的却另有其事。他们害怕自己的所作所为被人发现，不禁觉得奇怪，这么多年过去了，仇家是怎么找上门来的。”

卡尔达斯又吸了一口烟，然后弯身把烟头在地上摁灭。

“数周之后的一个早晨，这个受到了恐吓的水手就死了，被人发现漂浮在海上。”探长说着，用手指向大海的方向。

瓦尔韦德把遮住眼睛的手拿开，放到了领结上，然后再次塞进了外套口袋中。

“这些是谁和您说的？”

卡尔达斯没有作答。

“回到船上的那个男人是卡斯特洛。”卡尔达斯说道，“谁是那个和女人一道进屋的水手呢？”

“不是我。”瓦尔韦德低声说道。

“这不是我想要的答案。”

瓦尔韦德在回答以前，看了一眼埃斯特韦斯。

“我不知道，我不知道是谁。”

“您也在场，应该是知情的。”探长说道。

“这已经是很久以前的事了。”

“我们只想知道名字。”

“我不能告诉你们这个名字。”

“是您吗？”

卡尔达斯望向他的眼睛。

“当然不是。”

“那么告诉我，当晚谁和这个女人在一块儿？”探长催促道，“还是有许多人同她一道？”

“不是。”

“是阿里亚斯吗？”

“我不记得了。”他继续说道，又用手遮住了面容。

“有人恐吓您吗？”

“没有。”他声若游丝地说道。

他已经无路可退，卡尔达斯试着给他留一条出路。

“您知道阿里亚斯已经离开镇子了吗？”

“什么时候？”

“周六。”卡尔达斯说道，“你知道此事吗？”

“不知道。”瓦尔韦德说道，“我已经好几年不和他来往了。”

“从那晚开始？”

“从那段时间开始，是的。”

“是他吗？”

“我不记得了。”瓦尔韦德又重复道，他的回答自刚才起就没有改变过。他在自己糟糕的记忆中挖了一个小洞，躲在里面，等警官们离开才会走出来。

他们走回了车上。瓦尔韦德拖着脚步，跟在他们身后，眼睛注视着路面上的落叶。他靠在自己的黑色跑车上，埃斯特韦斯把车头朝向上坡的方向。

卡尔达斯把车窗放了下来，最后尝试了一次。

“您现在还没想起来是谁进了屋？”

瓦尔韦德摇了摇头。

“如果您想起什么，给我打电话。”

“我会的。”瓦尔韦德回答道，但听着却像是反话。

“他为什么会感到害怕？”探长问道。

“他不该害怕吗？”

“假如他问心无愧的话，就不应该害怕。”卡尔达斯说道。

探长又开始质疑起自己的猜测。

当他们驶离小巷，开上公路之后，埃斯特韦斯抱怨道：

“为什么您从来不派我出马？”

“你会如何撬开他的口？”

“我不知道……”埃斯特韦斯用手摸了摸下巴说道，“我可能会拽住他的领带，把他按到壁炉里。”

卡尔达斯睁开眼睛。

“你是认真的？”

“不是。”埃斯特韦斯笑道。

“嗯。”

Exposición（展览）：1. 面向公众的工艺品展览；2. 事件的笔头或口头解释；3. 所有陈列的物品；4. 某物相对于基点的方位；5. 某事所蕴含的风险；6. 英雄史诗、戏剧或小说作品中的前情提要。

“我们去吃点东西？”埃斯特韦斯走下车的时候问道，“已经三点了。”

“你去吧。”卡尔达斯说道，尽管从庞克松回来的这一路上，他早已饥肠辘辘，“我要去找局长谈一谈。”

探长走进警局，打开自己办公室的玻璃门。看到桌上没有贴着黄色便笺纸提示他有紧急任务的时候，不由得松了口气。他把雨衣挂到钩子上，又走出了办公室。

索托局长此时正在接电话，但比画了个手势，让卡尔达斯走进办公室。探长于是在局长对面的椅子上坐了下来。

索托挂断电话之后，卡尔达斯本想问问局长是如何保持桌子整洁的，他自己的桌子上总是堆满了文件，就像在办展览似的，但他转而说道：

“我们查出谁是杀害庞克松水手的凶手了。”

“当地居民？”局长问道。

“不是。”卡尔达斯答道，简要报告了一下调查的最新进展。

探长报告完之后，才说明了来意：

“局长，我想调查一下蕾韦卡·内拉的失踪案件。”

“阿吉尼奥镇的事情不在我们的管辖范围之内。”

“您和省局说一下。”卡尔达斯请求道，“这个青年本不该成为一个刽子手。他十五岁的时候就失去了双亲。他来找我们寻求帮助，我们不仅没有尽到责，还毁了他一生。”

索托叹了口气。

“你能再说一遍吗？说得慢些，我看看能否批准。”

“从哪儿开始说？”

“从头开始。”

“从阿吉尼奥镇？”

“从阿吉尼奥镇和庞克松镇，从头开始说。”索托说道。卡尔达斯向他解释了卡斯特洛的尸体被发现时的情景，仔细描述了他头部的击痕和绑住他手腕的绿色扎带。

“听起来像一起自杀事件。”索托评论道。

“镇子上的人都是这么认为的。死者生前就有些阴郁，而且曾经沾过毒品，但是扎带的开口在小拇指处。经过法医鉴定，不可能是他自己绑上去的。”

索托点了点头。探长接着又说道，周日不是工作日，但是卡斯特洛那日早上6点半就出了海。

“他一个人？”索托打断道。

“是的。”卡尔达斯答道，“有一位目击证人，看到他出海。船的甲板上空无一物，没有地方可以藏匿。”

“所以凶手是怎么靠近他的？”

“从另一艘船上。”探长回答道，接着便描述遇害者的渔船几天之后在铁山的另一面，蓬塔拉美达灯塔附近被发现时的场景。

船是不可能被拖进水洼处的，因此至少有两名涉案凶手。

“一个人把卡斯特洛的船开到水洼处的时候，另一个人必须待在他们自己的船上。”

“他们为什么不把船沉到远海去？”索托问道，就像卡尔达斯当初自问的那样。

“因为他们需要在不被人发现的前提下，回到岸上。水洼就像一处天然的码头。那些偷偷捕鱼的渔民们便是从那里上岸的。”

“我懂了。”

探长描述了一遍金毛让人擦去了的涂鸦，写在船身上的日期正好就是“竹荚鱼号”沉没的日期。探长还说起断绝了来往的阿里亚斯和瓦尔韦德；提起了索萨船长，也就是在海难中淹死的船主，镇上的许多水手都说他们又看到了船长在雾中航行。

“这不就是你原来的疑犯吗？”局长问道。

“原来的。”卡尔达斯强调道。他提起船长腰间挂着的马卡娜，它的形状和凶手敲击在死者后脑勺上留下的痕迹很吻合。

“凶手们是用船长的棍棒敲击的？”

“不是。”卡尔达斯说道，“我们还在铁山的石缝中找到了一把管钳，那种用来拧车轮螺丝的工具，存放在法医那儿，他认为这把管钳可能就是凶器。”

接着，卡尔达斯又提起了蕾韦卡·内拉，那则令他起疑的新闻报道，还有这个失踪女人已经长成少年的孩子——迭戈，他在警局留下的报案记录。卡尔达斯把男孩的报案陈述复印件呈给局长过目，上面描述了男孩见到两个男人陪同母亲回家，其中有一个是金发水手。

“你们去过阿吉尼奥镇？”索托问道。

“今天早上。”卡尔达斯肯定道，“这就回到我刚才和您说的了。这个女人再也没有出现过。她的好友坚信她当晚就遇害了。第二天早上男孩回到家中，发现有人特意把家里打扫过，虽然有些家具的摆放位置变了，但是他当时没有在意。之后的一天，她母亲的朋友陪他一同在家，他发现洗净的咖啡壶之内居然还有咖啡渣子，这引起了他的警觉。他的母亲是个做事很细心的人，不会把咖啡壶洗成这样，接着他便发现周五晚上放在桌上和柜子台面上的东西都找不到了。”

索托看了一遍报案陈述。

“上面没有这些信息。”索托说道。卡尔达斯提起了索摩查副探长，以及迭戈在母亲消失后的几天受到的羞辱，几周之后他的远走，还有给药剂师打去的电话，说自己总是想起那个金发男子。

“从来没有人调查过？”

“从来没有。”卡尔达斯说道，“镇子上的居民在周边对她展开了搜寻工作，但是之后此事便被淡忘了。男孩后来离开了镇子，大家还以为他是去找母亲会合了。”

卡尔达斯接着说到了海关酒吧。

“这名失踪了的女人通常都会去这个酒吧买烟。”探长说道，“酒吧已经关了数年了，但是店主却还记得那个夜晚。”

局长目不转睛地听着探长讲说，这位店主是如何把酒吧的连廊开着，好让船员们吃晚餐的时候，有地方避雨。

“店主没有看见那些年轻水手们，”卡尔达斯说道，“但是他见过船长本人。店主到现在还不明白，他们为何会在风暴中起航。”

“这样早上的时候，就不会有人看见他们出现在阿吉尼奥镇了。”局长推断道。

“我也是这么想的。”

“你认为这几名水手都知道女人出了事吗？”

“也许知道。”

“那位副探长呢？你说他叫什么名字？”

“索摩查。”卡尔达斯答道，“他和蕾韦卡·内拉一直有过节，没有费心找过她，也没有调查她失踪的原因。甚至没有去找过那家酒吧的店长了解情况。”

“镇子上的人呢？”

“大家都认为蕾韦卡自己和男人私奔了。”

索托扬起了眉，把复印件还给了卡尔达斯。

“你们找到那个孩子了吗？”

“还没有。我们只知道六七年前，他在靠近费罗市的内达镇上住过一段时间。其他一概不知。”

“你和当地警局联系过了吗？”

“和金坦斯警官联系了。他说今天下午或者明天就能给我回复。”

索托点了点头。

“我们还调查了一家住户的监视录像，他们家的摄像头对着去灯塔的必经之路。克拉拉应该正在查验。”

一阵沉默之后，局长说道：

“那个孩子是怎么找到他们的？”

“在新闻上看到的。”卡尔达斯说道，“卡斯特洛钓到了一条热带鱼。各大报纸都刊登了这则消息，连电视台都对他进行了采访。”

“什么时候？”

“去年。他有充足的时间去当地探查，策划行动。迭戈现在差不多 28 或 29 岁了。您知道，夏天的沙滩边，和他年龄相仿的年轻人有多少吗？他可以在不引起任何怀疑的情况下，一连数周密切监视金毛，等着金毛把他引向杀害母亲的凶手。”

“你觉得他还会对其他人下手？”

“我不知道。不管怎么说，就只剩下一个水手留在镇子上了。”

“谁？”

“瓦尔韦德。”

“你审问过他吗？”

“问了，但是他害怕极了，不肯松口。”

“另一个呢？”

“阿里亚斯？他消失了，算是我的错。”探长承认道，“周六早上，我们去了一趟庞克松镇，问他那天晚上有没有在阿吉尼奥镇上停留过。他闭口不言，只说已经记不清那晚发生的事了，我去找过他的数个小时候之后，他就消失了。”

“就是那个去过苏格兰的水手？”

“正是。”卡尔达斯确认道，“他和我说，自从那次出海之后，他们几人就再也不联系了，但是有一位邻居看到卡斯特洛周六下午去他家找他，也就是被害人遇害的前一天，卡斯特洛那个时候已经惊惶不安了。”

“也许他在害怕什么。”

卡尔达斯耸了耸肩。

“有可能……”卡尔达斯说道，“我们只知道那则涂鸦，但肯定不止这些。我觉得这个凶手在动手之前，一直和他们兜了几个月的圈子。”

“这个游戏可把金毛折腾得不轻。”

“是的。”

局长揉了揉眼睛，然后问道：

“阿里亚斯会不会回苏格兰了？”

“有可能。他曾在那里住过，比较熟悉那里。”

“你查过机票预订吗？”

“还没有。”卡尔达斯说道。

“会是他杀了那个女人吗？”

“这是他第二次消失了。”

索托点了点头。

“凶手会跟着他。”

“有可能。”探长说道，然后喃喃地说道，“要是我的话，肯定会跟着他。”

“你要盯紧那个建筑商，以防万一。”

卡尔达斯说他会做到的。

卡尔达斯准备起身离开的时候，索托问道：

“凶手为什么要用这样的方式杀害金毛？”

“这样的方式？”

索托把自己的手腕合拢起来。

“把金毛的手绑住，然后推到海中，就好像是一桩自杀事件一样。”

“我不清楚。”卡尔达斯站起了身，“您会和法官谈谈这个女人的失踪案吗？”

索托点了点头。

“我会和法官谈谈的。”索托说道，“但是你要先找到那个男孩。”

Reflexión（思考）：1. 反射；2. 思考；3. 提醒或建议。

卡尔达斯看了看表，不由得咒骂了一句。他走进自己的办公室，拿上雨衣，把黑皮笔记本夹在腋下，便走出了警局。在门口的时候，他迎面碰到了埃斯特韦斯。

“您去哪儿？”

“去电台。”卡尔达斯说着，指了指笔记本，“今天是周一。”

“您吃过午饭了？”

“没有。”

探长转过卡斯特拉尔街的转角时，点了一根烟，好压一压肚子里的饥饿感。他一边避开那些嬉闹的孩童，一边穿过杨树广场，孩子们的母亲正在一边看着孩子。在海军军官门德斯·努涅丝的雕塑旁，两位白发苍苍的游客正在查看地图。他们应该就是坐着他早上看到的那艘从海湾处靠岸的游轮前来的。

在石头喷泉旁，一只小狗在水洼间跳跃着奔跑，把鸽子们逼得只能暂时飞上天，好免遭池鱼之殃。小狗的主人站在一旁，手里拿着一个褶皱的塑料袋，卡尔达斯想象着父亲手里也提着这样的一个塑料袋，弯身拾着棕狗的粪便，不觉莞尔。

探长快速地抽了两口烟，把烟头摁灭，走进了现代主义风格的大楼。他向门卫道了声好，爬上楼梯走到了二楼，穿过走廊，往控音室里探了探身，向调音师和蕾韦卡打了个招呼。

他透过玻璃窗，看见洛萨达坐在话筒前，一副盛气凌人的模样。

他推开演播室那扇沉重的门，走进了里面。节目的起始音乐几乎播放了一半。

“你到晚了。”洛萨达没好气地说道。

卡尔达斯没有作答，他坐到玻璃窗边，把手机调成静音，放在桌上的笔记本旁，笔记本几乎不剩几页纸了。他望向洛萨达的女助手，她正坐在控音室里，不由得想到另一位蕾韦卡的处境，那位自从 1996 年之后，就再也没有出现过的女人。接着，探长便又观察起在杨树广场上漫步的行人。

洛萨达向技术员比画了一个手势，便开始用矫揉造作的声音，开始说起他那愚蠢的开场白：

“……是犯罪者的噩梦，铁面无私的市民保镖，扫奸除恶的街道护卫，我们的巡逻员，卡尔达斯探长。下午好，探长。”

“下午好。”

探长等到蕾韦卡举起第一位听众的名牌时，才把耳机戴上。

“劳拉，欢迎来到《电台巡逻》节目。”洛萨达问候道，就仿佛她是来皇宫赴宴的贵宾一般。

劳拉解释说自己因为驾驶时没有系安全带，被罚了款。

“就因为我没有把自己绑在车座上，就被罚了款。”她抱怨道，“但是在那些大巴车上，乘客们成堆地站着，有些人还怀抱婴儿。这些都是市政府赚钱的把戏：罚款，卖车票……”

很多听众是为了报案，才给这个电台节目打电话；另外一些人，就像这个劳拉一样，只是为了能有人倾听。对于这些人，卡尔达斯能给予的，也就是理解和包容而已。

“嗯。”卡尔达斯低声附和道。

洛萨达没有向这位听众道别，准备接听下一通电话，反而把嘴唇靠近话筒，用不可一世的语调说道：

“劳拉，您将会听到电台巡逻员为您在线解答。”

卡尔达斯伸开双臂，一脸不可置信地望向洛萨达。这让他能如何作答？这个蠢材意欲何为？难道洛萨达认为他可以修改交通规则？

然而，洛萨达并没有改口，反而抬起一只手，随即便响起了格什温的乐曲，好在探长思考时，令听众更舒心地等待。

卡尔达斯让洛萨达切断话筒的连接，当演播室的红灯灭了之后，卡尔达斯不禁质问起洛萨达。

“你就随便说几句。”洛萨达回答道。

“我还和你说过别再播放这首曲子，它容易让我分心。”

“我不会仅因为这个原因，就把插曲取消的。”洛萨达不以为然地回答道。

“只因为这个原因？”

洛萨达按下按钮，演播室的红灯又亮了起来。

“那么，探长？”洛萨达问着，把手放了下来，好让《漫步》这首曲子停下来。“您有什么想和我们亲爱的听众说的？”

卡尔达斯只能把第一个跳上心头的答案说了一遍：

“法律不是十全十美的，但我们的法律就是这样规定的。不论如何，我都会把您的不满报告给警局。”

探长在笔记本上写道：“民事案件一起，卡尔达斯零起。”

下一个打来电话的是特伊斯区的一位社区主任。他抱怨说有好几对海鸥在他们的屋檐下筑巢，谁要是去赶，它们就攻击谁。

“民事案件两起，卡尔达斯零起。”

接着又有两通抱怨夜间噪声的，三通抱怨交通情况的，还有一位听众义愤填膺地说，人行横道线被雨淋湿了之后，就会特别滑。

“维戈市一年有多少个雨天？”听众问道，“一百二十天？你们觉得路上不用防滑漆，这样合理吗？”

与之前的数通电话一样，卡尔达斯还没来得及作答，那曲欢快的音乐便响了起来。

探长已经不再负隅顽抗了。随着单簧管和音乐的合奏在耳机中响起，探长转向玻璃窗望去。一个年轻女人在杨树广场慢慢踱着步，她叉着脚，衣服下的肚子高高隆起。卡尔达斯心想，蕾韦卡·内拉怀孕的时候，应该比这个女子更年轻。一个女孩突然变成了新生儿的母亲，实属不易。探长想到迭戈看到索摩查无所作为，看到法律公正愚弄于人，对他的痛苦感同身受，不由得叹了口气。他知道迭戈从那个时候起就已经痛下决心。

“怎么？”洛萨达用播音腔问道，定睛看着卡尔达斯。

“嗯？”

“人行道……油漆……”

“嗯，好的。我会报给市局的。”

“民事案件九起，卡尔达斯零起。”

这通电话之后，插播了电台广告，洛萨达责怪卡尔达斯道：

“你能再专心些吗？！”

“我再说一遍，这个音乐会让我分心。”卡尔达斯喃喃说道，但是他的心思已经游离在音乐之外，连窗户外的花园都无法留住他的思绪，他想着迭戈·内拉，他母亲的失踪和卡斯特洛的死。他想起索托局长的话：“为什么要把金毛的手绑上？”局长如是问道，探长不知如何作答。

第十一位打来电话的听众是一位泣不成声的女人。她早晨散步的时候，走失了狗，谁能找到它，她一定慷慨酬谢。之后的一位男听众，打电话来抱怨说，他家边上新开了一家餐厅，油烟味特别重。

“艾娃，下午好。”洛萨达用矫饰的声音，向后一位听众打了声招呼。

“我打电话来，是因为有一群孩子在公园里，欺负我的儿子和他的朋友。”

“您的孩子多大年纪？”卡尔达斯问道。

“十一岁。”

“其他孩子多大？”

“我不知道。”艾娃说道，“我的儿子和他的朋友都不敢说是谁干的。”

“这很正常。”

“我知道这只是孩子们之间的玩闹，而且那群孩子只是吓唬了一下他们，向他们要了些钱物，但是现在我儿子和他的伙伴们，已经不敢去楼下的公园玩了，我害怕情况会越来越糟。您觉得我该让孩子去警局报案吗，探长？”女人问道，洛萨达抬起了手臂，音乐也随之响了起来。

卡尔达斯静静地等着格什温的钢琴声淡去，思绪却回到了庞克松和金毛生命的最后时光。他想起了局长的问题，卡尔达斯想，也许金毛和这位听众的儿子一样害怕，也许迭戈·内拉把他的双手绑住，只是为了威胁他交代是谁进的屋。巴里奥医生解剖尸体的那一天，他曾说过，金毛后脑勺的这一击是凶手顺手而为的。探长原本觉得可能性不大，但是法医从来没有排除这一可能性。假如他推断得有理呢？假如凶手只是找来船上的物件，敲击了一下金毛的头部，为了方便自己逃走呢？也许管钳和整桩事件没有丝毫关联。

音乐继续响着，探长的脑海中则是千头万绪。迭戈·内拉需要从卡斯特洛口中问出是谁和他的母亲一同进的屋。也许迭戈并没有打算淹死金毛？他只是想吓唬他，逼迫他说出死者的身份？“为什么不呢？”卡尔达斯自问道。

迭戈·内拉留下的涂鸦说明他接近过金毛数次。好几个月以来，他都潜伏在庞克松，没有引起任何怀疑。假如他想杀了金毛，只要向他开一枪，然后远走高飞即可，没有人会把他和“竹荚鱼号”的船员们联系在一起。

想到迭戈有可能是无辜的，让卡尔达斯振作了精神。也许金毛感到了害怕或是觉得痛苦，才自己跳入了海中。兴许卡斯特洛是抱住了浮标或者救生圈，自己跳进了海，而他的救生工具后来被海水冲走了。

卡尔达斯看了看表，希望节目能早些结束，好去找法医咨询。

洛萨达按灭了播音室的红灯，关闭了话筒声音。

“卡尔达斯，你他×的在做什么？”洛萨达问道。

“嗯？”

探长面露微笑。

他方才不由得吹起了那首曲子。

Resistencia（抵抗）：1. 反抗；2. 阻碍某种力量起作用的物件；3. 电流经过导体时遇到的阻碍；4. 完成某事遇到的阻力。

探长迈下电台的楼梯，心里已经认定涂鸦和扎带都起到了相同的作用：吓唬金毛，逼迫他说出同伴的名字。

走到大门的时候，探长决定要尽快找到迭戈，阻止他继续他的复仇计划，避免让他愈加泥足深陷。之后有的是时间能将杀害他母亲的凶手绳之以法。

探长走在大街上，给法医打去电话。

“那个水手有没有可能是从船上跳下去的时候，自己撞到了后脑勺？”探长跳过了问候，出其不意地问道。

“跳船的时候？”

“自己跳进水中的时候。也许他是撞到了栏杆，或是船的某个部位？”

“什么自己跳进水？他的手是绑着的。”

“即便如此。”卡尔达斯说道，“我觉得他依旧可以跳进海里。”

“为了自杀？”

“为了逃离。”

“逃离谁？”

“巴里奥，这说起来就话长了。”卡尔达斯说道，“我说的有可能吗？”

“什么有可能？”

“后颈处的撞击。”探长解释道，“有可能是自己撞到了船的某个部件吗？”

“不可能。”法医斩钉截铁地答道。

“不可能？”

“没有可能。凶手用的是你前几天送来的那把管钳敲击的。”

“你确定？”

“完全确定。管钳和尸体上的印记吻合，就是凶器，不会有错。”

这也无法盖棺定论，也许迭戈使用管钳敲打了水手，让他无法抵抗，方便把他的手绑住。

“管钳是用于大车的。”巴里奥说道，“那种越野车，比一般的车所使用的螺母更大些。”

“嗯。”

两人沉默片刻之后，医生问道：

“你和克拉拉通过电话了吗？她刚才给你打过电话。”

卡尔达斯刚看到了手机里有两通未接来电，但还没来得及查看是谁打来的。

“还没有。我刚从电台出来。她能查验监视器的录像带吗？”

“正因为此事，她才要找你。”

“她有新发现？”

法医没有回答，反而问道：

“你能过来一趟吗？”

卡尔达斯查看了两通未接来电，想要确认一下有没有金坦斯探长的来电，告知他迭戈·内拉的下落，但是两通来电都是克拉拉的。

他穿过杨树广场，沿着路易斯·塔沃阿达大道，走到了警局。探长没有走进自己的办公室，反而直接去找了埃斯特韦斯。

“我们走吧？”

埃斯特韦斯站起了身。

“去哪儿？”

“去看看现场勘查队的伙计们。他们已经拿到铁山那户人家的录像了。”

“有发现？”

“看来是的。”

他们坐上了车，卡尔达斯略微打开了些车窗，然后合上了双眼。

“也许迭戈·内拉并没有杀害金毛。”卡尔达斯闭着眼睛说道。

“什么？”

“迭戈把他绑住，好让他开口，但是没有把他抛到海里。”

“所以是谁做的？”

“卡斯特洛他自己。”

“他是自杀的？”

“我觉得有可能。当他知道这个青年的身份之后，宁愿跳到水中，也不愿意待在船上。”

“因为害怕迭戈的报复？”

“或者是害怕自己吐露实情之后，接下去会发生的事。”

车沿着哥伦布大道而上，埃斯特韦斯问道：

“这是您推演的事实真相，还是您更愿意看到的结果？”

“不能是两者兼有吗？”

Revelar（透露）：1. 揭露或公布一个秘密；2. 上帝向人类展示未来的景象或隐秘之事；3. 使照相设备中的影像显现出来。

“严格来说不是录像带。”克拉拉打开挂在壁上的屏幕，说道，“这台摄像机还算精密：具有夜视功能和移动侦测，图像全部都会存储到硬盘中。”

卡尔达斯和埃斯特韦斯坐在桌边，听着现场勘查队的克拉拉警官的解释。

“只有感应到有物体移动时，才会开始录像？”

“是的。”克拉拉回答道，然后指着屏幕的右下角说道：“在这里，能看到录像的时间和日期。”

两位警官点了点头。

“比如，这一段是 3:05 分，拍摄于卡斯特洛出海前的几个小时。”

屏幕上突然出现了那座房子的花园的黑白影像。可以看见近处的一排灌木和花园中通向大门的小路。门两边的围墙过高，挡住了外面的景象，但是在大门口之外，可以看见通往铁山的一段马路和房子对面的人行道，正是那里的一只小狗，唤醒了摄像头。

“图像真清晰。”埃斯特韦斯说道。

卡尔达斯也惊讶于图像的清晰度。

“而且还会转动，你们注意到了吗？”克拉拉把屏幕聚焦到狗身上说道。

小狗的身形在屏幕上越变越大，但有些失真，当它离开监视区之后，屏幕又暗了下来。

“下一段是凌晨 5:40 分。”

屏幕上又出现了房屋的花园，一辆亮色的车辆驶过马路，从屏幕的左边移动到右边。

克拉拉把画面回放，待车刚好开过房门处，在经过围墙的中间的时候，暂停了画面，车里只有一名驾驶员。

“不是我们找的人。”探长说道，“卡斯特洛早晨六点半才从庞克松起航，而且这辆车是往灯塔方向去的，我们想找的是开往反方向的车辆。”

放映室的门突然被推了开来。

“你给他们看了吗？”巴里奥挨着两位警官坐了下来。

“我们刚开始。”克拉拉说道。

法医看了一眼屏幕上静止的车辆。

“这是第一辆，对吗？”医生问道，克拉拉回复了一个肯定的表情。

“第一辆？”卡尔达斯问道。

“少安毋躁，一会儿就会看见了。”

“这段是5:40分录的，下一段是6:05分。”克拉拉说道。

花园又出现在了屏幕上，这一次经过门口的却不是一辆车，而是一个贴着墙避雨，走在人行道上的人，他的头上戴着亮色的风帽。克拉拉快进了一些画面，然后慢动作回放。

“这个是从灯塔过来的。”埃斯特韦斯说道。

“还是太早了。”探长指出。

“别心急……”法医笑着说道。

“下一段是早晨7:03分。”克拉拉透露说。埃斯特韦斯在座位上严阵以待，卡尔达斯则依旧不为所动。

时辰依旧太早，埃尔米塔的妻子说金毛六点半才从港口出发。从庞克松把船开到灯塔用不上十五分钟，但是假如他的推测准确的话，迭戈得制服金毛，等他恢复意识之后，再想方设法地让他吐露实情。况且，把船开进水洼处，找寻石块把船砸沉，都需要花费时间，半个小时肯定不够。

“注意。”巴里奥医生提醒道。

一辆汽车开过房屋的大门口，是一辆浅色的越野车，在外道行驶。车的副驾驶座是空着的，车辆的顶篷形成了视觉死角，挡住了驾驶员的面容。

“你注意到了吗？”法医问道。

“假如水手早上六点半还活着，那七点还为时过早。”卡尔达斯说道。

“没有其他的录像了。”克拉拉说道。

“应该还有。”

“没有了。”克拉拉重复道，“下一段录像是中午 11:08 分，一家人开着车去铁山。他们一会儿光景就回来了，您要看看吗？”

中午十一点则太晚了些，那个时候的潮汐无法让人进入水洼处。

“没有一个人开去灯塔，接上了人返回的车辆吗？”卡尔达斯问道，“或者大约 7:30 或 8 点左右从灯塔回来的人？”

“只有您看到的这些。”

“你没有留意到吗？”巴里奥医生问道。

“我应该留意到什么？”

“你来解释吧。”法医说道。克拉拉把汽车司机的图像放大，图像已经完全变形，然后她把图像慢慢地缩小，把画面停在了她觉得最清晰之时。

“您看 7:03 分的这位司机的袖子。”说着用手指着屏幕说道，“他的雨衣袖子口有两条深色的滚边。”

克拉拉接着快速倒回画面。

“这是 5:40 分通过的车辆。”克拉拉说道，然后把司机的画像放大，“你们看见一样的袖口滚边了吗？”

“看见了。”卡尔达斯和埃斯特韦斯异口同声地说道。

“现在你们仔细看司机的头部。”

司机的面部出现在了屏幕的正中央，埃斯特韦斯问道：

“他戴着什么，一顶帽子？”

“一顶风帽。”

“在车里？”

克拉拉点了点头。

“风帽边沿也有两道滚边。”

“是同一个人。”埃斯特韦斯说道，“他去了铁山，然后开车回来，没什么奇怪的。”

“那看看另一幅图像奇不奇怪。”法医微笑着说。克拉拉把图像快进，停在了那个走路经过屋子的人的图像上。

无须放大图片，他们也能看到这个男子为了挡雨，头上戴着的风帽上的两道滚边。

“还是同一个人？”

“很奇怪，对吗？”

“我来整理一下，”卡尔达斯说道，“一辆车 5:40 通过此处，司机从铁山走回，是几点？”

“6:05。”

把车停到灯塔处，然后走回此处，二十五分钟足矣。

“一个小时之后，这个男人又开着这辆车经过此处，对吗？”

“是的，在 7:03 的时候。”

“但是他没有走回原先那辆车……”

“他应该是往后山走的，不然摄像机会拍到他。”

卡尔达斯盯着屏幕上的图像，努力寻找一个合理的解释。

“你确定是同一个人吗？”埃斯特韦斯问道。

“确定。”克拉拉又倒回了录像，把画面停在了开往铁山的那辆车上，“你们仔细看天线，是折断的。后面的油漆也脱落了。”

克拉拉接着把画面快进，卡尔达斯能看到开回的那辆车的天线也是坏的，车后部的油漆也脱落了，毫无疑问：这就是同一辆车。

“你想一下管钳，”巴里奥说道，“是用于像这样的大车的。”

卡尔达斯没有回答。他把手肘撑在桌子上，用手掌捧住自己的前额，咂了咂嘴。

“发生了什么？”埃斯特韦斯说道。

“没什么。”卡尔达斯说道，“我被骗了，所有人都被愚弄了。”

Enredo（缠）：1. 线或其他柔软物质缠成乱团；2. 欺骗，谎言；3. 难以理解或解决的麻烦；4. 困惑。

“克拉拉，我需要你帮几个忙。”卡尔达斯说道，“第一，找一个叫做埃内斯托·埃尔米塔的人的电话，他是庞克松镇的居民，另外也找一下‘渔夫之家’的电话号码，是那个镇子上的一家酒吧。”

“第二件呢？”

“再让我看一下卡斯特洛尸体的现场勘查报告。”

报告在号码之前先送了过来。

“克拉拉，感谢。”卡尔达斯说道，然后开始阅读报告，很快就找到了自己想要找的内容，他叹出了一口气，把手交叉叠放在了脑后。他终于感到了一阵大浪，推起搁浅了的案件调查，把他们送向目的港。尽管所到之处，令他出其不意。

“您不和我们说说，到底发生了什么吗？”埃斯特韦斯急不可耐地问道。

“嗯。”卡尔达斯说道，然后又看向壁上的屏幕，画面停在了那辆越野车的司机身上。

他从口袋里掏出了烟盒，然后对法医说道：

“我把窗打开，可以抽一根吗？”

巴里奥耸了耸肩，说道：

“关着窗抽烟也无所谓，我的病人从不抱怨。”

卡尔达斯笑了笑，把打火机的火苗凑近烟头。

片刻之后，克拉拉拿着电话号码走了进来，号码写在黄色的纸条上，就好像奥尔加用来装饰探长的办公桌的纸条一样。

卡尔达斯走近电话，听筒的电话线都缠在了一处。

“你能开公放吗？”克拉拉问道。卡尔达斯按了公放键之后，拨通了第一个电话。

一个女人的声音传来。

“请说！”

“是埃内斯托·埃尔米塔家吗？”

“您是？”

“我是维戈市的卡尔达斯探长。您还记得我吗？”

“巡逻员？”水手的妻子问道。

听到卡尔达斯应了一声，巴里奥、克拉拉和埃斯特韦斯都不禁面露微笑。

“我的丈夫在海上呢，正在放网。”

“没关系，我想找的是您。”

“找我？”

“是关于卡斯特洛的。您和我说，您在窗户里看见他划着渡船，您还记得吗？”

“他去世的那天？”

“您记得？”

“差不多吧。”

“您能说说他穿着什么衣物吗？”

“和所有人穿的都一样。”

“什么样？”

“穿着防水服。”

“您还记得金毛穿的是什么颜色的吗？”

“好像是黄色的。”

卡尔达斯本也以为金毛穿着黄色防水服。

“您应该不记得他有没有戴着风帽了吧？”

“当然记得。”女人毫不犹豫地说道，“他包裹得很严实，那天雨很大。”

“探长，到底发生了什么？”卡尔达斯挂断电话之后，埃斯特韦斯又着急地问道。

探长把摊开的报告划到了桌面上，正是描述卡斯特洛衣物的那一页。

“你看看。”卡尔达斯说道，“卡斯特洛的尸体被人发现的时候，没有穿着黄色的防水服，而是深蓝色的雨衣。”

“确实如此，”克拉拉回忆道，“一件很薄的雨衣。”

卡尔达斯在拨打“渔夫之家”的电话号码之前，吸了几口烟。晚班服务员的声音从电话的另一头传来，伴着酒吧的电视声音和顾客的吵嚷声。

“我是卡尔达斯探长，我们上周谈过。”

“下午好，探长。”

“我想咨询您些事。金毛死前的那个下午，当他在吧台坐着的时候，您感到他十分不安，您还记得吗？”

“当然记得。”

“您还记得他的衣着吗？”

“不记得了。”

卡尔达斯试着帮他回忆细节。

“他穿着防水服？”

“没有，这个我肯定。那天是周六，探长。周六下午不工作，没有水手会穿着工作服来酒吧。”

“即便是雨天？”

“就算下暴雨也不会。下雨的时候，他们也许会穿工作靴，但只有出海的时候，才会穿工作服。”服务员沉默了片刻，然后说道：“金毛套着一件深蓝色，或者是黑的轻薄雨衣。”

“您确定？”

“不确定，”服务员承认道，“但是他总是那么穿。”

挂上电话之后，卡尔达斯看到巴里奥、埃斯特韦斯和克拉拉都一同看着他，想要听他的解释。

“不是卡斯特洛。”卡尔达斯嘴里叼着烟，说道。

“不是卡斯特洛？”埃斯特韦斯问道。

“船上的男人，埃尔米塔的妻子望见的那个人不是卡斯特洛，是他。”卡斯特洛指了指屏幕，那个藏在雨衣风帽之下的男人。

“那卡斯特洛呢？”

“他周六下午去过‘渔夫之家’，和服务员在吧台聊过几句。喝得比平时更多些，嘟囔着说要了结一切。然后他离开了酒吧，决定要处理几周以来令他忐忑不安的那件事。但事与愿违，周日早上，当他的船离开港口的时候，他本人已经漂浮在海面上了，头破血流，而他的双手则被绿色扎带给绑住了。”

卡尔达斯望向法医。

“你觉得卡斯特洛有可能从周六晚上起，就漂在海中吗？”

“我说让你估算一到两天。大海无法让我再精确了。”

卡尔达斯点了点头。

“那就显而易见了。”

埃斯特韦斯依旧丈二和尚摸不着头脑。

“什么显而易见了？”

“你没有发现吗？”

三双眼中都写着大大的一个“不”字。

“卡斯特洛周六就遇害了。他们在他的脑后敲了一击，然后绑住他的双手，制造自杀的假象之后，把他抛入了海中。”卡尔达斯说道，“为了把事做圆，船在清晨的时候不应该还系在浮标上。于是他们必须把船驶离港口，好让所有人都认为金毛和许多其他水手一样，开着船出海，然后纵身跃入海中，用这样的方式终结自己的航海生涯。你们现在懂了吗？”

三个脑袋一齐点着头。

“杀害金毛的人筹谋了数月，目标明确。在把金毛推入海里之前，他取走了船的钥匙和绑住渡船的锁的钥匙。第二天恰好是周日，一个冬天的周日。大街上和港口都空无一人。这名杀害了金毛的凶手把车开到蓬塔拉美达灯塔附近。从那里的天然港口，他可以神不知鬼不觉地上岸，并且把渔船处理掉，把它沉到水洼之中，等待来年夏天，当金毛的死早已被人淡忘之时，再浮出海面。”

卡尔达斯停了停，吸了一口烟，然后继续说道：

“他把车停在灯塔处，趁着夜色，穿着类似于死者常穿的防水服，走向了庞克松镇。他走到港口之后，把渡船拖入水中，划到卡斯特洛的船边，登上了他的渔船，然后开足马力，驶向灯塔。他在那里下了船，把船沉到水洼处，开上车，就此消失。”

埃斯特韦斯听得目瞪口呆。

“所以只有一个凶手。”

“仅此一人。”

卡尔达斯竟也没想到，迭戈·内拉最终竟是一个单打独斗的冷血杀手。

“我本来就觉得凶手不可能知道金毛会在周日早上出海。”埃斯特韦斯喃喃说道。

卡尔达斯点了点头。

“那些护身符也是凶手打的幌子？”医生问道。

探长耸了耸肩。

“有可能，”探长说道，“你要是和那些水手们接触过……”

大家都陷入了沉默，直到巴里奥医生指了指屏幕，低声说道：

“所以这个男人就是杀害金毛的凶手？”

“我是这么认为的。”

“你们觉得他是谁？”

“他的名字是迭戈·内拉。”

“他又是谁？”法医问道。

卡尔达斯站起了身。

“你来解释一下，”探长向埃斯特韦斯说道，“我去把烟头扔到洗手间里。”

Escama（鱼鳞）：1. 一些动物皮肤上的角质膜，尤指爬行动物和鱼类；2. 疑虑，怀疑。

他们走出现场勘查队的办公室时，夜幕已经降临。埃斯特韦斯把探长送到市政大楼，好让他把听众们的牢骚交给市局。

“所以迭戈把他捆起来，不是只为了撬开他的口。”埃斯特韦斯说道。

“不是。”卡尔达斯闭着眼说道，“吓唬他，让他开口，还不足以令他解恨，这和我预想的不一样。”

“您认为卡斯特洛把杀害他母亲的凶手名字告诉他了吗？”

“有可能。”

“所以他还会再次下手？”

“如果有机会的话，他应该会再次下手。”探长低声说道。

埃斯特韦斯把车停在了市政大楼门前，探长表示了感谢，便下了车。

“我等您？”

“不用了，我走几步就行。”

他目送埃斯特韦斯的车开远了之后，撕下了黑皮笔记本的几张纸，交给了办公室的执勤警官。

探长没有沿着直路走向太阳门，而是从市政大楼走去了法尔佩拉喷泉，然后沿着罗米尔大街而下。他望了望天空，下午刮起的风把云都向内陆吹了过去，一扫前几夜的阴冷潮湿。

他走到阿方索十二世大道上的时候，一轮大大的圆月悬在海湾上方。它的柔光笼罩在安宁的大海上，映照出了莫拉索半岛和谢斯群岛的倩影。

探长一边走着，一边想着卡斯特洛，他的妹妹阿莉西亚，还有蕾韦卡·内拉和迭戈。他已经解开了水手之死的谜团，尽管还没有逮捕凶手。卡尔达斯对罪犯本人从来没有兴趣，对他而言，最重要的就是了解作案动机。然而这一次，在掌握了事情的真相之后，他并没有像以往一样松一口气。这一次的案情，就像一部充满苦楚的电影。

探长走到了太阳门，月光静谧地照在雕塑的鱼鳞上。他继续沿着亲王街前行，没走几步，便向右拐了弯，走进了曙光巷。

他推开艾利希奥酒馆的木门时，已近晚上八时。

“卡尔达斯，晚上好。”教授们看到探长走进酒馆，异口同声地说道。

他坐到了吧台边，卡洛斯为他倒了一杯白葡萄酒。不一会儿，教授们便聊起了在屋顶平台上筑巢的海鸥。接着，传来一阵《漫步》的曲调，有人在酒吧深处吹奏起这首乐曲。

卡尔达斯转过了身。难道他的出现让大家都出现了条件反射不成？看见他之后，大家都成了巴甫洛夫的实验犬，一些人开始聊起节目的内容，另一些人则开始哼唱格什温的乐曲。

卡洛斯又为他倒了一杯酒，然后给他端上来一盘清蒸蛤蜊。

“你父亲如何？”卡洛斯问道。

卡尔达斯想起这周父亲会来接叔叔出院。他从口袋里掏出手机，另一只手拿着一个蛤蜊，走到大街上去寻信号。

“卡尔达斯，太意外了！”父亲接起电话时说道。

“叔叔什么时候出院？”

“明天下午五点。你能过来一趟吗，帮我把他挪进车里。”

“当然，他状况如何？”卡尔达斯说道。

“想要赶紧离开那个鬼地方。”

“你觉得你们能应付得来吗？”

“至少这里的氧气和食物都是原汁原味的。”

懂的：不高不低，不胖不瘦，毛发不深不浅……唯一的特点就是，总是独来独往。”

“有照片吗？”

“一张都没有。”金坦斯说道，“他也没有在镇子上念过书，至少内达镇上的所有学校都没有登记过他的名字。”

“天哪。”

“再给我几个小时，今天下午或者明天，我再回复你。”

卡尔达斯又给克拉拉打了电话，问她对监控录像中出现的越野车的调查情况。

“是一辆老款路虎，颜色有可能是白色，香槟色，天蓝色或是黄色的……不能排除任何浅色。”

“可能需要排查一下在庞克松是否有这样的车辆。”

这位现场勘查队的克拉拉警官已经先一步想到了。

“庞克松有两辆。”克拉拉答道，“附近的市镇上共有六辆。我正要让当地的警察配合，让他们看看有没有一辆天线坏了的，车后部又掉了漆的路虎车。”

“我想中午前去一趟。”卡尔达斯说道，“如果你能把地址列表发给我，我可以自己去查验。”

“好的，探长。我发给您？”

“发给奥尔加吧。”

他本想挂断电话，但是突然想起昨天夜里半睡半醒之间，脑海中突然闪现出的一道灵光。

“还有一件事，克拉拉。蓬塔拉美达灯塔附近的地面上，留有一些车痕，费罗警官拿去查验了。最好比对一下，有没有车痕是我们要找的路虎留下的。”

“好的，探长。”

“还有一件事：迭戈几年以前一直住在内达镇，在费罗尔市附近。最好能查一查那里有多少辆这种型号的路虎车。”

卡尔达斯挂断了电话，看向他的办公桌。他的办公区域俨然就是挖在文件堆背后的战壕。他看了看表，埃斯特韦斯十一点以前不会赶到警局。就像要跳入泳池前所做的准备工作一般，他深吸了一口气，把手伸向了叠在最上头的文件。

一个小时以后，当埃斯特韦斯的身影掩映在玻璃门上时，卡尔达斯的纸篓里已经堆满了废纸。另一些文件只是被挪动了位置，即将变为新的纸柱的基石。

“我们出发吗？”埃斯特韦斯说道。

“好的。”探长不由得松了口气。

一阵清风拂过渔港，吹动了船上的旗帜，再远一些的布扎斯海滩边上，在建的船骨被秋日的艳阳照得闪闪发光。

他们驶上了绕城公路，然后开过铺设在轻轨上的柏油马路，来到了庞克松。铁山不再是迷雾中的黑影，而是浮在碧海上的一片翠绿的树林。

在路上的时候，卡尔达斯把清单给埃斯特韦斯看了一眼，清单上是与录像中的车辆同型号的路虎车主的名单。

“我们找找有没有浅色的。”

“您认为车会在庞克松吗？”

“不会。”卡尔达斯说道，“但是查一下也无妨。”

“迭戈肯定在追踪阿里亚斯，在去苏格兰的路上。”

“我们不知道阿里亚斯是否在苏格兰。”

“不论如何，迭戈·内拉一定会追在那个水手身后，就像猎犬一样，只要你撒腿跑，它就会穷追不舍。”

庞克松镇只有两辆相同型号的路虎车。他们先找去了第一个地址，但无须下车，就可以排除这辆车的嫌疑。这辆路虎车就停在街边，深绿色的颜色，已经破烂不堪，车身上下沾满着泥污。

名单上的另一辆车是一位退了休的水手的，是他几年以前买的二手车。老人像是呵护着绝世珍宝一般，把它停在车库里。他带着他们看了看车，车身是白色的，但是车身上没有任何划痕，天线也完好无损。

“现在怎么办？”他们从那处离开时，埃斯特韦斯问道。

“附近还有六辆。你把我放在港口，然后你去查看一下？”卡尔达斯把列表交给埃斯特韦斯，“我对车没兴趣。”

Sorna（嘲讽）：1. 完成某事时迟缓或镇静的态度；2. 伪装；3. 讽刺，嘲讽的语气。

阳光照耀下的庞克松镇另有一番面貌。防波堤的尽头处，垂钓的人比平时多了数倍，岸边的沙滩上，人们你来我往地从一道护墙走到另一道。露台里的许多桌子上，都放着“已预订”的字牌。

卡尔达斯一路上看到了许多年轻人，有的走着，有的骑着车；有独行的，也有成双成对的。在卡尔达斯看来，他们的神色都无甚特殊之处。卡尔达斯也没有抱有任何预期，他曾无数次地与凶手的双眸对视，知道他们的眼神与常人无异。所有的罪行都是人为的，任何人都有可能杀人。

探长脱去毛衣，挽起长袖，走上通往何塞·阿里亚斯家的小巷。他见邮箱里塞满了各种宣传册，心知阿里亚斯依旧没有回过家，但无论如何，他还是按了几次门铃，权且一试。

“他去旅行了，探长。”楼上传来一个女人的声音。

“您怎么知道的？”卡尔达斯望向楼上的窗户处，那个头发上绑满发圈的脑袋。

“他周六下午出发的，带着一个行李箱。”

“他和您说去哪儿了吗？”

“我可没问。”女人满怀自尊心地说道，“我对别人的生活不感兴趣。”

探长又走回了港口。鱼市已经关了数个小时，但是鱼腥味依旧很刺鼻。他走近“渔夫之家”，在一张大理石桌面上，已经摆开了一桌多米诺牌局。

他穿过大街，走向斜坡，望见艾琳号被系在浮标上，船上堆满了地笼。

探长又看向防波堤，望见卡斯特洛的地笼依旧靠在白墙上，不由得想知道它们还会被放在那里多久。

“您想一块儿钓鱼吗，探长？”背后传来一个声音。

卡尔达斯回过头，正是那个声称见过索托站在“竹荚鱼号”上，戴着他那羊绒帽，在迷雾中紧盯着他不放的那位水手。

“您说什么？”

“我问您想不想来一起钓鱼。”水手又说了一声，然后爽朗地笑了笑。

卡尔达斯咂了咂嘴，向防波堤走去。在航海俱乐部的院子里，两艘新漆的木船正在阳光底下晾干。探长经过金毛的地笼，走近那群钓鱼的渔夫们。他们身旁的一个锌桶里，有一条卡尔达斯认不出品种的鱼，拼命地晃动着身体，想要呼吸氧气。

卡尔达斯站在码头边缘，任由微风和海浪溅起的水星扑打着自己的面孔。防波堤的外侧，堆放着许多混凝土石块，被风和海浪精心雕琢着。

一艘小船驶近港口，卡尔达斯认出了是德拉瓦索的那艘天蓝色的木船。

靠近浮标的时候，医生弯身在船沿上，用手里的钩竿打捞着索具。他把船系在浮标上，跳上了渡船，向石头斜坡划了过去。

卡尔达斯站在海水的边沿，等着迎接他。

沙滩上，坐在轮椅上的青年向他的黑狗丢着手里的红球。

“我的卡尔达斯，看看你都错过了什么。”德拉瓦索伸出手，把他手里的塑料袋递给了卡尔达斯。

在白色的刘海下，德拉瓦索的脸上透着笑意。

卡尔达斯打开塑料袋，里面装着六七条鲈鱼，有几条鱼还在使劲地摆动着鱼鳃，显出生命的迹象。

“从我的石头上钓的。”瓦尔韦德说着，眨了眨眼，“一个小时不到，六条。”

探长帮着瓦尔韦德一块儿，把渡船搬上推车，然后两人一块儿拉着绳索，把推车拉上了平台。

“医生！”那名戴帽的水手站在“渔夫之家”门口，高声打了个招呼。

德拉瓦索抬起头时，水手嘲讽地说道：

“您的朋友不愿意和我一道去钓鱼。”

“别胡闹，佩佩。”德拉瓦索大声说道。

“你为什么要告诉他？”卡尔达斯小声问道。

“大家都看到我和你一道出海，但最后只有我一个人回来。”德拉瓦索一边说着，一边把船桨放到渡船里，绕上铁索，“我还能怎么说呢，我把你抛下船了？”

德拉瓦索猛地一拉铁索，在铁索两头的链环上加上了一把小锁。

“我就知道你叔叔能出院。”

“今天下午就批准出院了。”

“你叔叔待在你父亲家，比待在医院更好？”

卡尔达斯耸了耸肩。

“至少有人做伴。”

“这可不少。”

“不少。”

德拉瓦索向四周望了望，用自己的袖子擦了擦额间的汗珠。

“今天天气真不错，对吧？”德拉瓦索问道，“现在几点了？”

卡尔达斯看了看表。

“一点了。”

“已经一点了？”德拉瓦索吹了一计口哨，“我该去吃药了，你陪我一道？”

探长跟着他的老朋友来到了“渔夫之家”的吧台。

德拉瓦索向服务员要了一杯白葡萄酒。

卡尔达斯也同样。

Aviso（提醒）：1. 通知；2. 迹象，记号；3. 提醒；4. 谨慎，小心。

半个小时之后，埃斯特韦斯回到镇子上，接上了探长，然后一起回了维戈。埃斯特韦斯查遍了所有的路虎车，没有一辆符合摄像头上拍到的车辆特征。

2 点 15 分的时候，他们把车停在了警局门口。卡尔达斯走进办公室，想要看看有没有金坦斯的消息。

“没有。”奥尔加说道，探长便回到了大街上。

“一起吃饭吗？”埃斯特韦斯问道。

“我有约了。”

“好吧。”

探长赶到港口酒吧时，已经没有鹅颈藤壶了。他在陈列柜里没有找到剩下的，克里斯蒂娜说他们今天上午能买到的早就都上菜了。

卡尔达斯坐在酒吧里桌，上次见过的两位搬运工人旁边。他点了扇贝和炸鳕鱼，还向埃斯特韦斯学习，点了一盘沙拉作为配菜。

克里斯蒂娜把白葡萄酒盛放在冰陶瓶里，卡尔达斯自己倒了一杯，一边等着食物，一边想到了迭戈·内拉。他已经知道了最核心的部分，凶手的身份和作案动机，还知道了他行凶时用的汽车型号。找到凶手只是时间问题，但是探长希望能早日把他缉捕归案，好阻止他再次行凶。他还希望局长能介入，让法官重新审理蕾韦卡·内拉被杀一案。尽管这个男孩犯下了滔天大罪，但是他有权知道母亲的下落，埋葬她的遗骨和痛苦。

金坦斯大费周章，也无法找到一张照片，让卡尔达斯觉得有些失望。迭戈虽然不是庞克松镇上的人，但是他了解这片海域，知道那片水洼，也熟悉水手们的行为习惯。卡尔达斯确定他在港口附近待过一段时间，很有可能是七八月份，伪装在夏季游客之中，租住在公寓、露营地或是酒店里。

他的扇贝到了，卡尔达斯没有狼吞虎咽，每吃一口之前，他都会先闻闻食物的香味。一边吃着，一边想道，假如明天金坦斯那里依然没有传来什么有用信息，那他就亲自去一趟内达镇。

克里斯蒂娜把鳕鱼和沙拉送了过来，一边走近，一边哼唱着《漫步》的旋律。

"你在哼什么曲？"卡尔达斯问道。

"不知道。"克里斯蒂娜把扇贝的空壳收走，指了指厨房的方向，"那里有人一直在哼唱这个曲子。"

卡尔达斯餐后喝了一杯咖啡，付了账之后，就一路抽着烟，回到了警局。他向自己的办公室里探了探，看到桌上没有贴上黄色的提醒便签，便关上了门，去找索托局长，向他报告最新情况。他向局长说了录像的事，解释了埃尔米塔的妻子那天看见的船上的男人也并非卡斯特洛本人。

"我还是不明白凶手为什么要绑住他的双手。"局长听完之后问道。

"因为这样可以一举两得。首先，可以把这桩谋杀包装成自杀事件，在不引起任何怀疑的情况下，杀害金毛，而且也不会引起什么闲言碎语。没有人会因为一个郁郁寡欢之人的自杀而展开调查。其次，金毛见自己的双手被缚，一定会把阿吉尼奥镇上那晚发生的事情一五一十地交代清楚，以为如此就可以被解绑。"

"这个男孩可真是个人才。"

卡尔达斯咂了咂嘴。

"罪责也不全在他身上。"

“你怎么走？”

“我开车走。”

卡尔达斯看见父亲的车停在几米开外的地方，便点了点头。他手上实在积压了太多的事情，无法脱开身陪伴他们，心怀愧疚。

“你们处理得来吗？”

“没问题。”

“我尽量这周末去看你们。”

“好的。”父亲走向自己的车，说道，“看你有没有空吧。”

卡尔达斯站在人行道上，等他们动身的时候，挥了挥手道别。看见他们的车开远了之后，卡尔达斯走回了警局，坐在自己的办公室里，打了几通电话，然后又翻阅了一遍今天早上才挪动了地方的旧文件。七点钟的时候，他的手机响了起来。

是一个未知来电。

“卡尔达斯探长？”

“嗯。”

“我是安娜·巴尔德斯。”

这个名字听着陌生，但是声音有些熟悉。

“我们认识吗？”

“我是马科斯·瓦尔韦德的妻子，庞克松镇的。您不记得我了？”

即使卡尔达斯不知道她的名字，但也不会忘记她的笑容。

“当然记得，请说。”

“对不起，给您打了私人电话，”安娜解释道，“但是您把电话留给了我……”

卡尔达斯赶忙止住她的道歉。

“发生什么事了？”

“有人把我们的门弄坏了。”

“什么？”

“花园的门。有人把几块木板撬开了。”

“什么时候？”

“今天下午，我回到家的时候发现的。”

“有人进过屋吗？”

“好像没有。”

“您看见什么人了吗？”

“没有。”

“您的丈夫呢？”

“他在屋子里，没有听到任何声响。”

“但是你们人没事吧，您丈夫没事吧？”

“没事，但是很不安。”

“怎么可能会没事呢？”探长心里想道。

“您现在在哪？”

“我在开往维戈市的路上，我今晚不想睡在家里。”

“您有落脚的地方吗？”探长刚说出口，随即有些懊悔。

“有，我们在市中心有套公寓。有时候周六听完音乐会之后，我会在那里休息，但是我很担心瓦尔韦德。”

“他还在家里？”

“是的。”安娜低声说道，“他去找木匠了，等修好大门之后，就来找我。”

“你们报警了吗？”

“没有。”

“为什么没报警？”

“瓦尔韦德坚持不让报警。”

“他也不知道您给我打了电话？”

“不知道，我求您别和他说。”

“好的。”卡尔达斯答应道，“但是我们得去找他。”

卡尔达斯听到电话那头传来松了一口气的声音。

“感谢您，探长。”

“您不必感谢，这是我的工作。”

他本以为安娜会挂断电话，但是却听她问道：

“您觉得这和镇子上的传言有关系吗？”

“我不知道，但是您现在先别想这些。”

“我做不到，”安娜说道，“我被吓坏了。”

挂上电话之后，卡尔达斯走去了埃斯特韦斯的办公桌，让他跟着一同去了局长的办公室。

“有人试图闯入瓦尔韦德的家。”

局长从手头的文件上移开目光，看向他们。

“什么时候？”

“今天下午。他的妻子回家的时候，发现花园的大门坏了，她刚给我打电话说了此事。”

索托想到了一个和卡尔达斯同样的问题：

“她丈夫没事吧？”

“没事，他当时正在屋子里，没有听到响动。”

局长用手指揉了揉前额。

“你觉得会是迭戈吗？”

“我不确定，”卡尔达斯答道，“但是瓦尔韦德是这么想的。”

“她和你说了？”

“没有，但是瓦尔韦德不想报警，他们今晚也不准备住在家里。他正在抓紧时间找木匠修门，好和妻子一起在其他地方过夜。”

“他们想去哪儿？”

“他们准备来维戈。他们在市里有一套公寓，他的妻子已经在来的路上了。”

“你们准备去一趟庞克松吗？”

“去看一眼。”

索托又用手搓了搓前额。

"假如迭戈下午去过那儿，那辆车应该还没有开远。"

"我也想到了。"

"是一辆越野车，对吗？"

卡尔达斯点了点头。

"是一辆浅色的老款路虎，克拉拉知道细节。"

"好的，"索托拿起了电话，"你们往那儿去吧，我负责找车。"

Reconocer（认出）：1. 仔细检查某人或某物；2. 就近调查敌方营地、防御或军阵；4. 医生检查某人的健康状况或诊断疾病；5. 承认犯错。

探长让埃斯特韦斯抓紧时间赶路，埃斯特韦斯领命，仅仅十五分钟的时间，他们就看见了海福教堂，一轮明月照耀在教堂上方，与前夜的景致一般无二。他们一路上默默无言，埃斯特韦斯专注地看着路况，卡尔达斯则靠在座椅上，闭着双眼，身旁开着些许车窗。

埃斯特韦斯把车停在下坡的尽头处时，卡尔达斯睁开了眼。车灯照在瓦尔韦德家的大门上，可以看见大门的下方有一个大洞，就开在大门的插销处。他们开着车灯，下了车，靠近查看破口。

大门不是整块木板做成的，而是由四块水平的木板拼接起来的，木板大概半米宽，用金属件固定在一起。最下面的两块木板被撬开了一部分，破了一个大洞，即使像埃斯特韦斯体格这么健壮的人，也能猫着腰从洞口钻进去。

“是从插销这里开始撬的。”埃斯特韦斯说道。

卡尔达斯点了点头，从破口处望进院子里。瓦尔韦德的黑色跑车停在院子里。

尽管从此处看不见客厅的玻璃窗，但是花园被照得通亮，房子里的灯应该是开着的。

探长直起了身，按了按门铃。

“谁？”电话里传来一个男人的声音。

“卡尔达斯探长。”

“谁？”

“卡尔达斯探长，警察。”探长又说道。

“我现在出来。”那个声音说道，大门的自动伸缩装置应该也被破坏了。

瓦尔韦德过来开门时，埃斯特韦斯走去关了车灯，回来的时候，他抬起手，把手放在大门的顶端，说出了卡尔达斯一看见木门的破口便感到纳闷的问题：

“这门又不高，如果想要从这里进去的话，跳一下就可以了。”

“也许是不想进屋。”探长回答道。

“您觉得这也许是另一通警示，就好像涂鸦一样？”

“有可能。”

此时传来瓦尔韦德的鞋子踏在碎石路上的声音，由远及近，接着木门吱的一声，便往里滑了开来。

“你们有何贵干？”

“这个。”卡尔达斯指了指破口说道。

“几块木板破了而已，我已经给木匠打过电话，让他来补一下。”瓦尔韦德装作一副不以为然的样子，“明天我就去买个安全警报，这一带越来越不安全了。”

“您真的认为把门弄坏的人，只是想入室偷盗？”

“您不这么觉得？”

“我不知道。”卡尔达斯答道，“但是明明一跃就能跳过此门，为何还有人要费力把它撬开呢？”

瓦尔韦德看了看翘起的木板。

“我没想过。”瓦尔韦德回答道，但是声音里则透着反感。

“今晚您会在家里过夜吗？”

“不会。”瓦尔韦德承认道，“我的妻子吓坏了。我们今晚会去维戈市过夜。也许会在那里待几天，等警报器安装好再回来。”

“您也不认为是偷盗，对吗？”

“什么？”

“您自己也不认为是盗窃吧，对吗？”

“我不明白为什么您认为我……”

“没人会因为担心家里遭窃，而去其他地方过夜。”探长打断道。

瓦尔韦德叹了口气。

“我们离开，是因为我妻子……”

探长又打断道：

“您在害怕什么人？”

“探长，您别再问了，我们已经谈过这件事了。”

“我只是为了保护您。我不明白您为什么拒绝帮助。”

瓦尔韦德陷入了沉默，看来今晚他依旧决定龟缩不出。

“那我们告辞了。”探长说道，“如果您决定找我们谈谈，您知道怎么找到我们。您最好早下决定，省得为时过晚。”

他们坐回到车上，听到木门合上的吱吱声，瓦尔韦德的脚步声逐渐消失在碎石路上。

“假如凶手是想要吓唬他，那可算是成功了。”埃斯特韦斯说道。

“嗯。”

大门合上之后，巷子里没有倒车的空间，埃斯特韦斯把油门踩到底，试着往斜坡上倒车，片刻之后便松开了油门。

“怎么停住了？”

“后面有一辆摩托。”

卡尔达斯转过身，透过后面的车窗，望见几米之后亮着的车灯。

“只能开进瓦尔韦德家里了。”

“让他过去就行了。”卡尔达斯说道。

埃斯特韦斯调整了一下车位，挨着巷子的侧墙把车停了停，好让摩托车从另一边开过。

摩托车司机带着深色的头盔，在大门口停住了，关掉了发动机，跨下了车。他把座椅盖抬了起来，取出一个金属盒，把头盔放了进去，便走向了两位警官。

他们随即认出了木匠那微微发红的胡子，正是那位在航海俱乐部的仓库里，修补船只的木匠，因为车灯对着脸的缘故，他没有认出他们。

“是这家人找木匠吗？”他问道，用少了手指的手挡住眼睛问道。

“是的。”卡尔达斯答道，把头探出了车窗，“您得按门铃。”

埃斯特韦斯把脚踩在油门踏板上，车向斜坡上方开去，发动机轰轰作响，卡尔达斯差一点就没有听到自己的手机铃声。电话是奥尔加打来的。

“你还在警局吗？”

“我还能在哪呢。”奥尔加叹了口气，然后道出了这通电话的原委，“局长问你们，是否需要把对路虎的排查范围扩大到葡萄牙境内。”

“暂且不必。”卡尔达斯说道，“等金坦斯回复了之后再定夺。”

“他刚给你打过电话。”

“金坦斯？”

“是的。”奥尔加肯定道。卡尔达斯不由得想她为何要把这个消息留到最后说。

“你把我的手机号告诉他了吗？”

“没有，他说明天再给你打电话。”

“他和你说了什么没有？”

“他们找到那个迭戈了。”

“在哪里？”

“我不知道。他只和我说找到迭戈了，他好像前几年出了场事故。”

“迭戈？”

“应该是。”

“你有他的手机号吗？”

“谁的？”

卡尔达斯叹了口气。听到诸如此类的回答，不禁让卡尔达斯越来越能理解埃斯特韦斯了。

“金坦斯的手机号。”

“没有，但是我可以问问费罗尔市警局。”奥尔加说道，“我一会儿给你回电话。”

卡尔达斯挂上了电话，咂了咂嘴。

“见鬼，这不可能。”卡尔达斯低声说道。

“怎么了？”埃斯特韦斯问道。

“这个洞应该就是凶手凿开，用来方便进屋的。”卡尔达斯说道，“我们去港口。”

“您不和我说说是怎么回事吗？”

“嗯，但是赶紧开到马路上去。”卡尔达斯催促道。

卡尔达斯的脑海里一一闪现出那个红球、黑狗和坐在轮椅上的年轻人。

待埃斯特韦斯把车从巷子里倒出去之后，卡尔达斯把奥尔加刚才说的话复述了一遍。

“迭戈·内拉几年前应该是出了场意外。”

卡尔达斯的手机铃声又响了起来，还是奥尔加打来的。

“你找到号码了吗？”

“当然。你能记录吗？”奥尔加问道。

卡尔达斯把金坦斯的电话记在了烟盒上。

“车祸？”待卡尔达斯挂断电话之后，埃斯特韦斯重新问道。

卡尔达斯没有回答，反而问道：

“你注意到这几日沙滩上，有一个坐着轮椅的年轻人吗？”

埃斯特韦斯定定地盯着卡尔达斯。

“因此他才要在门上开个口：因为他无法跳进去。”

卡尔达斯点了点头。用手机拨打了奥尔加刚告诉他的电话号码。电话正在接通中。

“×的。”埃斯特韦斯低声说道，把油门踩到了底。

Golpe（敲）：1. 两个物体之间猛烈的撞击；2. 突如其来的不幸；3. 对话中的奇思妙想；4. 惊奇。

埃斯特韦斯把车停在港口的时候，金坦斯的电话还没有接通。他们走下了车，往“渔夫之家”走去。靠窗的每张桌子旁边，都有人坐着打牌。卡尔达斯望向酒馆里边，吧台后站着的服务员，正是卡尔达斯问询过卡斯特洛死前的那个午后，来酒吧时遇着的那一位。

“下午好，探长。”

卡尔达斯询问他是否认识那位坐着轮椅的青年。

“我知道您说的是谁，探长。那个人不是镇子上的，是前几周才来这里的。”

探长走近一张靠窗的桌子，那名戴帽的水手正和其他三人打着多米诺牌。兴许是害怕探长因为今早的嘲讽而报复他，水手侧身看了看探长，他头顶上的船长帽被他搁在了桌角。

探长在旁边等着，多米诺牌在桌上的敲击声越来越急，待声音停息了之后，探长问道：

“你们知道怎么才能找到那个坐着轮椅下海滩的青年吗？”

“带着狗的那位？”所有人异口同声地问道，就好像这样的描述还不够清晰。卡尔达斯不由得想知道在这个时节，沙滩上会有多少个坐轮椅的青年。

“是的。”卡尔达斯答道。

“他不是本地人。”所有人又和声说道。

“你们知道在哪里能找到他吗？”

大家四目相对。

“刚才还在这儿附近。”一个水手指了指窗户。

另一个水手则转了个身，凑近领桌的牌局，问道：

“你们知道那个残疾青年，就是那个经常坐着轮椅上去海滩的住哪儿吗？”

四个声音同时响了起来，要求更确切的描述：

“带着狗的这个？”

“正是。”

一个水手用牌角蹭了蹭自己的下巴。

“他应该是租了佩佩或是布拉沃的房子。”他说道，然后把手里的一张四个两点的牌敲到桌上。

“在哪里？”

所有人又统一口径地说道：

“你们知道墓地在哪儿吗？”

两位警官坐回了车上。

“你知道怎么走吗？”

“当然。”埃斯特韦斯说道，探长又拨打了金坦斯的电话。

电话接通了。

“我是卡尔达斯。”

“我刚打到警局找你。”

“我知道。”卡尔达斯回复道。

“迭戈·内拉三年前在阿雷斯镇工作。奥尔加和你说了吗？”

“她没提起镇子的名字，但是她和我说了事故的事。”探长说道，“我已经知道他在哪儿了。我打电话来表达谢意。”

“你们已经找到他了？”

“是的。”卡尔达斯肯定道，“我们正要去找他。你知道吗，今天下午他在一户人家的大门上凿了个洞，好坐着轮椅进去。”

“什么轮椅？”

“他没有坐轮椅？”

“我不知道……”金坦斯迟疑地说道，“至少三年以前，他还不需要坐轮椅。”

“你不是和奥尔加说他出了事故吗？”

“是的，是他的手出了意外。他在用摇臂锯的时候，不小心切断了自己的两三根手指。”

卡尔达斯觉得全身的血液都一下子涌上了头。

“什么？”卡尔达斯低声地问道。

“他自己割断了几个手指。”金坦斯重复道，“他以前在一家海岸边的工匠作坊造木船。大家都说他是个艺术家。”

Arresto（胆子）：1. 逮捕；2. 临时羁押犯罪嫌疑人；3. 勇敢无畏。

汽车的轮胎在每道弯都划出吱吱的声响，但是卡尔达斯没有抗议。

“再快些。”卡尔达斯又说道。他把脸冲向车缝，用双手抓住车门上方的把手。“快点开到岔口。”

埃斯特韦斯在转弯进入窄巷之前，突然把挡位降了下来，开到了空挡，好顺势把车滑到巷子尽头的大门处。

卡尔达斯睁开了眼。

“提高警惕。”

他们转过了弯，车灯照亮了那辆摩托车，它依旧停放在刚才的位置。木匠背对着他们，蹲在地上，就好像真在认真修理着大门的裂缝一般。他的一只手拿着手电筒打着光，另一只手上则握着一把探长叫不出名的工具。

被车灯照着之后，他先是静止了片刻，就好像是一只猫见着了光一般，片刻之后才站立起来，转过了身。

探长望向这个满面胡须的脸孔，吞咽了口唾沫。他的样子和卡尔达斯想象的不一样，但是他知道这便是蕾韦卡·内拉的儿子，他要找的那名男子。

埃斯特韦斯停下了车。

“下车？”埃斯特韦斯问道，把自动手枪的安全栓打开。

“不需要用到这个。”卡尔达斯说道。

“您确定？”

“是的，确定。我们别伤害到他。”

他们打开车门，慢慢地走下车。车灯依旧打开着。

“迭戈·内拉？”卡尔达斯高声问道。

木匠抬起了头，试着查看是谁叫出了他的名字，卡尔达斯看到他脖子上的肌肉紧绷了起来。

“迭戈，我是警局派来的卡尔达斯探长，我们是来找你的。”

迭戈没有回答，也没有试着躲避车灯，车灯一定照得他什么也看不清。他面无表情地站在花园的木门前，双臂微微弯起，做出了防御的姿态。

两位警官一齐向前走着，直到站到车前。

“把你手上的东西放在地上，迭戈。”探长说道，但是工匠却像一尊塑像一般，不为所动。

“小子，你没听见探长说的话吗？”

迭戈慢慢地放下手臂，但在最后一刻，他没有把手电筒放在地上，反而伸出了手，把手电筒用力地向上抛出。正当两位警官的视线都集中在了手电筒划出的那道光线上时，迭戈·内拉在地上滚了几圈，从大门的破洞中钻进了院子里。

两位警官随即跑了过去，两人到达门口时，卡尔达斯学着迭戈，躬身从大门的破洞中钻了进去。埃斯特韦斯则把双手撑在门上方，纵身一跃，就像是被弹簧一般弹到了门的背面。

待探长钻过大门，立起身时，早就看见迭戈·内拉躺在地上，在埃斯特韦斯身体的重压下，喘着粗气。

“别伤到他。”卡尔达斯又说道。

他们用手铐铐住了迭戈·内拉。埃斯特韦斯把他押到了车上，卡尔达斯则走近瓦尔韦德。建筑商站在远处，目睹了木匠被捕的整个过程。

“他是谁？”瓦尔韦德问道。

“他叫迭戈·内拉。”

瓦尔韦德摇了摇头，表示没有听过这个名字。

“他以前和母亲一起住在阿吉尼奥镇。”卡尔达斯说道。

他们看着迭戈，低着头，双手铐着手铐，在黑暗中逐渐走远。

“他是那个女人的孩子？”瓦尔韦德终于问道。

“是的。”

“为什么来找我呢？”他嘟囔道，“我和这件事一点瓜葛都没有。”

“多少有些。”

“一点也没有。”瓦尔韦德斩钉截铁地说道。

“有时候，一点没有也不作数。”卡尔达斯说道，“您知道那晚发生了什么。您本可以站出来报案的。”

瓦尔韦德抬头看了看天，然后深长地吁了口气，试着摆脱压覆在他身上的重压。

“站出身？”他又说道，“然后像索萨船长那样葬身海底？”

卡尔达斯不禁想，不知他的胆小怕事，是否就像令索萨丧命的海浪那般，也令他窒息。

“我们会着手调查那晚发生的事情。”探长对他说道，“您现在还有机会，可以主动交代那晚的事。”

建筑商的呼吸又变得沉重了些，几乎像是要喘不过气来一般。

“明天我会去见我的律师。”他最后说道，“也许之后会去找你们。”

Fallar（失望）：1. 裁决一场诉讼或比赛；2. 落空，出错；3. 关于某人或某物的描述与预期不符；4. 某物无法继续运作，或不结实以至损坏不能用。

第二天早晨，卡尔达斯坐在木匠对面的椅子上，试着让他招供。前一天的夜里，探长几乎没能从他嘴里听到一个字。探长提到了庞克松镇、涂鸦和卡斯特洛的死，然后把话题引向了阿吉尼奥镇。木匠一直用沉默来作答。

探长本以为在牢房里待一阵，会让这个盯着白墙，一眼都不眨的迭戈松口。

“我不是索摩查，”探长说道，“我相信你的母亲没有抛下你不管。在你母亲失踪的那晚，你在家门口见到的那几个男人去过海关酒吧，他们在那里碰见了你的母亲。”

迭戈的嘴唇依旧紧紧地抿着。他的双眼似乎在控诉说，十三年的时间未免过长了些。

卡尔达斯又说道：

“我们决定把这件事彻查到底，但是我们需要你的合作。你来找过我们一次，”卡尔达斯继续说道，“我们让你失望了，请给我们一次改错的机会。”

迭戈终于说了第一句话：

“您的意思是，如果要控告杀害我母亲的凶手，我就必须承担杀害另一个人的罪责？您还说自己和索摩查不是一路人？你们都一样。”

卡尔达斯想，不管怎么说，至少让他开了口。

“你抽烟吗？”

“不抽。”迭戈低声说道。

“我没有让你为没做过的事承担罪责。”

“我没有杀害过任何人。”

“告诉我发生了什么，我准备好听你说了。”

“听我说？这可真是我的荣幸。”

“假如你说服我的话，我会相信你。”卡尔达斯说道。

迭戈望向他的眼睛。

“我和金毛的死一点关系都没有。”

“不是你把他推入海中的？”

“不是。”

“你没有用扎带把金毛的双手绑住？你从哪里弄来的扎带？”

“我不知道你在说什么。”

“你也没有在那艘渡船上涂漆，也就是后来你自己擦除的那些涂鸦？”

“这些当然是我写的，我连续写了好几个月，但这不意味着人是我杀的。”

“你连续一个月每天都在他的船上涂漆？”

“在他的船上涂漆，在他的家里、船上、地笼里等等地方做记号……我想让他自乱阵脚，把我引向那个杀害母亲的真凶。”

“你成功了吗？”

“几乎。”

“几乎？”

“他在去世以前，就快要妥协了。”

“你是怎么知道的？”

“你该看看他的样子，我怀疑他每天是否能睡上一两个小时，直到昨天，我都认为他是自杀的。”

“直到昨天？”

“直到昨天您在车里提到，他手上的扎带是如何绑缚的。”

昨天在回维戈的路上，卡尔达斯把找到他的过程都说了一遍。他本以为迭戈面对这些确凿的证据，会妥协招供，但结果却让探长始料未及。

“你和金毛面对面地谈过吗？”

“面对面？”

“你有没有和卡斯特洛透露过你的身份？”

“当然没有。”

“为什么？”

“我害怕会和母亲落得一样的下场。”

“找到那个同你母亲一同进屋的男子之后，你会怎么样？”

迭戈望向探长的眼睛。

“我想问他为什么。”迭戈低声说道，“让他告诉我，为什么一定要杀害她。”

卡尔达斯咽了咽口水。

“然后呢？”

他耸了耸肩。

“到时候再想。”

他已经等了十三年，他唯一绰绰有余的东西就是时间。

“你应该来找我们。”探长说道，迭戈只是微微一笑作为回答。在这个回答中，探长只找到了轻蔑。

木匠证实了卡尔达斯之前的推测：他在新闻里看到了金毛。十多年之后，他又碰见了出现在他噩梦中的金发男子。他举着挂在鱼钩上的热带鱼，看上去有些羞赧，一看就知道他不习惯被镜头拍摄。他不像记忆中那么干瘦了，但他就是在那个遥远的十二月的夜晚，经过棚子的男人。还没来得及关电视，他就决定要去庞克松镇找一份工作。

“你有车吗？”

“有一辆摩托车。”

“你昨天骑的那辆吗？”

“是的。”

卡尔达斯没有继续问下去。费罗警官此时正在庞克松搜查迭戈的住宅，如果有车的话，费罗肯定会找到的。

“两周前的周六晚上你在做什么？”

迭戈毫不犹豫地答道：

“在家里，我晚上从不出门。”

“一个人？”

“和查理一起。”迭戈说道，探长想起了那只睡在作坊里的灰猫。

“嗯。”

“您能帮我个忙吗？”木匠问道。

“当然。”

“您能和德拉瓦索医生说说，让他帮我照看一下查理吗？”

卡尔达斯抽了一口烟，向他承诺会如此照做，然后又开始新一轮的审问：

“你是什么时候把瓦尔韦德的门弄坏的？”

“什么？”

“你也没在木门上凿洞？”

“我的工作不是弄坏它，而是修好它，探长。”

“但是把门弄坏了之后，你就找到了一个完美的借口，可以单独和瓦尔韦德，也就是‘竹荚鱼号’上的另一名水手对峙了。”

“确实如此，但是我没有做过这件事。”

“你想要把他们全杀了？”

“我没有想要杀害任何人。”迭戈反驳道，“是他们杀害了我的母亲。”

“我理解你的感受……”

“您懂什么。”迭戈轻蔑地打断了探长的话。

“我向你保证，我比你想的更理解你。”卡尔达斯喃喃说道。

迭戈·内拉垂下了视线。他没有说出在无数个夜里，当他从睡梦中醒来时，因为记不清母亲微笑的模样，而起身去寻找母亲的照片。

“和我说说金毛的事。”探长说道，决定给他打开一条退路，“是意外吗？”

“我什么都不能说。”迭戈喃喃说道，“我什么都不知道。”

卡尔达斯刚想重新发问，有人敲了敲房门，给他递了一张黄色的便笺纸，提醒他瓦尔韦德到警局了。

探长离开了审讯室，然后找来了埃斯特韦斯。

“你继续。”卡尔达斯吩咐道，“看看你能不能撬出更多的内容。”

埃斯特韦斯点了点头，然后向紧闭着的房门走去。

“嘿！”埃斯特韦斯快要进屋之前，探长喊道。

埃斯特韦斯站住了身。

“怎么？”

“不许动手。”

Conocimiento（知觉）：1. 知觉；2. 人类通过理智来理解事物的本质、品质和相互关系的能力；3. 通过身体器官接受物理刺激的能力，或是能够感受其存在的能力。

“阿里亚斯以前很喜欢喝酒，但却有个正正经经的女朋友，就是阿莉西亚，那个女教师，金毛的妹妹。”瓦尔韦德说道，卡尔达斯点了点头。“但是阿里亚斯只要喝上三杯，就连她是谁都想不起来了。”

“卡斯特洛没有指责过他？”

“海洛因已经让金毛有的受了，虽然有所好转，但是他一直没能完全摆脱。他们因此还在船上上演过几次闹剧，但是索萨就像他们的父亲一样，每次都会原谅他们。”

卡尔达斯想把谈话内容集中在沉船的当晚。

“在酒吧里发生了什么？”

“我们坐在酒吧外面，有盖棚的露台里，店主让我们坐在那里吃晚餐。我们快要吃完的时候，那个女人来到了酒吧。她想买烟，但是酒吧已经关门了。我们请她抽了根烟，她便和我们坐了一会儿。阿里亚斯和金毛开始取悦她。他们平时话不多，但是两杯酒下肚之后，就开始滔滔不绝地说话。没有人能看出来，对吗？”

卡尔达斯摇了摇头。卡尔达斯不了解卡斯特洛，但是阿里亚斯看上去完全不像是个会说话逗乐的人。

“那个女人看上去聊得很开心，但是坐了一会儿之后，她就准备告辞回家。阿里亚斯和卡斯特洛主动提议送她回家。‘免得你淹死’，我记得他们这样说过，当天晚上雨势很大。”

“索萨船长在做什么？”

“他吃完晚饭之后，便回到船上睡觉。他已经六十多岁了。每次我们回到港口之后，他都会先回家休息。”

探长抬起手晃了晃，示意他把话题回到阿吉尼奥镇的那夜。

“他们两个人一起送那个女人回家，但是金毛一会儿之后就回到了酒吧。阿里亚斯在女人这方面，总是无往不利。”他笑着说道，“我们喝完了红酒，就离开了酒吧。”

“回到船上？”

“是的。我们坐在船舱里休息，船长早就在吊床上酣然入睡了。”

“阿里亚斯什么时候回来的？”

“他一两个小时之后回到了船上。叫醒了金毛，让他陪着上岸一趟。我当时已经睡意蒙眬了，但是看见他们俩离开了船。”

“你不觉得奇怪？”

“不觉得。”瓦尔韦德说道，“他们俩的关系很好。我以为他们还像以前一样，要继续玩闹一番。”

“他们什么时候回来的？”

“我不知道过了多长时间，探长。清晨的时候，船长的声音把我吵醒了，然后我就走上了甲板。索萨暴跳如雷，责问他们有什么权利解开他的船。”

“他们怎么回答？”

“金毛请求船长噤声，但是阿里亚斯则闭口不言，依旧放着绳索，就好像索萨在对空气说话一样。你也看见过他是怎么样一个人了。”瓦尔韦德说着，抬起了双手，“十五年以前的阿里亚斯更吓人。”

“嗯。”

“索萨船长没有被吓住，他迎了上去，说没有他的允许，‘竹荚鱼号’不能离港。他试着重新把船的缆绳系紧，但是阿里亚斯一把推开了船长，把他摔到了甲板上。船长还不屈服，站起了身，站在阿里亚斯面前，开始问他对那个女人做了什么，才一定要逃跑。然后阿里亚斯便动起了手，用酒瓶敲打船长的脑袋。我们都扑向了阿里亚斯，但是那个时候船长已经被打得失去了知觉。阿里亚斯把船长放到了船尾，金毛则把船开离港口。”

“那个时候您在做什么？”

“试着幸免于难。”瓦尔韦德喃喃说道，“我本以为我们要往海湾里面航行，好躲避风暴，但是金毛却一直往南开。阿里亚斯给我拿了一件救生衣，让我做好游泳的准备。我问他们想要做什么。阿里亚斯又说了一遍，让我穿上救生衣，到船舱里待着，他从船沿走到了船尾。”

他说到此处，停下来长叹了一口气，就好像前夜在花园里的那样，然后接着说道：

“船板上有一个大包裹，用深色的毯子裹着，上面画满了月亮。阿里亚斯用绳索把两头绑住，然后在中间缠上锁链。转过防堤波的时候，把它从船沿扔进了海中。我以为毯子裹着的是船长的尸体，就禁不住哭了起来。海浪开始变得越来越汹涌，阿里亚斯回到了指挥室掌舵，把船头对准萨尔沃拉岛的方向。船驶向离岸还有数十米的地方，他大声喊道，让我们做好准备。片刻之后，我们三人都跃入了海中，向岸边游去。我们游上岸的时候，还能望见‘竹荚鱼号’的船灯，船向岩石冲撞了上去，片刻之后就沉没了。”

瓦尔韦德又深长地叹了口气。

“在走回镇子，通知海难的消息之前，阿里亚斯一再让我们重复那天我和您说的那个故事：我们重新出海是船长的决定，在暴风雨中，我们撞上了岩石，索萨连穿救生衣的时间都没有，船就沉没了。”

“嗯。”卡尔达斯低声说道，“蕾韦卡·内拉呢，也就是酒吧碰到的那个女人，她也在船上吗？”

瓦尔韦德点了点头。

“我当时没有看见她，但是几周之后，当我知道船长的尸体出现在渔网中的时候，我才知道那个被阿里亚斯从船沿处扔下了海的毯子，里面包裹着的正是蕾韦卡。”

卡尔达斯站起了身。

“你说的这些，都得当着法官的面复述一遍。”

“我知道。”瓦尔韦德双目炯炯有神地望着卡尔达斯。

卡尔达斯不知他眼神里蕴含的是悔恨、害怕，还是解放。

Falso（虚）：1. 因为错误或曲解而与事实相左的；2. 与表象不符的；3. 虚假的，欺骗人的。

卡尔达斯去见了索托局长，把瓦尔韦德刚说的报告了一遍。

“你怎么让他开口的？”

“他知道迟早要说的。”卡尔达斯说道，“他知道我们要翻案，宁愿不当着阿里亚斯的面，把事情交代清楚。若非如此，他是不会这样做的，他极其害怕阿里亚斯。”

索托点了点头。

“您会和法官说这件事吗？”卡尔达斯问道。

“今天就说。”索托说道，“你把证词都录下来了吗？”

“当然。”卡尔达斯低声说道，抿着嘴，把唇弯作了一道线，微微笑了笑。

“迭戈那儿有进展吗？”局长问道。

卡尔达斯耸了耸肩。

“埃斯特韦斯正在审问他，但是迭戈现在依旧全副武装。他承认了涂鸦的事情，但是坚持声称自己和卡斯特洛的死没有关系。”

“你相信他吗？”

“不相信。”

卡尔达斯走进办公室，坐在了黑色扶手椅上，揉搓了一下眼睛。片刻之后，费罗警官过来找他。

“车查到了吗？”

“没有。”费罗答道，“我们还在找寻。我是来向您报告另一件事的。”

“说吧。”

“阿里亚斯有犯罪前科。”

“前科？”

“破坏公私财物。”费罗说道，“他在1995年被逮捕过，在巴约纳镇破坏了一家酒吧的设施，两名巡警一起上，才把他给制服。”

卡尔达斯走回审讯室，发现迭戈·内拉的左面颊红肿了一片。

他走近埃斯特韦斯，在他耳边说道：

“我让你别动手。”

“他不说话。”埃斯特韦斯喃喃说道。

卡尔达斯让埃斯特韦斯离开房间，坐在了迭戈对面。

“我刚见过瓦尔韦德。”探长说道，“他和我说了你母亲消失那晚发生的事情。”

迭戈望向卡尔达斯的眼睛。

“是谁？”

“所有人都负有部分责任。”

“是他吗？”迭戈问道。

“不是，是阿里亚斯。”

“你们相信他的话？”

“是的，他说的应该是实话。”

迭戈又定定地望向墙面，就好像他能破墙而出一般。

“你们会逮捕阿里亚斯吗？”

“当然会。”

“你们知道他在哪儿吗？”

“我们认为他回到了苏格兰。法官正在签署逮捕令，好把他逮捕归案，他会为自己所做的一切付出代价。”

“瓦尔韦德和你们说了我母亲的下落吗？”

“他认为是在阿吉尼奥港口的入口处。”

“海里？”

“是的。”

迭戈望向探长，似乎变得安心了些。

“你们会找她吗？”

“我们会尽力。”卡尔达斯说道，“但是我们无法做出承诺，已经过去很长时间了。”

然后探长问道：

“你们有一张印有月亮图案的深色毯子吗？”

“是我的。”迭戈说道，“在我母亲消失的那夜不见了。您为什么问这个？”

探长没有作答。

“您知道吗，我甚至祈祷上天，希望我的母亲已经不在人世。”迭戈坦诚地说道，“这也好过想到她抛弃我，一走了之好受得多。”

卡尔达斯低下头，翻看了几页文件，只是为了虚晃些时间，好把话题回到金毛在庞克松遇害一案。

“昨天在瓦尔韦德家的时候，你为什么要逃跑？一个无辜的人，根本不需要做出如此反应。”

“我不喜欢警察，这点我已经和您说过了。”

卡尔达斯把椅子移近桌子。

“我和你说说我的推论：周六晚上你去找了卡斯特洛。你用以前的方法，给他留了信息，约他见面。你认为他终于忍不住要坦白一切，好让自己解脱，但他却不告诉你母亲到底发生了何事。你随意找了一个借口，走回了车。你打开后车厢，拿出一把用来拧紧车胎的管钳，敲击了他的头部。然后你绑住了他的双手，搜查了他的衣袋，拿到了船的钥匙。你等他恢复意识之后威胁他，若他不开口，就把他投入海中。你们当时在哪儿？”

迭戈·内拉没有作答。

卡尔达斯又为他开启了一道门，问道：

“他自己掉下了船？”

迭戈没有过门而入。

“您搞错人了，探长。”他依旧盯着墙面说道。

“你害怕卡斯特洛会通知其他人，于是想到可以把金毛的死伪装成一桩自杀事件，如此就不会引起其他人的警觉了，我说的对吗？清晨的时候，你开着车去了蓬塔拉美达灯塔。你对那里了如指掌。你知道没有人能看见你从那里下船。你身上穿着和金毛一样的雨衣，走回了庞克松港。你把他的船开到灯塔处，跳到了岸上，把船砸沉，抹除了自己作案的痕迹。然后你开着车，消失无踪。是这样吗？”

迭戈依旧没有回答。

“车是谁的？”探长问道，又虚晃了一招，说道，“谁帮助了你？”

卡尔达斯依旧坚持不懈地提问，直到将近午时，迭戈被人带去见了法官。

除了紧盯着墙面的视线和一概的闭口不言，没有人有其他的收获。

Espera（等待）：1. 冷静，耐心；2. 等待；3. 法官指定执行某事物的期限；4. 无须围猎，猎物自行上钩的狩猎点。

卡尔达斯一个人去港口酒吧吃了午饭之后，便在办公室里埋头苦干了一整个下午。他正要写报告的时候，费罗警官用指节敲了敲玻璃门。他一直在迭戈家和航海俱乐部的仓库里查找线索。

“探长，您找我？”费罗站在门口问道。

“找到汽车了吗？”

“没有。他家里没有证件，钥匙，也没有车库……邻居只见他骑过那辆摩托车。”

“扎带呢？”

“也没有找到。”费罗说道。

卡尔达斯看向手里的文件。

“还有其他事吗？”费罗问道。

“瓦尔韦德的门是怎么回事？”

“有人把门的木头撬开了。木匠的作坊里有二十来种工具都可以用来撬门。”

“嗯。”

费罗警官还没有离开，索托局长就过来通知说，法官已经把迭戈关押入狱，等待出庭审判，然后又给他打了电话，让他出动警力，寻找那辆路虎车的下落。

“如果找不到车的话，很难判他的罪。”索托说道，“我们没有确凿的证据。”

“您真的觉得没有铁证？”卡尔达斯问道。

“我们只有推论，没有口供，也没有证人……连指纹都没有。”

卡尔达斯看向费罗警官。

“你去查一下所有在内达镇和阿雷斯镇登记过牌照的路虎车。”探长向费罗交代道，“迭戈搬到庞克松镇之前，在这两个地方住过。汽车也有可能是他朋友的。”

“探长，要查阿吉尼奥镇吗？”费罗问道。

探长毫不犹豫地答道：

“也要查。”

费罗警官离开了办公室，卡尔达斯问局长道：

“法官知道我们是在瓦尔韦德家里抓到迭戈的吗？”

“当然。”

“所以呢？”

“所以法官没有把他放了。”局长说道，“但是法官要见到车。”

这场谈话算不上是局长一天之内找卡尔达斯的最后一次，下午六点左右，索托又把卡尔达斯叫到了他的办公室。

“阿里亚斯在苏格兰被逮捕了。”卡尔达斯还没走进门，局长就说道，“今天早上在他前女友家被逮捕，他当时正要去接女儿。”

“口供录了吗？”

“录了。”索托说道，“他把该说的都说了。他承认了当天夜里在阿吉尼奥镇上待过，当晚他多喝了些酒，除了冰冷的海水，其余的他什么都不记得了，但似乎他想把所有的罪责都推在瓦尔韦德身上：蕾韦卡·内拉，安东尼奥·索萨，甚至是胡斯托·卡斯特洛的死。”

卡尔达斯心想，他已经出逃了两次，法官应该很难相信他是无辜的。

“什么时候把他移交过来？”

“不知道。”索托回答道，“应该很快吧。”

Vacía（空）：1. 缺少内容；2. 没有怀孕的母畜；3. 徒然的，没有结果的；4. 感觉缺少某人或某物。

晚上九点，卡尔达斯写完报告之后，走上了光复路，然后穿过波利卡波·桑斯大街，沿着亲王路走了几米之后，就转到了曙光巷，他推开艾利希奥酒馆的木门，向教授们打了招呼，就走去了吧台。

他需要卡洛斯为他准备的白葡萄酒。

“累吗？”

“有点。”

“你叔叔如何？”

卡尔达斯咂了咂嘴，拿着手机来到了大街上。酒馆里坐在某一桌的“巴甫洛夫之犬”，又开始哼唱起《漫步》的曲调了。

“他状态很好。”父亲安慰道。

“抱歉一直没有打电话，我一直在忙。”

“没关系，你怎么样？”

“有点累。”卡尔达斯脱口而出道，但一会儿就更正道，“还不错。”

“明天中午左右，我会去一趟维戈。”父亲说道，“我得买一个血氧仪。”

“买什么？”

“一个测量你叔叔需要多少氧气的仪表。”

“嗯。”

“我刚好可以接你过来。”

五根手指。

“你确定是右手吗？”

“都一样。”克拉拉说道，然后把录像倒回，定格在路虎车往相反方向开去时的图像。

司机的另一只手上也有五根手指。

“不是迭戈·内拉。”克拉拉说道。

卡尔达斯叹了口气道：

“再明显不过了。”

探长一路都紧闭着双眼，待埃斯特韦斯把车停到警局门口时，他才睁开双眼，他一直不停地思考着录像中那双手的主人到底是谁。

迭戈没有把路虎开到灯塔处，也没有把卡斯特洛的船驶近灯塔，但是这也不能排除他杀害了金毛的可能性。有人帮助迭戈处理掉了卡斯特洛的船，卡尔达斯实在想不出这个人的身份。

他吞咽了口唾沫，似乎内心里也不愿意去探究这个人到底是谁。

探长知道，若是他自己的哪位朋友走投无路了，他一定也会鼎力相助的。

探长走进索托局长的办公室，把克拉拉警官的发现告诉了探长。

“见鬼，那这个人是谁？”

“我们暂时还不知道。”卡尔达斯答道，“但不是迭戈。”

“那我该怎么和法官说？他一定要找到路虎车才算数。”

索托开始有些踌躇，卡尔达斯试着令他宽心：

“您什么都不必和法官说，至少等到我们找到车之后再说。司机有可能是和迭戈走得很近的朋友。”

“你这么看？”

“不得已为之。”探长说道，“只能这么解释了。”

Orden（令）：1. 所有物体都各就其位；2. 某物的正常状态或常规运行；3. 命令。

一点钟的时候，父亲的车停在了警局门口。卡尔达斯向局长预先说过，因为周末有安排，周五想要提早一些下班。他需要和这桩案件保持些距离，才能更好地通观全局。

“有事给我打手机。”探长如此向局长说道，“路虎车不出现的话，我们也不会有什么大的进展。”

父亲看到卡尔达斯坐在他身边，打开了些许玻璃窗的时候，微微地笑了笑，他本也以为卡尔达斯会因为无法成行而向他道歉。

“你叔叔很想见你。”

卡尔达斯点了点头，闭上了双眼。

二十分钟后，他睁开了眼，父亲问他道：

“你和阿尔芭联系过吗？”

“没有。”

“你什么时候联系她？”

探长叹了口气，又多打开了些窗户。要不是车的时速达到了一百公里，卡尔达斯早就从车上跳了下去。

“我不知道，爸，我甚至不知道会不会给她打电话。”

“你能打开手套箱吗？”父亲问道。

“什么？”

Justo（胡斯托）：1. 遵从正义和理性而行动；2. 根据上帝的准则生活；3. 准确的；4. 紧的或窄的。

他们在通往铁山的岔道转了个弯，驶进封闭的小巷，沿路而下开到了瓦尔韦德的家。两个工人正在安装一扇新门，款式和躺在地上的那几块木板一模一样，唯一的不同之处就是地上的门板一头翘起。一辆带有瓦尔韦德建筑公司字样的大巴车，停在路的一边。

他们按了门铃，瓦尔韦德的妻子沿着碎石路出来迎接他们。她上身穿着皮衣，下身穿着牛仔裤，裤腿塞在长筒靴中。

“下午好。”卡尔达斯说道，她用阿尔芭式的笑容打了个招呼。

皮衣的领口处，可以望见她里面穿着的黑色衬衫，扣孔被撑得极大，好不容易才留住衣扣。

“你们能来，我真是太高兴了。我本来就打算给你们打电话表示感谢。瓦尔韦德把昨晚的事都和我说了。假如不是你们及时赶到，天知道会发生什么事呢。”

卡尔达斯耸了耸肩。

“你们进屋吗？”

“好的。”探长说道，看见女主人的红色轿车旁，停着瓦尔韦德的黑色跑车，“您的丈夫在家吗？”

安娜指了指房子的另一头。

“在后面和一个员工一道。我们正在安装警报器，我们还要买一条狗。”安娜心有余悸地说道，“虽然那个人被逮捕了，但是我在这个房子里睡得不安心。”

“你们昨晚也在维戈？”

“是的。”安娜说道，“今天装好门之后，我们依旧去维戈住。”

安娜领着他们，围着混凝土墙面绕了一圈，站在了朝向花园和海湾的玻璃窗旁。草坪中间，种着一棵栗子树，叶子都已落尽，树枝下摆放着一张金属长椅。空气中弥漫着潮湿的泥土味和大海的气息。

瓦尔韦德穿着灰色的西装，打着领带。他正和一个年轻的男人一道，站在庄园的一处围墙边聊着天。他注意到了两位警官，于是给员工打了个手势，一起向房子走来。

他们沿着青草铺就的绿毯慢慢爬坡走来，卡尔达斯向安娜问道：

“你们准备在维戈待到什么时候？”

“直到警报器安装好为止。”安娜叹了口气道，“但是我想一直留在城里。”

卡尔达斯点了点头。

“您说您每周都会去维戈是吗？去听音乐会……”

“是的，每周六。”安娜回答道。卡尔达斯尽量自然而然地问道：

“两周前的周六，您也去了吗？”

“我已经连续好几个月都没有错过一场演出了。”安娜回答道，“音乐会就是我的良药。”

“嗯。”

瓦尔韦德用力地握了握两位警官的手，他的员工则径直向大门走去。从瓦尔韦德的脸上，再也找不到昨天在警局录口供时那副忐忑不安的神情了。

“你们找到阿里亚斯了吗？”瓦尔韦德问道。

“我们正为此事而来。”

“你们要来一杯红酒吗？”安娜问道。

“不用了。”卡尔达斯低声说道，尽管内心很想来一杯。

“如何招待我的贵客，由我说了算。”安娜说道，把合拢的唇缝向下弯去。

“谁说没有证据？”探长抬高了音量说道，感觉到这番说辞激怒了瓦尔韦德，“我们找到了您用来敲打卡斯特洛的凶器，是一把用来拧紧车轮的管钳。它被丢在了一处峭壁下的岩缝中。”卡尔达斯说着，把手指向西方。“您甚至觉得没必要把它扔到海里去。说到底，谁会去调查一桩自杀事件呢？”

“那把管钳不是我的。”瓦尔韦德辩解道，“我的车就停在门口的院子里。您在继续诽谤我之前，为什么不用那把管钳去比对一下呢？”

“这些不需要您操心。我们会证明一切的。”卡尔达斯说道，“但之前，请您告诉我一件事：胡斯托·卡斯特洛周六晚上来找过您吗？”

瓦尔韦德试着镇静下来，他不想功亏一篑。

“即使他来过，也不能说明……”

“来过还是没有来过？”探长打断道。

“他八点左右来找过我。”瓦尔韦德承认道，“他来找我妻子，有时候她会直接找他买海鲜，这样就不用去鱼市了，您知道……”

“嗯。”卡尔达斯说道，“但是您的妻子在维戈听音乐会。”

瓦尔韦德望向探长的眼睛，然后点了点头。

“确实，因此金毛没有进屋。他走了之后，我就再也没有他的任何消息了。我只知道周日早上，有人看到他一大早就在船上，周一他的尸体就漂浮在了沙滩上。”

“不是的。”卡尔达斯纠正道，“周日出现在港口的人，不是别人，正是您本人。”

“我一大早就去了葡萄园。”瓦尔韦德反驳道，“葡萄园里不止我一个人，他们可以作证。”

“我来和您说说发生的事：周六晚上，在把金毛抛入大海之前，您检查了他的口袋，取出了他的船钥匙。周日早晨，当卡斯特洛的尸体沉入海中数个小时之后，您开着车去了蓬塔拉美达灯塔。以前船长经常把地笼撒在那里，所以您十分了解那个地方。您知道没有比那儿更完美的地方了。您把车停在灯塔旁，走回了港口，把面容遮挡在风帽之下，然后把金毛的船开到水洼处，把船沉入水中，好抹去您的指纹，如此也不会有人因为船沉在此处，尸体却出现在山的另一面，而心生疑窦。您把一切安排妥当之后，开上车，前往葡萄园，好让那些剪枝工人做您的人证。”

“您觉得会有人相信您说的这一套吗？”

“我认为会。”卡尔达斯回答道，“通往蓬塔拉美达灯塔的岔路口附近，有一家住户安装了摄像头，录下了这一切。录像中，一辆车向灯塔开去，片刻之后，司机步行走回了镇子上。”探长说着，摆动着两根手指，就好像两条腿正交替着行走一般。“一个小时之后，虽然司机看似没有回到灯塔处，但是他又坐到了方向盘前，开着同一辆车驶离了灯塔。司机开的是一辆浅色的越野车。一辆老款的路虎，车的天线折坏了，车身后部的油漆有一处剥落。”

卡尔达斯刚说完，瓦尔韦德右手拿着的手机便响起了铃声。

“您不接电话吗？”卡尔达斯听到铃声催得急，便问道，“应该是从您的酒窖打来的，想要通知您，我们的几位同事此时正拿着搜查令站在门口。我刚和您说过：我们会证明一切。”

瓦尔韦德看向自己的手机屏幕，这个一贯稳操胜券的人，脸上露出了疑惑的表情。

卡尔达斯靠在椅背上，又点燃了一根烟。

“您是什么时候开始策划卡斯特洛的自杀假象的？”卡尔达斯问道，“在葡萄酒大会上，当您看到绿色的扎带的那一刻起？”

瓦尔韦德没有回答，探长继续问道：

“您是怎么发现木匠就是蕾韦卡·内拉的儿子的？”

依旧是一阵沉默。

“这一带一共有多少名木匠呢？”探长又问道，知道不会得到任何回答，“我不明白自己当初怎么就没有想到，您根本没有必要去找一个修船的木匠来修理您的大门。”

瓦尔韦德依旧默不做声，于是探长接着说道：

“您的妻子看到大门坏了之后，十分害怕。您在翘起木板，找来木匠之前，一定找了个其他的借口把她支开……很有意思，您不觉得吗？我们的本意是过来保护您，但是却拯救了迭戈，让他逃脱了和母亲一样的下场。”

手机铃声响了起来，卡尔达斯接起了电话。

“我们找到车了，探长。”费罗警官在电话的另一头说道，“您的推断是正确的，车就停在酒窖里，正是录像上的那辆车，车上缺了管钳。您知道我们在手套箱里找到了什么吗？”

“一袋绿色的扎带？”

“您是怎么知道的？”

埃斯特韦斯用手铐铐住了瓦尔韦德。卡尔达斯最后深吸了一口烟，用鞋底把烟头踩灭。

“有必要吗？”瓦尔韦德抬起自己被铐住的双手，问道。

“当然。”卡尔达斯答道。

他们沿着草坪而上，探长望向瓦尔韦德的眼睛，低声问道：

“你为什么要这么做？”探长问道。

瓦尔韦德摇了摇头，看向了地面。

“你为什么要杀了那个孩子的母亲？”探长又问道。

“那只是个意外。”瓦尔韦德喃喃说道。

“其他人呢？”卡尔达斯问道，为了隐瞒一桩意外杀人事件，一个人竟可以变成了冷血杀手，“也是意外吗？”

“不是。”瓦尔韦德声若游丝地说道，“剩下的都不是。我和您说过一次：恐惧是无孔不入的。”

他们经过玻璃窗时，看到放在桌上的红酒杯。一瓶酒正放在冰桶中冰镇。瓦尔韦德的妻子迎面走了过来，看到丈夫手腕上的手铐，笑容尽失。

音响里正在播放着《索尔维格之歌》。

听起来像是一首加利西亚的乐曲。

Murmullo（唱价声）：1. 低声说话的声音；2. 背后诋毁人的谈论。

星期三，早上八点过后不久，埃斯特韦斯把车停在了石头斜坡的上方。防波堤上，卡斯特洛的地笼已经不在老位置放着了。

他们走出车，穿过大街，走向鱼市。他们向站在门口的两位退了休的水手打了个招呼，就走进了屋里。埃尔米塔和他的妻子正背对着他们站着，全神贯注地听着站在桌子另一头的拍卖员的唱价。那位身材高大的水手，穿着橙色的工作服，正背靠着鱼市里边的一面墙站着。他看见了两位警官，扬了扬眉，向门口走来，手里拿着他的那个塑料袋。

此时，蓄着灰色山羊胡的男人喊停了唱价，阿里亚斯略微停了停，等着这位买家把两盘装满螃蟹的托盘挪开了一些，把托盘上写着重量的纸条交给拍卖员，好让他在上面写上买家的姓名。

待拍卖员指了指剩下的螃蟹，吸了口气，又开始新一轮的唱价时，阿里亚斯又向他们走了过来。

“我本想今天早上去一趟警局的。”

“我们来一趟，您就不用再去了。”

“您陪我一道？”水手问道，举起手里拿着的那一袋装满螃蟹的塑料袋。

“好的。”

站在斜坡之上，在车辆和水手们的渡船的包围中，依稀还能听见拍卖员的唱价声。

“他周六来我家找过我。”阿里亚斯说道，躬身蹲在水边。“他说他已经好几周都无法入眠了。不仅有人在他的船上涂鸦，他几乎每天都能在地笼里找到纸条。金毛知道只有说出那个名字，对方才会善罢甘休。他去瓦尔韦德的办公室找过他，想要商量对策。”

“这是他告诉你的？”

阿里亚斯点了点头。

“瓦尔韦德准备给他一笔钱。但是金毛说自己只想要安宁，瓦尔韦德就把他赶出了办公室。他说自己有生意要忙，不能和他浪费时间，约了他周六晚上在他家见面。”

“他为什么去找您？”

“我不知道。”阿里亚斯说道。“也许是想要和我说，他决心要说出真相，想要此事一了百了……他很害怕，坦白一切令他害怕，保持沉默同样令他害怕。自从‘竹荚鱼号’沉船之后，我们就再也没有来往过，但是金毛知道我能理解他。他帮助瓦尔韦德清理了阿吉尼奥镇的那座屋子，帮他把那个女人的尸体搬到船上，但他不是凶手。”

“您一直知道他不是自杀的，是吗？”

“我确实很怀疑。”

阿里亚斯等塑料袋里空无一物之后，站起了身。

“您为什么要逃走？”卡尔达斯问道。

阿里亚斯耸了耸肩。

“金毛一死，就再也没有人能为我作证了。瓦尔韦德以前威胁过我，如果我开口的话，就把那个女人的死说成是我干的。我当时有酗酒的毛病，还惹了一屁股麻烦……谁会相信我呢？”

“您得出面作证。”

“我知道。”

他们一起走回了鱼市，拍卖已经结束了。阿里亚斯向一边办公室的玻璃门走去，在拍卖员离开之前，向他索要票据。

“您知道什么时候开庭吗？”他走出鱼市的时候问道。

“这不在我们的职权范围内。”卡尔达斯答道，“您应该会收到出庭通知书的。”

阿里亚斯撇了撇嘴。

“您不打算留在这里？”

“暂时会留着。”阿里亚斯答道，“以后再从长计议吧。”

两位警官走向防波堤的尽头处。此时还没有钓手坐着垂钓。卡尔达斯点了一根烟，靠在围墙边上，望着这片埋葬着蕾韦卡·内拉的大海。卡尔达斯又想起《怒海余生》的最后一幕，小男孩在父亲的陪伴下，把鲜花抛入海中，希望大海把它们送到葡萄牙人曼努埃尔的墓前。他想象着迭戈·内拉孤身一人，站在港口的模样，卡尔达斯不由得咂了咂嘴。

他们坐回到车上，开过航海俱乐部的门口时，两人都向围栏里面望了望。仓库的移门已经紧锁了起来。迭戈·内拉不想成为人们茶余饭后的谈资，已经离开了镇子。

“他来我家拿上了猫，就告辞离开了。”两位警官的身后传来一道声音，“他离开镇子真是太可惜了，他是个艺术家。”

“我知道。”卡尔达斯说道，看见德拉瓦索的白色刘海之后，不由得笑了笑，“你这么早就出海？”

“晚些可能要下雨。”医生答道。

“有可能。”卡尔达斯望了一眼天空，回答道。

埃斯特韦斯也抬起头看了看天，除了在蓝天中盘桓的几只海鸥以外，其他什么都没有望见。

“你们到底是怎么知道要下雨的？”埃斯特韦斯问道。

德拉瓦索侧身看了看他。

“你不是本地人吧？”

“不是，我是阿拉贡人，从萨拉戈萨市来的。”

Liberar（摆脱）：1. 解放； 2. 免除某人的义务；3. 摆脱不祥。

星期五吃完饭后，父亲开车来警局门口接上了卡尔达斯。

“叔叔怎么样？”卡尔达斯坐进车里的时候问道。

“越来越好了，已经摆脱面罩了，现在他只用鼻插管，这样就可以正常说话和吃饭了，也不用再听可怕的噪声了。”

“太棒了。”

“是的，甚至过几天之后，他都不需要用氧气瓶了。”

“他要回到自己家去住？”探长问道，打开了些车窗。

“他不想回的话，就在我这儿一直待着。”

他们开到了庄园，把车停在了茶花树旁。

父亲推开车门的时候，那条跟在车后的褐色大狗便一下子冲了过来，围着父亲打转，不停地伸出舌头，哼哼唧唧的，把尾巴甩得像失了控的鞭子一般。

“你什么时候离开家的？”卡尔达斯问道。

“今天早上。”父亲答道，试着要摆脱大狗的亲昵。

“这么热烈的迎接。”探长嘟囔道，“它知道你不是它的主人吗？”

“我怎么可能知道狗是怎么想的，卡尔达斯？”

“我猜它不知道。”卡尔达斯笑着说道，然后走向了观景台。

他把身子支在护栏上，望着光秃秃的葡萄藤，每一株都被稳稳地架在了支柱上，就好像一支排列整齐的军队一般。空气依然透着刺骨的寒冷，但是很澄澈，从此处可以数清河对岸远山上的树木。空气的味道和儿时记忆中的一模一样。

父亲走到了他的身边。

“庄园打理得不错吧？”父亲一边问道，一边拍着棕狗的背脊，好让它别再磨蹭他的腿了。

“是的。”

“你见过那片新的种植区吗，河边上的那块？”

“没见过。”卡尔达斯又谎称道。

“我们去和你叔叔打个招呼，然后去看看那块地。你会喜欢的。”

他们快要进屋的时候，父亲说道：

“对了，昨天我们和阿尔芭通过电话了。”

“她打给你们的？”

父亲点了点头。

“她打来问候你叔叔。”

“嗯。”

“你还没有给她打电话，对吗？”

“没，还没有。”

“你不觉得应该打个电话吗？”

图字：01-2021-2308 号

图书在版编目（CIP）数据

水手之死／（西）多明戈·维拉尔 著；宓田 译. —北京：东方出版社，2021.10
（里奥·卡尔达斯探长系列）
书名原文：La playa de los ahogados
ISBN 978-7-5207-2231-5

Ⅰ.①水… Ⅱ.①多… ②宓… Ⅲ.①侦探小说—西班牙—现代 Ⅳ.①I551.45

中国版本图书馆 CIP 数据核字（2021）第 101173 号

水手之死
（SHUISHOU ZHI SI）

作　　者：［西］多明戈·维拉尔
译　　者：宓　田
责任编辑：朱　然
责任审校：金学勇
出　　版：东方出版社
发　　行：人民东方出版传媒有限公司
地　　址：北京市西城区北三环中路 6 号
邮　　编：100120
印　　刷：北京联兴盛业印刷股份有限公司
版　　次：2021 年 10 月第 1 版
印　　次：2021 年 10 月第 1 次印刷
开　　本：880 毫米×1230 毫米　1/16
印　　张：25.75
字　　数：280 千字
书　　号：ISBN 978-7-5207-2231-5
定　　价：79.80 元
发行电话：（010）85924663　85924644　85924641